松本清張作品研究

付 参考資料

加納重文
Kano Shigefumi

和泉書院

目次

第1章　緒論

松本清張が平成四年（1992）に八十二歳で没するまでに残した作品は、厖大に過ぎて、正確には数え切れない。ここでは、文藝春秋・松本清張全集六六冊に収載されているもののうち、エッセイや作品解説などの小文を除いた三九〇作品を、ほぼ全容を示すものと見て、作家松本清張が残した作品を、全体的に整理紹介し、次節以降の分析の緒論としたい。なお、清張作品の時期区分は、先に刊行した拙著『香椎からプロヴァンスへ』（新典社、平18）に示した区分によるものとする。参考のために紹介しておくと、次のようなものである。

Ⅰ　初発期（評伝小説時代）　昭和二十五年（1950）～昭和三十二年（1957）
Ⅱ　躍進期（推理小説時代）　昭和三十二年（1957）～昭和三十五年（1960）
Ⅲ　成熟期（歴史小説時代）　昭和三十五年（1960）～昭和四十一年（1966）
Ⅳ　展開期（古代史時代）　昭和四十一年（1966）～昭和四十八年（1973）
Ⅴ　晩成期（海外小説時代）　昭和四十八年（1973）～平成四年（1992）

一　作品の形態

適当な呼称が浮かばないので〝形態〟という名称にしたが、作品の分量から見た、分析の視点である。いわゆる短編小説・長編小説といった把握である。この視点から、手許の調査データにある三九〇点の作品の整理結果を見ると、次のようである。なお、短編とは、清張全集本文で四〇頁以内、中編は四〇頁から一五〇頁、長編は一五〇頁以上といった程度をおおよその目安としている。

Ⅰ期	短編・五一	中編・一	長編・〇
Ⅱ期	短編・五〇	中編・一〇	長編・六
Ⅲ期	短編・八四	中編・一七	長編・一四
Ⅳ期	短編・五三	中編・三一	長編・五
Ⅴ期	短編・四一	中編・一三	長編・一四

表向きの数字を見るだけでは、あまり無責任なことは言えないが、全作品中の割合は、短編が二八〇点で、約七二パーセント、中編が七二点で約一八パーセント、長編が三九点で、約一〇パーセントとなっている。松本清張が、短編小説作家であったとは、ほぼ断言して良いであろう。

さきほどから、作品と言ったり、小説と言ったり、実は、少し曖昧な表現をしていた。というのは、松本清張の場合、その全作品を、小説作品として、捉えにくい要素があるからである。具体的に言うと、Ⅰ期における**短編**作品は、最初から『西郷札』『くるま宿』『或る「小倉日記」伝』『火の記憶』『贋札作り』『梟示抄』『啾々吟』『戦国権謀』『菊枕』などと、どこまで並べて行っても、風俗的な内容・評伝的な内容の違いはあっても、短編小説と冠して呼ぶのに、抵抗の無い作品である。ところが、Ⅲ期になると、『下山国鉄総裁謀殺論』『追放とレッドパージ』『謀略朝鮮戦争』『「もく星」号遭難事件』など、並べていくと、小説と言い難い作品が並んでいる。漸く一二番目に『薄化粧の男』『潜在光景』といった、〝影の車〟と題された一連の小説に出合う程度である。このことは、作品の性格の問題として、次節にあらためて述べることになるので、ここではこれ以上は述べないが、正確に言うと、松本清張は、短編小説作家ではなく、短編作家と評しておく方が適当という要素があることは、言っておきたい。

殆どが短編作品で占められるⅠ期で、唯一の**中編**作品が、『大奥婦女記』である。春日局から始まる江戸城大奥の秘史を興味深く語ったもので、大枠としては歴史記述の作品なので、小説作品とは言えない。後年の〝日本の黒い霧〟で示される清張作品の端緒が早くもここに示されている。内容的に言って、短編的な記述におさまらない部分があっただけのことで、ここでは、短編の枠外になった。それ以外に特別の意味はない。松本清張にとっての中編小説の始発は、昭和三十二年の『点と線』で、清張の人生にも、作家としての展開にも、重要な起点となる役割を果たした作品である。この時期、『遭難』『坂道の家』『火の縄』『小説帝銀事件』『紐』『歪んだ複写』『霧の旗』『寒流』と、清張作品を特徴づける中編作品が陸続と誕生した。

長編作品の始発は、同じく昭和三十二年の『眼の壁』に始まる。『点と線』の好評のあまり、警視庁「捜査Ⅱ課」が扱うような企業犯罪を題材にしてみては、と示唆されて書いて作品である。同じ時期に生まれた長編作品は、『ゼロの焦点』『かげろう絵図』『黒い福音』『波の塔』などである。長編作品には、次期の『わるいやつら』『けものみち』といった風俗小説、『天保図録』『西海道談綺』といったいわゆる時代小説、『小説東京帝国大学』『風の息』といった歴史・社会小説、これらの流れがあるが、『火の路』から海外に眼が転じて、『熱い絹』『霧の会議』『詩城の旅びと』など、晩年の大作に道が通じている。作家清張の晩年は、紹介したような長編力作に取り組みながら、自身でも清涼的な雰囲気で、手馴れた短編作品で安息していた。そのように述べて、穏当な紹介かと思われる。

二　作品の性格

多様にわたる清張の作品を、評伝小説、風俗小説、推理小説、歴史小説・歴史記述、自伝・日記・紀行といった内容分類で、整理してみた。それをまず示してみると、次のようである。(1) いわゆる時代小説といった呼称があるが、単に江戸時代の世相や風物が記述の背景として利用されているという意味での作品には、この呼称は用いないこととした。清張作品のうちのいわゆる時代小説は、おおむね風俗小説に分類する結果になった。ご了解をお願いしたい。

評伝小説	五一編
風俗小説	一一三編
推理小説	一二八編
歴史記述・歴史小説	七七編
自伝・日記・紀行	二一編
	（計三九〇編）

評伝小説は、芥川賞を貰った『或る「小倉日記」伝』を初めとして、『梟示抄』『戦国権謀』『菊枕』『転変』『断碑』以下、清張の初期作品は、おおむねこの性格の作品である。雑誌の各号読み切りの短編評伝作家というのが、作家清張の初期イメージであった。〝小説日本芸譚〟（昭32）は、当時の清張としては珍しい連載ものであるが、それも、各号一人の読み切りであり、『大奥婦女記』（昭30）は歴史記述に分類はしたが、大奥通史的な記述であり、一人一人の短編評伝に分解できる要素の作品でもある。

清張が、評伝小説にとりあげた人物は、順番にあげると、田上耕作（或る「小倉日記」伝）・江藤新平（梟示抄）・本田正信、正純（戦国権謀）・杉田久女（菊枕）・福島正則（転変）・森本六爾（断碑）・稲富直家（特技・火の縄）・松平忠輝（面貌）・大久保長安（山師）・丹羽長秀（腹中の敵）・直良信夫（石の骨）・柳生宗厳、宗矩（柳生一族）・大久保彦左衛門（廃物）・毛利元就（調略）・佐々成政（ひとりの武将）・最上義光（武将不信）・足利義昭（陰謀将軍）・古田織部（小説日本芸譚1）・世阿弥（小説日本芸譚2）・前田利昌（乱気）・千利休（小説日本芸譚3）・運慶（小説日本芸譚4）・小堀遠州（小説日本芸譚6）・写楽（小説日本芸譚7）・光悦（小説日本芸譚8）・岩佐又兵衛（小説日本芸譚10）・雪舟（小説日本芸譚11）・止利仏師（小説日本芸譚12）・内藤忠昆（雀一羽）・岸田劉生（装飾評伝・劉生晩期）・林和（北の詩人）・山県有朋（象徴の設計）・伊藤博文（統監）・羽島悠紀女（花衣）・中江兆民（火の虚舟）・大川周明（砂の審廷）・尾崎紅葉、泉鏡花（葉花星宿）・坪内逍遙（行者神髄）・玄昉（眩人）・熊坂長庵（不運な名前）・菊池寛、佐々木模索（形影　菊池寛と佐々木模索）・鑑真（思託と元開）・伊能忠敬（老十九年の推歩）・森鷗外（画像・森鷗外）・クーデンホーフ光子（暗い血の旋舞）・スパイM（「隠り人」日記抄）・シカネーダ（モーツァルトの伯楽）などとなる。

これらを、清張作品の時期区分にあてはめると、それぞれ

Ⅰ期　一九　　Ⅱ期　一二　　Ⅲ期　六　　Ⅳ期　四　　Ⅴ期　一〇

といった割合になる。清張の初期に多いのは、あらためて言うまでもないが、晩成期にも一〇編と回復するなど、清張にとっては、評伝小説は、作家としての原点と言ってよい意味を持っている。その評伝小説も、最初期のものは、たとえば、『或る「小倉日記」伝』に描くのは、小倉時代の鷗外日記を復原しようとして、病軀を徒労とも見える作業に生涯をかけた郷土史家田上耕作の懸命な姿であり、『菊枕』に描くものは、女流俳人杉田久女の俳句にかけた狂おしい人生であり、『梟示抄』は、人生の歯車が狂った司法卿江藤新平の悲劇の末路であったりするが、いずれも、モデルとなった人物を正面に見すえて、人間の生きることへの共感とともに描出している、といった共

通点がある。

それが、中期あるいは晩期になると、たとえば『象徴の設計』（昭37）は、天皇制のもとに日本の国家組織を整えていく山県有朋の腐心を、『統監』（昭41）は、朝鮮に統監として赴任する伊藤博文に、侍婢という名目で随行した芸者の視点から、日韓保護条約と皇帝退位にいたる事件を語らせている。初期の、人物の生涯を語るという姿勢から、個人と歴史の接点を語るという視点に、変わっている。晩期の作品になると、『思託と元開』（昭58）は渡来僧鑑真、『老十九年の推歩』（昭59）は伊能忠敬、『両像・森鷗外』（昭60）は森鷗外、いずれも偉人と仰がれる人物の肖像に、血肉を通わせた評伝である。生きた人間としての把握は、鑑真に私寺僧、忠敬に逆境の養子、鷗外に官僚性と家庭の辛酸といった、負の要素の指摘にもつながる。クーデンホーフ光子を、父親の骨董商の思惑の中で描出した『暗い血の旋舞』（昭62）は、真相を語る清張史眼躍如といった作品となっている。描き方に変化を見せながらも、評伝小説は、清張文学の底を、清冽に流れ続ける水脈であったと言えるだろう。

風俗小説と分類したものは、普通に言うところの小説作品である。近代文学史上でも論争になった概念でもあるので避けたかったが、適当な呼称が浮かばないので、これを分類上の呼称とした。適切な表現を得られれば、いつでも修正するが、とりあえずこの形で進めたい。いわゆる純文学作品と認められる作品から、通俗・大衆小説と批評せざるを得ないものまで、一一四編の作品が数えられる。風俗小説の最初期作品は、清張が作家となる契機となった『西郷札』（昭26）である。西郷軍に従って負傷した、この小説の主人公樋村雄吾は、清張の虚構に添って創作された人物らしいので、風俗小説と分類したが、これがモデルとなる人物がいたとしたら、先に述べた評伝小説の部類に入る。次作『くるま宿』（昭26）も、車夫となっている元直参山脇伯耆守が実在に近い人物なら、評伝小説になる。『恋情』（昭30）も、男爵山名時正の実在を知らないが、実在なら評伝小説の類。風俗小説においても、評伝風が初期清張の特徴である。

評伝の類と一線を画す風俗小説は、『火の記憶』（昭28）が嚆矢となるだろうか。母親と見たボタ山の火の記憶と、人間感情を描写している。この作品を再構成したのが、後の『張込み』（昭30）である。『湖畔の人』（昭29）は、定年近くなって上諏訪の通信局に赴任してきた人物の思いが、この地に流謫の身となった松平忠輝の生涯と重ね合わせて語られる。阿蘇の噴火口で情死できなかった女性の心情を描いた『情死傍観』（昭29）、「延喜式」の研究で学士院恩賜賞を貰った老学者を描写した『笛壺』（昭30）など、人間の生の孤独な心情を描いた作品が、清張初期の風俗小説である。

清張の風俗小説は、紹介したような文学性を保持する作品と、通俗小説・大衆小説に分類すべきかと思われる作品と、二分される性格がある。通俗小説・大衆小説は、興味性・娯楽性の要素とも関連するからであろう、中長編作品として書かれるものが、比較的多い。『波の塔』（昭34）に始まるこの種の作品群は、『霧の旗』（昭34）、『わるいやつら』（昭35）、『落差』（昭36）、『けものみち』（昭37）、『逃亡』（昭39）などと、清張山脈を形成する山容ともなっている。上諏訪の縄文遺跡の場面から始まる『波の塔』が、富士樹海の終末描写で、自殺者が増加するほどに、社会に喧伝される、清張作品の看板にもなっている。悪人伝ともいうべき系列の作品は、『地の骨』（昭39）、『夜光の階段』（昭44）、『告訴せず』（昭48）、『迷走地図』（昭57）、それぞれ大学教授・美容師・選挙資金拐帯・政治家秘書と、清張小説のこれも一面の流れである。『黒革の手帳』（昭53）、『疑惑』（昭57）、『聖獣配列』（昭58）は、悪女伝。

いわゆる時代小説と呼ばれる作品がある。長編作品、『かげろう絵図』（昭33）、『天保図録』（昭37）、『乱灯江戸影絵』（昭38）は、それぞれ、徳川幕府の家斉・家慶・吉宗の時代を、そこに生きる人間模様のなかで描出している。時代そのものを描く対象としているという意味で歴史小説とも言えると思うが、描写の筆致には、やや娯楽作品的な雰囲気も無いでもない。とりあえず風俗小説の範疇に入れておきたい。[2]『大菩薩峠』にも比せられる『西海道談綺』（昭46）を代表とするなら、大衆浪漫小説とでも言うものであろうか。
風俗小説のなかで、通俗小説の範疇に入るのであろうが、男女の感情を正面から描いた作品に佳作が多い。『鬼畜』（昭32）、『坂道の家』（昭34）、『天城越え』（昭34）、『砂漠の塩』（昭40）、『内海の輪』（昭43）など。いわゆる純文学との境をどこで線を引くか、悩むところである。

清張作品に、推理小説の分類を持ち込むのは、おかしいかも知れない。清張は、読者を作品の世界に誘引する有効な語りの方法として、推理的な語りの手法を、どの作品においても、意識的に用いている。だから、極端に言えば、すべての清張作品を推理小説と分類することも不可能ではない。狭義の意味において、〝推理〟が中心要素である作品のみを分類した時には五四作品ほどであったが、通常の認識に妥協して数え直すと、最大の一二八作品となった。それほどに境界が認識しにくい側面があるということである。了解お願いしたい(3)。

最初の推理小説は、普通には『張込み』（昭30）とされているようであるが、刑事の職務内容が素材になっているだけだという判断で、特別に推理要素の作品には所属させなかった。最初の推理作品は、『顔』（昭31）からと理解した。若い劇団員が個性派俳優として評価され、映画に出演することになった。故郷を出る時に伴った女性を、絞殺した過去がある。彼女と連れであることを目撃した青年を、呼び出して殺害しようとする話である。青年は、刑事と一緒に京都に来たが、同じ料亭で同じテーブルの相席になっても、顔に気付かれなかった。その後に映画が封切られて、車窓を見る横顔で、青年が殺人者の顔を思い出したという話。清張推理の先駆けとして良いかと思う。次作の『声』（昭31）は、電話交換手であった妻が、間違い電話で聞いた声から、夫の同僚の殺人を記憶に蘇らせ、そのために殺害される。その殺人が発覚される経緯を小説化しているが、犯人に辿り着く推理は、さほどに清新でもない。

推理そのものがテーマとなって、作品を支える小説は、知られる通り『点と線』（昭32）である。福岡の海岸香椎潟で行われた殺人事件に、北海道の札幌に出張中の犯人がいかにかかわり得るか、そのトリックを解明していく経過が、この作品を支える中心要素である。同じ警部がやはりトリックの綻びを追求していく『時間の習俗』（昭36）とともに、明瞭に推理を正面にかかげた小説であるが、後に清張推理小説の特徴となる社会性は、十分に描出されているとは言えない。『点と線』では、被害者が政界汚職捜査の犠牲者といった背景は分かるが、『時間の習俗』では、殺人事件の被害者が何のために殺されたのかさえ、すぐ浮かんで来ないほどである。この二作が描くものは、事件でもなく、社会性でもなく、試行錯誤しながら訥々と事件の中心に迫っていく刑事の人間性への共感であったと評してよい。清張推理小説のなによりの特徴は、ここに始発している。

『点と線』における刑事の立場は、『ゼロの焦点』（昭33）では新妻禎子、『歪んだ複写』（昭34）では新聞記者、『球形の荒野』（昭35）でも婚約者の新聞記者、『砂の器』（昭35）では捜査本部の担当刑事、『ガラスの城』（昭37）では二人の女性社員、『草の陰刻』（昭39）では検事、『Dの複合』（昭40）では小説家と受け継がれ、素人探偵が地道に事柄の真相に迫るというのが、清張推理小説を支える要素になっている。この要素に、事件としての社会性、すなわち戦後混乱期の女性（ゼロの焦点）、外交官の終戦工作（球形の荒野）、著名音楽家の悲惨な生い立ち（砂の器）などが過不足なくプラスして描出された時に、清張推理を代表する作品が生まれているようである。

風俗小説が事件を描くことを中心にした時には、推理作品になりやすい。犯罪の真相が、追求者によって暴露されていく形で語られるからである。『眼の壁』（昭32）はパクリ屋による金融詐欺、『不安な演奏』（昭36）は選挙違反責任者の殺人計画、『速力の告発』（昭44）は自動車公害、『霧の会議』（昭59）はイタリア・マフィア組織、『赤い氷河期』（昭63）はエイズ問題。清張の風俗小説が、人間の描写から社会を描く立場に視点を移していく。別の表現をすれば、推理小説と風俗小説の巧みな融合、それが高度に達成された形と見ることは出来るけれど、文学が人間を描くという前提を持つかぎりは、巧みな社会小説とは言えても、文学作品の枠内には入りにくいというのも、仕方のないところであろう。

清張の推理小説は、その後、推理以前の人間描写において、小説作品としての質を深め、十分な文学作品になるような深化を見せていく（生けるパスカル、遠い接近、表象詩人など）。〝推理は、清張にとっては小説手法〟を、あらためて実感させる。晩成期の清張推理小説は、テレビ視聴率（渦）や馬券と非常駐車帯（馬を売る女）、報道写真賞（十万分の一の偶然）、結婚式場（黒い空）、駅伝（詩城の旅びと）といった現代的な状況を素材にした、新しい展開を見せる。素材は現代的であるが、それにかかわる殺人事件は、きわめて原始的な男女の愛憎である。そのコントラストを興味深いと感じるかどうか。最末期の『詩城の旅びと』は、南仏プロヴァンスで国際駅伝を開催するという、今日的な話題に加えて、『西郷札』以来の新聞社が舞台、『霧の旗』の桐子を思わせるＯＬ通子、清張作品の原点要素が集約されて、清張推理の到達した姿を示している。清張の推理小説については、後に章をあらためてまとめたい。

清張の歴史関連の作品は、史実に自己の推理や解釈を加えた歴史記述の作品と、それを背景として虚構の作品を構成した歴史小説とがある。

歴史記述　五五編　　歴史小説　一二一編

歴史記述は、『大奥婦女記』（昭30）を嚆矢とする。歴史記述とは言いながら、対象が人物であれば、評伝小説に分類したし、それらの殆どが作家としての清張の初期にあたっているので、作家松本清張にとって、作品の素材としての歴史がいかに重要事であるかが分かる。次に続くのが、『「スチュワーデス殺し」論』（昭34）である。これは、同年に発表した作品『黒い福音』の素材となった殺人事件の真相を、推理した記述である。小説家清張が、小説でない事件の推理を発表して、それが、それなりに受け入れられたことで、自己の執筆活動の場が、このような歴史記述の推理・解釈においても可能であることを知った意味は大きかった。しかもそれは、清張の最も得意とする分野でもあった。

清張作品の代名詞のようにも受け取られる、〝日本の黒い霧〟と呼ばれた一連の戦後裏面史の記述が、堰を切ったように、発表されることになった。下山総裁轢死事件、日航機「もく星号」墜落事件、昭電・造船汚職事件、白鳥警部殺害事件、戦後物資隠匿事件、帝銀椎名町支店集団毒殺事件、松川列車転覆事件、戦後日本の暗部を、清張の推理が照射した。新聞記者ではないけれど、新聞社に在籍した環境が、歴史の流れの裏側を見るに寄与したところはあったであろう。さらに、〝現代官僚論〟から〝昭和史発掘〟〝私説・日本合戦譚〟と展開する歴史把握は、まさに、松本清張の独壇場であった。

清張は、推理や解釈はするけれど、虚構する作家ではない。明治史・近世史、そして戦後史・昭和史と、歴史記述を進めると、すでに対象とする〝歴史〟がない。少年の頃からの歴史の風土であった古代に向かったのは、あるいは、回り道をして結局至るところに至った結果であるかも知れない。『古代史疑』（昭41）、『古代探求』（昭46）から〝私説古風土記〟（昭51）。邪馬台国を中心とする古代史の把握は、その政治文化に痕跡をとどめる外来の思想と文化、近くは朝鮮半島から、古代中国と西域、古代ペルシャへと、歴史の対象を拡大していった。『ペルセポリスから飛鳥へ』（昭54）は、清張の古代推理をたどった紀行である。

清張にとっては、歴史そのものが厳然として重さで存在しているので、それを推理したり、解釈したりはまだしも、それを背景とした小説作品を生み出すことには、さして熱心になれなかったようである。歴史小説と認定したのは、初期から言えば、『贋札作り』（昭28）、『明治金沢事件』（昭31）など以下、二二作品であるが、これが小説になっているかどうかには、異論があっても不思議でない。朝鮮戦争最中の小倉の祇園祭の夜の黒人兵集団脱走事件を書いた『黒地の絵』（昭33）や、昭和七年に向島寺島の通称「おはぐろどぶ」で見つかったバラバラ死体事件を扱った『額と歯』（昭33）、近くは、アムステルダムの運河で見つかった日本人のバラバラ死体事件を記した『アムステルダム運河殺人事件』（昭44）など、小説よりは歴史記述に近い。〝ミステリーの系譜〟と題された三つの作品では、事実そのものを正確に書きとめることを第一に留意している。三十二人殺しの津山事件、群馬の寒村で起きた人肉事件、鈴が森おハル殺し、これらの事件を、極力事実の経緯のみの形で記述している。検察・警察の取調記録、公判廷記録、それらの無機質な記述が、小説としても最も行き着いた形の文体ではないか、清張はそう感じることがあった。

清張が、小説の意識で提示した作品は、作品名にも〝小説〟と冠した『小説帝銀事件』（昭34）や『小説東京帝国大学』（昭40）はそのように理解すべきであろうが、〝小説〟と冠することで歴史記述を標榜したら受けるかも知れない批判を、回避する態度が無いでもない。本当の意味で、清張が意欲的に歴史小説に取り組んだのは、『黒い福音』（昭34）、『深層海流』（昭36）、『風の息』（昭47）、『火の路』（昭48）などであろう。『深層海流』は内閣調査室を、『風の息』は「もく星号」遭難を、背景の素材にしている。『火の路』は、清張古代史の最新の把握を訴えるために、意図的に小説の形に腐心した作品である。『空の城』（昭53）は商社安宅産業の倒産を、『白と黒の革命』（昭54）はイラン革命を、『熱い絹』（昭58）はタイのシルク王殺人事件を、小説仕立てにして語った作品である。実在の素材であるという意味で、歴史小説の一応範疇に入れる。

最後に、自伝的な作品を紹介する。清張は、素顔の自分を語りたがらない作家なので、極力数えても、一〇編ほどである。その中で、『父系の指』（昭30）、『夜が怕い』（平3）は、清張の父母についての記述。『骨壺の風景』（昭55）は、祖母についての追憶。祖母が少年の清張にくりかえし言った「死んでもまぶって（守って）やるけんのう」

の言葉は、清張小説に何度か引かれている。清張自身のことを語った『半生の記』(昭38)、『河西電気出張所』(昭49)、『泥炭地』(平1)は、それらを重ね合わせて読めば、作家清張の人生が浮かんでくるが、作品の記述相互には多少の差違もあり、それぞれ〝主題〟を持って作品化した態度があったようだ。記述を、全面的に素朴には受け止めかねる要素もあるらしい。

清張の現在を語る日記は、取材紀行と言ってよい『密教の水源を見る』(昭59)、『フリーメイソンP2マフィア迷走記』(昭59)なども含めて、一一編。ベトナム戦争の実態を現地報告した『ハノイ日記』(昭43)のほか、清張の日常を記述した『過ぎゆく日暦』(昭63)など。清張にとって、小説家であることは、実像の一面に過ぎないことが、よく分かる。

三　作品の主題

文学作品が描こうとしているもの、それをここでは主題と呼称することとするが、清張作品において描かれているもの、それを分析整理してみるのが、本節の課題である。文学作品であるかぎり、それが書かれる意識の根本に、「人間が生きる」という問題への問いかけが存するはずであるから、本節の課題も、結局「人間のなに」を描こうとしているかという問題になる。

私に整理して考えた形を、最初に提示してみたい。理解の容易のために、小説の性格に関しての前節に分類した結果を援用して示すと、次のようである。

A　主題が人間にかかわるもの

人生を描く　a模索する人生　評伝小説・自伝小説・風俗小説
　　　　　　b断面の人生　日記・紀行・風俗小説
人間を描く　a生　風俗小説
　　　　　　b愛　風俗小説
　　　　　　c性　風俗小説
　　　　　　d金　風俗小説
　　　　　　e名誉・権力　風俗小説
　　　　　　f悪人　風俗小説
社会を描く　　　風俗小説

B　主題が人間以外にかかわるもの
史実の歴史・事件　歴史記述・歴史小説
架空の歴史・事件　推理小説

多少の解説を加える。「B　主題が人間以外にかかわるもの」のうちの「史実の歴史・事件」とは、人間を描く以前に、歴史記述の真相追求の意図が前提としてある作品である。『下山国鉄総裁謀殺論』『「もく星」号遭難事件』などの〝日本の黒い霧〟作品、『石田検事の怪死』『朴烈大逆事件』などの〝昭和史発掘〟作品、『長篠合戦』『島原の役』などの〝私説・日本合戦譚〟作品、『古代史疑』『邪馬台国』〝私説古風土記〟などの日本古代史関連の作品、『文部官僚論』『内閣調査室論』などの〝現代官僚論〟作品などである。『闇に駆ける猟銃』のように、徹底して事実の記録に徹した、このような文学の形もあるかと感じるところもあるが、作品が描くものとして意識するところは、「人間」よりも、「歴史」あるいは「事件」の真実が前提としてある。真実を極めていったところに、究極的な人間の姿が浮かびあがるという意識はあるのだろうと思う。

「架空の歴史・事件」とは、この場合、推理小説に架空に設定された殺人事件であることは、言うまでもない。『事故』は興信所長の絡む二つの迷宮入り事件の真相を語り、『Dの複合』は無実の父を牢獄に送った加害者に対する報復であり、『交通事故死亡一名』は交通事故を装った殺人であり、『不法建築』は最も安全な殺人現場としての違法建築、『巨人の磯』は大洗海岸の巨大腐乱死体の謎解きであり、『留守宅の事件』は〝留守宅の妻の殺害〟を装った車犯罪のトリック、『駆ける男』は毒草ハシリドコロ殺人である。こういった殺人行為がどのように実行され、どのように真相暴露されていったかというところに、作品が書かれる第一義がある作品である。『火と汐』という小説は、京都の大文字焼の夜、ホテルの屋上から姿を消した人妻が、太平洋上のヨットレースに参加している筈の夫による殺人の、どのように被害者となったのか。作品の中心は、そこにある。清張を一躍流行作家に仲間入りさせた『点と線』『時間の習俗』も、小説の主題は、加害者の犯罪がいかに可能であったかという、犯罪者のトリックを見破っていくのが本旨であり、人間を描く小説ではない。〝人間を描く〟が第一義でないという意味で、この種の作品を〝清張の文学〟の範疇に入れて議論するのは、ためらわれる。極端に言うと、推理小説はその〝推理〟が作品の主題であることによって、文学作品の枠から外される性格を持っているけれど、清張の感覚では、人間が殺人行為をおかすという、いわば追いつめられた〝生〟の姿をそこに描くことが出来るという意味で、いわゆる純文学と等質の文学性がある、そのように認識されている。

「A　主題が人間にかかわるもの」は、当然ながら、文学作品の基本的な形である。「人生を描く」の「a模索する人生」とは、前節で示した評伝小説がだいたいこれにあたる。『或る「小倉日記」伝』から始まって、『菊枕』『断碑』『石の骨』など、懸命な人生の記述がこれである。後には、政治家山県有朋を描いた『象徴の設計』、伊能忠敬の生涯を記述した『老十九年の推歩』、クーデンホーフ光子の実像に迫った『暗い血の旋舞』、森鷗外外伝とでも言うべき『削除の復原』など、清張が、作家としての最初から最後まで、親しんだ小説の形である。『父系の指』『半生の記』『骨壺の風景』といった自伝も、自らを対象とした評伝小説と言える。風俗小説とした『西郷札』『啾々吟』『恋情』のような作品も、これに含まれ得る。彷徨する人生を凝視した作品には、質の高い文学性が感じられるものが多い。風俗小説としてのこの類の作品は、「魏志倭人伝」の〝陸行水行〟を実地に検証しようとして水死する『陸行水行』を出して後、おおむね断絶する。推理小説であるが、『球形の荒野』には、歴史のなかで懸命に生きた人生の重みを推測させて、深い文学性を感じさせるものがある。

「b断面の人生」としたものは、作品の意図に従って、人生の断面から人間を描出した作品である。評伝小説のうちでは、『古田織部』『世阿弥』以下の〝小説日本芸譚〟作品や、風俗小説の中では、『くるま宿』『笛壺』『尊厳』といったやや評伝風な作品と、『火の記憶』『湖畔の人』『九十九里浜』『潜在光景』『田舎医師』といった自伝風の作品も、ここに分類できる。若くして学士院賞を受けた老学者の落魄の晩年を描いた『賞』、郷里で「嘘つきの名人」と顰蹙をかっている男との交渉を書いた『点』、剝製の鳥を小枝に並べる鳥寄せ名人の『剝製』、老歴史地理学者が縊死する『月』、作家志望の青年の挫折とその妻を描く『証明』、こういった作品も、この項で紹介できるかと思う。日記・紀行は、「断面の人生」そのものである。

「人間を描く」の「a生」とは、『いびき』とか『発作』『拐帯行』『氷雨』『願望』『部分』『小さな旅館』『弱気の虫』などのような、人間の生の相を映した作品である。晩秋の風に舞う木の葉のような人間の姿を描写した、『町の島帰り』『俺は知らない』など〝無宿人別帳〟作品も、これに入れて良いだろうか。前述の「断面の人生」とどう区別できるか。人生と人間という視点の違いから一応の判定は下したが、微妙な感覚である。「b愛」とは、御家人の妻への不倫の疑いを書いた『疑惑』、夫とその昔の恋人の二階での死を書く『二階』、二流画家の相克を描いた『虚線の下絵』、同人作家上がりの作家志望の男とその妻の挫折を描いた『証明』、これらは夫婦の感情を扱っている。妻の愛人の殺人を意図した『遭難』や駆け落ちした妻を捜す浪人者の『術』なども、夫婦の感情が下敷きになっている。妻の愛人の殺人を意図した『遭難』や駆け落ちした妻を捜す浪人者の『術』なども、夫婦の感情が下敷きになっている。意図的に妻を性病に伝染させて不倫の証拠をつかむという『確証』、これは、夫婦の愛情と表現できるのだろうか。『土俗玩具』『薄化粧の男』『恐妻の棺』『雨の二階』『一年半待て』はむしろ夫婦の愛情の欠如が背景となっている。『捜査圏外の条件』は、愛着した妹のための復讐の殺人である。『小さな旅館』は娘婿への嫌悪だが、娘に対する愛情と言えるのかどうか。

「c性」。文学は人間を描くものだと言いながら、結局のところ、人間の生の根源は、〝性〟である。男女の間の〝性〟の種々相が、その愛憎の結果としての「殺人」という結果を招く。「事件」よりも、その「動機」を重視するという清張推理小説において、最も豊饒に利用された要素である。特に〝性〟と言わなくても、どの作品も大なり小なりその要素を持ってもいる。〝性〟の要素が中心の作品を、その内容からあらあら整理してみれば、次のようにでもなろうか。

○不倫

『赤いくじ』『張込み』『喪失』『箱根心中』『佐渡流人行』『佐渡流人行』『鬼畜』『白い闇』『夜の足音』『坂道の家』『波の塔』『寒流』『天城越え』『凶器』『誤差』『駅路』『小町鼓』『百済の草』『寝敷き』『走路』『たづたづし』『灯』『消滅』『地の骨』『微笑の儀式』『砂漠の塩』『二つの声』『内海の輪』『鷗外の婢』『式場の微笑』『書道教授』『足袋』『愛犬』『北の火箭』『百円硬貨』『記念に』『断崖』

○同性愛

『指』

○近親相姦

『新開地の事件』『典雅な姉弟』『夕日の城』『歯止め』

○老人の性

『老春』『六畳の生涯』『遺墨』

多少の注釈をする。「不倫」としたもののうち、『箱根心中』は、幼馴染みの男女がなんとなく思い立った遠出から、交通事故に遭ってその日のうちに帰れず、思いがけない箱根心中となったという小説。この発想は、後に『砂漠の塩』という作品になる。『鬼畜』は、ありふれた愛憎の結末。少年の慕情的な感情を記述した『天城越え』は、独特の抒情的文芸性を持つ。兄嫁との不倫が殺人に結びついていく『内海の輪』。『赤いくじ』『白い闇』『百済の草』なども、人妻への愛着を記述する。男女の愛欲のもつれを描く『たづたづし』『書道教授』『坂道の家』『二つの声』。清張の描く男女の愛憎の世界は、けっして明るくない。凡庸で卑俗な、そして醜悪に近い愛欲の世界である。同性愛・近親相姦・老人の性を語る小説も、紹介した通りである。

「d金」は、人間の富への欲望を描いた小説である。無名画家の絵を買う画商の話である『青のある断層』、計画された保険金殺人である『巻頭句の女』『紐』、麻薬に関与する病院を書いた『草』、蓄財が生き甲斐のオールドミスの殺人『鉢植を買う女』、道路のための土地買収交渉に応じない『形』や、ニセ筆跡詐欺の『相模国愛甲郡中津村』、政治献金の裏側を描く『分離の時間』、業界紙の圧力『梅雨と西洋風呂』、金融ボスの色と欲の実態を書く『彩り河』、〝性〟と並ぶ人間の今一つの黒い欲望である。高雅な雰囲気で記述された『万葉翡翠』や、受賞賞金の寄付を〝誤訳〟として処理した『誤訳』まで、金銭の欲望が絡むのは遺憾であるが……。

「e名誉・権力」としたが、この標題が適当かどうか。学者としての生存を賭けた『カルネアデスの舟板』、地方の旧家の結婚詐欺を書く『支払い過ぎた縁談』、美術史界の権威への復讐『真贋の森』、調査課長の願望の挫折『危険な斜面』、政治世界の裏面を記述した『不安な演奏』『迷走地図』、清張小説の今一つの人間描写である。

「f悪人」とは、述べてきた整理と並びにくい標題であるが、人間の感情と欲望は、述べてきたように、生存・家族の情愛、また性とか金銭とか権力欲とかに分けて見ることは出来るけれど、人間性というものは、それらが截然と分かれて存在するものではない。それらの要素が複合的に重なって、一つの人格をなすものである。特に後者の欲望はおおむね重なり合っていて、普通〝悪人〟と呼称されるような人物像を描写することになる。そういう意味で別項目を立てた。

『共犯者』は、今の自分の立場を脅かす唯一の存在であるかつての犯罪共犯者を抹殺しようとする小説、悪徳病院長の性と金、その裏を行く悪人の『わるいやつら』、女と金しか眼中にない男の『連環』、政界ボスの黒い権力と老人の性を描く『けものみち』、銀行の架空預金メモを持ち、現金を拐帯して逃げた行員の『彩霧』、女と金の人生を渡り歩く『断線』、悪徳美容師と女たちを描く『夜光の階段』、弁護をした容疑者から恫喝される国選弁護士の不運を書く『種族同盟』、横領した選挙費用で相場に手を出す『告訴せず』、利己しかない青年の犯罪の露顕を描く『水の肌』、まさに「世に悪人の種は尽きまじ」である。

清張における悪人描写は、『強き蟻』あたりから、おおむね悪女描写になる。『強き蟻』は、企業家の財産を狙って後妻に入った料亭の女将の話。『お手玉』は文字通り、男を手玉に取る温泉地の女将の愛欲。『黒革の手帖』『聖獣配列』は著名。前者は、架空名義メモを持って公金を横領した女性を書き、後者は、国家の裏側の黒い資金を狙う悪女の話。男の欲望社会のなかで切なく生きる女性を描くことの多かった清張作品のこの変貌は、注意してよい。推理小説のなかにも、巧妙に仕組んだ画伯婦人の連続殺人『内なる線影』や、同じく、銀行家の後妻に入ったバーママを描く『礼遇の資格』などがある。

「社会を描く」は、個々の人間というより、その集団である社会の営為を描くという小説。製薬会社による細菌謀略を描いているように見える『屈折回路』や、内戦のラオスと麻薬を書いている『象の白い脚』など。神の銀行とマフィアを書いた『霧の会議』、電力会社などへの恐喝未遂事件の『数の風景』、エイズによる謀略を書く『赤い氷河期』は、共に晩年の長編である。清張晩年の風俗小説は、このような社会風俗小説に向かっていた。いわゆる時代小説として知られる『天保図録』『乱灯江戸影絵』『西海道談綺』も、歴史小説としないなら、現代との多少の時間の違いだけのことだから、社会風俗小説とでも認定しておこうかと思う。

その作品が〝描こうとしているものは何か〟という視点から、清張作品を整理してみた。文学作品としての小説は、〝人間を描く〟が主題となるものであるという認識から、歴史記述を本旨とする作品、犯罪のトリックやアリバイを中心とする作品、この種の作品は、まず文学作品の範疇から一応除いてみた。残りの作品は、大別して、〝人生〟を描くのか、〝人間〟を描くのかで、区別してみた。この場合の〝人間〟とは、性・金銭などの欲望の主体者としての人間である。人生はまた、〝人間の生〟であるから、両者の区別が、どのように可能か、実のところ、私も、確信ある提言をなし得たという感情は、はなはだ稀薄である。しかしながら、清張自身が言うように、「小説に中間はない」とするならば、松本清張作品の全体を、純文学と通俗小説の混在と認識するとすれば、その境界線はどこか、境界線をなす要素とは何か、そのことを考える、いささかの手がかりを与えてくれるものがあるのではないか、という感覚もある。「その作品の主題となる思想が、人間の〝生〟にあるのか、人間の〝欲望〟にあるのかが、その境界線である」と述べて、本節の一応の結論としておきたい。なお、この問題は、松本清張の文学の根本的な問題であるので、純文学と大衆・通俗小説の問題として、後に私見を述べたい。

四　作品の掲載誌

〈月刊誌時代〉

あらためて言うまでもないが、清張は、昭和二十五年の「週刊朝日」〈百万人の小説〉に応募して、三等に入った。入選作『西郷札』は、翌年三月の「週刊朝日別冊」に掲載された。その翌年に書いた『或る「小倉日記」伝』は、木々高太郎氏のすすめで「三田文学」に掲載され、芥川賞を受賞した。この作品は、昭和二十八年三月の「文藝春秋」に改稿掲載されている。この間に書かれた、『くるま宿』『火の記憶』『梟示抄』『啾々吟』などから、短編評伝小説の書き手と見られた清張には、短編小説の依頼が主だったようである。作家清張の初期は、月刊誌の読み切り短編小説家であった。作品掲載誌から言うと、月刊誌時代と言ってよいが、特定の雑誌とは、終生の執筆関係を継続している。紹介すれば、次のようである。

ウィークス　詩城の旅びと

オール読物　啾々吟・赤いくじ・青のある断層・いびき・ひとりの武将・佐渡流人行・甲府在番・町の島帰り・海嘯・おのれの顔・逃亡・俺は知らない・夜の足音・流人騒ぎ・赤猫・左の腕・雨と川の音・危険な斜面・球形の荒野・彩霧・大黒屋・大山詣・山椒魚・三人の留守居役・蔵の中・女義太夫・長篠合戦・姉川の戦・山崎の戦・川中島の戦・厳島の戦・九州征伐・島原の役・関ヶ原の戦・西南戦争・種族同盟・証言の森・火と汐・山・新開地の事件・証明・火神被殺・葡萄唐草文様の刺繡・神の里事件・奇妙な被告・恩誼の紐・駆ける男・山峡の湯村・式場の微笑・不運な名前・疑惑

キング　武将不信

小説現代　七種粥・虎・突風・見世物師・術・指・水の肌・留守宅の事件

小説公園　火の記憶・転変・情死傍観・恋情・面貌・尊厳・途上・声・氷雨

小説新潮　腹中の敵・柳生一族・張込み・秀頼走路・調略・増上寺刃傷・顔・白い闇
地方紙を買う女・雀一羽・巻頭句の女・たづたづし・歪んだ複写・偽狂人の犯罪・交通事故死亡一名・家紋・史疑・年下の男・古本・ペルシアの測天儀・不法建築・入江の記憶・不在宴会・土偶・喪失の儀礼・巨人の磯・内なる線影・礼遇の資格・理外の理・東経一三九度線・足袋・愛犬・北の火箭・見送って・誤訳・百円硬貨・お手玉・記念に・箱根初詣で・再春・遺墨

宝石　ゼロの焦点・Dの複合・役者絵・死んだ馬

新潮　特技・父系の指・喪失・九十九里浜・賞・発作・黒地の絵・空白の意匠・老春
骨壺の風景・断崖・過ぎゆく日暦・日記メモ

新日本文学　厭戦

中央公論　点・剥製・部分・北の詩人・「白鳥事件」裁判の謎・古代史疑・眩人

日本　紙の牙・拐帯行・連環

富士　くるま宿

文芸朝日　影

芸術新潮　古田織部・世阿弥・千利休・運慶・小堀遠州・写楽・光悦・岩佐又兵衛・雪舟・止利仏師・劉生晩期

現代　風紋

講談倶楽部　五十四万石の嘘

太陽　出雲国風土記・常陸国風土記・播磨国風土記・肥前国風土記・豊後国風土記・総論

文学界　背広服の変死者・カルネアデスの舟板・屈折回路・古代探求・泥炭地

文芸　廃物・象徴の設計・半生の記

文藝春秋　梟示抄・戦国権謀・菊枕・贋札つくり・湖畔の人・断碑・笛壺・山師・石の骨・奉公人組・陰謀将軍・乱気・鬼畜・捜査圏外の条件・ある小官僚の抹殺・真贋の森・装飾評伝・上申書・小説帝銀事件・下山国鉄総裁謀殺論・「もく星」号遭難事件・二大疑獄事件・白鳥事件・ラストヴォロフ事件・革命を売る男、伊藤律・帝銀事件の謎・征服者とダイアモンド・鹿地亘事件・推理、松川事件・追放とレッドパージ・謀略朝鮮戦争・深層海流・皿倉学説・現代官僚論・文部官僚論・農林官僚論・検察官僚論・通産官僚論・警察官僚論・内閣調査室論・晩景・ベイルート情報・統監・火の虚舟・花衣・粗い網版・月・虚線の下絵・象の白い脚・強き蟻・砂の審廷・葉花星宿・正太夫の舌・行者神髄・河西電気出張所・夏島・空の城・白と黒の革命・形影　菊池寛と佐々木茂作・思託と元開・信号・フリーメイソンP2マフィア迷走記・老十九年の推歩・両像、森鷗外・削除の復元・ネッカー川の影・死者の網膜犯人像・「隠り人」日記抄・モーツァルトの伯楽・呪術の渦巻文様・老公・夜が怕い

旅　点と線・時間の習俗

「文藝春秋」「オール讀物」が清張作品掲載誌の双壁である。芥川賞・直木賞の関係、それ以前に、作家としての菊池寛を敬愛する清張の心情としても、終生親近した事情は推測できる。「文藝春秋」では、初期傑作短編に続いて、作家清張の転機となった〝日本の黒い霧〟や現代官僚論、商社倒産やイラン革命といった社会小説、晩年の伊

能忠敬・森鷗外などの新評伝小説など、作家清張をサポートし続けた雑誌である。「オール讀物」には、菊池寛を追慕して〝私説・日本合戦譚〟を連載した。名作『球形の荒野』の発表誌であるのも、偶然の所為でない。少し遅れて、短編の佳編を多く発表したのが「小説新潮」で、この三誌が、最も縁が深い。新潮社には、「小説新潮」での『腹中の敵』『張込み』、「新潮」での『特技』『父系の指』『黒地の絵』『骨壺の風景』など、思い入れの大きい作品を多く寄せている。「小説公園」も、初期『火の記憶』『恋情』『面貌』などの佳編を掲載したが、雑誌そのものが廃絶してしまった。三十年代にいくつかの短編を載せた「中央公論」は、その後、ほとんど清張作品と縁が無い。やはり、三島由紀夫発言の文学全集問題の影響であろう。

私考するに、清張においても、純文学としての小説作品といった意識はあったように感じられる。「文学界」に掲載した『背広服の変死者』『カルネアデスの舟板』『屈折回路』に感じられる、よそ行きめいた観念小説に、そのような意識を感じる。「文芸」における『廃物』『象徴の設計』にもそれがある。『象徴の設計』ではそれなりの作品にまとめたが、他は抽象的・観念的。「新日本文学」の『厭戦』にも、ややそれがある。清張にも落ち着かない感覚があったか、後には、「文学界」に『泥炭地』、「文芸」に『半生の記』を発表した。ともに自伝。純文学は〝私小説〟、私小説に反撥しながらも意識下の意識があったのであろう。

清張は、発表誌の性格に応じた作品を書くことが出来る作家であった。作家としての能力と、ひそかに信じていた気配もある。「芸術新潮」の〝小説日本芸譚〟や「太陽」の〝私説・古風土記〟は言うに及ばず、「日本」には『紙の牙』『連環』、「現代」には『風紋』といった同じく企業小説、「宝石」に『ゼロの焦点』『死んだ馬』といった社会小説、極めつけは、日本交通公社の雑誌「旅」の求めに応じて書いた『点と線』『時間の習俗』。時刻表と推理を組み合わせた小説は、思わぬ好評を博して、社会派推理小説作家として喧伝される立場を得た。

〈週刊誌時代〉

清張の処女作『西郷札』が掲載されたのは「週刊朝日」であるし、清張作品と週刊誌の関係は初期から密接であるが、社会派推理小説という大衆小説家として、週刊誌を舞台に華々しい活躍をした。その大要は、次の通り。

サンデー毎日　明治金沢事件・疑惑・天城越え・誤差・駅路・小説東京帝国大学

週刊朝日　西郷札・怖妻の棺・一年半待て・日光中宮祠事件・額と歯・遭難・証言・坂道の家・願望・紐・寒流・凶器・濁った陽・草・小さな旅館・天保図録・歯止め・犯罪広告・微笑の儀式・二つの声・弱気の虫・内海の輪・ハノイからの報告・速力の告発・分離の時間・鷗外の婢・アムステルダム運河殺人事件・幻の「謀略機関」をさぐる・セント・アンドリュースの事件・書道教授・六畳の生涯・梅雨と西洋風呂・聞かなかった場所・二冊の同じ本・遠い接近・生けるパスカル・山の骨・表象詩人・高台の家・告訴せず・清張日記・数の風景・黒い空

週刊コウロン　黒い福音・松川事件判決の瞬間

週刊新潮　支払い過ぎた縁談・わるいやつら・けものみち・地の骨・夜光の階段・渡された場面・天才画の女・黒革の手帖・聖獣配列・赤い氷河期

週刊現代　火の縄・棲息分布

週刊読売　共犯者・眼の壁・鴉・闇に駆ける猟銃・肉鍋を食う女・二人の真犯人

週刊文春　不安な演奏・事故・熱い空気・形・陸行水行・寝敷き・断線・石田検事の怪死・朴烈大逆事件・芥川龍之介の死・北原二等卒の直訴・三・一五共産党検挙・佐分利公使の怪死・潤一郎と春夫・天理研究会事件・スパイ〝M〟の謀略・西海道談綺・十万分の一の偶然・彩り河

週刊誌においても、文藝春秋社との関係は、密接である。「週刊文春」は、昭和三十四年創刊であるが、清張はもっぱら短編推理小説を掲載していた。『石田検事の怪死』に始まる〝昭和史発掘〟が、清張の記念的活動となる。大衆娯楽誌である週刊誌を、硬派な教養誌としても成功に導いたのは、清張の功績である。その後の『西海道談綺』『十万分の一の偶然』『彩り河』、いずれも長編。清張が本格的に熱意を込めて書こうとする時には、文藝春秋社が舞台を用意している。他の大手、「週刊朝日」「週刊新潮」ともに、週刊誌は、推理小説中心。週刊誌時代は、推理小説時代でもある。

「週刊朝日」には、『西郷札』に続いて、『一年半待て』『坂道の家』『内海の輪』『鷗外の婢』『表象詩人』など、単なる推理を越えた佳編が多い。対して「週刊新潮」は、『わるいやつら』『けものみち』『黒革の手帳』『聖獣配列』といった、長編悪人小説が目立つ。その他の週刊誌は付き合い程度と思われるが、「サンデー毎日」には、『天城越え』『駅路』といった好短編のほかに、『小説東京帝国大学』といった重厚な作品が掲載され、「週刊読売」では、『眼の壁』『鴉』のほかに〝ミステリーの系譜〟の三編、社会裏面の暗黒を叙す作品。毎日と読売、中流教養と企業社会といった感触の相違が、清張にあったのかもしれない。

〈新聞小説時代〉

人生への共感を感じさせる短編評伝小説から社会派推理小説へ、それを月刊誌時代から週刊誌時代へというふうに、重ね合わせて説明するには問題があるが、純文学から大衆小説へという流れは、おおむねは理解できるかと思う。そのような純文学論争を超越する国民的作家としての地歩を築いた清張の発表の場は、日常的に広範囲の読者に接する新聞小説としての形がふさわしくもなった。国民的作家と新聞小説を重ね合わせて説明するのも問題があると思うが、とりあえずはそのように述べておきたい。清張の新聞小説は、次のようである。

社会新報　　中央流沙
赤旗　　ハノイ日記・風の息

朝日新聞　　　身辺的昭和史・迷走地図・火の路・乱灯江戸影絵
東京新聞ほか　かげろう絵図・逃亡・雑草群落・邪馬台国
読売新聞　　　砂の器・落差・草の陰刻・霧の会議
日本経済新聞　馬を売る女・渦
報知新聞　　　熱い絹

限られた分量で、広範囲の読者に日常的に興味を持続させるためには、推理要素は不向きと判断されたのであろうか、推理が前面に出る小説よりも、社会的な関心を誘う小説を意図しているように見える。「朝日新聞」に連載の『迷走地図』は国会議員と議員秘書、国家権力の中枢に動く人間群像を描く。「読売新聞」に連載した『落差』『草の陰刻』『霧の会議』は、学者・古美術商・イタリアマフィアそれぞれの裏面を描き出して、読者の関心につとめている。『砂の器』は、国語方言・若者の文化集団・超音波殺人・血染めのシャツの紙吹雪などと、趣向を凝らして推理要素を補っている。新聞小説に多い時代物の要素にも着目して、『乱灯江戸影絵』『かげろう絵図』『逃亡』といった時代小説も、意図的に内容とした。そういった大衆的要素にむしろ挑戦するように、『火の路』『邪馬台国』といった作品を、発表したりもした。反応はさまざまであったようであるが、清張にそのような実験を許した。清張がそれほどに大きな存在になっていたということである。

新聞小説においても、清張の対応能力の深さは、よく発揮されている。日本社会党「社会新報」に連載した『中央流砂』は、汚職渦中の農林省課長補佐が温泉地の河原で死体で発見されるという、多少は手慣れた小説。日本共産党「赤旗」に連載の『風の息』は「もく星」号遭難事故の真相を追求した小説である。「日本経済新聞」の『馬を売る女』『渦』はそれぞれ競馬・テレビ視聴率を背景にして、格好の素材の小説になっている。清張のこのような対応姿勢を、清張のサービス精神と批評しておこう。

＜女性誌＞

清張のサービス精神が分かり易く観察できる種類の作品がある。女性誌と呼ばれる、女性向けの雑誌に掲載した一群の小説である。これも、先にまとめて紹介すると、次のようである。

新婦人　大奥婦女記
女性自身　波の塔
婦人朝日　箱根心中・二階
婦人公論　霧の旗・「スチュワーデス殺し」論・確証・万葉翡翠・薄化粧の男・潜在光景・典雅な姉弟・田舎医師・鉢植を買う女・土俗玩具・相模国愛甲郡中津村・小町鼓・百済の草・走路・雨の二階・夕日の城・灯・切符・代筆・安全率・陰影・消滅・砂漠の塩
若い女性　ガラスの城

最初の作品『大奥婦女記』は、単純に江戸城大奥の女性史であるが、女性読者の関心を繋ぐのは、愛情問題しかないという清張の感覚が見える。一躍知られた『霧の旗』は、兄への肉親愛が発端となる特異な復讐小説だが、束縛と制約の中に生きる女性の、正当ではないが精一杯の生き方として、奇妙な実感がある。『薄化粧の男』『鉢植を買う女』なども、この類。『万葉翡翠』や〝絢爛たる流離〟作品の宝石、女性を惹くには……という清張のサービス精神だが、『土俗玩具』『夕日の城』『消滅』などの佳編がある。極めつけは『砂漠の塩』。共に結婚している幼なじみの男女が、今気付いた愛情の完遂に賭ける〝生〟の思いの深さ。名作と言ってよい文学性を持っている。『波の塔』でもそうであるが、女性の溜息を誘うような純愛への願望が、共通して描かれている。不倫の枠を超えた愛情小説だが、結末を悲劇に導くのは、サービス精神なのか清張の感性なのか。『小町鼓』の終末、清張は、「やっぱり、夫は善良な人だったと思います」と語らせている。

補注

（1）　本書において最初に取りかかり、いまだにひっかかっているのが、この作品分類の問題である。清張の全著作にわたって、適切な解説をされた郷原宏『松本清張事典　決定版』（角川書店、平17）では、推理小説、時代小説、歴史小説、史伝小説、恋愛小説、古代史論、ノンフィクションと分類し、これらのジャンルに含まれない普通小説を単に小説としたとされたが、失礼ながら、基準の内容がバラバラで妥当な分類とは思えない。

小倉の記念館に「松本清張主要作品系統図」が掲示してあり、それを原図とする図が、「別冊太陽」141〝松本清張〟（平凡社、平18）に示されている。清張作品をフィクションとノンフィクションに大別したうえで、フィクションを推理小説、現代小説、評伝的小説、ノンフィクションを歴史・時代小説、自伝的小説、自伝・エッセイ、近現代史、古代史といった作品分類にしている。穏当なようにも見えるが、たとえば、フィクションを推理・現代・評伝的小説と分ける、それは、どういう物差しで測ったものであろうか。対義語でもないし、並立語でもない。推理に並べられる概念は、せいぜい伝奇・恋愛・娯楽などといったものかもしれないし、現代に並べられるのは、古代・近世・近代といった概念だろう。評伝（的）に対しては自伝（的）か、いやいやこれもちょっとおかしい。

作品の性格毎に似たものを集め、作品群の称を立てて、分類と称している。どうも、そういったところが実情らしい。それで良いのだろうか。清張小説を分析していこうとする時に、そんな（悪い意味で）融通無碍な了解で進んでは、混乱して収拾困難な状況にならないか。やはり、正しい分類をなす努力はすべきである。これは、研究者の責任ではないか。そのように思慮して、我ながらたどたどしいと感じながら、文学作品の中心価値である、作品の〝テーマ〟を基準として、全体の分類に努めてみた。その結果が、示したようなものである。

困ったのはやはり、時代小説と推理小説であった。時代小説も、単に背景が江戸時代だというだけなら、時代小説と言えない。その時代に生きている人々の姿を描写しているだけなら、それは単に時間の差だけの問題で、時代小説とは言えない。推理小説も、〝推理〟という要素が、作品の主題にかかわる時、分かりやすい例で言えば、アリバイ崩し小説の『点と線』のような、そのような場合は迷うことなく推理小説と言えるけれど、小説記述の方法としての〝推理的手法〟の問題なら、推理小説とは言えない。その意味で、実は、最初〝推理小説〟をかなり厳しく判定したら、せいぜい五〇編あまりしか残らなかった。ところが、作家・批評家・学者がこぞって推理小説前提で議論されているような作品を、筆者一人が風俗小説とか評伝小説とか固執する気になれなかった。それで妥協を重ねた結果が、この数字である。

（2）また、一般の〝普通の小説〟（この言い方も変だが）を、「風俗小説」と呼称するのも、抵抗されるかも知れない。であれば、どう呼ぶか。いわゆる純文学（その中枢の私小説も含めて）作品は、この「風俗小説」の中に入る。別に、さらに適当な呼称があればぜひ教示いただきたいが、筆者には、これよりほかの思慮が不能であった。それだけのことである。長々と事情説明をして恐縮であるが、態度表明はしておくべきだと考えた。

清張の「歴史・時代小説」の特集らしい「松本清張研究」第七号（松本清張記念館、平18）の、阿刀田高・山本一力両氏の対談における、いわゆる時代小説を書く清張が、まず「人間を描くというところからストーリーがわいてきた」とされる見解や、野口武彦「天保図録ノート」（同）で紹介されている「人間を描くことによって、その史実なり歴史が追究されなければならない」という清張見解と、野口氏自身が「松本清張の歴史小説が常に現代小説と通底している」という意見など、清張の時代小説を風俗小説に所属させるにあたって、多少根拠らしい意識を得た。なお、中島誠氏に『松本清張の時代小説』（現代書館、平15）なる著書があるが、時代・歴史小説の概念は問題にされていない。

（3）『点と線』以前の作品の中で、『火の記憶』を、郷原氏は「断じて自伝小説ではない。記憶の探索をそのまま事件の推理に重ね合わせた新形式の推理小説である」と述べておられる。筆者は、自伝風小説とは理解しているが、推理小説であるかどうか。この小説の意図するものは、母親の、女としての揺れ動く感情である。理屈とか理性とかよりも原始的に思える人間の感情である。この小説をそう理解すれば、この作品は推理小説ではない。藤井淑禎氏は、「菊池・芥川に学んだ清張の書くものは、特に意識はしなくても、おのずとミステリー的になってしまう。『西郷札』や『火の記憶』、『或る「小倉日記」伝』などを読めば、すぐにわかることだ」（「ミステリーの自覚」、「松本清張研究」第二号、平13）と述べておられる。清張自身も、「わたし、最初から推理小説を書くつもりなかったんですよ」と語っている由である。阿刀田高氏は、「勧められて、これは文字通りの推理小説『点と線』を昭和三十二年に発表する。ついで『眼の壁』『ゼロの焦点』。すなわち初期の長編三部作で、広義のミステリー作家の中にくっきりと推理小説という道が見え始める」（「ミステリー工房の秘密」、「松本清張研究」第四号、平15）と説明されている。こういった見解で良いのではないだろうか。阿刀田氏は、従って、『張込み』も単独では推理小説とは認定しがたいように述べておられる。筆者も賛成である。

第2章　清張作品の文章・表現

松本清張作品は、語られる内容が価値であって、語られ方には、さほど細かな神経は払われない。繊細で感受性豊かな表現よりも、内容に即した簡潔で的確かつ平明な記述が、もっぱら心がけられている。普通にはそのように認識されるけれど、実際のところは、どのようなものであろうか。作品内容にかかわる文章・表現の問題について、できるだけ実態に即した報告をしてみたい。報告にあたって、特に分析・考察の対象とした作品は、『西郷札』（昭26）・『点と線』（昭32）・『下山国鉄総裁謀殺論』（昭35）・『砂の器』（昭35）・『内海の輪』（昭43）の五作品である。

一　文章の長さ・会話・修飾・人称

文章の長さ　清張作品の文章の特徴を、簡潔・的確を旨として余剰な表現は排除されると捉えるなら、自動的に、比較的短文によって叙述構成されると、予測されるがどうであろうか。対象とした五作品に見た結果は、次のようである（作品全体にわたる整理は量的に不可能に近いので、冒頭五頁を考察範囲とした）。

西郷札　　二一二行・一一九文　　一文あたり約一・八行・四六字

点と線	二三五行・一九一文	一文あたり約一・二行・三二字
下山国鉄総裁謀殺論	二三一行・八九文	一文あたり約二・六行・六七字
砂の器	二三五行・一六六文	一文あたり約一・四行・三七字
内海の輪	二三一行・二〇三文	一文あたり約一・一行・三〇字

これを見るかぎりでは、小説作品の枠に外れる『下山国鉄総裁謀殺論』が、本来、最も新聞記事に近いような簡潔な短文記述で良いと思うのに、結果は、むしろ逆になっている。それに次ぐのが『西郷札』で、以下、『砂の器』→『点と線』→『内海の輪』の順となる。まさに、予想の逆順位である。他作家を比較してみるに、夏目漱石が三七字（明暗）、森鷗外が六六字（舞姫）、芥川龍之介が六一・五字（偸盗）・八三字（地獄変）、三島由紀夫が五六字（仮面の告白）・四七字（金閣寺）のようなので、比較すればおおむねは短文とは言えそうではある。しかし、先述もしたように、通俗的に近い作品において比較的短文で、これは漱石に近く、評伝あるいは歴史記述作品においてむしろ長文で、鷗外に近い。たまたまの偶然的結果であるのかどうか、とりあえずの調査結果は、このようになっている。

会話の割合　文中の会話の割合は、次のようである。

西郷札	四回・五行	全分量中の割合二・四％
点と線	四六回・六一行	全分量中の割合二六％
下山国鉄総裁謀殺論	一三回・一三行	全分量中の割合五・六％
砂の器	四二回・六五行	全分量中の割合二七・七％
内海の輪	三〇回・四九行	全分量中の割合二一・二％

これを見ても、ノンフィクションである『下山国鉄総裁謀殺論』の特徴が顕著であるが、『西郷札』はそれ以上の

特徴となっている。清張最初期における小説記述作法は、登場人物の対話などで場面進行していくような形を普通と認識していなかった。初期の短編小説は、ほぼこの傾向である。『点と線』以降、清張作品が中編・長編となっていった時の、最も顕著な特徴は、会話部分の増加と指摘することが出来る。なお、これを、夏目漱石の五〇・八％（明暗）、森鷗外の八・二％（舞姫）、芥川龍之介の二九・六％（偸盗）・四・二％（地獄変）、三島由紀夫の二・六％（仮面の告白）・四％（金閣寺）と比べてみれば、短編においては、鷗外・芥川・三島に比較的近く、長編においては漱石に比較的近い。漱石においては、会話記述部分の多いのが特徴なのであろうか。会話の多寡が、いわゆる純文学と大衆小説との区別の指標となるかとも考えたが、一面的な分析かもしれない。

形容詞修飾表現　清張作品においては、必要を超える修飾表現は、最も忌避される記述要素と思われる。その予測のもとに、分析調査を行ってみたいが、どのような内容の調査が有効なのか、とりあえず形容修飾語彙である形容詞の多少に着目して、整理してみた。結果は、次のようである。

西郷札	二二語（全二一二行中）
点と線	三〇語（全二三五行中）
下山国鉄総裁謀殺論	一一語（全二三一行中）
砂の器	二〇語（全二三五行中）
内海の輪	三九語（全二三一行中）

修飾語彙を要しない『下山国鉄総裁謀殺論』の特徴は、ここでも際立っているが、他では、さほどに区別を見ない。二〇語から四〇語の範囲の形容語彙の分量が多いか少ないか、夏目漱石二七語（明暗）、森鷗外三六語（舞姫）、芥川龍之介二二語（偸盗）・三九語（地獄変）、三島由紀夫二三語（仮面の告白）・一六語（金閣寺）などを勘案しても、結論的なことは言い難い。単純な形容語彙は、大衆性・通俗性に属する要素かとも推考していたのであるが、鷗外

三六語という結果もあるし、簡単には言い切れない。とりあえず、形容的修飾表現の使用に関して、いわゆる純文学作品に対する松本清張作品が、区別を見せる特徴があるというような調査結果にはならなかった。[1] それくらいのことを確認しておきたい。

人称記述　最後に、人称記述に関して触れておきたい。通常の創作作品が、三人称視点で記述されているのは当然であるが、この五作品のうちでは、歴史記述あるいは歴史解釈記述である『下山国鉄総裁謀殺論』は、記述者松本清張の立場が前面に提起されて、一人称視点での記述に統一されている。

○私は下山事件の背景について、加賀山副総裁の文章の構成を応用したが、それをもっと理解するには、
○下山は果たして当の人物Xに地下道で会ったであろうか、私はこの事について疑問を感じる。

など。記述者である清張の立場を前面に出すことが、責任ある記述態度であろうから、当然と言えば当然の結果である。

二　漢語・情趣・地名

漢語　清張作品の文章ですぐ気付くのは、清張の私淑する鷗外ほどではないが、その系を引く漢語趣味の用語であろう。この漢語を含む語彙の全体については、別に報告するので、ここでは、簡単に触れておきたい。最初期の作品である『西郷札』でも、「浩瀚だから」「蒼惶として」「南海の草廬」「不測の奇禍」「悠揚と消えた」「肉親の久闊」「手段の陋劣なる」といった漢語が使用されている。漢語臭というほどでもないが、「凭せる」「泪」「屈託」「泛ぶ」といった清張用語の使用が、早くも見られる。なのに、「せんさく」「ほうふつ」「かつかつ」「のんき」など、傍点付きで平仮名表記なのは理由が分からない。

このような漢語臭の表現は、五作品のうちでは、『下田国鉄総裁謀殺論』のような堅い著述には普通で、『点と線』『砂の器』のような大衆性の作品には稀薄な要素かというと、これがまったく逆である。『下山国鉄総裁謀殺論』で気付いた漢語臭の語彙は、「糊塗」「揺曳」くらいで、全体の印象は、新聞記事に近い簡明な記述である。他作品では、たとえば、

点と線　弛緩・揺曳・打擲・耳朶・茫乎・怱忙・風丰・懊悩
砂の器　蒼い・渺茫・奇禍・凝然・迷妄
内海の輪　茫乎・嬌態

といった用例が見える。『内海の輪』では、「屈託」に加えて、泪・遇う・昏い・訊く・狎れる・択ぶ・泛ぶ・憩む・慄える・匍う、といった独自的な用字が多く見える。松本清張作品においては、内容の通俗性と用字の大衆性は、おおむね反比例していると言ってもよい印象である。

情趣　情趣とは、たとえば、

この海岸を香椎潟といった。昔の「橿日の浦」である。太宰帥であった大伴旅人はここに遊んで、「いざ子ども香椎の潟に白妙の袖さえぬれて朝菜摘みてむ」(万葉集巻六)と詠んだ。しかし、現代の乾いた現実は、この王朝の叙情趣味を解さなかった。寒い一月二十一日の朝六時半ごろ、一人の労働者がこの海辺を通りかかった。彼は、「朝菜摘む」かわりに、家から名島にある工場に出勤する途中であった。(点と線)

という具合である。香椎浦で心中死体が発見される現実と、『万葉集』の古歌と、なんの関係もない。どころか、「朝菜摘む」清涼と殺人死体の陰惨と、およそかけ離れた映像の組み合わせである。そのことが、どこか高踏趣味的な作品の語り口を感じさせる。『万葉翡翠』『恋情』『たづたづし』など、読者がすぐ思い出す作品であろう。

この類で、清張作品にさらに顕著なのが、俳句である。

今西が少し照れ臭そうな笑いをしながら、手帳を見せた。

〝干しうどん若葉に流して光りけり〟

〝北の旅海藍色に夏浅し〟

「なるほど。収穫ですね」と、吉村はにこにこして次の句を見た。

〝寝たあとに草のむらがる衣川〟

（砂の器）

殺人犯人を捜して、羽後亀田まで出張する刑事の俳句趣味と、作品の展開とかかわるものはなにもない。けれど、どこか余裕の語りとともに、作品世界の現実性、登場人物の人間性に寄与する表現になっている。清張を愛読する読者なら、『巻頭句の女』『喪失の儀礼』『強き蟻』などをすぐ想起する。それ以前に、『菊枕』『花衣』といった女流俳人に材を取った作品もあった。

清張作品の叙述に情趣を加える今一つは、考古学である。『内海の輪』は、主人公が考古学者であったというだけでなく、遺体現場から発見されたガラス釧が、犯罪を証明していくという設定で、作品構成の鍵にもなっている。『断碑』『石の骨』などの名作は、文章・表現の考古学的情趣の域を超えている。芥川賞受賞作『或る「小倉日記」伝』は、文献考古学とでも言った趣である。『Dの複合』などで思い出される民俗学要素などもある。

広く言えば、これも情趣的要素であろう。清張作品の文章・表現の今一つの特徴は、**資料性**である。『西郷札』においては、冨山房版の事典の解説文、贋造紙幣についての「東京曙新聞」「大阪日報」「日向通信」などの新聞記事を、そのまま作品に取り込んで利用する。『西郷札』という作品自体、日向士族樋村雄吾なるものの手記翻案の体裁を取ってもいた。雑然としたマイナス印象を与えるかとも思われるナマの資料取用も、清張作品の場合、事柄の事実性、作品世界の現実性を感得せしめる要素になっている。

地名　清張作品においては、虚構が本旨である小説作品でも、事実としてあったことを、第三者的立場で淡々と語るという態度が顕著である。その現実的性格に寄与する、一つの手法が地名の活用である。『下山国鉄総裁謀殺論』で、白木屋・三越・千代田銀行・GHQ・北千住駅その他、実在の地名・人名で記述されるのは、ノンフィクション作品で当然なので、これは除外するが、他作品においても、

競輪場前というのは、博多の東の端にあたる箱崎にある。箱崎は蒙古襲来の古戦場で近くに多々良川が流れ、当時の防塁の址が一部のこっている。松原の間に博多湾が見える場所だ。（点と線）

関ヶ原あたりで夜が明けた。米原から北陸線に乗り換えた。余呉湖に朝陽が射していた。賤ヶ岳の山岳地帯では、もう雪が積もっていた。大聖寺におりたのは午まえだった。（砂の器）

翌朝、身延線で甲府に出て、中央線に乗り換えた。長い時間だった。山は真っ白だったが、沿線には思ったほど雪は積んでなかった。……長野で乗り換えて、直江津が近くなってくると、美奈子は硬い表情になり、一心にもの想いするようになった。……うす暗くなった窓には白い妙高山が滲んでいた。赤倉では人が降りた。新潟もそれほど雪は多くなかった。（内海の輪）

など、必ずしも必須とは思われない地名記述が、登場人物の心情も反映しながら、淡々と記述されている。事実としてあることを、虚飾なく語っているだけといった態度で、作品世界の現実を、それとなく読者にアピールしている。清張作品が、地名を、作品世界を形成する有効な要素として取り込んでいることについては、後章で述べる。

三　描写

清張作品の描写表現に注意してみたい。最初に、文学作品として、最も基本的な問題である人物描写。最初期の作品では、

新しく雄吾の妹となった季乃も人が見て可愛いと讃める顔立ちであった。（西郷札）

季乃の美しさは年とともに顕れて佐土原でも評判となっていた。（同）

のような表現に気付く。単純な批評は出来ないが、「可愛い」「美しさ」といった単一の形容表現のみでは、場面が彷彿としない。人物描写は習熟されてないと批評して、さほど非難されないだろう。

けれどこれが、作家としての成長とともに練達していったとも、観察しにくい。

お時さんは、二十六だが、年齢を四つぐらい若く言ってもいいくらいに、色が白くてきれいである。黒瞳の勝った大きい目が客に印象を与えた。（点と線）

まるまると肥えた赧ら顔の駅長が、机の向こうからきいた。（同）

背は高くないが、がっしりとした体格で、なんとなく箱を連想させた。だが、顔色は血色のいい童顔で、濃い眉毛とまるっこい目をもっていた。（同）

「色が白くてきれい」「まるまると肥えた赧ら顔」「箱を連想」などの描写表現は、『西郷札』の時点と、ほとんど変化がない。「箱のような」とか、「顔を赧らめ」とかは、清張作品の常套語句である。

『西郷札』から十年ほどが経過した時期、『砂の器』からも、用例を拾ってみる。

黒崎は丸い肩にはまった猪首を、ちょっとうなづいてみせた。

女のように顔の白い青年だった。

背のすらりとした若い女だった。

今の映画俳優でいうと、岡田茉莉子に似ているといった方が近いでしょうか。

三十四五ぐらいの、髪の毛の薄い、額の広い人物が現われた。

ほとんど変化がない。どこをどうとも言いにくいが、巧みで鮮明な人物描写と評し難いと言って、批判はされないであろう。清張作品の性質が、生きた作中人物の描写を求めるといったところに本旨が無いということもあるであろうが、淡泊で技巧の無い表現を超える意識は、ほとんど感じられない。「岡田茉莉子に似ている」などには苦笑するが、巧妙な表現なのかどうか。おそらくは逆の要素のものであろう。

さらに数年後の『内海の輪』になると、作品の意図にもかかわるからと思うが、

硬かった身体つきがしなやかになり、顔はしろくなって、眼の下や鼻の両脇に絹のような脂の艶がのっていた。宗三の奥深い感情の微細な粒が女の感覚の光線に当てられて浮かび、それを彼女は素知らぬげに集めて眺めながら微笑していた。

といった、清張らしからぬ表現で、叙述されるようになったりもしている。こういう形を、清張の進歩と評価すべきものかどうか、この後、心理描写を加えた人物表現が、一般的な傾向になっていくのかどうか、これらの問題も、別にあらためて思考してみたいが、『内海の輪』段階でも、「美奈子のすれていない性質」「近ごろ、ずっときれいになった」「眼を遠くに投げていた」「美しくはないがおとなしい娘」「宗三の顔の下で半眼になっていた」「背の低い肥えた女中」といった、素朴な形容表現や常套表現が普通に見える。巧緻に工夫されるべきと言うつもりはない。清張の意識においては、工夫して追求されるべきは、語られている事柄の内実だから、語られ方に過度の神経を消耗することは、非生産的なことである。だから、淡泊にストレートな人物形容表現は、それはそれで必要十分であると言えるし、清張の心内には、その常套性・類型性は、読者を不要な光線によって幻惑させない、意図的な無作為性であるといったほどの意識さえ、あったかもしれない。

人物描写の淡泊性にくらべると、場面描写には、それなりの表現意識が感知される。

二つの死体は、運搬車で署に持ち去られた。刑事たちも寒そうに肩をすくめながら車に乗った。あとは、邪魔もののなくなった香椎潟が、弱い冬の朝の陽を浴びて、風を動かしながら、おだやかに残った。（点と線）

寒い風が吹いていた。うら寂しい商店の旗が揺れている。黒い空には、星が砥いだように光っていた。（同）
突然、自動車のヘッドライトが、二人の姿を掃いて横に消えた。（砂の器）
皇居のお濠に白鳥が寒そうに泳いでいる。並木の梢が風に震え、黄ばんだ葉が散っていく。（同）
宗三は、凍てた雪に靴がすべりそうになりながら坂を歩いた。彼には旅館街の灯が自分の心臓を遠くから照らしているように思えた。（内海の輪）

通常の小説の情趣たっぷりの表現に比べれば、まだ淡泊な描写に見えるけれど、人物描写の素っ気なさと比べれば、格段に注意が払われた表現であろう。人物の内面は、どのように言葉を尽くした説明よりも、その人物が置かれている今の場面と状況、それを伝えることによって、読者はその人物に重ね合わせて、その心情を感じ取る。清張は、そのように考えていたのではないだろうか。
しかしまた、作品の展開や構成、人物の内面描写、それに直接かかわりない場面描写も、折々添えられる。
鳥飼重太郎は、湯気の出ている顔で食卓に向かった。晩酌二合を長い時間かけて飲むのが彼のたのしみである。雲丹、イカの刺身、干鰈、そんな肴が膳の上にはならんでいる。（点と線）
腹が少し減った。すし屋があいていたので、「すしでもつまもうか?」と、妻に言った。妻は、あいた入口の隙間からちらりと店の奥をのぞいていたが、「よしましょうよ」と浮かない声で答えた。「ばかばかしいですわ。そんなことにお金を使うより、明日、何かご馳走しときましょう」（砂の器）
離れは、本館から独立した小さな一戸建が五つほどあった。それぞれの家の間は、高い石垣で囲んで人目を遮るようにしていた。中は十畳、六畳、三畳、それに風呂場と炊事場が付いていた。奥の間の十畳は海に面し、広い縁側の硝子戸ごしに島と街の灯が真向かいにあった。（内海の輪）
ありのまま、そうであったままを描写したと言えば、それだけのことである。それだけに過ぎない、本筋にはどれほども関与しない場面描写を加えることによって、別の言い方をすれば、まったく余剰に近い描写を挿入することによって、作品世界が、現実に存在したことが無作為に語られているのだと、読者にそのように感じさせる効果を発揮している。このような細部の現実性に共感させながら、作品世界の現実性をそれとなく導いていく。清張が意識して用いる語りの手法である。極端な批評をすると、『砂の器』は、被害者の身許が判明するのは息子の届け出があったためで、犯人が分かるのは、伊勢の映画館に掛かっていた写真に犯人が写っていることが気づかれたためで、それ以外の大部分の行動は、無駄の検証を語っていたに過ぎない。その意味で、現実の無駄を語った小説とでも言えるが、それが推理小説の本質ということかも知れないし、文章・表現を越えて作品論の範疇に入る問題とも思われるので、これ以上の発言はとどめたい。

四　冒頭と終末

小説作品において、冒頭の叙述は、かなり重い意味を担っている。作者が構成した虚構の世界に、どのように読者を導き入れ、どのように共感を感得させていくか、小説の冒頭は、その課題を鋭敏に担っている、そう断言して大きくは誤らないであろう。松本清張が、冒頭表現において極めて巧みな作家であることも、よく言われている通りである。分析対象とした五作品のうちでは、『下山国鉄総裁謀殺論』は、小説作品でなく、事件の推移と真相をけれんみなく追求したものなので、冒頭叙述に特別な注意は払われていないが、他の四作品は、それぞれに特徴ある冒頭記述になっている。

『西郷札』では、「私」が勤める新聞社で文化史展が開催の予定で、その展観品として寄せられた「西郷札」に添えられた覚書が興味あるものだったので、それを現在の文章に書きあらためてみた、それがこの小説の内容という体裁になっている。清張の処女作として工夫された冒頭記述であるが、これに類似した設定は、晩年の長編『詩城の旅びと』にも見られる。新聞社企画部長の木村のもとに、プロヴァンス国際駅伝の提案の投書が来る。木村も新聞社も大いに触発されて、駅伝競走実現に動いていくという設定である。読者を作品世界に導入する巧みな冒頭である。石見銀山の観光開発計画の調査を依頼された設計士が米子空港に降り立つ冒頭から始まる『数の風景』や、「川越夜戦之碑」の前での団体バスの歴史現地講演の場面で始まる『黒い空』など、作品の本旨に直接にはかかわらない冒頭描写から、読者は作品の世界に導入される。

『点と線』の有名な「東京駅の四分間の空白」は、真相を眩惑する条件の設定であったし、これは、姉妹作である『時間の習俗』の和布刈神社の神事描写と、ほぼ等質の冒頭描写であった。推理小説としての作品の中枢要件であるアリバイ工作にもかかわる、巧妙な冒頭場面というだけでない、鮮明で印象的な描写である。『ゼロの焦点』冒頭の新妻の描写や、『球形の荒野』の奈良・薬師寺芳名帳の筆跡発見の場面などは、アリバイ工作ではなく、作品の中枢にかかわる要素が、日常的な場面描写として巧みに表現されていた。さらに見事な冒頭と評価できる。

『砂の器』の冒頭は、これから起きる事件を、場面として示している。下町の蒲田駅前でのトリスバーの情景、これが何事を暗示するのか、これから何事が起きるのか、直後に蒲田駅操車場での殺人遺体発見で解決すべき課題を提示され、読者は、捜査刑事と一緒に難題に立ち向かう気持になる。新宿歌舞伎町のバーの片隅で、毎夜、窓越しに料亭を観察していた男が武蔵野の麦畑に埋められた死体で見つかる『歪んだ複写』、名古屋地区で催された内科医の学会に出席していた医師が、懇親会にも出ずに赴いた名古屋のホテルで死体となって発見される『喪失の儀礼』、愛媛の地方検察庁の火事で宿直の事務員の一人が焼死する場面が発端の『草の陰刻』。推理小説としの正統的なスタイルなのであろう、清張作品によく見られる冒頭叙述であるが、その場面描写の、庶民性を背景にした現実感と、読者にその場面の意味を問いかける感情にさせる領導性は、清張独断場と言ってよいほどに秀抜なものがある。上司の課長を自殺に追い込んだパクリ屋詐欺一味の全貌を探っていく『眼の壁』なども、この性格に分類してよい作品であろう。

『点と線』が過去の事件、『砂の器』が現在の事件を暗示する冒頭場面であったのに対して、『内海の輪』は将来の事件を暗示する冒頭描写と言ってよいであろうか。池袋の旅館街から出てきた中年男女の場面描写は、その行く先を辿っていきたい気持を、読者に起こさせる。奈良・石舞台での写真撮影と通り魔殺人が冒頭の描写である『火の路』や、ツアー旅行に参加している婦人が北極海を越える機上描写から始まる『砂漠の塩』、武蔵野に所在するキリスト教会と一人暮らしの婦人が住む木立の中の家の描写に始まる『黒い福音』なども、この種の冒頭場面の作品と分類して良いであろう。静岡の兄を頼って家出した鍛冶屋の少年が、心細くなって再び天城を越えて下田に帰ろうとして娼婦と同行する『天城越え』や、兄の殺人容疑の弁護を、上京して高名弁護士に依頼しようとする娘の描写から始まる『霧の旗』なども、すぐ思い出される作品である。

〝風邪薬〟を処方させて、愛人との密会に出かける場面が冒頭の『わるいやつら』、料亭女中と気になる男客との出合いから始まる『けものみち』、教科書会社との打ち合わせに向かう電車の中で、落魄した友人の歴史学者の妻と出会う場面からの『落差』、愛人との密会の後に乗車したタクシーに清書した試験問題を置き忘れた『地の骨』の冒頭、これらも、スタイルとしては同じであるが、作品の質的な問題では、前述の作品群とは、径庭があると認めざるを得ない。おおむね、悪人・悪女伝といった性格の小説である。これからの事件を暗示する冒頭描写から始まるスタイルの作品には、述べたように、人間内面の善と悪、清と濁、愛と欲といった両面の小説が見られるように思う。

作品の冒頭に対して、今度は、終末の表現・描写に触れたい。最初期の作品『西郷札』では、「西郷札を政府が買い上げる」との、新聞「日向通信」の風説を紹介して閉じている。小説の世界が架空の出来事でないことを、それとなく述べている。こういった終末の叙述は、清張の好む表現スタイルであったようだ。『点と線』では、警視庁警部三原紀一の博多署刑事に対する長文の書信、『下山国鉄総裁謀殺論』では、霊前では読まれることのなかった国鉄労組副委員長鈴木市蔵の弔辞、無機質に見える文章の間に、万感の感情を籠める、清張流の終末である。『砂の器』の終末、和賀英良の不機乗を伝える羽田空港の「きれいな女の声」の場内アナウンス、『内海の輪』の終末、池袋の旅館街から二人を乗せた、東京に出稼ぎに来ていた尾道のタクシー運転手の証言、これらも、作品の世界を、作者の語りから客観的な場に定位する効果を感じさせる終末ではなかったろうか。『Dの複合』では、流行らない小説家・伊瀬とコンビであった編集者浜中の長文の手紙で終わり、『陸行水行』では、国東半島の突端で溺死体で発見されたことが、臼杵の醤油屋の妻女からの手紙で伝えられ、『砂漠の塩』では、バクダッドの国立中央病院にいる国際連合・国際福祉援助部所属の大津恵美子女史の地質調査隊長宛の電報で終わる。淡々と事実のみを伝える文章の重みを熟知した、清張得意の終末技法である。

清張作品の終わり方には、二つのスタイルがある。一つは、作品内容に応じたそれなりの結末を語る終末である。『点と線』『時間の習俗』では、犯人の自殺・逮捕で終わるし、『眼の壁』では、犯人が硫酸風呂で溶解する衝撃的な結末が語られ、『けものみち』では、ガソリンが撒かれた湯槽の中で悪の男女二人が焼死する。『わるいやつら』では、無期懲役を宣告された戸谷が北海道網走の刑務所に送られるバスの窓から、戸谷の病院があった場所にかけられた洋裁学院建設の看板で、彼が翻弄されていた真相を知るという終局の場面、金と権力と女がすべての学者島地が、女に刺されて没落するという『落差』の結末、バーのマダムから部長夫人に転身した悪女が遊んだ相手の若者から傷害を受ける『強き蟻』など、それなりの応報というか、結末を受ける場面が終末に叙述される。小説作品としては当然の終末で、特に清張の独自的なものを強調するものはない。

今一つは、例えば、『砂の器』に見る終末。空港に待機する大型旅客機と、それを見下ろす送迎デッキの見送りの人々。タラップをのぼる乗客たち。最後の一人が機内に入っても、和賀英良は現れない。そこに場内アナウンスが流れる部分は先に紹介した。このように、日常混沌の世界から逃れる瞬間に、鮮明な終幕の描写を演出する。これが、清張作品の今一つの独自的な特徴と思われる。『ゼロの焦点』では、日本海の蒼茫と暮れてゆく波間に消えていく小舟を描いたが、同じような終末が、後年の秀作『火の路』でもある。娘が水死した海を見ながら縊死した海津の死に場所に来て、通子は、灰色の霧に閉ざされた伊予灘を望見する。『砂の器』の場合も、空港が港で、飛行機が波間に消えていく小舟と思えば、きわめて類似の終末場面である。『球形の荒野』では、互いに名乗り合えない父と娘が、東京湾口の観音崎でそれとない惜別をする。『波の塔』の最後は、恋人の小野木検事との人生を自ら断念して、頼子は富士の樹海に身を沈めていく。富士の樹海は、能登の海に重なっている。『砂漠の塩』の泰子は、再度、恋人との死を願望して、砂漠の地を求めて消えた。北スイスの吹雪の山塊で、恋人の遺灰を撒く場面で終わる『霧の会議』。『詩城の旅びと』では、新聞社企画部長の木村が、通子に何の思いも伝えることなく、アルプスの断崖から、ピエールと格闘しながら落下していった。清張小説では、広漠たる空間に思いを重ねながらという終幕が、意識的な演出として終始あったとは、指摘できることではないだろうか。(2)

このことに関連して、あらためて清張小説の冒頭と終末を考える。『西郷札』の冒頭は新聞社の文化史展準備の忙殺、『点と線』の冒頭が雑踏する東京駅ホーム、『砂の器』の冒頭が蒲田駅裏のトリスバー、『内海の輪』の冒頭が池袋近くの連れ込み旅館街、これらを考えると、清張小説の冒頭場面は、おおむね、人間の日常の混沌の中に設定されていると言えるように見える。とすれば、清張小説の冒頭と終末は、人間の混沌から始まり、それから解放される空間を求めつつ終わる、といった言い方も出来るかと思う。ただし、その解放が、前途の希望への解放よりも、消滅の色彩の方が強いものであることは、残念ながら指摘しなければならない。結婚したばかりの夫の行方不明から能登の海の波間に夫人が消える『ゼロの焦点』、薬師寺の芳名帳の筆跡から観音崎での父娘の別離の場面になる『球形の荒野』は、その意味で、清張作品の冒頭と終末を象徴する作品であろう。

補注

(1) 文体を客観的に計量し、分析して結果を示すのは、なかなか難しい。この種の研究として、樺島忠夫・寿岳章子『文体の科学』(綜芸舎、昭40)という小著を拝見した。作家志望の青年が、流行作家の代作をするという清張小説『影』中の文章から記述が始まるが、清張文体の研究というわけではなく、巻末に、一〇〇人ほどの作家の作品についての計量分析の中に、清張も入っているという程度である。その数量的な結果の、本章と関係ある部分を紹介してみると、次のように出ている。

作家(作品)	形容詞	形容動詞	文の長さ(平均・分散)
三島由紀夫(真夏の死)	4・1	3・6	10・1・34・38
松本清張(眼の壁)	3・9	2・5	7・1・13・9
〃(声)	3・8	1・5	7・7・15・1
芥川龍之介(秋)	3・4	3・8	10・3・21・91

どういうことやらよく分からない。数値を示すなら、その説明が最小限は必要と思う。多分、説明もしにくかったのであろう。文体研究が学問たり得るためには、相当に精密な、生きた理論が必要であろう。理論構築が可能かどうか不明だが、試みてみたい気持は持つ。

(2) 郷原宏氏に「二つの海」(「松本清張研究」vol3、平9)という一文がある。「松本清張・風景の旅人」という副題の通り、清張作品の風景について述べる連載記述であるが、この報告では、『ゼロの焦点』の能登の海と、『球形の荒野』の三浦半島観音崎の海と、「同じような悩みを抱えた若い女性が、同じような断崖の上から眺めた海でありながら、色彩と明るさがまるで違う。……暗い海と明るい海。その二つの海の間に、清張の小説世界は広がっている」とまとめられている。筆者は鈍感で、今のところ、その対照の意味がそれほど鮮明には感じられない。これに『火の路』が加わったら、どんな説明がされるのだろうかと、妙な興味を感じてしまう。記述したように、清張作品には、『ゼロの焦点』『球形の荒野』に似た終幕場面を持つ傾向がある。これをどのように説明するかは、有効な清張論につながる意味があるのではないかと感じてはいる。

第3章　清張作品の語彙

松本清張は、明治四十二年（1909）に生まれ、平成四年（1992）に八十二歳で薨じた作家である。その作品中の語彙は、清張の少年期から青年期、昭和の初年から戦後にかけての時期の、読書体験のなかで培われてきたものかと思われる。作家として始発して以後の作品を見ても、語彙面での変化はほとんど認められない。清張の文体の語彙面からの特徴を報告したい。なお、対象とした作品は、文藝春秋・松本清張全集第一期三八巻約三二〇作品である。昭和二十五年から同四十五年頃までで、清張作品の特徴はほぼ有効に指摘できると考えている。

一　用語と区別

清張作品の語彙の第一の特徴は、前章にも触れた漢語表現であろう。そのことは、基本的な特徴として、後にまとめて述べたいので、清張語彙の独自的と思われるものを紹介するところから、始めたい。なお、用例は、他の調査の時に気付いてチェックしたもので、厳密にそれのみを目的として得たものではない。従って、用例数は、おおよその傾向を示すという程度に受け取られたく、最初にお願いしておきたい。

最初に、身近な用語で「会う」という語彙から、報告してみる。

「会えたのか?」滝良精は、覗くようにして低い声で訊ねた。(球形の荒野)

大塚は、「桃瀬」と築地の喫茶店で会った。(スパイ〝M〟の謀略)

といったものである。なぜ、このような日常的な語彙を最初に紹介したかというと、実は、ある人がある人に「会う」という、きわめて卑近な用語が、清張作品には、あまり見られない。そのことの注意のためである。私がメモした「会う」の例は、この他には、一例しかない。では、清張作品では、人が「会う」という行為がほとんど無いかというと、それはけっしてそうでない。我々が普通に「会う」と表現するところを、清張は、ほとんど「**遇う**」と用語で記述しているのである。

「それじゃ、ベックさん、いつでもこの女に遇えるじゃないの」(黒い福音)

戸谷が途中で手洗いに立つと、廊下で女将と出遇った。(わるいやつら)

佐野は島地の妻にここで遇えたのがうれしかった。(落差)

などである。手許のメモにあるだけでも、八〇例ほどあるが、清張作品の「あう」は、ほとんどが「**遇う**」であると言ってよい。何故なのか。たとえば、

彼はこの女のためにヒドイ目に遇うのである。(潤一郎と春夫)

島地の発言は、小さな箇所でいくつか彼らの反対に遇った。(落差)

のような例であれば、なんとなく感覚の分かる気もするが、人にあうのも、事件にあうのも、ほぼ区別なしになべて「遇う」である。人に「あう」という意味では、

「近ごろイクタセツコの顔を見ないが、やはり君は逢ってるのかね」(黒い福音)

の「逢う」が意識して使われているのかというと、そうでもない。この「逢う」も、私のメモでは、四例しかない。事故や事件などに「あう」の意味なら、

「ひどい目に遭ったよ。怪我だけはしなくて済んだがね」（万葉翡翠）

「つまらない目に遭ったわ」（薄化粧の男）

の表現が適当かと思われるけれど、実は、私のメモは、この二例だけである。紹介した中でも、ひどい目に「あう」のが、「遇う」時もあれば「遭う」時もあった。清張の「あう」に、なんらかの区別意識を見るのは、困難である。ほぼのべつ「遇う」である。

同じような特徴は、「あかい」にも見られる。現在の我々が普通に使用する「赤い」は、清張においては、「**赧い**」もしくは「**赭い**」が普通である。

母屋の瓦は赤かった。（田舎医師）

「あら、こんな変な恰好をして」と、八重子は赤い顔をした。（点と線）

幸子の頰を赤らめさせるような質問もしなかった。（二階）

などという通常の「赤」が、清張においては、必ずしも普通でない。たとえば、

トルベックの方が顔を赧らめた。（黒い福音）

髪をきれいに分けた赧ら顔のでっぷりした男が、（Dの複合）

という「赧」、また、

砲弾のような型をした埴輪と同じ赭い色をした素焼を見た。（断碑）

赭ら顔に掛けた眼鏡も荘重に光っていた。（けものみち）

といった「赭」である。
私のメモでは、「赤」が六五例、「赧」が八一例、「赭」が五〇例であるが、「赧」や「赭」が清張表現なので、その例外としての「赤」を極力拾った結果なので、全体の中での「赤」の割合は、もっと少ない。「赤電話」「赤鉛筆」などに対して、「赧」や「赭」が顔色などの表現であるという傾向は指摘できるが、「赭土」などの表現も皆無ではない。「赤」と、ほとんど同義と思うが、

赫かった彼の顔色は、やがて紫色に変わった。(いびき)
販売部長がすこし顔をあからめて帰って報告した。(危険な斜面)

のように、「**赫**」を使ったり、わざとひらがなで記述する場合もある。「赫」は、私のメモには三例、「あか」は、二一例である。おおよその割合は了解していただけると思うが、それらの質的な区別があるのかないのか、把握はしにくい。

「赤」について述べたので、ついでに「青」についても報告しておきたい。結論から言うと、清張は「青」という語彙を使用することは滅多にない。青という字をご存じないのかと思うほどである。

青い煙の中で、彼は眉をしかめていた。(波の塔)
青くなって慄え上がるだろうがな。(速力の告発)

などの用例が一〇例ほど。我々が普通に「青」を使う時に、清張は、ほとんど「**蒼**」と記述する。

屋根の上には蒼い海が見えていた。(点と線)
お染は蒼くなっていた。(典雅な姉弟)
外は昏れていたが、まだ微かな蒼味が空に残っていて、(球形の荒野)

などなど。「青い煙」も「蒼い煙」もあるが、どちらも煙草の煙のことである。「蒼ざめる」「蒼白い」さらに「蒼

凄む」などの用例が、私のメモだけで一五五例。多すぎて、一々は記録していないので、総数は数え切れない。「あお」には、

空は澄明なガラスを重ねたように碧かった。（寒流）

といった「あお」もある。「紺碧の空」などともいうから、空の表現は「碧」かなと思うと、「青空」や「蒼空」の用例もある。結局、青・蒼・碧に質的な差はほとんど感じられない。「あお」は何故か気付かなかった。「碧」の用例は九例である。

我々が普通に表現する「恐れる」の場合を見る。これも結論から言うと、

女は外の闇と、戸谷の強引さとを恐れている。（わるいやつら）

の「恐れる」だが、二例しかない。それもなぜか、『わるいやつら』にのみ。同じ意味なら、「**怖れる**」と表現する場合の方が多い。これが二二例。

私は、健一が憎かったのではない、健一は怖れていたのだ。（潜在光景）

抱え主側に見られたらひどい目に遭うと怖れている。（小説東京帝国大学）

のようなものである。おなじ「おそれる」でも、次の場合は、

その不敵な、神を畏れない言葉を、（潤一郎と春夫）

と「畏れる」の語彙を使っている。また、

田原は、青年の懼れていることがよくわかった。（歪んだ複写）

彼女は、自分の降りる場所が近づくのを半分は惧れている。（わるいやつら）

の「**懼れる**」「**惧れる**」もある。「恐」と「怖」の違いは分かりかねるが、「畏」は畏怖、「懼」は恐懼、「惧」は危

惧といった感覚かと一応理解しておきたい。「懼れる」「惧れる」を使う場合が多く、私のメモで、それぞれ二〇例と三〇例ほど。「おそれる」の清張語彙は、おおむね「惧れる」であると認めておいてよいかと思われる。

暗い道を迎えに行ってやろうと思って、起きあがった。（潜在光景）なんということもない記述である。ところが、日常的に使う「暗い」という語彙を、清張はほとんど使わない。

あたりが急に昏くなって見える。（顔）

女給が三人、昏いボックスから身体を浮かせて来ていた。（霧の旗）

のように、「**昏い**」と表現する。「暗い」と「昏い」、どちらがどのように違うのか、分かりにくい。「暗い顔」もあれば、「昏い色調」もある。「眼の前が暗んだ」もあれば、「眼が昏み」もある。用例は圧倒的に「昏」が多い。「昏」は、黄昏という語もあるように、夕景の表現かと思う。けれど、通常的には、

窓の外が暮れて、内側は眩しい光が充満している。（霧の旗）

のような記述を、普通と感じる。ところが、「暮れる」の用例は、気付いたかぎりでは、この一例のみ。他はすべて、

世津子は、この昏れなずむ林の径を歩きながら考えていた。（黒い福音）

そこは木の梢が夕昏れの明るみを最後に受け止めているだけで、（連環）

と言った表現である。本来的な語義と思うが、今日の通常の用字とは違うように思う。少し注意を引くのが、

四時になるとあたりがうす暗く昏れてきた。（上毛野国陸行）

の例である。まさか「昏く昏れ」とは表現できなかったというところか。

あとで聞くと、方壁部落では馬を持っている家は一軒もない、（田舎医師）

「聞く」も、日常的な用語であるが、使用は日常的でない。伝聞する行為は頻繁であるが、それは、普通、「**訊く**」という語彙で表現されている。

「彼に会って、その場所を訊き出すのが愉しみですたい」（時間の習俗）

客は民子のもじもじしている様子を見て訊いた。（けものみち）

など。私のメモでは、「聞く」が七例、「訊く」が八二例。

表の道路から島地と巡査とが問答している声が聞こえていた。（落差）

義弟は訊き返した。（わるいやつら）

などを手がかりにすれば、「聞く」は音が耳に届く、「訊く」は意志をもって尋ねるといった区別かと思う。けれど、最初に紹介した「聞く」はむしろ質問する意味だし、早速混乱してくる。「道をきく」「声をきくまで」など、なぜか仮名表記の場合もあり、伝聞性ならそれはそれで、

この老婆は、彼女の声を終始聴くことが出来た。（黒い福音）

のように、厳密に「聴く」と表記した方が正確かと思える場合もある。「聴く」は、一三例ほど。

いくら制めても諾かないんです。（六畳の生涯）

と、語義を正確に反映する「諾く」もある。

清張作品の「きく」は、おおむねは「訊く」表記であるが、語義に従って、「聞」「聴」「諾」を使い分け、用法にほぼ納得できるが、そう思って見ると、区別の曖昧な部分にも時に気付く。「訊く」は質問するといった語義だから、同じ「訊く」を使って、「訊ねる」とも読ませる。「尋ねる」意味であるが、この場合も、「尋ねる」の用例は一例、ほとんどすべてが「**訊ねる**」であるのは、どういうことであろうか。

同様の用語を、もう一例紹介する。涕泣する意味の「なく」である。我々は、普通には「泣く」と表記する。清張作品にも、もちろんその用例はある。

門倉は聞いて、泣くのか歓ぶのか分からないような声を上げた。（真贋の森）

東京から大阪へ行く汽車では一睡もせずに泣き通してきた自分だった。（落差）

など、紹介するまでもない。だが、清張にとって、人間が「なく」のは、「泣く」だけでない。

戸谷は哭きはじめた。（わるいやつら）

真吉もいっしょになって哭き出した。（砂漠の塩）

「泣く」と「**哭く**」と、なき方に違いがあるのだろうか。慟哭などというなき方があるから、「哭く」のは静かに涙を流す程度ではないなき方なのだろうか。用例は後者の方が多い。おなじ「なく」に、「**啼く**」や「**歔く**」や「**涕く**」もある。「啼く」は犬や牛が「なく」場合だろうか。

くみは畳の上に突伏して歔きはじめた。（佐渡流人行）

世津子は……激しく涕きはじめた。（黒い福音）

後例は、それを「欷（すすりな）き」と表現しているから、「激しく」だけれど、「すすり泣き」である。「歔欷」「歔泣」といった泣き方とほぼ同じか。これらを、清張は、微妙なニュアンスで書き分けているのかどうか。言葉を違えているのだから、それなりの区別はあると感じるべきであろう。

「そのうちにきっと馴れてくるわ」（屈折回路）

まだこの仕事に馴れない彼女が、気弱に先輩に縋っている、（黒い福音）

の「馴れる」の表記は、ごく自然である。同じ『黒い福音』の近接した場所に、「唇を吸うことに慣れていた」という表現があるが、これも不自然ではない。けれど、清張の「なれる」は、おおむね「**狎れる**」である。やはり『黒

い福音』の近接した場所に、

坂口良子の背中を抱いた時の異常な興奮は、その後の彼の経験で狎らされていた。

という用例がある。これらの「なれる」に質的な区別は、感じにくい。「慣れる」は一例、「馴れる」は四例、「狎れる」は七例。

用例も多いなかで、顕著な偏りを見せるものでは、次の用例などが記憶に残る。まず、私たちの流す「なみだ」である。通常は、もちろん「涙」であるが、清張においては、なぜか「**泪**」になる。

うつむいた坪川裕子の頬に涙が流れている、（二階）

自分は自然や人生に対して涙を流そうとは望まない。（劉生晩期）

などが、六例。これにたいして、

ときには泪が出ることもあるが、（弱気の虫）

苦しい学資を割いて子供に期待をかけるという泪ぐましい努力、（現代官僚論）

など、「泪」が八二例ほど。どうしてこんな偏頗な結果になっているのか、説明しにくい。「なみだ」は、清張の語感では「泪」なのだろうとでも、感じるほかない。

これも卑近な「けむり」の用字。

部長は煙草の煙を吐いた。（点と線）

「けむり」は煙、他に記しようがないではないかと思うが、清張語彙では「**烟**」である。

彼は蒼い烟を散らして通訳に何か言った。（北の詩人）

岡田は煙草を取り出してやけくそに烟をはいた。（落差）

用例が、煙草の「けむり」に集中したが、どちらがどういう「けむり」なのか、分からない。多分、区別はないのであろう。「実際は煙にまかれたのが真実だ」という表現が『小説東京帝国大学』にある。比喩的な表現の時は、「煙」の用法となるのであろうか。

恵子は震えそうな声を抑えて訊いた。（落差）

身体が「ふるえ」たりするのは、手許の国語辞書では「震」の用字しかないが、清張は、「震」「顫」「慄」を使い分けている。

佐野は身顫いした。（黒い福音）

声がうわずって、顫えを帯びていた。（連環）

信子は唇を慄わせて云った。（白い闇）

「震」は地震、「顫」は顫動、「慄」は戦慄といった熟語があるから、それなりの意味合いの違いがあるかと推測するが、区別の程度が判然としない。「震顫（しんせん）した」といったような用例が、『わるいやつら』に見える。かな表記の例もあるが、これも、たまたまのものであろう。

二　清張用語

前節に紹介してきたのは、同じ様態を清張が使い分けている用字であった。それは、現在の我々が記述する時に使用する通常の語彙でない場合が多かった。ということは、当然、すでにそこに、清張の文章感覚としての特徴も表れていたと言ってよい。本節においてはさらに、清張語彙とでも言える、特徴的な用語の紹介をしたい。

前節においても、「赤」「青」に、通常と違う清張用字を見た。それに関連するところから、始めてみたい。「白」とか「黒」とかいった類である。「白」は、

お時さんは、二十六だが……色が白くてきれいである。（点と線）

江藤先生は……白い歯を絶えず出していた。（落差）

などの表現は自然であるが、同じような場面に、

彼女は、その唇をもっと開いて皓い歯をみせた。（わるいやつら）

と、「**皓**」という用字を使う。「白表紙」という例もあるので、そういう色彩として「しろ」は「白」だが、歯は、「白」かったり、「皓」かったりする。どちらがどのように「しろい」のか、判断しにくい。

くろの場合は、極端である。『黒い画集』『黒の様式』『黒い福音』『日本の黒い霧』など、黒は、清張作品を象徴するような色彩であるが、何故か、語彙としての「黒」はほとんど見ない。チェックのミスなのかどうか、私のメモには、次の一例のみ。

色の黒い顔が炎天の陽焦けでいよいよ黒くなっていた。（腹中の敵）

かわりに、くろを表記する表現は、「**黝い**」である。

木像が埃をかぶって、くすんだ黝い色で坐っていた。（或る「小倉日記」伝）

当人は不惑を超し、色黝く、肥満した男である。（乱気）

刈り入れがすんで一面の田は黝ずんだ色だった。（張込み）

「黝」とは見馴れない字であるが、清張作品のくろは、ほとんど「黝」である。清張作品の特徴的用字と言える。

やはり村上は唇にうすら笑いを浮かべて答えるのだった。（典雅な姉弟）

特別不思議な表現ではない。「笑いを浮かべて」は普通の表記であるが、実は、清張においては、よほど見えない

用例である。「浮ぶ」は、ほとんどが「**泛ぶ**」である。

その唇の端に微笑が泛んだが、それも無理に作ったような、（落差）

高級参謀の姿をしばらくは呆然と泛べていた。（百済の草）

だが、そんなうまい方法は、どうしても泛んで来ない。（確証）

などなど。私のメモでは、「浮ぶ」は、「浮く」「浮かない（顔）」などのやや異質の例を含めても一七例ほど、「泛ぶ」は一九六例。圧倒的に後者が多い。手許の国語辞書・漢和辞典の類を参看しても、「浮」「泛」の字義にほとんど違いがないようだが、清張においては、顕著に「泛ぶ」が通例である。清張語彙の特徴の一つと認められる。

今度だけは断崖に立っていると深刻そうに愬えた。（黒い福音）

病気の苦痛を愬える手紙やはがきを彼はしきりと書いて、（芥川龍之介の死）

「**愬える**」は「うったえる」と読む。「訴える」とまったく同義であるが、なぜか清張は、まったく「訴える」を使わない。清張の辞書には、「訴」の語が存在しないようである。

同様の例を、紹介する。

「そういう相手を必ず択ぶもんだがね」（鉢植えを買う女）

係員は「内海荘」というのを択んでくれた。（内海の輪）

選択する意味の「えらぶ」で、清張は、かならず「**択ぶ**」を使う。「選」には選良、「択」には取捨といった語感の違いでもあるのだろうか。それならそれで、「選ぶ」場合もあっても良い。例外なく「択ぶ」なのは、これも清張語彙である。

笠井警部は少し驚いた表情をした。（点と線）

という「驚く」は、実は、私のチェックでは、この一例のみである。それこそ驚くべき現象であるが、ほとんど「**愕**

く」である。

警官が撃たれた男を抱き起こして見て愕いた。（白鳥事件）

宮脇が愕いて問い返すと、（不安な演奏）

ひらがなで「おどろいている様子」というのを、『落差』に一例気付いたが、なぜ「愕く」ばかりなのか、理由が分からない。驚愕という語もあるが、清張語彙は、ほぼ「愕」のみである。

つぎは、「おどろく」ではなく、「こわい」の例。

なにも怖がることはない。（わるいやつら）

別段変わった表記と感じないが、「怖い」は、これを含めて二例だけ。恐怖という語もあるから、「恐」を使うのかと思うと、その用例も、「恐わ恐わ」が『わるいやつら』に一例だけ。ほとんどが「**怕い**」表記である。

そのことにふれるのが、怕い気がした。（北の詩人）

世間の非難を怕がっているのか、罪悪を恐れているのか。（砂漠の塩）

手許の国語辞書・漢和辞書を見ても、「怕い」の項目が無い。私のチェックでは、「こわい」一一六例中、「怕い」が一一二例。これも、顕著な清張語彙である。

ほどなく戸谷に結婚を迫るであろう。（わるいやつら）

藤島チセは戸谷に結婚を逼って来るだろう。（わるいやつら）

これとほぼ同様の状況を、同じ作品中で、

のように、「**逼る**」と表記していた。逼迫などという熟語があるから、ほぼ同様の語感と思うが、「せまる」は、顕著に「逼る」である。九例中八例であるが、これも清張用語とみなして良い。

用例は多くはないが、「たおす」あるいは「たおれる」の例。

板垣退助も西郷の仆れたのを見て、(火の虚舟)

高血圧で**仆れる**症状といえば、脳溢血ぐらいで、(連環)

普通に考えられる「倒」の字は、用いられることがない。理由は分からない。

ほぼ同様の事例。用例自体は多くはないが、顕著に特徴的なものを、面倒なのでまとめて紹介する。

前に傾いている背中をだれかに敲かれた。(六畳の生涯)

専務は植木の肩を敲いて慰めた。(空白の意匠)

これらも、「叩く」が通常であろうが、一五例中一四例が「**敲く**」である。

「そうかい。そりゃ**愉しみ**だな」(万葉翡翠)

卓治は杉山の所に行くのを一番の愉しみに思っていた。(断碑)

これらは、普通の用字では「楽」であろう。「楽」と「愉」の語感の違いがあるのかどうか、「楽しい」の用例には、気付かなかった。

また、これも、多分「頼む」の表記が普通と思われるが、

従来の偽善的な融和運動では**恃む**にたらずとして、(北原二等卒の直訴)

「それを最後の恃みにしていましたわ」(霧の旗)

なぜ、「頼む」が皆無なのか、これも理由は分からない。

わたしが遁げたら、堂々とユリさんと一緒になれるので、(薄化粧の男)

誰が見ても、遁げたトルベック神父が唯一の容疑者であり、(黒い福音)

「にげる」は、普通は「逃げる」であろう。これは四例ほど。「逃走」と「遁走」といった語感の違いがあるかどうか。「**遁げる**」は、四四例ほどで、「にげる」は、ほぼ「遁げる」と理解してよい。

私は蚊帳をめくって泰子の傍に匍い寄った。（潜在光景）

下等な女地獄に匍いずりまわっていた、（花衣）

の「**匍う**」は、普通は「這う」だろう。「這う」も一例だけある。他の一五例は「匍う」。

落ち着いて靴を穿いた。（連環）

ゴルフズボンを普通のものに穿き替えているところだった。（空白の意匠）

靴でも、足袋でも、下駄でも、「**穿く**」である。「履く」には、まったく出合わなかった。

昨夜の雨は**霽れ**上っていた。（落差）

霧が少しずつ霽れて薄くなった。（ひとりの武将）

用例は四例ほどだが、「晴れる」には、まったく気付かなかった。

蒼い日本海が**展がって**いる。（不安な演奏）

窓には京都の屋根が横に展がっている。（球形の荒野）

「広がる」例は無い。「拡げる」例はある。「広」という語彙感覚は無いのであろうか。

斜め前に坐っている片倉の様子を見戍った。（確証）

孝子は、添田の表情を見戍って言った。（球形の荒野）

「見守る」が普通の表記であろうが、なぜか、常に「**見戍る**」である。「戍る」は、手許の国語辞書にも漢和辞典にも見えない。清張は、どこから「見戍る」表記を取り入れたのであろうか。

二人は椅子に対い合った。（典雅な姉弟）

宮脇平助は、直接に若い係員に対った。（不安な演奏）

清張の辞書には、「向かう」はないらしい。確かに、対面の意味なら、「**対う**」の方が適っているようには思う。『カルネアデスの舟板』に、「鄭重な冷たさが邀えていた」という、見たこともない用字の「むかえ」が見える。「向」「迎」などの語彙感覚が無いのだろうか。

その作られた顔つきの下に嘲笑が**罩められて**いる。（わるいやつら）

こういう意味を罩めて「越し人」としたのかもしれない。（芥川龍之介の死）

現在では、普通には「込める」だろう。清張語彙は、どこか次元の違うところがある。

搭乗を**報らせる**アナウンスが聞えた。（黒い福音）

「明日、ぼくに調べたことを報らせてくれ給え」（万葉翡翠）

後例は、報告の意味だから「報」で良いと思うが、他の場合でも「知」をほとんど使わない。

「あとで支払日を知らせるよ」（わるいやつら）

というのが、メモに一例のみ。チェックミスか疑う気になるほどである。

女は、このへんで**憩もう**と云い出した。（史疑）

「ちょっと憩んで帰りたいわ」（死んだ馬）

手許の国語辞書の表記は、「休む」である。休憩という熟語があるし、「憩」はただ「休んで」いるだけでないという感覚があるのであろうか、清張はほとんど「休」を使わない。用例無しなのは、私のチェックミスなのかどうか。

彼は壁際に寄ってうずくまった。（けものみち）

姿勢を崩して戸谷の身体に寄りかかるようにした。（わるいやつら）

の「寄る」は、ごく自然の用語と見える。「倚る」「倚りかかる」の表記もあるが、用例はきわめて少ない。「寄る」が四例、「倚る」が二例。「よる」「よりかかる」の漢字は、ほとんど「**凭る**」である。

一人の男がハンドルに凭りかかっていた。（薄化粧の男）

横武たつ子は、戸谷に全身で凭りかかってきている。（わるいやつら）

など、三〇例ほど。「凭（よ）る」には、「凭（もた）れる」の訓もあるから、同じ「寄る」にしても、「もたれる」感じで「寄る」のを、「凭る」と表記するのかと思うと、たとえば次のような例がある。

井伊直政に寄った時も、尾州の松平忠吉に凭った時も、忠興の抗議が必ず来ることに変りはなかった。（特技）

「寄る」「凭る」も、まったく同義である。清張語彙としての「よる」は、ほとんど「凭る」である。理由は判然としない。

顕著に清張語彙と言えるものに、「**熄む**」がある。

横武たつ子は、まだその発作を熄めなかった。（わるいやつら）

論争も熄み、曾ての華々しい論文の発表も無かった。（月）

景子の哭く声が何かに突き当たったように急に熄んだ。（落差）

などなど。「止む」という表記は、まったく見ない。同義ということだろう、「終熄」という用語も、散見する。清張語彙として最も特徴的なものの一つである。

最後に紹介したいのが、「わらう」である。

女将に言われて、結城康雄は鼻でわらった。（波の塔）

と、かな表記の場合もある。なぜ「かな」なのか解釈できないが、通常はもちろん、

彼は大声をあげて再び笑った。（断碑）

新聞記者たちは笑い出さなかった。（黒い福音）

の「笑う」である。しかし、この「笑う」の用例も多くない。清張表現における「わらう」は、おおむね「**嗤う**」である。

鹿持はこれは取るに足りない臆説だと嗤っている。（万葉翡翠）

俺は鼻で嗤って通り過ぎたかもしれない。（真贋の森）

などなど。「嗤」には、嗤侮・嗤笑などの熟語があり、軽蔑したり嘲ったりの意味合いがあるのかとも感じる。ここにあげた用例を見るかぎりで、そのようにも感じるが、『断碑』の「ふたたび笑う」の同頁の「わらう」は「嗤う」であった。ともあれ、清張作品の「わらう」における大多数の「嗤う」表記は、清張語彙と指摘してよい。なお、「微笑」と表記して、「微笑《わらい》」とか「微笑《わら》う」とか読みを示している場合がある。「笑い」の内容における書き分けであろうか。一応、そのように理解しておきたい。

三　漢語表現

清張作品を用語の面から見ると、今一つの特徴は、時代がかった気もする、やや堅苦しくも感じられる漢語表現である。それらをいちいち紹介していくことは煩に堪えないので、全体的には、付表によって把握いただきたい。今は、付表以外の内容を、前提的に述べておきたい。

たとえば、「**媾曳**」という語がある。手許の国語辞書には、逢引・相曳・媾曳をあげて、「男女の密会」と注している。どれも同義の語であるが、我々の平均的感覚は、「逢引」であろう。清張作品にも、『坂道の家』に逢引が一例あるが、他は、気付いたかぎり、すべて「媾曳」である。

このH女と最初に媾曳したのは、湘南の海岸地であった。（芥川龍之介の死）

たびたび東京に呼び出し、旅館などで媾曳をつづけていた。（肉鍋を食う女）

その晩がトルベックとの媾曳の夜に仕組まれていた。（黒い福音）

などなど。なにか固い感じのする字面であるが、あまり馴染みのない語のせいか、かえって〝密会〟といった雰囲気は感じる。その意味合いかどうか、清張の「あいびき」は、ほぼつねに「媾曳」である。手許のメモは一四例。

いささか見なれない「**慫慂**」という語がある。手許の国語辞書は、「傍らからいざないすすめること」と、説明している。

　一日も早くその法案通過を慫慂されていたのであった。（二大疑獄事件）

　先生はしきりと史学雑誌などに寄稿することを慫慂するようになった。（笛壺）

　見舞いかたがた投げ句の慫慂をしたところだ。（巻頭句の女）

などの用例を見ると、（期待してあることの実現を）依頼する・勧めるといった、意味合いのようである。清張は、なにか見慣れない恰好つけたような漢語を、好んで使用する。慫慂の例は、私のメモには一〇例。

清張作品で初めて接した語に、「**跫音**」がある。「あしおと」と読み、「足音」に同義である。「足音」自体にも、

　配給の煙草を喫ったのち足音を忍ばせて便所に行った。（月）

のように、用例が無いわけではない。私のメモには三例。けれど、絶対的な割合は「跫音」である。なぜか分からない。「跫」の一字だけで「あしおと」の意らしいし、事実、『落差』『笛壺』に一例ずつある。だが、通常の用語は「跫音」である。

　仕度にまだ暇がかかるとみえて跫音が聴えない。（乱気）

　その跫音が廊下に消えると、（万葉翡翠）

　柔かい絨毯の上の跫音が引き返して行くのが分かった。（砂漠の塩）

など、「足音」とどこがどう違うか、理解しにくい。清張には、馴れた記述用語なのだろうか。私のメモには一九例。

これまた、あまり使用例を見ない「茫乎《ぼうこ》」という語がある。

北海道—三原は茫乎とした目をした。（点と線）

江田昌利の目つきは、山に憑かれているように茫乎としていた。（遭難）

美奈子も茫乎とした表情だった。（内海の輪）

などなどである。手許の国語辞書の用例から見ると、心内に思いにふけることがありながら、ややぼんやりしているといった風情のようである。私のメモには二六例。清張作品では、普通の記述用語である。

同じく、清張作品には通常の語彙であるが、私には注意を引かれた記述用語がある。「屈託」という語である。手許の国語辞書は、「一つの事ばかり気にかかって心配すること。くよくよすること」などとしている。普通は、「屈託なさそうな」とかいった表現で使うことが多い。

みんな屈託のないたのしそうな顔をしている。（眼の壁）

といった感じである。ところが、

夫の目は、屈託のありげな、はるかに暗い目つきだった。（ゼロの焦点）

戸谷の屈託とは何の関わりもない、いい天気だった。（わるいやつら）

といった、屈託がある方向での記述には、やや馴れない感覚を覚える。私だけのことであろうか。清張作品には頻用される表現である。私のメモには二一例。

漢語的用語の全体については、先述したように、付表を観察いただきたいが、やや特徴的な要素の語彙は、ここでひとまとめに紹介しておきたい。それは、身体記述にかかわる用語である。ここに一覧してみると、次のようである。

耳朶（じだ）　三例　点と線など

雀斑（そばかす）　五例　鉢植を買う女など
鼻梁（びりょう）　四例　典雅な姉弟など
眦（まなじり・めじり）　三例　典雅な姉弟など
眼窩（がんか）　六例　深層海流など
歯齦（はぐき）　八例　黒い福音など
鼻翼（こばな）　七例　老春など
眄眼（ながしめ）　五例　影など
膂力（りょりょく）　三例　雀一羽など
蹠（あしうら）　三例　背広服の変死者など
靨（えくぼ）　三例　砂の審廷など
顴骨（かんこつ・ほおぼね）　三七例　老春など
顳顬（こめかみ）　七例　熱い空気など
黝面（いれずみ）　四例　古代探求
齲歯（むしば）　一例　彩霧

のようである。卑近な身体関連の用語に、なぜ漢語的性格が濃厚になるのか。理由は不明である。特に「顴骨」などは、「ほおぼね」と訓じてある場合もあるように、頬の出張った形状の表現であるが、必ずしも豊潤と言えない清張語彙の中で、骨張った面相の描写にあたっては、常用と言ってよいほどに使用される用語である。

漢語的要素の表現として、次のようなものも紹介しておきたい。

罵詈讒謗（ばりざんぼう）　二大疑獄事件

罵詈雑言（ばりぞうごん）　典雅な姉弟
侃々諤々（かんかんがくがく）　地の骨
鳩首協議（きゅうしゅきょうぎ）　警察官僚論
不羈狷介（ふきけんかい）　湖畔の人・石の骨
帷幄上奏（いあくじょうそう）　現代官僚論
擒縦自在（きんしょうじざい）　死んだ馬・連環
橄欖の森（かんらんのもり）　消滅
輾転反側（てんてんはんそく）　恋情
鞠躬如（きっきゅうじょ）　五例　啾々吟など。
天鵞絨（ビロード）　陰影
破落戸（ごろつき）　安全率

など、目についたものをチェックしたものである。いわゆる四字熟語で、これらの用語の使用によって、清張作品の語調は、いよいよ漢語的印象が強くなる。清張語彙の特徴としての漢語の多用ということを、本節では指摘しておきたい。

四　清張作品の語彙—まとめ—

あらためて言うまでもないが、小説は文章を続け、その組み合わせで記述される。文章の最小単位としてあるのが、「語」である。本章では、それを用語とか語彙とか呼びながら、清張作品の「語」の特殊性を紹介してきた。

特殊性の性格は、イメージとして一言で表現すれば、漢語的性格である。文学としての小説は、それが読者にどれほどの共感を得て読まれるかによって、価値が認められる。明治期の森鷗外や幸田露伴の文章などの漢語的性格は、読者の作品享受に必ずしも有効な要素とは思われない。しかし、難解・硬骨の文章イメージが、その小説世界の独自の雰囲気となっている要素も否定は出来ない。

松本清張は、森鷗外の文章の難解な漢語的性格を、批判もしている。上述したように、その作品が読者に読まれ、共感されるために、必ずしも必須の要素ではないという理由からである。読者に分かりやすく楽しんで読まれるためには、小説の文章は、どれほどに平易で簡明なものであっても、批判される性格のものにはならないだろう。松本清張の文章を一言で要約すると、極力修飾的要素を排した、簡潔を身上とする文章、そのように説明することが出来る。これを、さらに具体的に言うと、新聞記事の文章記述に近いと言ってよい。なにが、どこで、どのように、どうしたという、文章の必要な要素が極力平易に正確に伝えられている、そういう文章である。

従って、松本清張の文章を性格づける「語」の、漢語的性格も、それが読者の〝読む〟行為に、どちらかといえば否定的な要素であるならば、清張が鷗外の文章を批判したように、彼自身の文章記述にあたっても、その要素の消去に努めることも求められる態度ではなかったかと思う。松本清張作品に、清張作品の象徴のような推理小説も含めて、いわゆる通俗小説・大衆小説の要素が強いのであれば、なおさら、読者に平易に分かりやすく読まれる文章であるために、その漢語的性格は、本来的には重用されるべき性格のものではないであろう。

にもかかわらず、清張作品には、その始発の時期から終末にいたるまで、独特の漢語的表現・漢語的語彙の頻出が、避けることなく続けられている。漢語的語彙と言わなくても、現在の平均的読者の感覚には無い、別次元の読書語彙と感じられるような用語が、頻用されている。この状況について、本章では逐一具体的な報告をしてきた。それらを、〝清張語彙〟と述べたけれど、本当に清張独自の特徴的用語であるのかどうか、私に、正確な知識がない。清張の特徴的用語であったとしても、それが、彼のどのような生活体験の中から獲得されてきた文章語彙であるか、その辺の検討や調査が必要である。本章の内容は、そのための前提的な事実についての報告であったと、理解いただきたい。

文章記述が平易に分かりやすく読まれるために、語彙の漢語的性格はともかく、清張には、できるだけ多様な表現や語彙使用は避ける態度があった。その態度にもかかわらず、用語を微妙に使い分ける場合がある。清張の文章感覚によるものと思う。どれが清張語彙というのではなく、用語あるいは語彙が使い分けられていると思われるものを、最後に紹介して終わりとしたい。

拳を震わせ、眼を忿らせて詰寄ってくる。（落差）

いくらでも怒るがいい。（落差）

今までの不満も恚りも、その一言で俄に消え、（菊枕）

ここまで云うと笠岡重輔の眼は瞋って光った。（点）

又左衛門と秀吉を目懸けて瞋恚の炎を燃しながら行動している（ひとりの武将）

どれも、「いかる」あるいは「いかり」の用例である。二例目は「おこる」かもしれない。これらの書き分けが、どういう意味合いのものか、明瞭には理解しにくい。

さらに、

日本におけるテンペラ画の興隆を希っている平沢画伯、（小説帝銀事件）

自分の人生の念願に破れた今、もう生きる希みを失った。（歪んだ複写）

の「希」は、「ねがう」「のぞむ」と両様に読ませている。漢和辞典には、「希」に「ねがう」「のぞむ」の訓が記してはある。どうして「願う」でないのか、どうして「望む」ではないのか、理由は判然としないが、清張には、なにかの感覚があるのかもしれない。

　福岡署の方も大変な喜びかたであった。（時間の習俗）

　この聞き込みは捜査本部を歓ばせた。（黒い福音）

　むろん、夫は悦んで承知した。（わるいやつら）

　シズエは痩せ衰えた顔に欣びを浮かべて卓治を迎えた。（断碑）

これらの「よろこび」あるいは「よろこぶ」に、なんらかの意味合いの違いがあるのかどうか。私の感覚では、説明に窮するが、清張語彙には、このような書き分けがある。

　そのほかでは、たとえば、

　妻の後や片倉の後を尾けるとしても、（確証）

　君も一緒にぼくに随いてくるがいい。（彩霧）

　三原は手帳にそれを記けた。（時間の習俗）

　その顔は、信長退治の妄執に憑かれて妖怪じみていた。（陰謀将軍）

　その夕方から、田原典太は崎山亮久を跟けることにした。（歪んだ複写）

などの「つく」は、字義が違えば、当然用字も変わる。清張は、できるだけ適当な用字を使って、視覚的に理解しやすさを努めるような態度がある。ただし、用例中の「尾」「跟」の違いは、私には理解しかねた。

　お互いさえ気をつければ、暴《ば》れるようなことはない。（梅雨と西洋風呂）

　もし暴露《ばれ》る心配なしに殺す方法があったら、（わるいやつら）

手許の漢和辞典によると、「暴」に「あらわれる」「あらわす」との字義が無いことはないが、「あらす」とか「あらい」が本義である。「暴」は「暴露」に引かれたのであろうが、「暴露」を「ばれる」と読ませるのは、当て字に近いかもと思う。清張が、漢字の視覚的効果に留意する態度を推測させる資料にもなろうか。

第4章　清張小説の描くもの

清張作品の量は膨大だけれど、小説の記述対象になる事柄は、さほどに多種多様ではない。逆に言うと、描かれる対象をかなり限定して、記述態度もほぼ一定し、無駄なエネルギーを費消しないことによって、厖大な量の記述が可能になったとも言える。清張小説の素材となる要素とそれに向かう清張の態度について、報告したい。

一　愛―疑惑の感情―

小説の本質的な要素と言えば、それは人間の愛情であろう。人間が生きるという行為は、〝愛〟の感情を抜きにしては、考えられないからである。古来、物語と言われた古来の形から、〝愛〟は、普遍的なテーマとして語られてきた。その時、未婚の男女が恋愛感情の末に結ばれるという〝愛〟の物語が、大部分の割合を占めていたと思う。ところが、清張の場合、恋愛から結婚へという普遍的なパターンを語る〝愛〟の小説は、皆無に近い。なぜかと訊かれれば、清張は多分、そんな小説になるような甘い青春には無縁であったから、と答えるのであろう。経験が無ければ、書けないという問題ではない。その理屈を言えば、小説はすべて、清張が興味を感じない私小説になってしまう。本音は、人生の重さの前の、恋愛という「青春の感傷」への懐疑であろう。

人間における恋愛感情の意味を、否定しているのではない。小説『恋情』の作者である。人生に占める重さに、深く憧憬する感情を知ると言って、十分である。『恋情』の場合もそうであるが、清張における男女の恋愛感情は、これから結ばれるというよりも、結ばれた後の問題として語られる。清張が最初に書いた、「週刊朝日」への応募作『西郷札』では、異母兄妹の郷愁に似た感情が語られるが、それ以上に語られているのは、太政官権少書記塚村圭太郎の、妻への疑惑の感情である。この嫉妬と疑惑を、愛情と表現するのが適当かどうか迷うが、清張が男女の愛情として、いちばん問いかけているのが、この夫婦の間の感情である。『波の塔』『聞かなかった場所』や『火の縄』の細川忠興の妻に対する感情など、夫婦の愛情を実感できない夫の焦燥が語られる。

疑惑が、殺人に結び付くのが、『確証』『遭難』『佐渡流人行』『西海道談綺』『表象詩人』などであるが、これらには疑惑の実態といったものが無いでもない。文字通りに愛情の疑惑であった『疑惑』は、夫婦の感情のすれ違い。『東経一三九度線』は妻の肉体を奪った者への復讐であるが、これを愛情と言うのがふさわしいかどうか。疑惑の感情に目を逸らして生きている『ネッカー川の影』には、妙に現実感がある。実態のある疑惑を〝不倫〟と称するけれど、清張小説では、それはむしろ夫婦のありふれた状態で、おおむねそれは前提の状況としてあるから、ことさら新しく小説の内容にならない。まともに不倫を書けば、幼馴染みとの遠出が思わぬ不倫旅行になった『箱根心中』や、結婚の悔悟として語る『砂漠の塩』のような作品になる。両作品ともに、結婚の後に、少年少女の頃の感情の中身を知るところは、『西郷札』に通っており、夫婦の愛情に対面する一つの小説要素のようである。

近親の感情が、ほのかな愛情として語られる場合は、むしろ少ない。『潜在光景』は伯父と母親、『入江の記憶』『紐』『熱い空気』は人妻とその義兄、『新開地の事件』は義母と息子の肉体関係が、背景にある。男女の精神的あるいは肉体的飢餓が、そのような状態を導く。もしかしたら最も普通かも知れない隠れた不倫を、清張は書いている。これが、兄妹なら『火神被殺』『呪術の渦巻文様』の、母子なら『歯止め』の近親相姦になる。『呪術の渦巻文様』には、近親相姦などと評するには不似合いな、兄妹に運命付けられた男女の、人間愛ともいうべき人生が表現されている。

清張小説における子供は、素直で純真といったイメージと違う。『鬼畜』の少年は、「気味の悪い子ね。大きな眼をぎろぎろさせて、何を考えているか分からない」と言われた。『連環』では、「顔色の蒼い、眼ばかり光らせている、頭でっかちの五つの」子供であった。愛玩の存在よりも、脅迫者のそれに見える。『潜在光景』『屈折回路』で感じられた〝子供の殺意〟は、真実に存在したものか殺人者が作り出した幻影か、小説は明言しないが、大人の世界の観察者であり、幼い〝行為者〟である可能性は、記述しているように見える。『恩誼の紐』では濡れた雑巾を口に詰め、『潜在光景』では足下のロープを引く、子供の心に記憶としても残らないほどの無意識の殺意。『天城越え』のそれに感じる、恐怖感よりも不思議な情感は、どう表現したらよいだろうか。

悪人あるいは悪女小説と認識される種類の作品がある。男女関係として言えば、不倫などという語の感覚もない、普通にいう（望ましい）夫婦・親子関係に齟齬する行動を、意図的になす種類の人間を描く小説である。男性の場合をなぜか悪人と呼ぶが、彼らには、異性である〝女〟は、性欲と金銭欲の道具としか認識されない。『断線』『連環』『わるいやつら』『夜光の階段』などである。悪女の場合、『土俗玩具』『死んだ馬』『お手玉』は、色と欲の悪人小説女性版であるが、通常の夫婦関係を逆に利用する、金銭的（また多少は名誉的）欲望であることの方が多い。『強き蟻』『内なる線影』『礼遇の資格』『疑惑』など。金銭的・名誉的欲望は、性的欲望を絶つ（あるいは抑制する）代償として、当然の権利というのが、悪女の論理である（参考、権田萬治「清張が描いた悪女たち」、「東京人」、平18）。

二　女―性愛の諸相―

清張小説の女性は、その描写でまず気付くことは、外面的な記述の性格である。たとえば、「それほど美人ではないが、皮膚が白くて感じのいい容貌」（ゼロの焦点）とか、「二十七、八ぐらいの背のすらりとした女」（Dの複合）とか、「色白のまる顔で愛嬌があり」（風の息）とか、「初夏らしい明るいピンクのスーツ」（砂の器）とか、「上手に着こなしたコートの裾から出ている脚も、きれいな線だった」（数の風景）とか、外形的な観察の描写である。その外面的な好意の描写の視覚的感覚が、そのまま、作品の展開に活用されていく。巧みな人物描写とは、感じにくい気もする。

さらに、もう一つの問題は、一方的な決めつけである。

「ぽっちゃりとした小肥りで、色が白くて、肌のきめが緻密で、腰まわりの張っている女性は、だいたいそういう傾向ですね。ひとりで夜寝ているのがつらくなる性質です」（強き蟻）

井戸原初子は浮気性な女の部類に入る。彼女のすべすべした白い肌と、ふっくらとした身体つきで、大体間違いないと思っている。（棲息分布）

この表現は多い。色白・ふっくら・肌のキメと揃うと、男好きで淫乱タイプの女性になる。この決めつけの根拠の実感は、私には判定しにくいが、こういった短絡は、やはり問題があるのではなかろうか。そのような蠱惑的な女には、男はみな魂を奪われる。

「おえんは男好きのする女。見る男がみんなあの女に魂をとられる」（西海道談綺）

この決めつけも問題だが、恋愛は描かない清張小説も、〝好い女〟にはどの男もひそかな好意を寄せる。そのことが、小説展開の要素になる。これも問題であろう。

いったいに清張は、女の本性には、衝動的で性的欲望が内在するものがあると認識している。女性が墓場の上で姦淫という例を、何度も引くことがある（屈折回路・西海道談綺・黒い空）。「三十女の感覚が彼女の身体じゅうの恥を忘れさせていた」（連環）、「野関利江は旺盛だった」（危険な斜面）、若い男の肉体を与えられて初めて充足した嫂の話（願望）とか、未亡人になった嫁を男を誘う道具にした義母（高台の家）の話もある。人妻の性の欲望は、男の場合と特別変わらない、あるいはもっと貪欲に存在しているといったところが清張の感覚であったように思われる。ただし、愛情が介在しない異性との接触の嫌悪が病的にまで昂まる（波の塔・砂漠の塩・一年半待て）というのは、男と女の性には、ある種即物的と言ってよいような違いがあるとも、認識していたかとも思われる。

清張の描く、もう一つの女は、金貸しのハイミスである。

上浜楢江は、A精密機械株式会社販売課に勤めているが、女子社員としては最年長者である。彼女はまだ独身で、それに金を溜めていた。社員たちにはこっそり高利で金を貸していた。（鉢植を買う女）

『年下の男』の大石加津子、『馬を売る女』の星野花江、『ガラスの城』の的場郁子など。

不幸にして美貌をもたず、さほどの才能もない女性たちは、いまのままであきらめなければならない。彼女たちは男子社員に人気もないし、恋愛にも絶望している。たのしみは何であろうか。それは、せっせと金を貯蓄することだ。（ガラスの城）

性欲を離れた、諦めのなかで得た自立の心は、僅かな火種ですぐ燃えあがる。だから、結局は女の心の裏表というだけかも知れない。『黒革の手帳』の原口元子や『夜光の階段』の福地フジ子も例外でない。

清張の描く女性が、おおむね、人妻か人妻になれない女の金と性であるのに対して、男性の描写も、だいたいそれに比例する。『坂道の家』は小間物店主がキャバレーの女給に入れあげる話で、『寒流』は銀行支店長と料理屋の女主人、『ペルシアの測天儀』は会社の課長と銀座のホステス、『弱気の虫』は某省課長補佐と麻雀屋の人妻、『喪失』は運送会社会計係と銀行の女集金人、『たづたづし』は某省課長と通勤途次に知り合いになったOL、『誤差』は鉄鋼会社の重役と銀座のバーのマダムと湯治場に逗留する青年、あげていけばキリがない。推理小説のテーマとする殺人は、人間の金と色と力への欲望をめぐって起きる事件であり、とりわけ性の欲望は人間の根源的な本能なので、それを背景にしない作品はないと言ってもよい。ただ、女性の場合におけるそれが肉欲的・耽溺的であるのに対して、男性のそれが、浮気・好奇心といった言葉が似合うような、卑小・浅薄な印象であるようには感じられる。

中年のありふれた性への願望に対して、清張が描く〝老年の性〟には、ややこだわりが感じられる。先述した、女の性の肉欲とも関連するが、老者に連れ添う性の涸渇がおりおり事件に結びつく要素になっている。

美奈子には宗三がはじめての男であった。いまもそうである。六十一の亭主は男とは言えないのだ。彼女の充実は再会後の宗三によって行なわれ、継続されている。いうなれば宗三が実際上の夫であった。だから、彼女は宗三には積極的に求め、不満は露骨にうったえた。（内海の輪）

『死んだ馬』『強き蟻』『礼遇の資格』『甲府在番』『足袋』『山峡の湯村』などなど、若い妻の飢えが事件の背景として、語られることは多い。

すでに性能力を無くしている老人の性は、通常な形の交渉としては行えない。

民子は、この老人の削げた頰と、顎の下にたるんでいる咽喉の皺を見ていると、奇妙な気持になる。夜は、この老人の肋骨の浮いた胸に頰を擦りつけることもある自分だった。痩せた手が蒲団から投げ出されている。骨張った指と、気味悪いくらい浮いた静脈の手に、自分の夜の生命が燃えるかと思うと、昼間の眼が不思議になる。（けものみち）

のように、指戯・舌戯中心の性として描写される。そのような性技は、アメリカ渡りの技巧とされている（指・地の骨）。『危険な斜面』では、会社会長の妾である野関利江が、会長は「不足のない生活を与えてくれたが、老人の嫌らしい玩弄にその皮膚を投げ出す義務があった。皺だらけの指と、醜い唇の這いずりにくらべ、秋場文作は成熟した男性の技巧と余裕を持っていた」というように、老人の性への嫌悪と、反動としての〝成熟した男性の性〟への願望を語らせている。

そのように記述はしているが、清張は、嫌悪されるべき醜悪という視線では描いてはいないように感じられる。清張が老年を記述した小説には、『六畳の生涯』『老春』などがある。通常の風俗小説として、老年者の姿を、多少悲しげに描写している。思いがけず延命したために純愛を失格した『遺墨』や、老人の隠匿した愛情の痕跡を探った『二冊の同じ本』『駅路』などを見ると、揶揄的な部分もあるけれど、ささやかな愛情に自足して生きることを願った老者への、哀惜の感情を多く感じる。入院している病院の若い医局員のもとに、夫の睡眠中に逢引きに出かける妻を書いた『夜が怕い』、伊能忠敬五十四歳の時に迎えた三番目の妻で、測量旅行で長期不在中に出奔した栄への愛惜を記述する『老十九年の推歩』、愛情を得られない妻に向かって、

「おまえさんの可愛い男は若い。だからおまえさんは正常なセックスに溺れられるのだ。ぼくの眼には、そういう際のおまえさんの狂乱した姿が見える」（詩城の旅びと）

と錯乱するピエールに、清張の老いの悲しみの呟きを感じてしまうのだが、どうであろうか。老年の性は、あるいは、人生の呟きのようなものかもしれない。

清張が描くもう一つの性に、同性愛がある。女性同士の愛は、『指』に描写される。バーホステスの弓子は、雨の夜、喫茶店で知り合った銀座のバーママの恒子に、「曾てアメリカ人の恋人に施された通りの技巧を」そのまま実行した。しかし、清張小説の同性愛は、レズと呼ばれるそれよりも、ホモと呼ばれる男性間のものの方が多い。

『分離の時間』や『雑草群落』は、そのホモが作品を支える重要要素になっている。清張は、菊池寛のそれを記述したこともあったが（形影）、『西海道談綺』でも『赤い氷河期』でも、同性愛趣味について触れている。後者では、エイズの蔓延と音楽家の同性愛を書いている。

三　人―虚飾の権威―

清張小説が素材の対象にする人間には、学者・官僚・刑事・政治家・弁護士・評論家といった、社会の上層的な立場にある場合が多い。下層的な枠組みのなかで抑圧を感じながら生きてきた清張には、権威に安住し、あるいは権力を背景にした虚飾の態度に、義憤を感じることが多かったためであろう。

学者については、清張自身が学者的能力を過分に持つこともあって、その無能・無節操と卑俗が、痛烈に批判されている。モデルを言われたことのある『落差』は、名と色と金以外に目の無い学者を主人公にして、まさに、「わるいやつら」学者版。入試問題の紛失から、女と学内派閥抗争だけの小説『地の骨』。『カルネアデスの舟板』では、世相に合わせて転向する学者の無節操と自己保身の論理が、作品のテーマとなっている。「行動する勇気がないインテリ」（白と黒の革命）は、時に、陰謀やスパイ行動の方が似つかわしい（小説東京帝国大学・北の詩人）。学問が権威によって拒絶される、『断碑』『石の骨』の不条理。

小説『火の路』は、学者総批判小説と言ってもよい。順番にあげていくと、まず学閥と、学閥内の主流、反主流の生存競争。研究態度で言えば、学界の「新説」も新案特許に似たところがあるから先にツバをつける。弟子の論文は盗用する。大事な史料や資料は、鍵のかかった机の中にしまって独占する。ボス教授の意向に汲々として従って、「先見的」な学説は極力排除し、いわゆる「妄断」や「恣意」にわたることをおそれ、自説の展開を極力つつしむ、「慎重」で「実証」に終始する態度。共存共栄のために、専門を少しづつ変えて縄張りを確保する。筆者も、大学教員の身分にあったから、清張の批判は、ある程度実感として受けとめられる。

同じ学者でも、在野の研究者には、清張は、おおむね好意的な気持を持つ。学問が生活の糧でない、名誉のためでもない、ただ真実を知るためにだけ、挺身する。学問をすることが生きることである、その懸命さに心を寄せざるを得ない。あの『或る「小倉日記」伝』がそうであった。『断碑』『石の骨』は、そういう無辜の行為に共感して書かれた。『陸行水行』も、邪馬台国の所在を身を以て証明しようとする、アマチュア研究者の常識外れの実証であるが、学問と生が重なり合う真摯さに感銘を表さざるを得ない。この『陸行水行』に登場するのが、大学の〝万年講師〟であるのも、多少意識する設定であろう。『火の路』の女主人公高須通子も、助手の身分であった。

官僚については、清張には、明治以後「藩閥政治が没落しても政党政治が無力になっても、彼らに須要だった官僚は、次々と変る権力の主人の須要ナル能吏として生命をもち続け」（新権力論）たという、認識がある。その官僚に対して、正面から見解を表明した『現代官僚論』以下の記述は、ここでは省略する。清張が認識する官僚共通の性格は、出世主義である。『歪んだ複写』という小説は、税務署という権益と汚職組織の中にいて、悪質な収賄が摘発され、自分の出世に瑕がつくことを畏怖する税務署長が、その畏怖のために行った犯罪を語っている。キイワードになる〝カイダン〟は、文字通り出世の階段である。

清張小説の視線は、そういう出世組織の維持を、往々にして一身の責任として担わされ、組織防衛の犠牲者の運命を与えられる中堅官僚―課長補佐に注がれる。『点と線』『濁った陽』などの作品の主題的な要素であるが、『二大疑獄事件』『ある小官僚の抹殺』にも記述された歴史事実を素材にしたものである。

疑獄はいつの場合でも下級官吏からの摘発が常識であって、殊に課長補佐あたりが常にその犠牲になる。疑獄が起ると、通例と云っていいほどこのクラスが自殺するのは、捜査陣もここを突破口として取調べを集中するし、下級官吏としては義理に迫られて、止むなく自らの命を断つのである。誰が有罪の宣告を受け入獄したとしても、自殺した下級官吏こそ疑獄の最大の犠牲者であろう。（二大疑獄事件）

下級官僚といえば、『流人騒ぎ』では、その無能と気まぐれのために人生を狂わされる不条理を語り、これは、『遠い接近』の主題にもなっている。

江戸時代の官僚機構の末端は目明かし・岡っ引きと呼ばれた。

仁蔵の眼は、二人の姿に吸い着いていた。千助の身体に一分の隙も無く重なるように縺れて歩いている色の白い女はお時といって両国の茶屋の女である。仁蔵の瞳に火のように烈しいものが点った。（町の島帰り）

狙った女を手に入れるために、無宿の男を遠島にする岡っ引きの話である。『かげろう絵図』の孫九郎、『逃亡』の梅三郎など、権力を笠に着る存在は常にいる。『町の島帰り』は、自身の留置場体験の中での刑事を小説にしたと、清張は言っている（半生の記）。『けものみち』の刑事や、『棲息分布』の元憲兵にも、そのような描写がある。けれど清張には、権力と非権力の接触点で、真摯な任務担当者としての刑事の姿も見えている。『火の記憶』『張込み』に描写された人間刑事は、『点と線』での庶民刑事となり、『声』『喪失の儀礼』と、清張小説の一つの型になっている。

弁護士については、悪の背景になって画策する『わるいやつら』の下見沢や、女性依頼人と心身ともに結託する悪徳弁護士（小町鼓・強き蟻）の存在もあるけれど、『霧の旗』のような、良心型の描写の方が多い。特に、特別な実入りのない〝国選弁護人〟には、共感的な視線を注いでいる。『種族同盟』の国選弁護人は、偶然に国選を引きうけることになって、運良く被告の無罪を勝ち取ったが、それは、被告の意図的な策略にも乗っていた。弁護士は、釈放された被告から、「人殺しを無理に無罪にした」と逆に脅迫される。『疑惑』の国選弁護人は、無罪の証明が可能になりそうなところで、悪女鬼塚球磨子の犯罪を追求していた新聞記者から殺意を受ける。良心に〝懸命には〟

従わなかったことや、任務に忠実であったことが、思わぬ報復を受ける。不条理な話である。『奇妙な被告』の国選弁護人もほぼ同様であるが、被告から受け取ったのが、協力に感謝の礼状だけであったのはむしろ幸いであったのか。ついでに、検事について触れると、『草の陰刻』の瀬川検事、『波の塔』の小野木検事、ともに検事を退職して弁護士への転身をほのめかすところで、小説が終わっている。弁護士・検事関連の小説は、女性誌連載のものが多い。女性読者の関心を惹く要素と、清張は考えていたのだろうか。立場は苦境になっても、愛人・恋人といった存在に恵まれるのも、羨ましい性格である。

評論家といった立場には、嫌悪感を示す。「連歌師というのは、当時の権力におもねって生きていた文化人だから、このくらいの狡さは持っていた」（山崎の戦）、「解説者というのは、いい加減なものだ」（同）、「くだらない評論家ほど文章を晦渋にして大向こう受けを狙う」（三・一五共産党検挙）、「一部文芸評論家のまわりくどい晦渋な文章が理解できないからとて読者は自己に絶望することはない。頭が悪いのはこちらではなく、下手な文章を書く側の不都合にあると思ってよい」（同）、「自分の貧しい経験でも、批評家のそういう〝ものを知らない〟不勉強な批評にたびたび出遇っている」（正太夫の舌）。あげていけば、キリがない。清張は、作家としての始発の頃、「作家・評論家といった文壇の仲間と疎遠にしていては損」と、編集者に忠告されたことがある（清張日記）。しかし清張は、おおむね孤高を守った。「作家と個人的に親しい評論家の批評はアテにできません」（火の虚舟）と思っている。作家は、その小説を生み出すために心血を注ぐ。少なくともその批評は、同じ程度には勉強して、作品そのものの熟読の後になされるべきだ。気楽に、他人の食い扶持の上前をはねて、のうのうと生きている評論家・文化人の類には、どうにも嫌悪の感情が隠せない。真摯に、懸命に己れの人生を生きる者への共感の、逆感情である（参考、福岡隆『人間・松本清張』本郷出版社、昭52）。

政治家については、「現代の悪人をあげよと云われたら、私はまっさきに現在の国会議員をあげるだろう」（私のくずかご）と極言している。清張が悪の根源とするのは、政治献金の制度である（政治と献金・現代のヒズミ―税金・小説でない〝黒い霧〟・政治家の税金）。高額納税者である清張だから、過敏に反応するという面もあるだろうが、政治献金が「政治腐敗の毒素」となっている面は否定し難いだろう。政治献金をめぐる汚職事件は『棲息分布』の、贈収賄事件は『中央流沙』の、それぞれ主題となっている。後者では、例の課長補佐が犠牲となる。政治の黒い利権と財界との癒着、それらを政治家秘書の目から描いたのが『迷走地図』という小説である。政治家というものは現実的で、つねに「利害関係に即して行動する」人種である。政治家に対する清張の不信感は、すこぶる根強い。

四　金―闇の世界―

清張が、政治家に極度の嫌悪感を持つのは、個人としては許されるはずのない犯罪が、組織として平然と行い得る社会悪の体現者であるという認識によるものであろう。終戦時の混乱の中で、軍需物資の隠匿と強奪は、国民全体の窮乏生活の中で、一部に不当な利益を蓄積させた（遠い接近・棲息分布・風紋）。その最たるものは、戦時中に買い上げされた供出貴金属である。日銀地下金庫に眠っている接収ダイヤなども、その総量も不明のまま、多く闇に消えていった（征服者とダイヤモンド・風の息）。T銀行佐々頭取の「（佐々資金と呼ばれた）巨大な資金源」は、旧軍部が隠匿していた厖大なダイヤモンドそのものだった（深層海流）。戦後の連合軍管理下の貿易利潤を含む、マーカット資産・K資産・C資産あるいはV資金などとも呼ばれた闇資金は、一部の上層者に独占された。政治の裏面で、これらに密接に関わって存在するのが、政治家である。『聖獣配列』は、アメリカ大統領と日本の首相とが、隠匿M資金にかかわるという、暗黒の闇資金小説である。

〝日本の黒い霧〟で追求されたのは、もっぱら、占領軍の謀略である。『下山国鉄総裁謀殺論』から『謀略朝鮮戦争』まで、事柄の真実は不明とはいいながら、清張の指摘する推理の可能性は、すこぶる実感がある。マッカーサーによる統治政策の初め、旧日本の国家主義を一掃して、民主的な秩序構築の意図で活動したGSと、共産党勢力の思わぬ拡大とともに、反撃を開始した作戦系統機関であるG2との対立、その構図のなかで、戦後の日本に起きた不可解な事件の理解が出来る気はする。下山総裁の轢死から、松川事件・三鷹事件・白鳥事件、共産党勢力を沈静させ、民主・労働運動を反転させた結果を見れば、清張の推理には説得力がある。もく星号の遭難・帝銀事件・追放とレッドパージ、その曲折の経緯を見れば、占領軍のなんらかの介在は、否定し難い気持を持つ。国民大衆の目に隠されている、国家の主権をも超越する上部権力の実態を、清張は眼前に分かりやすく開示してくれた。

国家を超える権力の裏側を見る清張は、個人的な感情や利害などは、風の前の塵のように抹殺してしまう社会悪の存在にも、鈍感でいられない。『眼の壁』が企業詐欺のパクリ屋を素材にした小説であることはよく知られているが、同様の総会屋・金貸し業者の本性は、『寒流』『彩霧』などに描写されている。『けものみち』や『迷走地図』に記述されているのは、右翼的な政界ボスであったが、町の高利貸しに至るまで、裏社会に寄生する存在がある。暴力団の恫喝や拉致（寒流・草の陰刻）は目に見える脅迫であるが、活字による脅迫は業界紙の圧力である（紙の牙・梅雨と西洋風呂）。そういえば、小説『時間の習俗』は、黒い圧力である業界紙の主幹が、逆に贈賄業者から殺害される内容のものであった。社会の裏に巣くう黒い権力を見る清張小説は、その赴くところ、フリーメイソン・マフィアといった、国際暗黒組織を記述の素材にすることが多くなる（白と黒の革命・霧の会議）。

陽のあたる一等地に立場を占めながら、もう一方の手で、裏社会の利権と手を結んでいるのが、銀行である。銀行の裏帳簿・隠し預金といったものであるが（地の骨）、事柄の性質上、白日のもとにはさらけ出すことの出来ない闇資金である。その弱みをついて、銀行内部から、脅迫者が出る（彩霧・黒革の手帳）。組織の欲望と個人の欲望、どちらがどうとも言えない、どす黒い欲望の戦いである。組織への反逆者にならなくても、身近な金銭の存在は、しきりに犯罪を誘発する。『百円硬貨』『鉢植を買う女』は、いずれも、銀行員の現金拐帯に絡む小説である。『拐帯行』は会社の集金係の現金拐帯心中旅行で、『告訴せず』は選挙資金の横領である。

五　生―その諸相―

小説は人間を描く。清張小説に登場する人物が、身近にありふれた人間であること、おおむね平凡なサラリーマンでありOLなどであることが、清張小説が読者に親近される一つの要素であるけれど、それだけでは、身近で分かりやすい人物設定というだけで、共感あるいは感動に結びつく要素にはならない。清張小説の人間は、その状況のなかで懸命に生きている。読者は、その生きる姿に、自らを重ね合わせて、共感の思いを持つ。小説が人間を描くのは当然のことだが、清張小説は、とりわけ真摯な人生の一面を描写せざるを得ない。象徴的な記述を、いくつか紹介する。

清張の故郷小倉の山中に佐平窟と呼ばれる洞窟があった。秀吉の朝鮮役に従軍していた佐平が、脱走して隠れ暮らしていた洞窟ではないかと、清張は、自らの兵士体験を踏まえて推測している（厭戦）。中国人に撃たれて負傷した民間人が、日本外務省の不誠実を抗議して、課長を銃撃した事件（私のくずかご）。百姓出の若党が雀一羽を殺したために免職、謹慎の末、座敷牢で狂気の殺人をなした、お役目大事の朴訥・謹直な旗本の話（雀一羽）。脚本家の伊村（清張）が故郷に帰省していた時に、女の子を使いにして、便箋書きした日共潜入のメモを売り込んできた男。郊外のバラックに住む元スパイ?の男は、友人から受け取った手紙では、〝嘘つきの名人〟と評判されていた（点）。値段表のある講演旅行を売り込みながら地方を回っている、若くして学士院賞を貰った老学者の話（賞）。ある新聞記者が、口笛で鳥寄せの名人と聞いて取材に行くと、「今日は鳥が寄りつかない日です」と言った名人は、「写真を撮るなら」と剝製の鳥を雑木林の木の枝に並べた（剝製）。悲しくもまた寂しくもある、人生の断面である。私には無縁と、誰が言えようか。地方新聞広告部長が、広告の手違いで、広告代理店課長への「オミヤゲ」のために馘首される『空白の意匠』。牛乳壜口の包覆特許をめぐって、大手乳業会社・新聞社・検事・裁判官、あらゆる権威と孤高に戦う老人の『晩景』。この二作は、組織の中で圧殺される個と、ドンキホーテのごとく組織に挑む個と、両様の人間を描いている。

小説は人間を描く。とりわけ清張小説は、市井に生きる人間を描く、というように述べたのだけれど、実のところ、凡俗の人間を超越する才能を凝視する意識も、清張にはある。それはおそらく、平凡な資質と立場しか与えられない人間が、その中で懸命に生きるように、希有なる才能を与えられた人間が、そのために運命とされた、常人にはまた異なる苦闘の人生を見るからであろう。清張は、天才のなかに、より鮮明に、人間の生を感じたと思われる。『断碑』『菊枕』『火の縄』また『両像・森鷗外』『老十九年の推歩』など、天才なるが故の人間の孤独への、清張の共感を感じることが出来る。岸田劉生（装飾評伝）・斎藤緑雨（正太夫の舌）・中江兆民（火の虚舟）・大川周明（砂の審廷）・シカネーダー（モーツァルトの伯楽）、天才より異才と評すべきかもしれない。異才のゆえに得る、思わぬ人生の転変。偏屈の考証家三田村鳶魚の奇矯で不遇の人生は、よほどに清張の関心をそそったようだ。『山峡の湯村』は、鳶魚の晩年を素材にした作品と思われる。

異才の一種と言えるかどうか、稀に、病的な資質がある。『点と線』で、時刻表に〝東京駅の四分間の空白〟を発見した安田の妻は、数字狂であった。『Dの複合』で、作家と編集者の旅程を、つねに三五〇キロと計算した計算狂の女も、数字狂である。『数の風景』にも、「眼にふれるものはなんでもその数をかぞえないと承知できない……計算していないと、寸時も心が落ち着かない」計算狂の女が、登場する。その計算が、この作品の殺人を見破る、という設定になっている。清張が、推理小説のために創造した人格なのかどうか。『駆ける男』では、蒐集狂が、作品の記述に利用されている。

『ネッカー川の影』に、「緊張病」という症名の精神病者、三十七年間も「忘我の人」であったヘルダーリンのことが、記述されている。「忘我」ではあるが、「多幸」が、この病気の特徴である。爬虫類の絵ばかりを描く妹とその兄を書いた『呪術の渦巻文様』の場合は、多幸とはいかなかった。梅毒に罹ったモーツァルトが、特効薬の水銀剤の中毒で死んだことの記述があったり（モーツァルトの伯楽）、晩年の清張は、病気を小説素材にすることが多い。『彩り河』は麻薬「パロペリドール」を素材とし、『赤い氷河期』は、エイズと血友病と製薬会社という問題を正面から扱っている。この作品は、清張には珍しく、清張自身の没年より十余年後の二〇〇五年の年時を設定した未来小説である。人間の未来を予見する意味が込められていたのだろうか。

〝小説日本藝譚〟というシリーズ作品を発表したことのある清張は、芸術的な才能に、格別関心を持っていた。中でも、絵画への関心は、岸田劉生や青木繁・坂本繁二郎などについての記述や、『生けるパスカル』『内なる線影』『天才画の女』『詩城の旅びと』など、画家を素材にする小説の多さからも分かる。その関心の中心は、『真贋の森』や『青のある断層』『雑草群落』などに見る、贋作という犯罪である。『火の路』では、それに盗掘という要素まで絡んでいる。絵画ではないが、『古本』は古書の盗作であり、『影』は小説の代理執筆が素材となっている。

絵画以上に、清張小説の基本的関心となっているのが、俳句と考古学である。俳句については、『菊枕』『花衣』などに、女流俳人を主人公として作品を残しているが、それ以上に、清張の俳句趣味は、小説記述に底流する要素となっている。考古学についても、『断碑』『石の骨』に民間考古学者の懸命な人生を描き、文献考古学と言ってよい『陸行水行』は、考古学とともに彷徨し破滅する人生を描いている。『内海の輪』の考古学は、作品を支える素材として利用されているし、『火の路』『眩人』では、飛鳥地方の石像遺跡についての仮説が、作品のテーマになっている。清張の考古学趣味が、小説記述に底流する要素になっているのは、俳句と同じである。

民俗学への関心は、考古学趣味の延長であろう。清張の民俗というと、誰もがすぐ、和布刈神社の神事に始まり潮来のあやめ祭りで終わる『時間の習俗』、浦島と羽衣伝説の旅である『Dの複合』、出雲風土記の記述を背景にした『火神被殺』などを思い出す。清張の民俗趣味は、柳田流の民俗学ではない。考古学を含む、古代史的な関心の民俗である。その具体的な事例として、鹿の焼骨による古代的卜占である「太占」が、小説素材として利用されている（告訴せず・東経一三九度線）。古代の占骨である太占が、上野国（群馬）の貫前神社から伊豆の白浜神社まで、東経一三九度線に沿ってしか痕跡を残していないという、謎めいた話。

清張の宗教小説といえば、『黒い福音』がすぐ浮かぶ。清張が推測するキリスト教神父の犯罪は、捜査当局も確信していて、ほとんど既定事実に近いが、神父の逃亡には、背後の意志がある。「或る地方ではめったに殺人事件は起こらないが、起これば迷宮入りになることが多い。これは信仰のために信徒の間に協同防衛意識が強く、聞きこみが困難だからである」は、北陸地方の真宗教団の地域で起きた事件を素材にした小説（家紋）の冒頭であるが、まったく同じことが『黒い福音』にも言える。『粗い網版』『天理研究会事件』『神の里事件』は、新興宗教への圧迫や教団内での事件を書いているが、警察権力の前にも豪もゆるがない信仰心には、同じく収監されている共産党員が感嘆した。清張自身は、古代の飛鳥に、仏教・道教でもない異教の痕跡を見て、古代ペルシャの祆教（ゾロアスター教）の解明に、作家生活の晩年をかけるほどの情熱を示す（古代探求・眩人・火の路）。

存在を闇に隠した存在―スパイは、清張にとって、興味を引く人間である。人間関係を裏切る卑劣行為というよりも、人間の弱さが辿る、ある意味もっとも人間的な所業というように、清張の目には映るのかも知れない。先に、清張にメモを売りつけようとした〝嘘つきの名人〟の小説を紹介したが、本当のスパイは、そのような組織の末端には存しない。清張は、非合法時代の共産党の中枢にあった、スパイ松村某のことをしきりに書いている（スパイ〝M〟の謀略・白鳥事件）。『「隠り人」日記抄』は、北海道に隠れ棲むMの晩年を記述した小説と思われる。最後は北朝鮮で、スパイとして処刑された林和（北の詩人）、シリアの上流社会に遊泳したイスラエル・スパイ、エリ・コーエン（ベイルート情報）。スパイは容易に、二重スパイになる。いや二重スパイこそが、スパイの本質かも知れない（乱灯江戸影絵・赤い氷河期）。

六　まとめ―小説素材の変遷―

『西郷札』に始まった清張小説を、小説の素材という面から見ると、初期においては、歴史を背景とした人間描写の性格が顕著であった。それが、『点と線』を契機として、いわゆる社会性の要素を強め、官僚・刑事・弁護士・検事といった存在が、小説素材として多用されるようになってくる。風俗小説も、同じ頃から、中・長編が多く書かれるようになり、ここでは、夫婦・親子の愛情の問題が、家庭の内と外を問わず、多様に語られている。ただし、清張小説の愛情は、いわゆる恋愛ではなく、おおむね不倫と言われる感情であることは注意して良い。

『小説帝銀事件』『黒い福音』から、『下山国鉄総裁謀殺論』など一連の〝日本の黒い霧〟作品を書いたあたり、小説素材は、隠匿物資・占領軍・暴力団といった、より大きな暗黒権力を素材とする作品が多くなる。これは、文学作品というより、歴史記述あるいは歴史解釈といった質のものである。風俗小説・推理小説も、それに応じて、現金拐帯・政治汚職・贋作といった社会の裏面、精神病・麻薬・同性愛といった変則面が作品素材になってくる。清張の歴史把握の蓄積とともに、学者・評論家の糊口・表層の学問への反撥が、作品の要素になってくるといった状況も、おおむね確認した。

歴史への傾斜から、古代史としては中国を経由しての文化交流、現代史としては中東の動乱、西欧の闇の社会といったところに清張の視点が移っていったことは、あらためて述べるまでもない。清張作品に、ゾロアスター教・

スパイ・マフィア・フリーメイソン・エイズ・スイス個人銀行といった要素が、占めるようになった。

清張小説に見えるこれらの素材は、多種多様のように見えるかも知れないけれど、あの厖大な作品数を計量してみれば、むしろ少ないと言った方が正しいし、素材あるいは要素として利用する時も、一度定着したイメージは変わることが無い。学者は無能な体裁屋だし、刑事は庶民派か威を借る狐、課長補佐は組織の犠牲者で、夫婦の間には必ず隙間があるし、男好きのする女に惹かれない中年男はいない。それらはおおむね当てはまる現実であろうが、清張小説では、そこに微細な陰影を求めない。清張小説では、個人的な心情の描写は、意識の外である。厳然たる現実の中で、人間はただそこに存在しているというだけに過ぎない。机の前に坐ってでなく、四十余年、勤労社会に生きてきた清張の現実感で、それはそれで十分に正しい認識であろう。かくして清張は、自分が設定した素材イメージを巧みに組み合わせながら、小説の現実を創作していく。いわゆる純文学の、いわゆる私小説の価値観とまったく違うところに、清張小説はある。清張小説の素材となる断片を分析しながら、筆者の得た結論である。

第5章　清張小説の方法

清張小説を成立させた要素について述べたい。清張小説の特徴である冒頭・終末の場面とか、印象鮮明な場面性などは、質的な意味では最重要な性格であるが、表現の問題として第2章に述べたので、本章では、小説で語られる内容について、気付いたことの全体的な報告をしたい。小説内容と実体験、その語られ方といった問題である。

一　語られた体験―自伝と日記に見る―

小説の世界は虚構だけれど、その虚構を組み立てる断片（記述内容の素材）は、必ずしも虚構である必要はない。というより、組み立てられた虚構の、現実性あるいは真実性は、断片たる素材の現実性に支えられていることが普通である。分かりやすく言うと、経験された素材の方が、どこがどうと指摘できなくても、読者には、真実を感じさせる側面がある。従って、小説作品というものは、作家の体験の集積として語られると言っても、おおむね首肯されるのではなかろうか、ということである。

松本清張の場合は、どうだろうか。彼は、事実を語る小説家である。評伝小説・歴史記述などにおいては、彼の個人的な体験・思惟からの解釈が小説の方法になる。風俗小説・推理小説の場合、作品の主題に合わせて、個人的な体験を組み合わせながら、展開していく。どちらにしても、体験の要素がとりわけ必要な作家と思われる。清張自身の体験は、『半生の記』『父系の指』『骨壺の風景』などに記述されてある程度は把握できる。体験の断片とでも言うべきものである。まず、それらを清張作品の中に検証してみることから、始めてみたい。とりあえず、気付き得た部分を整理して紹介してみると、次のようである（順不同、用例は最初にあげた作品のもの）。

※／の上が作品で、下が素材的事実が記述されている自伝作品

○七つの子は、垢と埃にまみれながら、中国山脈の脊梁を南に越えた。（砂の器／半生の記・父系の指）

○「ほんとうに、山の中の医者ですからね。ここでは、自動車も、自転車も、役に立ちません。山越して行くには、馬よりほかに方法がないんですよ」（田舎医師／父系の指）

○外の闇の中で、高いところに真赤な火が燃えているのが望まれた。火は山形の直線に点々と焔をあげている。（火の記憶／半生の記・父系の指）

○山尾信治は、小学校を出るとすぐに浅草の関根画版所にはいった。完全な徒弟制度で五年間辛抱して、一人前の職人になり、四年間いた。（遠い接近・連環・鬼畜・風紋／半生の記）

○旧軍隊の内務班における古兵の新兵に対する私的制裁にはパターンがあったが、その「儀式」もこれに共通している。（西海道談綺／半生の記）

○浅野室長は温厚なだけで、あまり有能とはいえなかった。……考古学が趣味で、休日には運動を兼ねてよく古代遺跡を見に出かけた。（風紋／半生の記）

○そのころわたしは、今は北九州市という名前に統轄されている小倉に住んでいた。（表象詩人・或る「小倉日記」伝・形影／半生の記）

○重吉が家に寄りつかず、外で勝手な真似をして歩いているときでも、ふさえは路傍で菓子を売ったり、スルメやゆで卵をならべたりした。（老春／半生の記）
○「辰太。ええかや。お前を守ってやるけんのう」（恩誼の紐／骨壺の風景）
○わたしはそこの神主に会いに行った。というのは、長府の町ではばれそうなので、少し遠いところに行って少年新聞記者を気どったのである。（強き蟻／半生の記）
○夜は暗い海をこして対岸の島や燈台の灯がみえる。母は僕を抱き、その灯を指して機嫌をとった。（火の記憶／半生の記）
○部屋の中は異様な匂いで満たされていた。病気で片隅の破れ蒲団の上に横たわっている者があるかと思うと、すぐ傍では割れた七輪に火を起こして土鍋に雑炊を煮ている者もいる。（山椒魚／私の中の日本人・骨壺の風景）
○その横には巻いたままのケント紙、定規、製図道具などがあるが、自転車の空気入れのようなものに小型のタンクが接合しているのはエアブラッシュの道具だった。（夜光の階段／半生の記）
○一人息子の私は母からも大事にされたが、叔母はもっと可愛がってくれた。しかし、この叔母は、わずかな間しか私の家には居なかった。（入江の記憶／半生の記）
○いまどきには見られない明治の、それも教養のない、一途な女の性格がここにあらわれている。杉田は肉親にそれに近い女を知っているので、実感をおぼえるのである。（暗い血の旋舞／半生の記）
○「岡山あたりの黍箒業者が箒を造るのに針金がのうて困っちょる。九州の肥前方面でもほかの材料はあるが、針金だけがのうて、みんな眼の色を変えて探しちょるんじゃ」（切符／半生の記）
○「ははあ。……じゃ、ハンドウを回されたな」（遠い接近／半生の記）
○「それで、夜、近くの山の頂上に登って、その人が星を教えてくれたもんだ」（砂の器／半生の記）

○「いいえ、一ケ月ぐらいして、その肥田さんの家を出たそうです。都合があって、鳥取の米子市の親戚の家で出産することにしたからと云って」（鷗外の婢／父系の指）
○次郎は高校まで行きたかったが、家の事情がそれを許さなかった。彼はそれを残念がり、高校の講義録などを取り寄せて読んでいた。（消滅／半生の記・父系の指・天正十年のマクベス）
○「夜中に変な気持がするんですか？」と枕元にあと戻りして訊いた。「夜が怕くなるのです」信弘がうす眼を開けて云った。（強き蟻／夜が怕い）
○平岡は古美術に趣味をもっていて休みの日には、田舎に出かけて行って寺や旧家を訪ねて廻っていた。（背広服の変死者／半生の記）
○伊豆がそこに居ると、座が何となく白け渡った。また、途中で彼が顔を出すと、それまで賑やかな談笑だったのが急に静かになってしまう。（月・地の骨／半生の記）
○〝慰安婦〟をアメリカ軍に提供し、将校は戦犯を宥してもらおうというのが楠田参謀長の考えついた狙いであった。（赤いくじ／半生の記）
○伯父夫婦は、葬式らしい葬式も出さず、遺体をおさめた棺桶を荷馬車に乗せて火葬場へ行くのです。粉雪がさかんに降っていました。（彩り河／半生の記・骨壺の風景）
○柳原高級参謀が、自分の社宅に部屋借りしているとは、伊原雄一には意外だった。（百済の草／半生の記）
○風が死に、蒸暑い空気がよどんでいる九時ごろであった。兵士たちの影が《通用口》の入口にひっそりと集まった。（黒地の絵／半生の記）
○電車で坂本に出て、午近い時間、比叡山に登るケーブルに乗った。（顔・火の路／半生の記）
○「そんなこと調べて何になります？」（或る「小倉日記」伝／半生の記）

○その刑事は笹井のほうをじろじろ見ていたが、「どういう用事で来たんですか?」と訊いた。どうやら途中で笹井が被疑者だと気がついたらしい。(連環/半生の記)

自伝小説と考えられるものは、先の三作品のほか、『河西電気出張所』『泥炭地』もそうだし、『夜が怕い』『碑の砂』『私の中の日本人』にも明らかな自伝記述があり、日記・紀行その他の記述も数点ある。次には、小説内容と日記・紀行に確認できる体験の一覧を示す。

○二度目はマダム・タッソー館だ。地下室が残酷場面になっている。(セント・アンドリュースの事件/ヨーロッパ二〇日コースをゆく)

○晩春の北極の白夜はこういう光線らしかった。北極を通過して二時間くらい経った。(砂漠の塩/ヨーロッパ二〇日コースをゆく)

○歯科医は女だったのだ。声は澄んできれいだった。(ベイルート情報/ヨーロッパ二〇日コースをゆく)

○「今日、ダマスカスからベイルートへゆく日本人紳士が自動車事故で大怪我をしたそうです。(砂漠の塩/ヨーロッパ二〇日コースをゆく)

○名はエリ・コーエンという男である。……彼は、そこで次第に上層社会の中に入り、スパイ活動を行った。(ベイルート情報/〝地の塩〟地帯をゆく)

○また穂波伍作は自宅に人を集めることが好きで、料理は自家調理のもの、人数が多ければそれに料理屋から仕出しをとった。(信号/私のくずかご)

○べつにこちらから筋をつくらなくても、「室町夜噺」をそのまま現代文に書き直して行けばよかった。(古本/私のくずかご)

○「イスラム教徒は絶対に異教徒との結婚を許しません。もし当人同士が結婚したいと言えば、男のほうで改宗

しなければならないんです。」（砂漠の塩／過ぎゆく日暦）
○（宝石商鵜飼忠兵衛ノ手帳ヨリ）（夕日の城・百済の草／未完短編小説集）
○義介は、翌日の朝、大阪行の列車に乗った。……義介が思いついたのは、杉元を市長候補に担ぎあげることだった。（梅雨と西洋風呂／未完短編小説集）
○「……それにね、先生はアシンとかアサシンとか薬の名前のようなことを呟いていましたよ」（火の路／ペルセポリスから飛鳥へ）
○「この子は、扁桃腺炎にかかっているんですって。イェズドでは、いいお医者さんが居ないから、わたしたちがイスファハンに行くのを幸いに、イスファハンの立派な病院に連れてゆくところだと言ってます」（火の路／過ぎゆく日暦・私のくずかご）
○交通戦争（速力の告発／私のくずかご）
○若者の何度かの訪問と相互の親しみが増したのち、素風は相手から飛驒の自分の家に来て執筆活動を送られてはどうかという誘いをうけた。（山峡の湯村／私のくずかご）
○床にじっと横たわったなかには、腹匍いになって長い竹煙管をくわえているものもいれば、睡っている者もいた。（象の白い脚／日記メモ）
○「その映画館の前には、亜州第一流芸術の川口舞踊団の賑やかな看板があった」（熱い絹／南北で会った女）
取材日記・紀行に類するものだから、作品と照応関係があるのは当然である。子細に観察すれば、類例に気付くことは、まだまだ多いと思う。

自伝的記述と断らない作品がある。『入江の記憶』は、義妹と一緒に、故郷の湊町を訪ねている「私」の話である。生家のあった部落は、消滅して道路の下に埋まっている。生家が火事で焼失して湊町の知人の家に移った時、同居していたはずの叔母の姿がなかった。「私」の記憶に、焼けた家の部屋で、父親が叔母を打擲している場面がある。神社の桜祭りから一人帰された場面がある。「私」は寝息を立てている義妹に行動を起こした。妻も、「私」を助けてくれるだろう。不思議な小説である。まるきり、説明がない。自伝的意味でもなければ、評価のしようがない作品に見える。『湖畔の人』は、定年近くになって、信州上諏訪の通信局に転勤となった男の話である。諏訪は、幼少の頃から父家康に嫌われた松平忠輝が生涯を果てた地である。男も人から愛されない人間だった。『背広服の変死者』という小説がある。「私」は、東北の陰気な小さな宿で、どのように明日の死を実行するか、眠れぬままにとつおいつ考えている。いずれも、自伝とはことわらないけれど、自伝以上に、清張の内面を小説の要素として取り込んでいる。清張小説の方法としての体験は、このような内面の問題の方が、より重要である。

二　重複する小説内容

松本清張の生活体験が、小説内容の素材と利用されていることは、以上見てきた通りであるが、清張の厖大な作品世界においては、その作品同士が共通の素材を持って構成されることも多い。これも、気付き得たところを、まず紹介する。（順不同。用例は最初にあげた作品のもの）

○一枚の写真　沢田は上京した組の一人から東京の写真を見せられているうちに、ある一人の知った顔をそこに見出したのではなかろうか。それが彼の上京を促したに違いない。（草の陰刻―砂の器）

○古拙の笑い　美術史といったたぐいの写真でさんざんお目にかかっているが、いまの節子は、「古拙の笑い」を泛べた本尊を急いで拝む気はなかった。（球形の荒野―微笑の儀式）

○赤馬　囚人にとっては火事は思わぬ恩恵である。役人の指示の通り、鎮火の後は帰って来なければならないし、

それに違うと獄門である。しかし、一時でも娑婆の空気が吸えるのだ。（赤猫—逃亡）

○**欲望の再婚**　最初は美那子も望んで目加田さんと再婚した。しかし、年をとりすぎた夫は、美那子の期待通りではなかった。（内なる線影—強き蟻—礼遇の資格）

○**現金横領**　大井芳太が選挙運動資金三千万円を持ち逃げされたという話は、代議士仲間には内密に知れ渡っていることだろう。（告訴せず—彩霧—黒革の手帳）

○**遺児の復讐**　井川は新聞写真をとりあげた。喪服の母親の傍にちょこんとすわる六歳の幼児は、母親にならって、小さな手を父親の霊前に合わせていた。（彩り河—時間の習俗—尊厳）

○**隠し子**　その晩、嬰児と女だけを店の板の間に寝かせることにした。畳のある部屋にその母子を泊めることを、母はどうしても承知しなかったのだ。（九十九里浜—鬼畜）

○**夫の失踪**　信子の夫の精一は、昭和三十×年六月、仕事で北海道に出張すると家を出たまま失踪した。（白い闇—ゼロの焦点）

○**女の嫉妬**　「それに、あのひとは恵之助の女です。恵之助が憎いなら、おえんさんを散々にいじめてやってくださいまし」（西海道談綺—点と線）

○**自殺行**　「Y女は未だにわたしのもとには戻ってこない。彼女の恋人の遺体を焼いた場所に捜索隊を出したいので、道案内のために隊員の一人をバクダッドに派遣されたし」（砂漠の塩—霧の会議）

○**教員から研究者**　旧制中学校の歴史の教師をしていた。それがしきりと山崎先生に歴史の論文を書いては送ってくる。（火の路—断碑—石の骨—笛壺）

○**近親の愛情**　あまりに身近すぎたのだ。君は小さいときから、ぼくを「兄さん」と呼んでいた。それもぼくの眼を塞いでしまっていたのだ。（火の路—砂漠の塩）

○**女の殺人**　要吉によって打ったり蹴ったりが日毎に繰り返される。何より困ったことは、要吉の浪費によって貧窮に追い込まれることだった。（一年半待て—けものみち—地方紙を買う女）

○**死体の隠匿**　死体はたしかにあの家の玄関に寝かせた。敬子が翌日にそれを見たらしいことは、彼女の反応の様子で分った。（礼遇の資格—書道教授）

○**女の始末**　「しばらく向島のご隠居さまの屋敷にいるように。自分は、いま手がはずせないが、あとで早急に行くから」そういう手紙が届いた。（かげろう絵図—黒い福音）

○**陥穽の欲望**　そこで女はいきなり両手を私の首に捲きつけ、キッスをした。そして身体を前からぐんぐん押してきた。（カルネアデスの舟板—霧の旗）

○**タクシー運転手**　ようやく交差点を通過した。甲州街道にかかると、運転手はこれまでの無駄な時間を取り返すように、ぐいと右へハンドルを切り、アクセルを踏んだ。（雑草群落—地の骨—内海の輪）

○**女間者**　それから約一ヶ月ばかりが無為に経った。たみの密書が届いた。（大奥婦女記—かげろう絵図）

○**衣服の処理**　「宗子のツーピースは鋏できれぎれに細かくしたあと、六日の昼、晴海の海岸に行って、海に撒き散らしました」（留守宅の事件—黒い空—砂の器）

○**逆玉の出会い**　定子と畑山善朗との結びつきは今から二十五年前、ニューヨークから西独のフランクフルト行きの旅客機内ではじまる。当時、定子は父親の命令でアメリカをまわり、ヨーロッパへ行く途中であった。（黒い空—水の肌）

○**生命最後の地**　「スウェーデンにひとまず脱れて、二人の生命の最終の地、イギリスのスコットランドに入り、そこの森と湖のあるところで二年間夫婦らしい生活を送りたいと思います。それまでは見逃してください」（詩城の旅びと—霧の会議—砂漠の塩）

○**旧軍右翼**　彼らはお互いに「同志」と呼び合っている。いずれも根本の部下だった憲兵や、その関係者ばかりである。根本は、右翼方面にも接触をもっていた。（棲息分布―球形の荒野）
○**一事不再理**「もう、わしがこんなことをしゃべっても、裁判にかけられる心配はありませんからな」（種族同盟―奇妙な被告）
○**精薄者の性**　澄子は全裸の夫が、大勢の傭い人に取り押さえられて家の内に運ばれるのを白昼の夢のように見ていた。（夕日の城―歯止め）
○**発掘の検証**「気の毒だが、川口君。君にかけられた疑いを晴すためにも、あそこにブルドーザーを入れるよ」（形―犯罪広告）
○**偽装の憎悪**「すると、美奈子と和枝は共犯ですか?」「嫁姑の不仲を最大のアリバイにしているのですね」（喪失の儀礼―薄化粧の男）
○**人妻の性**　山鹿温泉の一夜の模様が私の眼の前に蘇ってきた。江津子が見せた姿態が記憶を呼び戻す。彼女はやはり私を求めて出京したとしか思えなくなった。（屈折回路―内海の輪）
○**廃坑の殺人**「落ちたら最後、二、三十尺ございますし、匍い上がる手がかりは無く、古敷のこと故、籠った砒霜の毒気に当てられて」（佐渡流人考―西海道談綺）
○**剃刀で切りとる**「綴りこみのとじたところを指で開いてみると、剃刀で切りとられた痕がある」（Dの複合―球形の荒野）
○**便所で情報**　富永が、せまい場所にかがまっていると、二人の靴音がはいってきた。……二人は用をたしながら立ち話をはじめた。（額と歯―象徴の設計）
かなりおおまかであるが、清張小説の要素のようなものを、拾ってみた。紹介してきたような場面や状況だけでなく、小田原の印刷所（犯罪広告・天城越え）、隠し金庫（聖獣配列・迷走地図）、カラーフイルム（天才画の女・時間の習俗）、男女の心中死体（波の塔・点と線）、飛行機（点と線・危険な斜面、ほか多数）といった個別的なものもある。

作品の内容や記述が、他の小説の要素となる場合もある。「或る有名な女流俳人で、前身が京都の祇園だか先斗町だったひとがあります」（行者神髄）というのは、『花衣』のモデル田村ふさ女のことを指している。瀬戸内海定期航路船から身を投げて死体もあがらなかった生田春月（数の風景・火の路）や下部温泉に晩年住んだ三田村鳶魚（山峡の湯村・西海道談綺・私のくずかご）、夫が高校教師であった異才杉田久女（内なる線影・数の風景）、漱石門下ではあるが孤独であった中勘助などは、その人名の場合のものである。

作品の記述内容を踏まえたものとしては、「つまり生活反応さ。そら、下山総裁事件でさんざん新聞人におなじみの言葉だ」（眼の壁）、「真相はぼくの死ぬときに話す」（風の息）、「下山総裁の場合は礫死体になっていたので、生活反応をめぐる法医学の論争がおこり」（石田検事の怪死）、「高官S氏の鉄道怪死事件では轢殺と思われた被害者の衣服にヌカ油と染料の粉末が付着している」（アムステルダム運河殺人事件）、「ほら、日本にも似たような事件があったじゃないか。自・他殺不明というのが」（霧の会議）など、**『下山国鉄総裁謀殺論』**が頻用されている。事件についての清張の推測は、「よく似た男による替え玉」（幻の謀略機関をさぐる）説と、三越前地下道の通りぬけ説が中心だけれど、その設定を『けものみち』『分離の時間』では公団理事・代議士の失踪事件として、『かげろう絵図』では脇坂淡路守の最後として、そのまま再現している。よほどに清張の心に占めた事件であったようだ。作品そのものを素材としたものは、牛乳壜口包覆の特許で法廷闘争をする老人を書いた『晩景』が『数の風景』に、外国人神父によるスチュワーデス殺人事件の『黒い福音』が『不安の演奏』に見える程度である。

三　語られ方―人称・語り手・手段―

清張小説の語られる内容について、あらあらの整理をしてみた。おおむね生活体験をもとにして記述がなされ、なされた記述はいわば小説体験という形で、次の作品を構成する二次体験となる。そういったあたりを、おおまかには説明できたかと思う。それをどのように語っていくかが、次の問題であろう。

最初は、人称の問題。最初期の作品から少し辿ってみる。

《一人称》

※西郷札（私）・※或る「小倉日記」伝（詩人K・M）・啾々吟（予）・※情死傍観（私・わし）・恋情（己）・笛壺（俺）・父系の指（私）・石の骨（己）

《三人称》

くるま宿・梟示抄・戦国権謀・菊枕・※火の記憶（僕）・贋札つくり・湖畔の人・転変・断碑・特技・面貌・山師・赤いくじ・腹中の敵・尊厳・柳生一族・※廃物（俺）・大奥婦女記・青のある断層・奉公人組・張込み・秀頼走路

発表順に三〇編の作品をあげてみた。精密を期すなら、この後の全作品の分類をしなければならないが、だいたいの傾向は変わらない。変化する部分については、後に述べる。

三人称視点は別に超越視点とも言われ、小説作品で普通の記述の仕方である。複数の登場人物の関係や心情を記述していく場合には、天上から俯瞰しているような視野からのそれでなければ、全体の公平な記述になりにくいからである。清張小説においても、中・長編作品は、ほぼそのタイプである。※印を付した『廃物』では、記述の途中から、噂をされている忠教の所懐が一人称の形で語られ始めて、少し変則。一人称では、記述の範囲が限定されるので、個人的な心情描写には向くが物語的な展開記述には不向きである。《一人称》最初期の※印、『西郷札』『或る「小倉日記」伝』は、特定の人物の視点から始められながら、三人称記述の本体部分の導入の役割になっているのは、両者の過不足を補う意識によるものである。『情死傍観』は、導入・本体それぞれ別人物の一人称でかたられる。

述べてきたような小説の語られ方に対して、後に、新しい要素が加わる。小説の語り手と、創作者である作者とが、同一となる場合である。いわゆる「私小説」では、両者が同一であることが真実性の根拠となるから、当然のことであるが、普通の小説では、小説世界の虚構を暴露するようなものなので、**作者は姿を見せない**のが、これまた当然のことである。清張作品の場合は、ある時期以後、むしろ作者自身が語るという形が普通になる。ある時期とは、〝日本の黒い霧〟に始まる近・現代史関連の記述の頃である。記述者の推理あるいは解釈そのものが小説の本体なので、「以上は私の一応の推定である」（下山国鉄総裁謀殺論）といった記述が出てくるのは当然で、逆に、これが小説記述の否定の理由になるかと思われるものである。以後、清張は、「私は」「筆者は」「自分には」とか、時には「平吉は」（泥炭地）・「小説家の畑中利雄は」（削除の復元）などと、多少は装いながらも、作者自身の語りであることを隠すことをほとんど意識しない記述が普通になっていく。評伝あるいは歴史記述では当然であるが、推理・風俗といった分野でも、珍しい例でもなくなっていく。『西海道談綺』のような時代小説でも、「筆者が」「筆者は」などの記述が頻発する。小説は〝虚構〟であることを読者とともに認識し、そのうえで清張が〝責任〟を持って語るという、清張の記述意識の変化によるものである。

語られる内容と語り手についての説明は、いちおう出来た。次は、どのように語られるかという問題である。この際の一つの問題は、特に推理小説などの場合、神のごとき叡智で真実が俯瞰されているのなら推理の必要も無いが、そうでないから、超越的視点で記述されながらも、部分的には限定的な視点の立場で、懸命に謎解きに挑むというような操作が必要になる。『点と線』の福岡署鳥飼刑事・警視庁三原警部補の、暗闇の中で出口の見えない模索に翻弄されているような描写が必要になる。両刑事の真摯で凡俗の描写が、この作品への読者の共感を昂める要素になったことについては、再三述べたところである。

この作品の場合、限定的な場面の行動者が刑事であったのは、恰好の設定であったと思うし、殺人事件が中心要素である推理小説などでは、捜査係である刑事が適当である場合が多いが、小説内容によっては、状況が異なる。これも、全体的な整理をすることも可能だけれど、いま大雑把な報告をすれば、次のようである。

刑事　　　点と線・時間の習俗・砂の器・火と汐
新聞記者・雑誌記者　霧の旗・眼の壁・球形の荒野・分離の時間・歪んだ複写・不安な演奏
大学教員　　屈折回路・削除の復元・風の息
探偵・保険調査員　濁った陽・彩霧・微笑の儀式

変わったところでは、映画監督（不安な演奏）・喫茶店主の画家（渦）などもある。いわば、小説の進行係だが、『ゼロの焦点』の場合、結婚したばかりの若妻がこの役目を果たしたのが、この作品を成功の要素になったことも、再説の要がない。このあたりのことは、清張自身が書いている。

推理小説を書いていて一ばん困るのは探偵役だ。いつもいつも警視庁の刑事でもなかろうし、新聞記者も鼻についた。日本では私立探偵が発達していないから、これも現実離れがする。そのほか最近の職業としていわゆる週刊誌のトップ屋さんがあり、保険の調査員などが登場する。しかし、専門の探偵役としてはまだ現実離れがする。結局、素人探偵ということに落ち着くのだが、そうなると事件なり、犯人なりを追って右往左往しなければならないから、時間と金のかかる関係上、一体、給料はどれくらい貰っていて、勤めのほうはどういう

ふうに休暇を取っているのか読者に気を揉ませることになる。（私の黒い霧）

語り手と進行係が決まっても、小説の展開がスムーズにいくように、いろいろ工夫の必要がある。その潤滑油的な要素として、新聞記事がある。きわめて頻用されていて、紹介するのも面倒なほどであるが、知られた小説で例を拾ってみる。

○十二月二十日の午後六時半ごろ、鶴来町××番地旅館加能屋に四十歳ぐらいの男が現われ、「ちよっと人と待ちあわせるから、部屋を貸してくれ」と言うので、旅館の女中が二階六畳の間に案内すると、客はウィスキーをのみたいから、コップと水さしとを持ってきてくれ、と頼んだ。女中が、ウィスキーがないというと、客は、ポケットから小型のウィスキー瓶を出して見せ、せっかく、今人に貰ったから、待ちあわせの間、のんでみたい、と言っていた。（ゼロの焦点）

○四月二十一日午後八時ごろ、神奈川県中郡伊勢原町比々多の山林中で四十歳ぐらいの女の絞殺死体が発見された。所轄署で検屍したところ、死後約三十時間ぐらい、裸体だが暴行をうけた形跡はない。東京の人間ではないかとも推定されている。現場は厚木から秦野市を通る国道脇で、すぐ近くに大山があり、このへんはトラックなどが頻繁に通る街道となっている。被害者は、現場で殺されたという見方と、よそから死体となって運搬されてきた見方と両説に分かれている。神奈川県警では捜査本部を設置して捜査に乗り出した。（けものみち）

あげればキリがない。例の『地方紙を買う女』は、心中に見せかけた殺人事件の報知を確認するために地方新聞の購読を始めるという、新聞記事そのものを、小説のテーマにしていた。この新聞記事についても、あらためての説明は要しないと思うが、引用の記事内容については、一言しておきたい。用例でも分かると思うが、新聞記事の記述は、これほど具体を尽くすであろうか。さらに微細な現場報告のような記述は省略したが、正直なところ、これは新聞記事ではない。小説の展開に資するために、わざと克明な記述と描写をなしている、小説用新聞記事である。

それを多く非難するつもりはないが、認識はしておきたい。ちなみに『恋情』における新聞記事は、そういう性格は存しながらも、それ以外の方途が無かったという意味でも、伝えられる勅題歌に秘められた万斛の思いという意味でも、きわめて有用な役割を果たしている。新聞記事と同様な役割を果たしているものに、ラジオニュースがある。新聞記事と同じ小説用ニュースの性格であるが、用例は省略する（ゼロの焦点・けものみち、ほか）。

四　まとめ―清張の小説語り―

小説作品が書かれる場合、その内容には、その作家の人生が反映する。松本清張は、自らの過去を語りたがらない作家ではあるけれど、厖大な清張作品のそこここに、彼の生活体験を反映した記述がある。十分ではないけれど、見てきた通りである。清張作品の場合には、そうして語られた作品世界が、また別の作品の素材となって、活用されたりもする。これも、見てきた通りである。そのような小説要素が、語り手を選びながら、展開の手法としての新聞記事などを利用しながら進行していくという、いわば、清張の小説語りについての報告であった。

便宜性あるいは類型性は、清張作品の特徴である。その地名や表現に関するものについては、別章に述べた。本章で観察したような小説素材の類型性は、作品価値として否定的評価につながるものであろうが、清張作品の本領は、そのようなところにはない。表面的な表現とか類型的な素材記述といった周辺的な要素によりながらも、中心部分は、社会の中の個、歴史の中の人間として生きる姿に向かって、まっすぐに向かっている。そういう車軸のような中心部分があるから、修飾的な周辺要素に、神経が届かなかった、あるいは、無神経であることにほとんど顧慮を払わなかった。そういうことであろうとも思う。

第6章　自伝あるいは自伝風小説

清張は、私小説に好意を持たなかった。なにが面白いのか分からないと言っている。自伝小説は、私小説に近いと思うし、清張も気が進まなかったようだけれど、それなりに作品を残している。さらに、自伝小説とは言わないが、それに近い雰囲気の作品が、それなりにある。これらの全体を見ることで、清張小説の意味を感じてみたい。

一　自伝・自伝風・自伝要素小説

清張の自伝あるいは自伝風記述として気付き得たものを、一括してみれば、次のようである。第1章緒論で示した分類では、日記・紀行類を含めて二一作品をあげたが、清張の意識で自伝と言える記述は、作家生活に入るまでのそれのようなので、ここでも、ほぼそれ以前を記述する作品とした。

《自伝》

父系の指（新潮、昭30・9）

半生の記（文芸、昭38・8）
碑の砂（潮、昭45・1）
「西郷札」のころ（週刊朝日、昭46・4・5）
河西電気出張所（文藝春秋、昭49・1）
私の中の日本人（波、昭50・2）
骨壺の風景（新潮、昭55・2）
泥炭地（文学界、平1・3）
運不運　わが小説（新潮45、平2・1）
夜が怕い（文藝春秋、平3・2）

《自伝風小説》
火の記憶（小説公園、昭28・10）
田舎医師（婦人公論、昭36・6）
入江の記憶（小説新潮、昭42・10）
遠い接近（週刊朝日、昭46・8・6）
恩誼の紐（オール読物、昭47・3）

《自伝要素の小説》
或る「小倉日記」伝（三田文学、昭27・9）

面貌（小説公園、昭30・5）
湖畔の人（別冊文藝春秋、昭29・2）
背広服の変死者（文学界、昭31・7）
途上（小説公園、昭31・9）
九十九里浜（新潮、昭31・9）
発作（新潮、昭32・9）
地の骨（週刊新潮、昭39・11・9）
表象詩人（週刊朝日、昭47・7・21）

二　自伝小説

清張には自伝というよりも、なぜか父母に関する記述のものが多い。清張の父松本峯太郎が生家を出て、米子から広島へ、広島で紡績女工であったタニと知り合って結婚、小倉で行商したり、飲食店を営んだりの生活を簡略に記述しているのが、『碑の砂』『私の中の日本人』である。峯太郎の母親は、離縁になって実家に戻っていたが、復縁して婚家に戻り、清張には弟になる二男・三男を生んだが、峯太郎は養家先から戻されなかった。清張は、そこに暗い事情を憶測したことがあったが、単なる嫁姑の問題であったと知ったことが、『碑の砂』には記述されている。後に書かれた『夜が怕い』では、峯太郎は平吉という仮名になっているが、三人の子を産んだ母と里子に出された長男峯太郎との事情が、病院での眠れぬ夜の想像として記述されている。

『父系の指』の内容も、前半は、峯太郎の養家からの出奔、広島で人力車の車夫をしていて知り合った紡績女工との結婚、これまでは前三作とほぼ同内容である。清張の生まれた長屋に伯耆訛りの少年が訪ねてきた（年譜と違って、広島のK町と記述されている）。米子の中学を卒業し、山口の高等師範学校に入る途中だと言って寄った、弟の西田民治だった。兄弟は、その後、二度と対面することがなかった。一家は下関に移り、峯太郎はいっぱしの相場師になっていたが、すぐ没落した。一家は海を渡って小倉に移り、行商生活で生計をたてていた。そんな時、東京に出ていた民治から、受験生の学習雑誌が送られてきた。民治は、雑誌出版社に入って、良い地位を得ていた。清張は、東京に出て勉強したいと叔父に手紙を書いたことがあるが、はっきり断られた。

この小説の後半は、それから二十年後の話である。「九州の商事会社の社員」になっていた「私」は、大阪からの出張の帰り、ふと思い立って、父親の故郷矢戸を訪ねた。それから二年して、「私」は東京出張の折りに、田園調布の高級住宅を訪ねた。叔父はすでに死んでいた。外出先から急いで帰宅した従弟（叔父の長男）が、「私」の目の前で上手にリンゴをむいている、その長い指が、父親の指によく似た「私」の指にそっくりだった。小説の題名である。この後半部分の「私」は、やや脚色された清張であるし、「九州に帰ったら、この親切な叔父の遺族に、はがき一枚出すことはないだろう」という反感の記述は、自伝なら波紋を残しそうな要素を故意に取り込むことで、これが〝小説〟である意味を、強調したのだろうか。

『骨壺の風景』は、小倉で、一家が最も貧窮であった頃に死んだ、養家の母（清張には祖母）であったカネについて、記述している。その骨壺は、近所の寺に預けっ放しになっていた。「清さん、わしが死んだらのう、おまえをまぶってやるけんのう」が、祖母の口癖だった。壇ノ浦の家の裏山の崖崩れで、一家が離散、祖母は住み込みの傭い婆になった。栄養失調で眼が見えなくなって死んだ。父が挽く大八車の後押しをしながら、雪が降りかかる川沿いの道を、火葬場に向かった。

『半生の記』は、清張が意識して書いた自伝作品である。父峯太郎の里子から家出、小倉から下関壇ノ浦の街道沿いの家、再び小倉に移っての行商や露天商、飲食店の生活などは、『父系の指』を、少し丁寧に書き直したような内容である。清張は、大正十三年（一九二四）に高等小学校を卒業して、電気会社の給仕になった。八幡製鉄所の職工の文学仲間と知り合いになった。芥川が自殺した。電気会社が不況で、失職していた「私」は画工見習募集の貼紙を見て、印刷所の見習職人になった。広告デザインの勉強をした。昭和の初年、八幡製鉄の仲間が特高にマークされ、清張も十数日間の留置場生活をした。清張が小倉署に検挙されたときのことは、『身辺的昭和史』にも記述がある。雪の日、祖母が死んだ。

文学仲間にHという青年がいた。彼の妻は看護婦だった。「私」は、その妹と結婚したい気持があった。印刷所の仕事も閑散になった。朝日新聞社の広告を見て、版下画工に採用された。大きな機構の中の、無気力と空虚を感じた。いやな空気から逃れるために、北九州の遺跡などをよく歩き回った。十七年の暮、「私」に赤紙が来た。福岡の兵営に入り、朝鮮に渡った。衛生兵の勤務は楽だった。冬は大きな川も真っ白に凍った。終戦になり、復員船に乗り、山口県の仙崎港に入った。小倉の近くの山中に「佐平窟」と呼ばれる洞穴があった。秀吉の朝鮮出兵の時に、藩主に従って朝鮮に渡った佐平が、逃げ帰ってひそんでいた洞穴と伝えられる。佐平は、逃亡の罪で斬られるが、兵士として従軍する経験を持った清張には、自分の感情として思いやられるものがあった。『厭戦』という小説である。

新聞社に戻っても、仕事が無かった。箒の仲買いのアルバイトを始め、広島、京都、岸和田と、空腹をかかえて旅行した。大分の富貴、奈良の吉野も回った。箒の針金が出回らなくなって、アルバイトをやめた。家は、黒原の米軍補給廠の近くだった。祇園祭の夜、城野キャンプから黒人兵の集団脱走事件があった。新聞の記事になることはなかった。身近に経験したこの事件は、後に小説『黒地の絵』という形で書かれた。

小説『半生の記』のそこここに、この後発表された、清張小説の背景を見ることが出来る。そのおおむねは前章

に記述したので、一つ二つ、注意される記述のみ、紹介しておきたい。一つは、

私はこの妹と結婚したい気持はあった。Hも妻も、私がそう言い出すのを待っているようでもあった。

と書いた清張が、現実の自分の結婚の経緯については、まったく記述することがない。不思議と言えば不思議。清張小説で、愛情は書かれても、〝恋愛〟が主題となることは殆ど無いことと、関係のあることだろうか。それと、校正係主任のAさんの影響で、北九州の遺跡などをよく見て歩いていた時、

大阪から転勤してきた東京商大出の社員が、「君、そんなことをしてなんの役に立つんや？　もっと建設的なことをやったらどないや」と言った。

の記述。この言葉は、戦後、再度「私」に思い出されている。清張自身がかかえ続けていた「虚しさ」の感情と重なるものであった。『或る「小倉日記」伝』で、主人公の田上耕作が受ける言葉であることも、前章で紹介した。

高等小学校を出て、電気会社の給仕になった頃のことは、『河西電気出張所』『泥炭地』にも、書かれている。前作では、会計係の横領と背信、会計係主任の自殺が、内容になっている。別府に社債券を取りに行かされた給仕が、四時間の遊覧を楽しんだことが原因の一つになったとしても、「信一」は、「会社に対する小さな報復だ」と思った。『泥炭地』では、社名が「河東」に、会計係と主任の名もそれぞれ別名に、「信一」も「平吉」に変わっているが、内容はほとんど変わらない。主任の自殺が、二年後となっているのが小異であるが、これに、どんな意味が表現されているのだろうか。

昭和二十五年、「週刊朝日」の「百万人の小説」募集に応募した『西郷札』が出発点となって、清張は作家となった。このあたりの経緯は、『「西郷札」のころ』『運不運わが小説』などに記述がある。佳作に入って掲載された雑誌を木々高太郎氏に送って、返信を得た。返信に「そのあと本格もの矢つぎばやに書くことを」とある部分は、最近藤井淑禎氏が指摘されたように、明瞭に「この種のもの」の誤読である。この誤読が、清張小説に与えたものに

ついて、藤井氏は、単に「行き違い、ないしは驚きの反応」という程度で、質的な問題に関連しては解釈されていない。懸賞小説で佳作となった後に、東京に来て、朝日新聞社員と作家の二足の草鞋を履いていた清張が、井上靖に促されて、作家生活に入ったあたりのことは、『作家殺しの賞』『この十年』に記述がある。その後の清張は、書斎が人生の舞台と言ってよい。紹介したような日記・紀行が、ほぼ〝自伝小説〟の記述になる。幸福の人生であったかどうかを、泉下の清張に訊くことはすまい。清張は恐らく、「懸命に生きたらそんなことになった。ただそれだけ」と答えるだろうと思う。なお、日記・紀行・エッセイに見る清張のその後の体験を、参考のために整理してみれば、次のようである（※印はエッセイ）。内容はコメントの通りなので、実際の記述にあたってもらう方が理解が早いので、紹介は省略する。

一九二四年三月　高等小学校卒業
※ほんとうの教育者はと問われて（朝日新聞、昭44・12・2）

一九二四年三月　高等小学校卒業
※学歴の克服（婦人公論「人生読本」、昭33・9）

一九二八年　印刷所に就職
※実感的人生論（婦人公論「人生特集」、昭37・4）

一九三六年二月　二・二六事件
身辺的昭和史（朝日新聞、昭46・5・3）

一九五〇年十二月　「週刊朝日」懸賞小説入選
「西郷札」のころ（週刊朝日、昭46・4・5）

一九五三年　芥川賞受賞
※作家殺しの賞（文学界、昭34・3）

一九五六年五月　朝日新聞社退社
※この十年（朝日新聞、昭39・2・2）

一九六一年八月　松川事件判決
松川事件判決の瞬間（週刊公論、昭36・8・21）

一九六四年四月　初めての海外旅行
ヨーロッパ二〇日コースをゆく（旅、昭39・7）

一九六五年四月　中近東に取材旅行
※瑠璃碗記（太陽、昭41・7）

地の塩地帯をゆく（週刊朝日「中東戦争」、昭42・6・25）	一九六五年四月	中近東に取材旅行
※ハバナへの短い旅（週刊朝日、昭43・2・9）	一九六八年一月	キューバの「世界文化会議」
ハノイ日記（赤旗日曜版、昭43・4）	一九六八年二月	北ベトナム視察旅行
ハノイからの報告（週刊朝日、昭43・4・5）	一九六八年二月	北ベトナム視察旅行
ハノイに入るまで（松本清張全集34、昭43・7）	一九六八年二月	北ベトナム視察旅行
日記メモ（新潮、平3・9）	一九六八年二月	昭和四十三年の日記
※回想「酸素テントの中の格闘」（週刊新潮、昭43・8・31）	一九六八年七月	東京女子医大病院入院
※暑い国のスケッチ（小説新潮、昭45・4）	一九六九年五月	ラオスに取材旅行
※南北で会った女（小説新潮、昭45・8）	一九六九年五月	ラオスに取材旅行
上毛野国陸行（芸術新潮、昭47・12）	一九七二年十一月	群馬古墳見学
ペルセポリスから飛鳥へ（日本放送出版協会、昭54・5）	一九七八年八月	イラン取材旅行
清張日記（週刊朝日、昭57・9・17）	一九八〇年一月	昭和五十五〜五十七年の日記
密教の水源を見る（講談社、昭59・4）	一九八三年五月	中国に取材旅行
過ぎゆく日暦（新潮、昭63・7）	一九八一年一月	昭和五十六・六十年の日記
フリーメーソンＰ２マフィア迷走記（別冊文藝春秋、昭59・9）	一九八四年五月	欧州に取材旅行
※兵隊王の丘から（平3・1）	一九九〇年六月	イギリス・ドイツに取材旅行

三　自伝風小説

「週刊朝日」応募の『西郷札』に続く、第二作として書いた小説が、『火の記憶』である。清張は、推理小説として書いたらしい。木々高太郎氏の勧めで書いた小説（原題名『記憶』）が、思いがけなく（純文学雑誌と認識していた）「三田文学」に掲載されて、「とまどった」と清張は、書いている（『松本清張全集第三五巻』「あとがき」）。この未定稿は、後に加筆して、「小説公園」に発表された。発表の経緯に、多少の事情があるが、この作品から紹介を始めたい。

四国の山奥の青年と中国地方の片田舎の娘とが、大阪で結ばれ、両親ともに一度も郷里に帰らず、郷里の人の訪問を受けたこともないなど、場所こそ違うが、前節に記述した清張の両親の姿に、よく重なっている。そして、「僕」の生まれたのは、本州の西の涯のB市で、

> 暮しには小さな駄菓子屋を出した。前の往還は二里ばかりはなれた城下町に通じていたから、電車も何もない時分のことで、かなりの人が歩いた。……僕の家はすぐ裏は海になっていて、冬の風の強い日は波音が高く、僕は懼れてよく泣いたらしい。……父は自分の家には居ず、どこか別の家にいたのではないか——僕はそう思った。その時分の僕の思い出には、ガラス瓶を製造している家の光景と、あかるく提灯の灯を道路までこぼした大師堂とがある。ガラス瓶つくりの職人は、火の前に立ちはだかって口に長い棒を当て、棒の先の真赤なホオズキのようなガラスを吹いていた。大師堂からは哀切な御詠歌の声が遠ざかってゆく僕の耳にいつまでも尾をひいた。

という記述場面がある。次にあげるのは、自伝小説『半生の記』『父系の指』の記述である。

今は下関から長府に至る間は電車が通じているが、当時は海岸沿いに細い道があるだけだった。……そこに一群の家が六、七軒街道に並んで建っていた。裏はすぐ海になっているので、家の裏の半分は石垣からはみ出て杭の上に載っていた。（半生の記）

私の記憶には、毎夜、母と遅く帰ってくる時の途中のことが残っている。……暗い道には、どこかの家の大師講の御詠歌と鈴をふる音とが流れてくる。それが歩むにつれて近づき、やがて背中の方で遠くに消えていくのである。また硝子瓶をつくる工場もあって、職人が長い棒の先に線香花火の消え残りのような真っ赤な硝子玉を吹いている。……それを長い棒で口に当てて吹いている職人の黒い影が魔法使いのようにあやしく少年の眼に映ったものである。（父系の指）

あらためて説明の必要は無いであろう。小説『火の記憶』は、ほぼ清張の自伝そのものの再現である。清張の記憶は、花街の女のもとに逗留する父親を捜しかねて、母親と悄然と帰る夜の場面である。それを『火の記憶』は、愛人との密会に通う母親の姿に描いた。頼子の兄は、夫を逋がすために、張込みの刑事に〝女の方法〟で体当たりした姿と訂正した。『火の記憶』の文学の深さについて、どれだけ主張できるものがあるか、筆者には用意が無いが、自伝が小説に構成された作品（いわゆる「私小説」）であることだけは、確かである。

『入江の記憶』の風景は、確認し難い。「潮待ちの湊として奈良朝のころから知られ……室町時代には遊女の湊」「山陽本線から支線で少し入りこむ」「二十キロはなれた県庁のある街」といった条件を満たす、最も適当な場所は、岡山から二十キロほどの「牛窓」あたりかと思われるが、確定しない。県庁のある広島から呉線で二十キロほどの「呉」は、軍港として知られた街だけれど……。阿弥陀寺という地名は、壇ノ浦で沈んだ安徳天皇を祀った赤間神宮の所在地名であるが、田野浦は対岸の北九州の地名である。「麻田」なる地名は確認出来なかった。「私」が生まれた田野浦部落は、地図に載っていない。

生家はおろか近所の家全部が消滅している。あるのは廃墟だけである。廃墟も、その後拡張された道路の下に埋まっている。……「わずか、七、八戸しかなかったからね。それに小さな家ばかりで。今から考えるのだが、そのころ、あすこに新しい道路ができる計画があったんじゃないかな。そこで火事で焼けたのをちょうど幸いに立退きということになったのだろう」……焼け出された両親は私を連れて湊町の知合いの家に移った。そのとき叔母はいなかった。（入江の記憶）

地理的な状況は、先に引いた『半生の記』の記述に酷似している。湊町が「下関」に相当するとすれば、清張の自伝にほぼ重なるが、山陽本線からの支線でもないし、「県庁のある街から巡航船が」ということもない。結局、牛窓あたりの舞台に設定しながら、清張が住んだ、下関から長府に向かう街道沿いの家を、描写に借りたという記述になっているのであろうか。

この小説の問題点は、そこではない。用例の末尾「そのとき叔母はいなかった」という文章がある。小説『入江の記憶』のテーマは、このいなくなった叔母が関係している。「入江に面した裏の部屋」で、叔母と向かい合って坐っていた父が、突然叔母を打擲した。血を流した叔母は、それからしばらく、二階で寝ていた。母が言った。

叔母さんが病気になったのを誰にも云うんじゃないぞな。もし云うと、巡査さんがおとっつぁんを縛りにくるけんの。

父親に連れられた湊町の祭りで、「私」は、「おとっつぁんは用事があるけんの、おとなしゅう先に帰っとれや」と言われて、先に帰された。母は、眼を光らせて「なしてひとりで帰ったんの？」と、訊いた。家が焼けて湊町の知り合いの家に移った頃、父と母は「私」ひとりを残して、二日間いなくなった。火事が出た前後から、「私」の記憶に叔母の姿が無い。清張の母の妹、清張には叔母にあたる女性は三人いた。

すぐ下の妹がこの魚の行商の女房であり、その下が山口県三田尻というところの陸軍特務曹長の女房だった。

その次の妹はそのころ行方不明になっている。両親がまだ広島に住んでいたころ、この妹というのが、一日、私を乳母車に乗せて街に出たが、私を放ってふいと姿が見えなくなったそうである。後年、この妹がいい年齢になって姉たちと再会したが、そのときの心理を訊かれて、「姉さんがあんまり口やかましいから」と言ったそうである。（半生の記）

『入江の記憶』の叔母も、「私」を大切にしてくれて、よく遊び相手になってくれた。背中に背負われたり、手を引かれたりしてよく近所を歩いた。清張は、行方不明になった叔母を、火事の前後から「私」の記憶にない叔母として、小説を構成している。清張の家の崩壊の原因は山崩れだが、『入江の記憶』では火事である。どういう火事か説明していないが、叔母の行方不明と関係のある火事である。母は、小心で権力に弱い夫を庇った。『入江の記憶』の「私」も、義妹の寝息を止めても「私の身を護るために」妻が助けてくれる、そう信じている。自伝を作品に再構成した形を、観察することができる。殺人の理由は納得されたとは思えないけれど。

『遠い接近』も、実質的には、自伝小説に近い。これを無理に推理小説仕立てにしたことを、清張の無用な小説意識として、後章で説明するが、ここでも述べさせていただきたい。まず、自伝を書く。

戦争が進んで世間も次第に窮屈になった。……社でも下士官の経験のある者がいわゆる社内教練をはじめたが、それにもあまり出なかった。これがあとで祟った。……係が私の顔と令状とを見比べて、おまえ、教練にはよく出たか、と訊いた。あまり出ていないと言うと、ははあ、それでやられたな、とうなづいて言った。（半生の記）

その組の中に、久留米の教育召集のとき、自分たちに辛く当った衛生兵長がいた。……田中というその兵長は伍長になっていた。久留米にいたときは元気者で、彼はわれわれを一人で制裁したものだが、会ってみると、あぐらはかいていたが悄然としていた。（同）

これが、『遠い接近』には、次のように記述されている。

会社や工場勤めの者は、勤め先で教練を受けるので、町内の教練には関係がなかった。対象になるのは信治たちだった。が、彼には実際にその教練に参加する余裕がなかった。……そういうわけで、信治は、町内単位の教練にほとんど出たことがなかった。……「あんたは、ここの軍事教練には、よく出るほうでしたか?」「いいえ」……「ははあ。……じゃ、ハンドウを回されたな」白石はちょっと気の毒そうな眼つきで呟いたが、（遠い接近）

衛生兵たちは、安川がどのように怕い古兵であるかがわかってきていた。除隊前夜の補充兵らに暴力を振るったのも、おもに彼だった。兵長も上等兵も安川には遠慮し、志願兵のコドモはまるで小使のように奉仕していた。……「おい、安川古兵がやっぱり転属してきたぞ。おれの中隊だ。班は違うけどな」……「で、どんな様子か?」「いや、それがな、彼は、まったく別人のようだったよ。蒼い顔をしていてな。廊下を打ちしおれた様子で歩いていたよ」（同）

説明は不要であろう。清張の軍隊経験が、そのまま使用されている。実体験では、田中兵長は、ニューギニアに向かう船に乗っていて、途中で撃沈されたという消息になっている。『遠い接近』では、この部分は、向井上等兵に変わっている。小説の後半が、戦後、安川に対する信治の復讐として語られるので、ここで戦死されたら困るからである。

このように、自伝ではないけれど、自伝の一部に完全に寄りかかりながら、小説に再構成するという形が、ここでも明瞭に観察できる。清張の戦争体験の小説化は、この作品だけでない。

○すぐ前には白衣の朝鮮人がのんびり歩いている道路があったが、溝と道路の間には五尺ばかりの溝があった。その溝はそれほど深くはなかった。私でもそれはとび越せそうであった。（半生の記）／校庭の垣根はひと跨ぎ

だが、戦時下の軍律違反の罪を思うとそれを乗り越える勇気はなかった。（百済の草）
○私は衛生兵だった関係で公用証を貰って単独外出ができた。（半生の記）／雄一は、その夕方、中田から借りた「公用証」を腕に捲いて衛兵所の前を通過した。（百済の草）
○軍医大尉の下宿は日本人の私宅だった。戦死した軍人の未亡人と、その老母と二人暮しであった。（半生の記）／「はあ、奥さんはおひとりです。内地から連れてこられたばあやさんとふたりきりですがね」篠原主計大尉が、宿舎の割当を決める人事係の将校に文句を言いに行ったのは、その翌日だった。（走路）
○そんなある日、将校たちは日本人会長と会い、アメリカ将校団への奉仕のことで打合せをしていた。彼らは、日本人の女性を差し出さなければなるまいと話していた。……私は軍医大尉の下宿していた家の若い未亡人がこの列車に乗っているような気がしたが、遂に遇えなかった。（半生の記）／歓待の方法はわかっていた。かつて日本軍隊が中国で行ったと同じやり方をアメリカ兵にやらせればよいのである。つまり日本の兵士が戦いの先々で求めた〝慰安婦〟をアメリカ軍に提供し、将校は戦犯を宥してもらおうというのが楠田参謀長の考えついた狙いであった。……内地引揚げの汽車は、貨車に兵隊と民間人との混合で、釜山に向って出発した。……塚西夫人は、身も世もない様子で、自分の荷物の陰にかくれるようにしてすわっていた。（赤いくじ）
など、いくつかの作品に散見できる。そして、清張の小説化の〝中身〟を、だいたい理解することが出来る。

次のような例もある。清張の祖母をめぐる記述である。

目標は瓦斯会社の黒いタンクだが、現在もそこにあった。田中町から奥小路という市場の中を通って南へ行く坂道の横にその瓦斯タンクがあり、それを見ると、ばばやんの居る家はもうすぐだな、と脚にはずみがついたものだった。……その横町のすこし高みになったところに石塀の家はあった。祖母はその家に住み込みの女中となっていた。こぎれいなその家には女主人が一人のようだった。夫は外国航路の船長とかで、一年のうちに

たまにしか帰ってこないということだった。（骨壺の風景）
九歳の記憶だからあやふやである。その家は、崖の下にあった。だから、表通りからは横に入っていた。表通りじたいが坂道になっていて、坂を上りつめたところにガス会社の大きなタンクが二つあった。……その真黒なタンクがのぞいてくると、ババやんのいる家にきたような気になった。……この家には奥さんとババやんしかいなかった。奥さんは、色の白い、ふっくらとした、きれいなひとである。いつも美しく化粧をしていた。……旦那さんは遠洋航海の船乗りで、三月に一度しか戻ってこない。（恩誼の紐）

辰太は、こんな年寄り（ババやん）を使って遊んでいる奥さんが、好きでなかった。旦那さんが帰ったときは、たいてい一ケ月ぐらい、ババやんとの面会が禁止になったが、面会禁止が解けて二週間ほど経ったころ、奥さんが死んだ。辰太の父親が拘留されたが、一年ほどで釈放された。九歳の子供の犯行とは、誰も思わなかった。『恩誼の紐』が自伝であったら、清張は、幼い殺人者になる。自伝によりながらの、小説の再構成の跡を見ることが出来る。

自伝風小説の〝中身〟である。

清張が、父親の故郷「矢戸」を訪ねた体験に取材した小説もある。

西田善吉の家は、土蔵と白い塀をめぐらせた田舎によくある大きな構えで、当主は医者であった。……医者はなかなか帰ってこなかった。往診を頼まれれば二里でも三里でも馬に乗っていくのだと善吉の妻女は云った。

（父系の指）

猪太郎は六十七歳の生涯を終えるまで故郷を忘れたことがない。これほど生まれた土地に執着をもっている人も少なかった。それは、一度も故郷へ帰れなかった人間の執念であった。……今度、良吉は九州まで出張しての帰り、ふと広島駅で降りてみる気になったのである。……葛城村には、現在、亡父の近い縁者はいない。彼らはことごとく死亡しているのだが、ただ一人、本家の後取りと云われている杉山俊郎という医者がいた。

……「あいにくと往診に出ていましてね」……馬で往診に出て行ったという医者は、しかし、容易に戻らなかった。（田舎医者）

『父系の指』も、「九州のある商事会社の社員」という設定になっていて、多少の虚構化がなされているが、『田舎医者』では、雪道の中の計画殺人という小説になる。木次線の汽車の窓から、農夫が田圃の畦道を馬の手綱を引いていく姿を見て、良吉は、殺人の秘密が目に見えた。この光景は、恐らく清張が体験した場面であろう。自伝風小説のなかの自伝の部分である。

四　自伝要素小説

自伝の部分を明瞭には指摘できないけれど、内容的には、深く自伝性を持つと思われる作品を、一括紹介したい。一応《自伝要素小説》とした。

『湖畔の人』は、新聞社に十五年勤め、あと六年で定年を迎える男の話である。信州諏訪の通信局へ転勤が決まって、暮の押し詰まったある日、矢上は、打ち合わせのために上諏訪を訪れた。上諏訪は、家康の子松平忠輝が配流されて、晩年を過ごした地である。家康が憎んだのは、その面貌の醜さのためである。「矢上も人からは愛されない性質であった」人から愛されないのが、容貌のせいだけではないだろうが、なぜか、「矢上の体質に、生理的に、相手に親しさを拒む」ようなものがあるらしい。

たとえば、仲間が愉快そうに話しているところに、矢上が入ってきたため、急に興をさましたというような場面を、矢上はたびたび意識した。（湖畔の人）

矢上は、その地方では有力な新聞社に入った。

仕事には慣れても、彼の孤独は変らなかった。自分ながらどうしようもない性が悲しかった。（同）

矢上は、宿で、廂を打つ霰の音を聞きながら眠った。富士見高原の峠で、遠くに、小さい三つの人影が動くのを見た。忠輝主従の姿を連想した。家出して古寺に住んでいる酔っぱらいの画家に会った。矢上も、まもなくこの地の人になる。人生の郷愁を感じさせる小説である。醜く生まれついた忠輝について、清張は、『面貌』という小説も書いている。『月』は、「そこに居ると、座が何となく白け渡った。また途中で彼が顔を出すと、それまでは賑やかな談笑だったのが急に静かになってしまう」という学者を描いた小説である。『半生の記』に、「利用価値のない者はどっちからも相手にされない」という、清張の自嘲がある。「川西はあまり冗談の言えぬ性質だった。遊び馴れていないから、様子がぎくしゃくとなる」（地の骨）なども、自らを反映した記述なのだろうか。

「私」は、東北の山中の小さい旅館に泊まっている。明日「死」を実行するつもりである。『背広服の変死者』という小説である。「私」は、地方の大きな新聞社の、広告部校正係。

私は入社して三年目ごろから諦めはじめ、五年目には社内の前途に絶望していた。私は給料だけは人なみ通りに昇ればよいと思い、仕事には熱意も興味も失ってしまっていた。惰性で、社と自分の家の間を往復していた。（背広服の変死者）

私の郷里は佐賀県である。Kの町からS市までは、少しの屈折も無い、そして一物の遮るものもない直線道路が十キロもつづく。昔、真夏にここを行軍する兵隊は、行っても行っても変化のない、どこまでも小さな点に絞られている単調な道路のゆく手を眺めて、眩暈をおこして仆れたということであった。私は自分の生活を考えると、この話を思い出すのである。（同）

「私」は、「退屈な、退屈な、窒息しそうな退屈な道程」に、生きる気力を失って「変死者」となろうとしている。砂を嚙むような気持とか、灰色の境遇だとか、使い馴らされた形容詞はあるが、このような自分を、そんな言葉では言い表わせない。絶えずいらいらしながら、この泥砂の中に好んで窒息したい絶望的な爽快さ、そんな身を虐むような気持が、絶えず私にあった。（半生の記）

これは、清張の自伝の中の記述である。「背広服の変死者」は、清張自身であった。

「見も知らぬ土地で、野垂死をするという、感傷的な自殺の方法」を選んだ私が、駅の待合室で血を喀いて仆れた。『途上』という小説である。「私」は、浮浪者や行路病者などの施設に収容された。黙りこくって、時々眼を光らせている得体の知れない老爺が、付近の井戸で死体となって発見された。その粗末な葬儀の夜、「私」は、収容所を脱走した。「生きよう」と不用意に呟いた。『発作』も新聞社の調査課に配属されている男の話である。男は、前借りした金を競輪と女に使い果たした。アルバイトの臨時雇がミスしたとき、男は、競輪場にいた。情事の後、アパートの前で、女は「来ちゃだめよ。遅いから」と言って部屋に入った。電車がなかなか来なかった。男は電車のなかで、眼の前で怠惰に眠りこけている男の咽喉に、両手を突き出した。殺意は、自分に向けてのものだったのだろう。

『九十九里浜』は、分からない小説である。画家であり雑文家でもある古月が、九十九里の旅館業、前原という男から手紙を貰った。前原の妻は、古月の異母姉であると伝えてきた。古月は、自分に隠れた義姉がいるらしいことは聞いていた。父が、よその地で女に生ませた娘である。母は、乳呑子を抱えてきた女を打擲して、霰の降る外に突き出した。四十年も前の話である。古月は、九十九里に行った。前原の妻は、なかなか姿を見せなかった。言葉も少なかった。古月は、前原に案内されて、九十九里の浜辺に出た。女達が、腰の半分まで海に漬って網をひいていた。

『或る「小倉日記」伝』で、田上耕作の不具の身体を見ながら、妓楼の主人が「そんなこと調べて何になります」と言った言葉は、知られている。清張自身も、東京商大出の若い社員に「君、そんなことをしてなんの役に立つんや」（半生の記）と、冷笑された。死ぬまで、組織の歯車の中で、単調な時間を刻みつづける人生に対して、「なんの役にも立たず」懸命に生きる人生が、ことさら熱く感じられたのかも知れない。『表象詩人』という小説がある。どこに根拠があるという訳でもないが、清張の青年時代を感じさせる作品である。その頃、小倉では、火野葦平を中心とした文学サークルがあり、パトロンであった土建業者の海岸の別荘には、文学に趣味を持つ若者が、容姿の美しさで知られる夫人に惹かれて集まった（信号・花衣）。清張には無縁の世界であったようだが、戦後、少し勤めた印刷所の経営者が、「家内は東京生まれです、と自慢していたように、彼女の言葉は、その古いモンペや綿入れの袖無しといった姿には似ず、言葉も歯切れがよくきれいだった。……彼女は束ね髪の、こざっぱりと清潔な素顔をしていた」という記述がある（半生の記）。次の記述と重なるものがあるのかどうか。

　秋島もそうだろうが、わたしもこの深田の妻に憧憬に近いものを持っていた。現在と違って、四十年前の小倉は中央からの文化を遮断された閉鎖地域であった。深田は静岡県の生れだが、明子は生粋の江戸っ子だった。その歯切れのよい東京弁が何ともいえずわたしたちには魅力的であった。（表象詩人）

五　清張の自伝と自伝風小説

「私小説などは、なにが面白いのか分からない」と言っている清張であるが、紹介したように、自伝とも呼ばれる「私小説」要素の作品を残している。『半生の記』が、ほとんど唯一の、清張の私小説であるが、筆者は、「なにが面白いのか分からない」とは評しない。林芙美子の『放浪記』などを頭に置けば、戦前・戦中の世相の中で、貧窮な環境の中に生まれ育った少年の生の記録は、私小説のなかでも質の高い小説作品と思えるし、文学作品としての感動も覚える。ただし、清張は、この種の作品は、ほとんどこの一作しか残さなかった。というより、残せなかった。

普通の、いわゆる「私小説」は、一人の人間がひたすらに個に沈潜して、人生に向き合う姿を描写する、そのような形のものと筆者には思える。その個が、たまたま希有なる人生体験に遭遇して、その記録としての「私小説」が出来たとしても、それは、一回きりの記述行為で終わるべきものであろう。まして、人並みの凡庸な人生の中で、個人的な内面の思いをどのように問いかけていったところで、それが、他者にどれほどの意味があろうか。清張の「私小説」感覚は、そのようなものであっただろうと、筆者は推測する。

だから清張は、自伝という形でも、「私小説」は一作しか書けなかった。いや、正確に言うと、『河西電気出張所』『泥炭地』と記述が重なる二作も残している。いずれも、清張の給仕時代を記述しているが、設定の呼称が相違するくらいで、内容的には、単なる繰り返しに近い。清張は、「私小説」を書けば、繰り返ししか書けない作家である。清張にとっては、語られるべき過去は〝事実〟だけであるし、事実の前の〝心境〟などは、風の前に散る木の葉にもならない、無価値なたわごとである。価値のある事実の記録は、もともと二度は不能の作業なのである。

清張にとっては、事実の重みが絶対の価値である。だから清張は、自伝の中では繰り返しになるしかない事実の断片を、しばしば、ナマのままに近い形で取り入れている。小説作品は虚構が本旨だけれど、その虚構が共感されるためには、作品世界の現実性（リアリティ）は、最も必須の要素である。作家の創造行為は、無意識にでもそれの積み重ねのようなものであるが、清張にはとりわけ、むしろ意識的に、現実にあった事実性を取り入れるという態度があったように思われる。

しかし清張は、「私小説」に、本当に何の感興も覚えなかったのだろうか。自分自身については、一度しか語れない作家であったが、肉親については、多分どの作家よりも熱心に、その人生を語っている。清張が最初に書いた自伝的記述は、父母のことを書いた『父系の指』（昭30）であったし、それは『碑の砂』（昭45）・『私の中の日本人』

（昭50）・『夜が怕い』（平3）でも、繰り返し語られた。『骨壺の風景』（昭55）では、父親の養母にあたる義理の祖母のことを語り、『夜が怕い』の中では、生き別れになった父親の生母に思いをはせている。読者にとっては、ほとんど関心を覚えようもない清張の肉親について、清張は、自身の過去を語る時に感じた臆面も衒いもなく、謙虚に、取るに足りない無名のささやかな人生を記述している。これは、清張が、評伝小説に対した態度と同じである。後章で筆者は、「彼小説」という認識を提示した（第9章）。「彼」も「私」も、同じ一人の人間という認識が許されるなら、清張の小説も、本質的には「私小説」という理解が出来るように思う。

清張自身が感覚する「私小説」のイメージは違っている。清張にとっての「私小説」は、いわゆる〝純文学〟がその〝文学性〟を死守しようとする性格の小説である。個と人生が、直截に対峙する小説である。《自伝要素の小説》として紹介した、『背広服の変死者』（昭31）・『途上』（昭31）・『九十九里浜』（昭31）・『発作』（昭32）などの作品が、多分清張が感覚する純文学「私小説」である。「なにが面白いのか分からない」と、自嘲する感情が分かる。『湖畔の人』（昭29）・『面貌』（昭30）には、それなりの文学性を感知できるように思うが、考えてみればこれは、「彼」と「私」合一小説であった。これらに、エンターテインメント飛翔前の清張小説を、筆者は感じる。

第7章　清張の推理小説

清張作品のうちの、いわゆる〝推理小説〟とされる作品について、多少の分析をしてみたいが、実のところ、推理小説の認定が難しい。「殺人事件とその真相を探る推理の記述が中心である小説」と一応規定してみたが、殺人事件は絶対に必須なのか、推理はどの程度に必要なのか、個別に作品に接してみると、迷う場合が少なくない。清張全集所収全三九〇作品のうち、一二五作品を一応「推理小説」と認識して、稿を進めたい(1)。

一　推理小説の型

推理小説は、殺人事件を前提とする。殺人は、人間の生活にあり得ることではあるが、もちろん褒められる事柄ではない。できたら、人間社会に存在しない事柄であって欲しいが、残念ながらそれは不能である。そのような事柄を前提として小説が成り立つというのが、実のところ、〝推理小説〟に抵抗を感じる所以でもあるのだけれど、〝殺人〟という行為が起きるところに、人間のギリギリの〝生〟が鮮明に描かれる、そこに文学作品としての〝推理小説〟の意味があると認識することにしたい。

清張が、推理小説の型について、述べている発言がある。少し長いが引用する。

さて推理小説には二通りの形式がございます。一つは、例えば殺人事件がおこります。犯人は誰だろうということで、名探偵が現われまして、犯人の遺していった遺留品だとか、足取りだとかを蒐集する。そして、幾つかの手掛かりを拾い出し、つなぎ合わせて、推理を働かして、ついに犯人を発見するというパターンであります。もう一つは、犯人ははじめからわかっている。けれども、いかにして自分の犯跡をくらまそうかと犯人はいろいろなトリックを考える。アリバイをつくったり、他人に真犯人の濡れ衣を着せたり、または捜査員がヘマなことをやるように、とんでもない方向に犯人の姿を求めさせるようにする。犯人は罪を逃れるために苦心惨憺する。それを捜査陣がつき崩していくという筋道の面白さがあるわけです。これは普通の探偵小説とは逆に、犯人を最初に出してからさかさまに書いていくことから、「倒叙」と呼ばれています。(2)（推理小説の題材）

小説の冒頭で、犯人が分かっている場合とそうでない場合ということであるが、前者を倒叙型と呼ぶと言っているから、後者は順叙型とでもしておきたい。推理小説の本質が犯人探しであるなら、倒叙型は、推理小説の常道から外れる、というより既に推理小説でもないと言わざるを得ない。

清張は、倒叙型が好みであると発言しているようだが、実際に「犯人ははじめから分かっている」清張小説とは、具体的にどういうものであろうか。清張推理小説の嚆矢でもあり、代表作ともされている『点と線』の場合でも、「分かっている」とは言い難い。最初から仄めかされてはいた。普通の、順叙型探偵小説が、「最も犯人らしからぬ人物が犯人」を常識とするのなら、その点での差異はある。推理小説としての『点と線』は、「仄めかされていた犯人」が、「確定された犯人」になる経過が述べられているに過ぎない。倒叙型をそのように理解して記述を進めるが、この型の作品は、姉妹作である『時間の習俗』のほかには、十年ほども後に書かれた『火と汐』程度で、厖大な清張作品の中では、予想に反して、僅少部類である。『火と汐』は、京都のホテルの屋上で、愛人とともに「大文字焼き」を見ていた人妻が失跡したが、その時東京—大島間のヨットレースに参加していたはずの夫が、どのようにしたら殺人行為が可能かという、単純というか、純粋な〝アリバイ崩し〟小説である。この系統に属する『地方紙を買う女』『一年半待て』『遭難』などは、佳作と言うべきであろうが、『凶器』『代筆』『交通事故死亡一名』『家紋』『巨人の磯』『留守宅の事件』『奇妙な被告』など、犯人のトリック中心の小説になる嫌いがある。

順叙型は、どちらかと言えば旧来型に近いように思われるけれど、これも予想に反して、秀作が少なくない。『ゼロの焦点』『砂の器』※『球形の荒野』など名作とされている作品は、犯人像の特定が、小説の前半を支える要素になっている。この系に属する小説は、『眼の壁』『白い闇』『巻頭句の女』『紐』『歪んだ複写』『不安な演奏』『駅路』『薄化粧の男』『ガラスの城』『草の陰刻』※『Dの複合』『歯止め』『分離の時間』※『象の白い脚』『火神被殺』※『二冊の同じ本』※『山の骨』※『山峡の湯村』『渡された場面』※『濁った陽』『赤い氷河期』などがあげられるかと思う。事件そのものが、小説が語られる時点よりもさらに過去の出来事である作品（※印を付したもの）の方に、いささか重厚な雰囲気がある。なぜだろうか。

二　展叙型

先に、「推理小説には二通りの形式」があると言った清張は、続いてこのように発言していた。

いずれがいいか悪いかは一概に申せませんが、人間性を書く上においては、倒叙の方が合っているのではないかと思います。普通の推理小説の場合はどうしても謎を解明する道順に興味をとられ、人間性の描写が弱くなる。倒叙の場合は、犯人がはじめからわかっておりますので、犯行の動機とか、あるいは逃れていく中に、心理描写ができます。（推理小説の題材）

筆者の立場で注すると、「犯人がはじめから分かっている」というより、「これから犯人になる」と言った方が良いと思われる。「殺人がいかになされたか」という、推理小説（もしかしたら探偵小説）の価値とも言うべき〝謎解き〟の要素を稀薄にすることによって、その殺人事件が「いかになされるか」という動機中心の小説になるというところに、清張の意図がある。従って、この型の小説は、事件が冒頭に来ない。その意味で、倒叙とも順叙とも違う。事件が、小説の途中あるいは終末で書かれるタイプの小説を、展叙型とでも区分しておきたい。清張小説の多くは、この分類に属する。

『捜査圏外の条件』は、戦争未亡人である妹が、北陸の温泉地で急死したが、その時に妹を捨てて逃げた男（それは、加害者と同じ銀行の上司）に対する、復讐の小説である。復讐の殺害をしても、犯人として逮捕されては意味が無い。銀行を辞め、地方に移って七年間の時間の消滅の上で、殺害を実行する。殺人の動機そのものが、小説化されている。『部分』は、妻とよく似た母親の部分の容貌の醜悪に殺意を抱き、間違って妻を殺した男の話。『鴉』は、労働争議で闘争委員を務めた男が、馘首された後に、闘争委員長を恨んで殺害する話。所有の土地が、公団の新道路建設地にあたるが、交渉にどうしても応じない男の土地の上空を、おびただしい鴉が舞っていた。『たづたづし』は、都心に向かう私鉄電車の中で知り合った女の夫が刑務所から出てくると聞き、恐怖して女を殺害しようとする男の話で、『葡萄唐草文様の刺繡』は、ある会社の社長が、ベルギーで買ったテーブルクロスを愛人への土産にしたが、その女が殺され、クロスが犯人自供のタネにされたという話。後者は、犯人が誰なのかも、明瞭でない。『生けるパスカル』は、画家が、ガス中毒での妻の殺害を周到に計画する話で、『遠い接近』は、自分を戦場に送った吏員への復讐殺人。『礼遇の資格』は、銀行協議会副会長の後妻となっている元バーマダムに、殺人の嫌疑をかけて悪妻を追放しようとして失敗する男の話で、『恩誼の紐』は、過剰に善意な妻から逃げ出そうとして殺害の手段を選ぶ、身勝手な男の話である。

これらの小説は、いずれも、犯人が自明である。自明というよりも、これから犯行を犯す人間の語りとして、小説が記述されている。推理小説の、〝殺人〟という基本要素は共有しているけれど、〝推理〟という基本要素を欠失している。しかし、順叙型推理小説の「いかに殺人を犯したか」の説明よりも、「いかに殺人を犯すことになるか」の説明の方が、より深く人間を語る形式になり得ている。推理小説の側から言うと、これは、すでに推理小説の範疇ではないかも知れない。通常の小説が、殺人に至る経緯を語ったものと同じと言ってもよい。清張の推理小説（展叙型）は、このような形式のものである。

殺人までの経緯を語る展叙型を紹介してきたが、事件後を語る順叙型がこれに加わって小説を構成する場合がある。推理小説なのであれば、小説を終える手続きとして、必要な部分でもある。『危険な斜面』は、会長の妾になっている昔の愛人に再会し、女を利用して会社内の昇進を企むが、妊娠して愛情を求めてくる女の処置に困って殺害する男の話。ありふれた内容だが、後半は、女の年若い情人の男による、犯人探しである。『鉢植を買う女』は、社内で高利貸しをしている、独身ＯＬの話。金を狙って言い寄ってきた若い社員が、現金を拐帯して逃亡しようとする夜、彼女のアパートで消息を絶つ。終末は、鉢植の土には、「動物性の脂が充分に滲みこん」でいたと記述される。『小さな旅館』は、自堕落な婿養子を殺す計画殺人。入水を装って湖岸に置いた上着のポケットの土から、犯罪が洩れる。『事故』は、興信所長の犯罪の経緯が、貨物会社車両係の調査で暴かれる内容。『土俗玩具』『小町鼓』『百済の草』『灯』は、いずれも〝絢爛たる流離〟シリーズの作品であるが、内容の大半は殺人に至るまでの経緯で、事件の真相が終末で記述されている。〝彩色江戸切絵図〟シリーズの『大黒屋』『三人の留守居役』も、江戸風俗の描写かと思われた内容が、殺人事件で一転、順叙型推理小説になる。〝死の枝〟シリーズの『史疑』『年下の男』『古本』も、殺人にいたるまでの経緯が、前半は展叙型の形式で語られる。殺人の後に、山中で交合した結果や、カメラの裏蓋についていた蟻や、作家の執筆の途絶が、それぞれ事件を証明するという終末で、小説が構成されている。

展叙・倒叙型小説は、どのような状況で殺人がなされるかという〝動機〟要素を拡大していくに従って、必ずしも殺人事件と密着しない記述に変わっていく傾向があるかとも思われる。『弱気の虫』は、或る省庁の気弱な役人が、外郭団体の職員に誘われて麻雀仲間になったが、仄かに心を寄せていた職員の妻の殺害現場に、偶然かかわりを持ったというだけの話。役人が殺人を犯した訳でもないし、その気持を持った訳でもない。殺人の記述があるかというだけで、推理小説のうちに所属させるかどうか迷った小説であるが、人間を描くという展叙型が深化していくと、このように、かぎりなく〝普通の小説〟に近づいていくということであろう。『不在宴会』も、主人公の役人は、殺人に関与してはいない。宴会場の近くにひそかに愛人を呼ぶという、殺人の状況を作っただけのことである。『内海の輪』で冒頭から記述されているのは、兄嫁との性愛の結びつきである。新潟からの帰途、水上温泉の夜は詩情的であるし、岡山から尾道・有馬の夜は恋情的である。その恋情が事件を導いてくる。そして、事件後のガラス釧をめぐっての殺人の発覚。展叙と順叙が理想的に組み合わされた名作と言えるのではなかろうか。

『新開地の事件』は、東京西郊の農家の婿養子になった男の話である。ありふれた日常の中に起きた老母殺人の後に、近親相姦の秘密が明かされる。『証明』は、作家志望の夫に苦慮する人妻の話である。男の焦燥の自殺と、それをせめて〝意味ある自殺〟に装った妻の〝愛情の殺人〟。『表象詩人』の前半部は、地方の文学青年の純朴な感情を語り、後半部では、殺人の謎の部分が語られる。『高台の家』でも、富裕な家の若い未亡人の周囲に屯する青年たちの秘密が、未亡人の母親の絞殺事件を契機にして、明るみに出る。『東経一三九度線』も、最初、なにが語られているか分かりにくかった作品である。下積み官僚の感情か、古代の「太占」信仰をめぐる話かと思っていると、一行の中にあった政務次官の〝事故死〟の後に、その殺人の謎が説明される。『渦』では、テレビ視聴率をめぐる調査の最中に起きる殺人事件が語られる。『天才画の女』では、殺人事件は起きない。女の天才の秘密を探る推理小説である。『数の風景』も、銀山間歩の測量、高圧線鉄塔敷地の買収、自動車試走場の建設、小説はなにを語るつもりか不可解なままに進行して、脅迫者であった主人公の方が殺害される。

これらの作品を見ると、清張推理小説は、〝普通の小説〟に近く回帰したと、言えないだろうか。推理小説の前提である殺人事件は、滅多に起きない。起きた時には、名探偵の推理ではなく、前後の状況から殺人の動機が推測される。推理小説に「もっと動機を」と主張した清張は、殺人者自身が殺人にいたる経緯を語っていくという形式に、推理小説の活路を見出したけれど、事件までの状況が丹念に語られるなら、語り手が必ずしも殺人者にならなくてもよい。よいと言うより、語ることが語られたら、その他のことはほとんどどうでもよい。事件は起きても起きなくてもよい。(3) こうして、展叙部分が清張推理小説の主要素となっていった。そのように感じるのであるが、どうであろうか。

三　トリック

松本清張にまた、次のような発言がある。

> 推理小説にはトリックがなくてはいけません。このトリックというものはその発明した人の独占物であって、他の人が真似したら、独創性がないと非難を受ける。また本人も、一度発明したトリックを二度と使うことが許されないのです。……推理小説を書く場合は、一作毎に新しいトリック、あるいはアイデアの独創性が要求されるわけです。（推理小説の題材）

推理小説にはトリックがないといけないと述べている。そのトリックなるものの定義であるが、手許の辞書には、「詭計・奸策・ごまかし・たくらみ」などとある。事件の犯人が、その犯跡をくらまそうとして取る手段ということらしい。

そのように理解して、清張推理小説の整理をしてみるのだけれど、清張の発言にもかかわらず、すべての小説には、トリックの観察はしにくいと思う。とりあえず、整理してみた結果を、あらあら述べてみる。

自殺トリック

殺人が、自ら選択して行った結果と判定されれば、殺人行為そのものが無くなる。『点と線』の心中偽装も、巧妙な殺人トリックである。刑事がだまされなかったのは、偽装が不十分ということだったのだろうか。もちろん、偽装が成功しては、小説が成立しない。心中偽装は、『地方紙を買う女』でも使われている。これは、女が地方紙などを購入して、その後の状況を確認しようなどという気を起こさなければ、事件も発覚しなかった。自殺を偽装のトリックに使った他の小説では、著名な『ゼロの焦点』がそうだし、例の課長補佐の偽装自殺の『濁った陽』もそうである。『遠い接近』も深謀遠慮の計画で実行したが、失敗した。『紐』も、中身としては自殺であるが、保険金を狙って殺人を偽装し、嘱託殺人の犯行が発覚した。

移動トリック

交通機関を利用しての、トリックである。『点と線』が、列車の時刻表トリックとされているのはよく知られているが、これは、正確な把握ではないと思う。列車の時刻表のなかで、四苦八苦する内容になっているが、結局、その中では解決の方途が立たなかった。もともと、その範囲では殺人行為は実現不能で、飛行機という移動手段に気付いて、事件が解決する。あえて言うなら、飛行機トリックと言うべきである。姉妹作『時間の習俗』でも、飛行機トリックがしっかり活用されている。『危険な斜面』では、急行列車と飛行機を使って、殺人トリックを完成させている。清張の頃でも、すでに自動車がトリックに使われている。『交通事故死亡一名』は、まさに交通事故を装った殺人。『東経一三九度線』も、丘陵上のカーブのところに思わぬ障碍を見せて、崖下転落を計画した。女のもとに向かっていた女誑しが報復を受けた事故のトリック。『留守宅の事件』は、列車と自動車を使って、東京で留守を守っているはずの妻を殺害した事件。『十万分の一の偶然』では、報道写真賞のために、高速道路の事故を故意に演出している。

毒薬トリック

毒物・薬物を使った殺人トリックである。『土俗玩具』では砒素が使われたが、弁護士が、玩具の砒素と弁術して無罪を得た。『寝敷き』では睡眠薬、『蔵の中』では河豚。『歯止め』では、殺虫剤に使うと言って分けて貰った青酸カリで、自殺した。いや、自殺であったかどうか。『七種粥』で「なずな」と言って売られた毒草は「とりかぶと」であった。『内なる線影』で浮き袋に詰められて使われたのが硫化水素で、『駆ける男』では、モツとヤツガシラの生姜煮を食べた男が、突然急坂を駆け上がって心臓麻痺で倒れた。毒草ハシリドコロの根が混入されていた。調理人は妻の愛人だった。

凶器トリック

殺人の凶器のトリックである。物証たる凶器が発見されなければ、殺人の最終的な立証が出来ない。推理小説では、意想外の凶器が出現する。『凶器』の凶器は餅であった。捜査の刑事が、凶器をご馳走になる。『小町鼓』では物干竿、『雨の二階』では長靴が凶器となって、窒息死させる。『代筆』では変圧器をつなぎ合わせて三五〇ボルト以上の電圧にして感電死させた。『陰影』では、指輪の三カラットのダイヤで切断したガラスが、『微笑の儀式』では、笑気ガスが凶器であった。死顔の笑いが、古拙の微笑として彫刻大賞を受賞する。『大黒屋』の鍬の柄は、根津権現境内の樹木を囲う柵になっていた。鍬を偽金に使って、残りの柄の処置に窮した工夫であった。建築設計事務所長を刺した『死んだ馬』の鋭利の凶器は、手許の製図器具。『生けるパスカル』では、都市ガスのトリックによってでなく、〝時間待ち〟に画を描いたことで破綻した。『礼遇の資格』で凶器となったのは、堅くなったバケット、『恩誼の紐』では、睡眠薬を飲んで眠る鼻孔にかけた濡れた雑巾が、凶器となる。『理外の理』で小柄な老人が凶器としたのは、古本を包んだ風呂敷である。推理小説のトリックの中心は、殺人の凶器ということのようだ。

死体トリック

殺人事件のもう一つの物証は、死体である。殺害した死体が存在しなければ、殺人そのものも存在しない。『眼の壁』の死体は、濃クローム硫酸に溶かされて、白骨は死後四ケ月と誤断された。『鉢植えを買う女』では、死体は大きな鉢植えの肥料にされ、『水の肌』では、池底のコンクリートの下に埋められたが、これは地震の亀裂で発覚した。『山の骨』では宅地造成を懸念して、すでに白骨化している死体を掘り出して別の山林に捨てた。『山峡の湯村』では、死体は、ダムの湖底の民家の中にある。『火神被殺』は、バラバラの白骨の腰骨部分だけを別にして、男女の認定を誤らせている。『巨人の磯』の異様に巨大な死体は、風呂で煮て腐乱を進めたトリックである。

事件の起きた場所、死体の置かれた場所でのトリックもある。『点と線』は二つの死体を並べておくだけで心中と見られるし、『小さな旅館』では、被害者の方から人目を避けて来てくれるし、『違法建築』では、事件現場を堂々と消滅させることが出来る。『鷗外の婢』の、中世戦場の人骨の上というトリックは秀逸。『書道教授』『礼遇の資格』の、他人の犯罪現場あるいは密会現場に死体を置くという隠蔽工作も、卑怯ではあるが巧妙な発想。

扮装トリック

事件の起きる前の、犯人の偽装である。『歪んだ複写』では、税務署長が学生に扮装して死体を運んだ。『草』では、犯人も刑事も入院患者を偽装して、互いに監視し合っている。扮装で通例となっているのが、女装である。『時間の習俗』『彩霧』など。『葡萄唐草文様の刺繡』も「赤い髪のホステス」に扮装しているが、女が扮装しているのでは、女装とは言わないか。そういえば、その種の女装は『ゼロの焦点』にもあった。『百済の草』では、軍服を着て軍人に扮装した。こちらは男装である。『家紋』の金襴の帽子は、住職の背の低さを偽装した。『セント・アンドリュースの事件』では、「黒っぽい洋服を着た東洋人」がしきりに言われている。事実は、存在しない犯人の偽装だが、これもトリックのうちに入るだろうか。

動機トリック

殺人には、動機がある。存在する動機の影を、極力稀薄にしようとしたのが『捜査圏外の条件』である。妹の死を放置した上司に対して、死の復讐を誓った男は、転職して地方に移り、七年間、時間を消滅させた。『恩誼の紐』の犯人は、少年である。無意識の意識があったのだろうか、少年の幼さが犯行を隠蔽した。『表象詩人』は夫婦の間の犯罪である。自宅近くの草むらでの殺人事件は、夫の動機が見つからなかった。後に、情交の無かった意味が語られるが……。

別の動機にすりかえるトリックもある。『十万分の一の偶然』では、クレーンからの落下は、暴走族を撮る写真家の事故と、自然に解釈された。国会周辺の安保デモの中にいた青年の死体が発見される『安全率』、大渋滞の中でのアイスクリーム中毒を装った『速力の告発』も、動機の偽装である。『遭難』の事故死は、まさにあり得る死のトリックである。『年下の男』は、山頂から転落した過失死を装ったが、高尾辺にのみいるという蟻のために、計略が頓挫した。『術』は、辻切りを装った女敵討ちらしい。『神の里事件』で殺されたフリーライターの死は、巫女を犯した教務総統殺害のトリックに利用された。『証明』で人妻に殺された仏文学者は、人妻の夫の人生の内面を証明する役割を勝手に与えられた。これらも、動機の偽装の小説と言える。『薄化粧の男』は、本来は動機紛々たる妻と愛人が、共謀してアリバイ工作をする話である。一応、ここに所属させておきたい。

その他

どのように命名して良いか分からない。『偽狂人の犯罪』という小説は、精神病を装って無罪の判決を得ようとする話である。偽装が完全な成功を見ようとした時、猥談には本能が反応してしまった。『奇妙な被告』は、警察官の取調べに、極めて素直な態度で自白した。あまりに容易であった事件の解決に、警察の初動捜査に手落ちができた。そこを衝いた法廷戦術で無罪を得る男の話である。勿論、被疑者はクロである。『一年半待て』の場合もそうであったが、事件後の無罪戦術を立てた上で、犯行をおかす。そのような犯罪トリックである。

四　動機

殺人という行為の背景には、人間の根源的な欲望がある。性愛の欲望、金銭の欲望、権力の欲望、そして自己防衛の願望、それらは、ほとんど本能と言ってよい。従って、殺人という行為を前提とする推理小説は、その根源的な欲望に向き合うことによって、虚飾のない人間の姿を描写することがし易くもあるし、またそのことが求められる小説と言ってもよいかと思われる。

小説というものは、もともと男女の感情と願望・欲望を語るものである。清張推理小説においても、**男女間の情愛**をテーマにするものが、半数近い割合を占めている。けれど、別にも触れたが、清張小説には、未婚の男女の感情、いわゆる恋愛小説の要素は少ない。結婚している男女間の感情、俗に言う不倫・浮気といった男女関係が、おおむねテーマになる。その内容のものを整理してみれば、次のようになろうか。

○未婚の女性と未婚男性との情愛

灯・役者絵・虎・土偶・不法建築

○未婚女性と既婚男性との情愛

ガラスの城・駅路・二つの声・ペルシアの測天儀・安全率・鷗外の婢・セントアンドリュースの事件・神の里事件・二冊の同じ本・陰影・葡萄唐草文様の刺繡・恩誼の紐・捜査圏外の条件・微笑の儀式

○未婚男性と既婚女性との情愛
　一年半待て・駆ける男・誤差・高台の家
○既婚男性と既婚女性との情愛
　七種粥・白い闇・小町鼓・百済の草・交通事故死亡一名・家紋・火と汐・巨人の磯・渦・遭難

《未婚の女性と未婚の男性》と言っても、『灯』は出戻りの娘と事情のある二人の中年男で、『役者絵』は葭町の芸者あがりの囲われ女と小博打打ちである。『土偶』は衝動的な行きずり犯罪で、『不法建築』はバラバラ事件の変質者とその被害者である。迷ったが、一応ここにあげた。《未婚女性と既婚男性》との情愛関係は、清張小説の一つのパターンではあるが、ほとんどが、バーマダム・女給とパトロン男性との関係で、『ガラスの城』が女性社員と上司、『駅路』が女性銀行員と元支店長、『神の里事件』が巫女と神職といった職場不倫さえも、まだ新鮮と感じるほどの男女関係である。『微笑の儀式』は、法隆寺の〝古拙の笑い〟をテーマにした高雅な小説に見えるが、本体は、管理人の一方的な情欲犯罪。両者に関係などというものはない。迷ったが、一応ここに置いた。

《未婚男性と既婚女性》との関係も、単純な男女関係ではない。『一年半待て』は生命保険外交員とダム工事技師。女性は未婚のように振る舞っていた。商売上の必要からである。『誤差』は病気の湯治で温泉地に逗留していた青年が、愛人と落ち合う約束で先に来ていた女性（バーマダム）に恋情をもって強姦殺人してしまう。『駆ける男』は人妻と愛人の調理人、『高台の家』は若い未亡人を餌にして、その義母が、集まってきた男たちと関係を持つという、爛れた男女関係。《既婚男性と既婚女性》の情愛は、情事と言ってよい既婚の男女の肉欲関係である。心を通わせ合っていれば、それなりに救われる部分もあるが、一方的な場合には、『白い闇』『百済の草』『家紋』といった事件になる。心を通わせているとまた、相手の伴侶から殺人の復讐を受ける（火と汐・巨人の磯・遭難）。これも、困った話だが、いずれにせよ、清張推理小説の男女関係は、清楚・可憐・純愛といったイメージとは、無縁である。

男女の情愛に、希望を持つ小説ではない。絶望とまで言わないにしても、実感と諦めの小説とでも言えば、少し近いだろうか。

清張の愛情主題の推理小説の、愛情の残りの二要素は、肉親と夫婦である。**肉親への情愛**も、これを分類してみれば、次のようである。

肉親の愛情

捜査圏外の条件・球形の荒野・Dの複合・火神被殺・山の骨・遠い接近・恩誼の紐・犯罪広告

肉親の憎悪

部分・小さな旅館・新開地の事件

《肉親の愛情》も、『捜査圏外の条件』『火神被殺』は兄妹の情愛であるが、前者は単に動機要素、後者は近親相姦。兄の〝愛情行為〟から逃れようとした犯罪は、愛情ではないかも知れない。『Dの複合』は無実の罪に服した父親の無念の報復、『山の骨』は出来の悪い子供の犯罪に、〝親の責任〟として加担する。『球形の荒野』は、終戦交渉に当たった外交官という社会性よりも、せめてもう一度、自らの〝生〟の確認を願った父親の情愛が主題と考えるべきであろう。清張小説の傑作と評価している。『遠い接近』は、肉親というより家族。自分と家族の人生を消滅させたものへの復讐だが、本当に復讐されるべきものは何であろうか。

《肉親の憎悪》を語る小説、『部分』『小さな旅館』は、いずれも義理の関係である。前者が義母、後者が婿養子。静謐なるべき世界に、必要もなく出現した闖入者に対する憎悪である。『新開地の事件』も婿養子という義理の関係であるが、夫と母親の近親の秘密に耐えられなかった妻の事件である。

清張小説の、普遍的なテーマは、**夫婦の情愛**である。これも、次のように整理してみる。

夫の情愛

雨の二階・遭難・術・虎・弱気の虫・歯止め・火と汐・生けるパスカル・表象詩人・東経一三九度線・※水の肌

妻の情愛

薄化粧の男・死んだ馬・土俗玩具・証明・内なる線影・礼遇の資格・駆ける男・死者の網膜犯人像

夫婦の間にかぎらず、殺人事件は、一方の側の愛情の欠落ひいては憎悪という感情の結末として起きる。その感情の原因は愛情の裏切り（〝不倫〟と言う）、《夫の情愛》による殺人事件はおおむねこの場合である。この場合でも、裏切られた男の感情の根拠がはたして〝愛情〟であるかどうかは、明瞭でない。例外的な作品である『東経一三九度線』は、暴力的に犯された妻の無念への復讐小説である。この場合は、愛情が設定の根拠になっている。『水の肌』は不思議な小説である。かつての同僚の新築の池の底に、死体を埋める。むしろ殺人の被害者となるべきは、自分自身ではないかと思われるのに……。『生けるパスカル』の場合は、悪妻（多少身勝手な論理ではあるが）の消滅の計画である。

面白いことに、《妻の情愛》による殺人の事情は、悪妻が良夫（と言えないまでも含めて）の消滅を意図した場合が多い。だから、本当は情愛とは評しにくい。『土俗玩具』『死んだ馬』『内なる線影』『礼遇の資格』『駆ける男』『死者の網膜犯人像』、すべてそうである。『薄化粧の男』の場合は、殺害されても仕方ない悪夫ではあるが、これも同じに数えても良い。『証明』だけが、夫への〝愛情の殺人〟と言える。妻の情愛が希少価値である清張小説の性格は、もう再説しない。

本能の欲望である性愛の欲望に対して、金銭的な、あるいは権力欲・名誉欲といったものが主題になっている作品。先にも言ったように、この要素の小説が半ばを占めているのは、清張推理小説の特徴と言ってよい。**金銭的な**

要素が主題の作品を整理してみれば、次のようである。

《政治汚職》　点と線・時間の習俗・分離の時間・濁った陽・不安な演奏
《税務汚職》　歪んだ複写
《企業詐欺》　眼の壁
《隠し金山》　甲府在番
《保険金詐欺》　巻頭句の女・紐・留守宅の事件
《麻薬密売》　草・象の白い脚
《高利貸し》　鉢植を買う女・馬を売る女
《銀行架空名義》　彩霧
《土地買収》　形
《贋物》　大黒屋（贋金）・天才画の女（贋画）
《現金拐帯》　彩霧・三人の留守居役
《脅迫金》　山

個人レベルでの犯罪は、高利貸しOLをめぐる殺人とか、せいぜい保険金や絵画の詐欺、道路建設のゴネ得狙いといったもので、泥棒・強盗といった日常的な犯罪は、記述の対象にならない。犯行の暴露をほのめかしての脅迫も、やや個人的な犯行かも知れないが（『山』）、他は、おおむね社会の闇の部分が、題材になっている。政治献金・贈収賄（政治家）・脱税（税務署）・パクリ屋（企業）・架空口座（銀行）・贋画（画商）・麻薬（闇組織）といった、社会の暗黒面が、恰好の素材になっている。清張は言っている。

いままでのものは、個人的のものが強かったと思います。たとえば、金銭的なトラブルとか、愛欲、あるいは宝さがし、または復讐など、個人的な利益や感情と結びついた動機が多かったのでありますが、これからの推理小説の方向としては、もっとそれを個人から社会へ拡げた、社会悪というか、社会的な組織の矛盾というか、そういうものに動機を求める小説が今後の傾向として考えられると思うのです。（推理小説の発想）

これからの推理小説は、トリックの謎解き型ではなく、ごく個人的な感情を動機にするものでなく、社会の暗黒面・組織の矛盾といったものを、要素とすべきだということを主張している。自らそれを実践している態度を、観察することが出来る。信玄の隠し金山（甲府在番）や贋金（大黒屋）も、それなりに時代の裏面のテーマである。『十万分の一の偶然』は、報道写真賞という、表面の社会的価値が原因となって起きた計画殺人である。これを社会の裏面とか組織の矛盾とは言い難いが。

清張推理小説で、もう一つ知られる性格が、**自己防御殺人**である。現在ある状態を護って、自己を破滅から救おうとして行う犯罪である。清張の初期推理小説がおおむねこの傾向である。『顔』『声』『共犯者』などの内容は、別の機会に触れた。この型で、著名なのが、『ゼロの焦点』『砂の器』『内海の輪』というところであろうか。『ゼロの焦点』は戦後混乱期の過去を隠す地方名流夫人の犯罪。女性の自己防御は、『地方紙を買う女』『凶器』『年下の男』などのように、おおむね、接近者への拒否という形の犯罪である。『指』は現在の愛情関係を維持するための過去の抹殺である。いずれにしても、女性の犯罪は、身近な情愛関係をめぐっての問題であることが普通である。『ゼロの焦点』の動機の社会性が、とりわけ目立つところである。

これに対して、男性側の自己防御にも、愛情関係の拒否としての殺人は、当然ある。『内海の輪』はその型の代表であるが、俗に言う、不倫関係の清算といった殺人である。『寝敷き』『危険な斜面』『たづたづし』『代筆』『書道教授』『渡された場面』など。情愛関係の拒否という形は同じであるが、女性が過去から現在に至るそれの抹殺であるのに対して、男性のそれは、将来的な愛情関係の拒否というところが、相違するところであろうか。

男性の自己防御には、社会的立場を維持するための殺人行為の隠匿（事故・草の陰刻・黒い空・古本・見世物師・鴉・数の風景・史疑）や、殺人行為は認めたうえでの無罪努力（偽狂人の犯罪・奇妙な被告）などがあるが、いずれも、個人的な立場をひたすらに維持しようと努めるもので、動機に共感は感じにくい。そのなかで、『砂の器』の犯罪は、知られるように著名な作曲家の幼い日の履歴の抹殺であるが、『ゼロの焦点』の戦後の女性体験にも照応する、戦前の貧窮と癩病による放浪の過去という社会性がある。両作品の小説としての成功の基本的な要素が、防衛される内容の、その普遍的要素にあったことが明瞭である。

五　社会派推理小説

松本清張の推理小説について、構成・トリック・動機の三点から、全体的な分析をしてみた。構成では展叙型、トリックでは防衛トリック、動機の社会性、おおまかに言えば清張推理小説の特徴は、このようなことになる。そのような特徴を持って、社会派推理小説作家としての松本清張が著名に知られているわけであるが、清張は、もともとそのような推理小説家であった訳ではない。別章の記述にあたって作成した資料（参考資料〔5〕）を見ていただきたい。筆者の認識で、最初の推理小説として書かれた作品は、昭和三十一年の『顔』であるが、この時点でも、清張小説の嚆矢である『西郷札』から、すでに五年が経過している。芥川賞の『或る「小倉日記」伝』からでも、二年間ほどは、出版社からの依頼原稿などはまったく無かったと言っている。発表作品が多くなるのは、昭和三十年頃からであるが、資料に見るように、小説は、おおむね評伝小説か風俗小説である。「歴史小説家のレッテルをはられた」と回顧している通りである。

それが、著名な推理小説作家となった契機は、言うまでもなく小説『点と線』によってであるが、その原因が、従来型の「探偵小説」と違う、清張推理小説の誕生にあったことも、あらためて説明する必要もないが、清張自身の言説を確認する意味で、若干紹介しておきたい。

探偵小説はエドガー・アラン・ポーによって、その怪奇小説とともに創められ（たが、……それは）要するに「謎解き」を継承したものが主流であって、謎解きのトリックが小説の必須要素であった。……このトリックを主にした探偵小説を、日本では本格派と名づけ、それから外れたものを変格派と呼んだ。（推理小説の読者）

推理小説の魅力が「謎解き」の面白さを骨子としている以上、トリックが尊重されるのは当然のことであるが、一方で、そのトリック偏重が、「非現実的な物語、類型的な人物性格、稀薄な犯罪動機」といった要素に、結びつく傾向があった。探偵小説マニアには何の支障もないが、清張は、それに不満を感じていた。

〝推理小説〟を書くということは、まず〝小説〟を書くことでなければなりません。〝すぐれた推理小説〟は、かならず〝すぐれた小説〟であるべきだと思うのです。それには、ただトリックの奇抜さや、意外性の面白さだけによりかかっていてはならないはずです。たとえ〝推理小説〟と銘うって、推理のむずかしさで読者に挑戦するものであろうとも、やはり、人物の性格描写、情景描写、あるいは生活、社会といったものが鮮明に描かれていなければ、これからの目の肥えた読者を満足させることはできないし、新しい読者を得ることもむずかしいと思います。（推理小説の発想）

推理小説を、単に知的娯楽の遊戯と見ない。一つの小説、さらに言えば、一つの文学として見たい。いや、そうならなければ、読者に共感を持って迎えられる作品にならない。清張の主張は、そういうものであった。そのために、語られる小説世界の現実性（リアリティー）が、最大限顧慮されるべき要素であり、そのために推理小説記述において清張が最も重視するのは、〝動機〟であると主張した。

「戦後の探偵小説は、どうも人間というものが描かれていない」「最後にいたって〝絵解き〟の部分が入ると、俄然〝文学性〟は地下にもぐってしまう」「トリックの謎解きだけを主にした、いわゆる〝本格探偵小説〟と言われるものが衰微してゆく傾向にあります」などと言った清張の批判が正しかったかどうか、いや正しかったのであろう。『点と線』以後、清張推理小説が爆発的に受けとめられていった事実が、それを証明している。

清張には、もう一つの主張があった。

推理小説は、もっと現実に密着しなければ、読者に実感を与えることはできない。これがなければ、単なる架空のお話であって、中間小説の読者を獲得することはむずかしい。（推理小説の読者）

清張は、「私は若い時から、いわゆる純文学の作品に劣らず探偵小説もむさぼり読んだ」と言っている。「なにも推理小説が文学的にならねばならないと決めたことはない」とも言っている。「推理小説といえども、小説として書いておかないと」と言う清張にとって、（ある程度文学性を持った）推理小説とは、中間小説と位置づけられるものであるらしい。清張に「小説に〝中間〟はない」などという発言もあるので、そうなれば、どう位置評価して良いか分からなくなるが、「最近の推理作家の夢は、推理小説によって〝現代を描く〟ことであるらしい」と述べ、「こういう推理小説的な〝純〟文学作品が多くなった」と記述しているのは、推理は単に記述の方法で、すぐれた推理小説がすぐれた純文学作品であることは、矛盾したことではないと考えている。(4)

紹介してきたような、推理小説にかかわる清張の発言は、おおむね昭和三十年代前半に集中している。昭和三十二年に発表された『点と線』が、思わぬ（?）好評を博して江湖に迎えられたために、推理小説内部においては、従来の探偵小説とは異なる性格と価値を、象牙の塔たる「純文学」に対しては、通俗小説とは異なる文学性を、それぞれ主張する必要に迫られたということが、背景にあったようである。折しも、ラジオからテレビへ、月刊誌から週刊誌へ、一部知識人から市民階層へといったマスメディアの変化に照応した教養文学の性格が、圧倒的な読者層の差という事実で、清張の主張の正当を支援する結果になった。推理小説における〝動機〟を最重要課題とした清張が、その動機を、個人的な愛憎の感情ではなく、社会組織の中で捉えようとした姿勢も、その結末に与って力があった[5]。清張推理小説が、社会派推理小説という呼称で、文学史の潮流の中に記述を残させることになった性格の部分を、多少でも説明できたところがあれば幸いである。

補注

（1）推理小説の認識については、第1章にも述べた。その時にも、『記憶』『張込み』といった作品が問題になった。再度、少しだけ触れておきたい。川本三郎「社会派作家の誕生と軌跡Ⅰ」（『松本清張記念館』松本清張記念館、平10）は、「歴史小説と並んで力を入れたのが推理小説である。『或る「小倉日記」伝』よりさきに「三田文学」に発表した『記憶』に、すでに推理小説の手法がつかわれていたが、それがさらに色濃くなっていくのは、昭和三十年の短編『張込み』あたりからだろう」と、記述されている。「推理小説」と言われているのか、単に「手法」と言われているのか、おおむね後者と受け取られる感触と思う。田村栄『松本清張　その人生と文学』（啓隆閣新社、昭51）も、『記憶』については「この作品にも推理小説的操作が加えられていて、松本の推理小説の最初の作品と見ることもできる」と言われていて、これも、推理小説なのかどうか曖昧である。平野謙氏も、二作品に『顔』も加え、「…というような犯罪小説的な作品を書いているから、昭和三十二年度にいたってはじめて推理小説的な志向を示した、とはいえぬだろう」（角川文庫『カルネアデスの舟板』解説、昭34）と言われている。推理小説的な志向＝犯罪小説といった認識らしい。「私の推測によれば、松本清張という現代作家と推理小説が切っても切れない関係をとりむすぶようになったのは、『点と線』や『眼の壁』が単行本となった、昭和三十三年度以降のことだと思う」と述べてもおられる。推理小説前段の作品といった認識で、筆者もそれで良いのではないかと考えている。ただし、『顔』と同じく、『点と線』以前には、『声』とか『共犯者』という作品がある。推理の内容は巧妙と言えない部分もあるが、殺意や殺人事件の経緯といった推理小説要素が明瞭にある。それを除外しては、小説の中心要素が欠失してしまう、その意味で、これらの作品を、清張推理小説の初発と、筆者は認定したい。

（2）推理小説の型については、福岡隆氏にも言及がある。「いわゆる推理小説風の作品の場合、まず二つのタイプに大別できる。一つは、最後まで真犯人を知らせずに読者を引っ張るオーソドックスなタイプ（例えば、『ガラスの城』その他）であり、一つは、初めから犯人を明示した上で、それをいかに追い詰めていくかという興味で読ませる、いわゆる〝倒叙法〟というタイプ（例えば、『わるいやつら』『黒い福音』など）である。……この両タイプの中間として、『点と線』のように真犯人を暗示しながら、それを追い込むタイプを立てることが出来る。」前半は、清張と同趣旨のように見えるけれど、清張が指している倒叙こそ、『点と線』の型なのではないだろうか。『わるいやつら』や『黒い福音』は、最初から「犯人が明示」されているのではなく、「これから犯人になる」立場から書いている。筆者の言う展叙型である。推理小説（あるいは探偵小説）でいう倒叙が正確には分からないので、全体的な立場の中での清張推理小説の型について、また別に再検討する機会を得たい。

（3）中島河太郎氏は、「後期の清張作品は謎解きを主眼にせず、人間性を主軸にして、次第に事件に係わるものに移行した。すなわち社会小説であって、推理小説の埒外に出て、新しい道を模索しているのである」（「推理小説における〝清張以後〟」、「松本清張研究」vol 1、平8）と説明しておられる。筆者の述べるところも、同趣旨である。

（4）清張に、「推理小説が文学になりうるかどうかという論争は、しばしば聞くが、文学作品になりうるものは、推理小説であろうが、恋愛小説であろうが、歴史小説であろうが、一向に変りはない。わざわざ推理小説がと断らなくても、文学的な作品になることは同じである。ただし、この仮想を推理小説としての規律内で書かれた小説が文学作品になりうるかという点になれば、限定範囲は狭くなり、明確になる」（「黒い手帳」、昭61）という発言がある。至極、当然の認識である。この意見を紹介した上で、小笠原賢二氏は、「〝文学作品〟たりうるためには、既成の前提を疑う方法や文体が不可欠なのだ。さらに言えば、制度化した文学概念やジャンルを越境する冒険を欠いたところに新しい〝文学作品〟は成立しないということだろう」（「反制度の継承―松本清張と菊池寛の〝メディア〟と〝読者〟」、「松本清張研究」第二号、平13）と解説している。そんなに難しい言い方をしなくても、書かれた小説の内容次第で、それが、推理小説になったり、歴史小説になったりする、清張は、そう発言しているだけだと思う。それは、別個の概念ではなく、重なる概念だと言っている。だから、逆に、単なる娯楽的な推理小説のつもりで書いた作品でも、思いがけず高い文学性を持った作品になることもある。そう言っているだけだと思う。ついでながら、郷原宏氏が、平野謙氏が述べた「『ゼロの焦点』は失敗作かと思えば、決してそんなことはない。推理小説としては隙間があるとしても、一個の文学作品としてはやはり松本清張の秀作のひとつだ」（新潮文庫『ゼロの焦点』解説、昭54）と述べたのに対して、「この論理は、明らかに破綻している。これではまるで推理小説と文学作品は別の範疇に属する概念のように見えるが、もちろんそんな馬鹿な話はない。推理小説はそのまま無条件に一個の文学作品でもあるのだから、推理小説としての欠陥はそのまま文学作品としての欠陥でもあるといわなければ、文学論としての筋道が通らない」（「二つの海」、「松本清張研究」vol 3、平9）と反駁されているが、これは、郷原氏の批判の方がおかしいと思う。推理小説という〝作品〟であっても、〝文学作品〟ではない場合は、むしろその方が多い。推理小説と文学作品は、それぞれ「別の範疇に属する概念」と、筆者は認識する。

（5）「社会の暗部をえぐり出すという問題小説的関心と、世間の表層から隠された未知の情報を提供するという記録小説的関心が、社会派推理小説をささえる柱であった」（木股知史「メディア環境と文学」、岩波講座『日本文学史一四』、平9）。

第8章　清張の小説意識

筆者は、しばしば松本清張の作品に感動する。この感動が文学性というものであるならば、清張は、日本のどの作家と比べても遜色ない、すぐれた価値を持つ作家と思える。純文学と大衆文学あるいは通俗小説と言った議論があるが、清張小説の中には、清張が自らその文学性をそこなう作為を、結果的にしているように感じられてならない作品がある。筆者の感性の方が問題なのかも知れないけれど、その辺のことを述べさせていただきたい。

一　不要な推理小説

『遠い接近』という小説がある。昭和四十六年八月六日から翌年四月二十一日まで、「週刊朝日」に連載された小説である。〝黒の図説Ⅱ〟と命名されたシリーズ中の作品である。この小説は、太平洋戦争の戦中から戦後にかけての時代を背景として書かれている。一月に日本軍のマニラ占領、三月にジャワ島上陸、四月十八日に最初の東京空襲があったことを記述しているから、小説冒頭の設定は、昭和十七年(1942)である。

小説の主人公山尾信治は、自営の色版画工で、小川町の裏通りに住み、複数の印刷所の下請画工として、窮乏はしない程度の生活は送っていた。妻との間に、二男・一女があった。戦争がますます苛烈の様相となるとともに、物資は不足して配給制になり、人手は不足して、男たちは多く戦場に召集されていった。信治は三十二歳になっていた。徴兵検査で第二乙種、右肺浸潤のあともある中年男が召集される時は、「日本が破滅したときだ」と周囲の者には笑われた。その信治に、九月八日、召集令状が来た。

この信治について、小説は冒頭近くに記述していた。

山尾信治は、小学校を出るとすぐに浅草の関根画版所にはいった。完全な徒弟制度で五年間辛抱して、一人前の職人になり、四年間いた。次に、品川の大きなオフセット印刷会社にはいって、画工部に六年間いた。その間、二十五のとき、いまの妻の良子と結婚した。良子はその印刷会社の女工で、長崎から来ていた。五つ違いだった。

先に述べた主人公の状況やこの引用からすぐ気付くことは、作者である清張自身の人生と多く重なる部分があるという事実である。この小説の自伝的要素の問題は興味ある課題であるが、それは本章の目的ではないので、松本清張全集六六巻末の年譜を使って、必要な程度の比較をしてみると、次のようである。花田俊典氏に詳密な比較がある（「遠い接近の後景」、「松本清張研究」第五号、平16）。興味のある方は、参照されたい。

《遠い接近》

昭和十七年九月十五日　教育召集で、佐倉の第五十七連隊、入隊。衛生兵。
　十一月二十七日　召集令状、歩兵第五十七連隊、入隊。
　十二月下旬　佐倉から九州、博多、竜山（朝鮮）に移動。
昭和二十年八月六日　広島に疎開していた家族、原爆で全滅。
　十月　山口県仙崎に上陸。

昭和二十一年三月頃　　　神田・小川町に復員。

《年譜》

昭和十八年十月　教育召集で久留米第四十八連隊、入隊。

昭和十九年六月　再召集で福岡第二十四連隊、入隊。衛生兵。朝鮮に移動、竜山に駐屯。

昭和二十年十月　本土送還、妻の実家（佐賀）に帰る。

簡略な比較を見ただけで、『遠い接近』という小説が、清張の自伝的要素の濃い作品であることが分かる。清張郷里の小倉が東京の神田小川町、久留米・福岡連隊への入隊が千葉の佐倉連隊、清張の家族は佐賀の妻の実家で糊口を凌いだが、小説では広島に疎開して原爆で全滅という設定になっているのが大なる相違くらいで、『遠い接近』の素地が清張の生活体験にあることは、疑問の余地がない。けれど、言いたいことは、そのことではない。恥ずかしながら、筆者は戦争文学・戦争小説といった分野に殆ど素養を持たないのであるが、そういう枠組みを当てはめなくても、清張の自伝小説として、十分な価値を持つ作品ではないかということが、言いたいのである。

いま紹介してきたような部分は、この小説では前半部分の内容であって、これに後半部分が接続する。後半部に記述されるのは、戦後のヤミ市の中の混乱の生活状態であるが、記述される内容の本体はこのことではない。本体は、佐倉連隊で制裁を受けた古参兵（安川一等兵）と、召集令状を発令する直接の原因となった区役所兵事係長河島佐一郎に対する、信治の復讐である。復讐は、二人を三重県の山中に呼び出す策略で成功するが、両人の自殺の偽装は暴露される。その結末は、どうでも良い。清張は、前半部分において、何度か「ハンドウを回されたな」という言葉をキイワードにして、後半部分の展開をほのめかしているから、推理小説『遠い接近』は、後半の復讐部分を持って小説として完成すると考えていたのであろうが、この部分が、この小説にとって必要な部分なのだろうかというのが、筆者の疑問である。もっと言うと、このような後半部分を持たないで、清張の戦争体験の自伝小説として完結した方が、まともな文学作品になっているのではないか、と言うこと。さらに言うと、推理小説的完成を目指したことが、純文学から通俗小説へと、作品評価を低下させる結果になっていないか、そのように、感じるのである。

似た例を、いくつか、紹介したい。これも知られた作品であるが、『鷗外の婢』という小説がある。小倉に師団軍医部長として赴任していた鷗外は、女中運が悪く、二年半ほどの小倉在任中に何人もの女中を替えたが、例外的に親しく仕えた女中に木村モトという女性がいた。在野の考証研究者である浜村幸平が、雑誌原稿を依頼されて、このモトのことを原稿にしてみようと思って、小倉に取材旅行に赴く。小説の内容は、おおむねこの取材旅行の次第である。鷗外の家に来た時、事情があって妊娠していたモトは、出産して後も鷗外に仕えていたが、七ケ月後に結婚と称して辞した。浜村は、このモトの消息を探って訪ね歩き、モトが現実には再嫁などはせず、姉夫婦の養女になって三十歳で没し、出産した女児ミツは成人して縁づき、ハツという女児を生んで薨じている、これらのことを調べあげた。鷗外の先妻登志子との生活にも触れながら記述された小説は、これだけでも、香気ある作品になっている。

浜村も「もう取材を諦めるべきであった。モトの追跡はせめてここまでであった」と言いながら、この小説の後半が始まる。浜村の追跡で、ミツが寒中の海岸で死亡、その遺児ハツは小倉のナイトクラブのホステスになっていたが、妊娠した後に行方不明となっていた。行方不明になっているハツの死体捜索と、郷土史家の指定史跡と中世古戦場の集団白骨を組み合わせた後半の展開は、推理小説としては、それなりに見事な作品と言えると思うけれど、鷗外の婢をめぐる前半の考証から、求められる展開であろうか。浜村の考証という軸はあるけれど、私には、前半、後半がそれぞれやや分離した主題で構成された作品に見える。後半の推理小説の見事さが、志に反して、小説『鷗外の婢』を通俗小説に規定してしまう要素になっていないかと感じる。

『駅路』という短編小説がある。さる銀行の営業部長を停年で退職した男の話である。小塚貞一は、妻子にも恵まれ、三十五年勤めた銀行も、惜しまれながら退職した。努力家でもあり、才能もあった。夫婦仲も良く、休みの日などは、よく銀座辺に夫婦で食事に出たりしていた。傍系会社の重役に誘われた時は、「これからは、好きな旅でもしてゆっくり過ごしたい」と言って断った。すがすがしい進退であった。その小塚が、退職して間もなく行方不明になった。家出する理由はどこにも見つからなかった。預金からは、旅行には少し多い程度の金額が引き出されていた。結局、捜索願が出された所轄署の刑事によって、十二年前の広島支店長時代の女子行員との、その後の定年までの、年に一度のひそかな逢瀬が発見される。珍しくもない、小心な中年男の愛欲小説にも見えるかも知れないが、定年を待ってささやかな愛情の成就に残りの人生を託した男の生き方が、私には、すがすがしく見える。清張に、同じく『見送って』という小説がある。娘の結婚式が終わって、新婚旅行の見送りをした空港で、「おかあさま、これからは自分の好きなように生きたいと思います」と言って婚家を出る婦人の話であるが、それに似た、さわやかな人生の記述に見える。

けれども、『駅路』の場合は、その後がある。女子行員は、小塚が家を出る一ケ月前に病気で死亡していた。小塚と女性の文通の仲介をしていた女性とその愛人が、女子行員の死亡を隠して小塚を騙し、家を出た小塚を殺して金品を奪っていたのである。小塚の絞殺死体は長野県の山中で発見された。この作品は、どうであろう。この殺人によって、推理小説のオチはついたかもしれない。けれど、老年者の人生のささやかな願いを抹殺した読後感は、爽やかでない。この小説なども、殺人の結末をつけることで、かえって、折角の佳品の短編小説を、一介の推理小説に化せしめてしまっているように、私には思える。

『水の肌』という作品は、特異な小説である。ある興信所が某電気会社から依頼された身許調査報告書の内容から、記述が始まる。調査依頼の対象は、理工系大学院を修了して、M光学という会社に勤めていた、笠井平太郎という青年だった。大学での学業成績も優秀だったが、光学会社でも有能な若手社員として嘱望されていた。光学会社を、その前途に見切りをつけ、幹部の説得をふり切って二年で退職し、自動車会社に転職した。平太郎は、優秀であり努力家でもあったが、仕事以外の人間関係はまったく必要と思わない、孤立的な性格であった。自動車会社では課長になったが、管理能力には欠けていた。というより、まったく関心を持たなかった。平太郎は、コンピューターの研究をしたいと言って退職届を出し、突然、アメリカに渡った。

本場のコンピューター技術は、格段に進んでいた。動揺し自信を喪失して落伍した平太郎は、妻の実家から借りていた過分の「留学費」で、ヨーロッパ見物の船に乗った。その豪華客船の中で、関西の大きな建築会社の社長の娘、香月須恵子と知り合った。須恵子は平太郎に一目惚れして、二人は結婚の約束をした。須恵子は帰国した後に、身内の建売会社の社長になり、平太郎は技術顧問に納まった。平太郎は、妻との離婚を有効に成立させるために、私立探偵社に依頼して、ひそかに妻の周辺を調査した。行方不明になっている夫を諦めて、妻は、M光学時代の平太郎の同僚と結婚することになるという話を知った。偶然に、その新居の設計依頼が、須恵子の会社に来た。妻の結婚相手が、行方不明になった。新居の池が濁り、鯉が変色した。過剰の脂肪分のためであった。

ながながと梗概説明してしまったが、この小説は、特異にエゴイステックな人格を、みごとに描写している。心境小説の手法によってではないが、淡々と一つの個性を描いている。小説が「人間を描く」というものなら、清張最初の小説『西郷札』での義兄の官吏のような描き方だが、一つの人格表現をなしている。小説『水の肌』の結末は、どのような形が〝小説〟にふさわしいのか分からないけれど、何の落度もない元同僚が池底に埋められたり、身勝手な夫をひたすら待っていた妻が、二度目の不幸に遇わなければならない理由は、まったくない。平太郎の行動の「動機」が、あまりに不条理である。清張は、推理小説としてのオチをつけたつもりだけれど、折角の人間描写を、実感の湧かない通俗読物にしてしまった。なんでもすべて〝推理〟の形にしなければ小説にならないという、無用の小説意識が、作品の価値を損ねる結果になっていると感じるのであるが、どうであろうか。

『渦』また『速力の告発』という作品がある。記述の分量が長くなるので、この二作については、同時に語ることにしたい。前者は、放送局の視聴率調査を内容にする小説で、素人探偵チームが、その実態を追求していく過程は、それなりに興味深い内容がある。後者は、速力を売り物にする自動車という凶器に対する告発である。両者ともに、現代風俗の裏側を興味深く衝いて、特に後者は、現代の必要悪である自動車に対する抗議であり、克服されるべき課題の提示にもなっている。その意味で、ともに、社会小説としての価値を忖度できる作品であるが、その社会性は、後半の殺人事件に至る推理小説形式のために、単なる舞台設定の意味になってしまっている。それも、前者は、あまりに錯綜して、殺人行為の意味もすぐには浮かんできにくいほどの曖昧さで、後者は、意図的な交通渋滞の中で、それを利用したアイスクリーム販売で過去の恨みを晴らすという、偽装殺人で終わる。前半の舞台設定が、どのような形で完成されたら、すぐれた社会小説になれるかについて、具体的な方策を持ち合わせている訳ではないが、殺人行為のための準備だけの意味なら、あまりに寂しく、また勿体なくもある。なにがなんでも推理小説、推理の形にならなければ小説にならないという清張の無用の意識を、筆者は、いささか残念に思う[1]。

二　意味不明の殺人

次に、小説における殺人の必要はあるのだろうが、意味が分かりかねる例をあげてみたい。たとえば、『眼の壁』という作品、この小説には、三件の殺人事件と二件の自殺がある。最初の殺人は、新宿の飲み屋での弁護士事務所員（元刑事）の殺害、二件目は弁護士本人の殺害、三件目は長野県北安曇郡の青木湖岸で白骨死体で発見された弁護士事務所員殺人犯の元バーテンの殺害。これらについては、作品中に説明がある。

それは舟坂だって同じだ。まさか、こんな道に逸走しようとは考えなかったろう。黒池健吉が早まって、あわてて瀬沼弁護士の部下を撃ったために、思わぬ方向にはずれたのだ。そのため瀬沼氏を急いで隠す。隠しきれなくなって殺す。こんどは、新宿の殺人の犯人の名が捜査本部に割り出されると、従弟の黒池健吉を殺す。こうして防ぐほどに破綻が生じたのだ。

最初の殺人は、「早まって」犯した、いわば誤解殺人だという。この小説が、企業の手形詐欺、いわゆるパクリ屋を告発する内容の作品であることは、よく知られている。企業の顧問弁護士であった瀬沼自体が、パクリ屋の一味らしいから、その部下である事務所員も、弁護士の指示に従って、行動していたはずだし、自身も所属している組織の内情を、あらためて探る必要もないように思われる。それなのに、黒池は、「おめえデカだろう」と「早まって」撃ってしまう。この事件で、パクリ屋組織が暴露されるのを懸念して、瀬沼を隠したり、犯人と分かった黒池の自殺工作をしたりしては、かえって黒い組織をほのめかすようなものではないか。書かれたこの三件の殺人のために、社会の裏に巣くう暴力右翼の怖さと、この小説自体の衝撃度が増したことは確かだけれど、それが何のために必要であったのかを、読者に納得させる説明は欠けていると思う。清張は、「はじめパクリ屋のことだけを書こうとした」らしいが、それならそれで良かったのではないだろうか。「それだけでは作品としての印象が弱いところから、後半に入って殺しを扱うようになったと述懐している」そうである。殺人の意味の分かりにくさは、作品の印象度のために付会された要素であったためだろうか。

知られた作品『けものみち』で見てみる。この作品の終末で、小説の主人公である民子が、多摩川べりの料理屋の浴槽で、ガソリンに焼かれながら殺害される。今述べたばかりの『眼の壁』の終末にも似た、凄絶な場面である。あらためて考えて見るのだけれど、彼女に、このように凄惨な最後で報復されなければならないような所業があったただろうか。彼女は政界ボス老人の玩弄に堪えながら、ひそかに、自分の運命を導いてくれたホテル支配人に慕情を寄せたことが、この報いを受けるほどの裏切りになるとは思えない。小説の冒頭、失火を装って病夫を焼殺する行為があった。後に述べるが、これには相応の殺人の理由がある。結局、ボス鬼頭の死を契機にしての反動勢力の報復が、配下であった秦野・小滝にも及び、民子を伴っての逃亡は足手まといと感じる小滝によって、裏切られたとでも考えるしかない。小滝の指示に従って夫の存在を消した後、ひたすらに心を寄せて、ただ一人の頼りとしている愛人から受ける、無惨な死の扱いは、どう説明しても、民子にも納得される説明にならないだろう。終末のこの場面が、『眼の壁』の場合と同じく、作品の衝撃性に寄与していることは認めるが、それ以外の理由は探しにくい。

『西海道談綺』での、主人公恵之助の妻であった志津の死も、納得し兼ねる。志津は、勝山藩用人服部源左衛門の縁戚にあたる娘であったが、服部家に身を寄せている時に、源左衛門に、暴力で犯された。それがその妻の知るところとなって家から出され、体面を憚って下僚の恵之助の妻となった。源左衛門は、新婚の家庭にも接近、上役の権威で志津を屈服させた。恵之助が志津の告白を聞いたのは、源左衛門を斬って脱藩逃亡途中で入った銅山廃坑の中だった。おおよその事情を、恵之助は承知していた。「斬ってください」と懇願する志津に、恵之助は、

「斬れば、お前はおれの刃で服部源左衛門と相対死ということになる。それでは、おれの意地が許さぬ。だから刀では殺さぬ。ほかの方法を考えている。」

と言って、廃坑の竪坑に突き落とす。この無惨な殺人が、理解し難い。妻の状況に、あまりにも無理解である。妻に、死までの恐怖の時間を強制する、あまりにも冷酷な処置である。この後、恵之助が、相応の人物として活動する主人公として描かれていくだけに、信じかねる人格である。小説は、この後、死んだはずの志津が、廃坑の恐怖で白髪の老婆となった姿で再登場するという設定になっているので、そのための処置であったことは理解するが、作品の通俗性につながる要素になっている。そのような伝奇小説なのだと言われれば返す言葉はないけれど。

殺人の事情とか経緯に疑問を感じる例を述べてきたが、次には、殺人理由は理解できるが、殺人という行為の重

さを考えると、やや扱いが軽いのではないかと思われる例について、述べたい。たとえば、有名な『ゼロの焦点』という作品がある。あらためて紹介するまでもなく、新妻禎子の夫鵜原憲一が、新婚早々に失踪する話である。地元金沢名流の室田夫人が戦後立川のパンパンであった過去を隠すための殺人ということであるが、だいたいこの程度の人生の履歴が殺人に結びつくのが、比重の不均衡という気がするのだけれど、これは小説の中心骨格なのでこれには一応目を瞑るとして、その他の殺人、憲一の兄宗太郎、憲一の会社の同僚本多良雄、憲一の現地妻であった田沼久子と、相次いで殺害される。彼らが被害者とならねばならない積極的な理由はない。憲一の行方不明の真相が探られそうになるというのが、殺害の事情であるのは明白であるが、憲一の場合の自殺偽装と比べて、安易な場当たり殺人になっている。

小説の主軸でない登場人物の場合、比較的安易に殺人の被害者になるのが、珍しくない傾向である。好意を持っている作品なので、あまり言いたくないのだけれど、『球形の荒野』にも、それはある。戦時中に中立国で代理公使の立場にあった、一等書記官野上顕一郎が、日本の終戦工作に奔走した行動を、旧陸軍の系を引く右翼勢力から糾弾される背景は分かる。死亡と伝えられていた本人が、生前にもう一度故国の土を踏んで、その空気を吸って死にたい心情も痛切に分かるし、その行動を察知した右翼勢力が、〝裏切り者〟の抹殺を意図するのも理解できる。けれど、唐招提寺の芳名帳の筆跡から顕一郎の生存を知った元公使館付武官の伊東、顕一郎の娘久美子の画像をスケッチした笹島画伯の殺害は、根拠が薄い。特に、画家笹島の死は、あまりに不条理である。京都のホテルで、元外交官で現欧亜局課長の村尾が襲撃を受ける場面も、〝裏切り者〟への死の警告である意味は分かるものの、それだけの調査力を持つ組織が、すぐ近くにいる本来の襲撃目標の存在を知らないでいるというのも、やや迂闊な設定のように思われる。本来の対象が眼前にいるとしたら、〝警告〟ではすませられないという作品の事情は了解するものの、作品の傍系人物に対する処遇には、思慮が及びにくい例の一つと思われる。

これも知られた作品『砂の器』の場合、冒頭蒲田駅での元島根県巡査三木謙一、新劇俳優宮田、銀座裏のバー女給恵美子、これらの殺人と、劇団事務員リエ子の自殺、この四つの死が語られる。三木巡査の殺害については、これも、この作品の主人公である作曲家和賀英良の放浪の過去と善意の恩人の死と、その軽重を問いたい気持はあるが、これは作品の基本設定なのでこれには一応触れないとして、その他の殺人の場合、宮田とリエ子は和賀の殺人行為が暴露される懸念、恵美子は評論家関川が妊娠した愛人から逃れる処置というのは、それなりに理解できる状況はあるが、やはり安易な解決と思う。リエ子は恋人の殺人行為の偽装に手を貸して、その恋人のために殺され、宮田はリエ子の恋人が和賀であることを知っていたがために殺される。不条理と思う。和賀が、たとえば『連環』の印刷所事務員笹井、『断線』の元商社マン田島、『わるいやつら』の悪徳医師戸谷のように、金と女が至上価値の悪人に形象されているのなら、ある意味自然な結果かと思う。けれども、和賀は、人生の隠れた部分の暴露に恐怖する、その点では小心でもある人物である。連続殺人には不似合いでもあるし、不自然に軽い殺人行為と感じられないだろうか。バー女給恵美子の殺害に至っては、論外である。超音波の照射で恵美子の流産を意図したものが、実際は殺人になったという偶然性はあるが、恵美子が死を与えられる理由はまったくない。不条理どころではないが、これらの状況に関しては、推測される事情がある。別の機会に述べたい。

〝絢爛たる流離〟と題されたシリーズの第十二話、『消滅』という作品がある。シリーズを繋ぐ三カラットのダイヤが、この小説で消滅するという作品である。作品の場所は湘南、主人公は十七歳の溶接工見習宮原次郎。中学卒の次郎は、仕事の合間に高校の講義録を読んだりする向学心もある少年だった。休みの日に、蜜柑畑で講義録を読んでいる時に、別荘に住む登代子と知り合う。登代子は次郎を別荘に招いて歓迎してくれるようになった。ある日、登代子は、スポーツカーに乗ってやってきた青年を、次郎に紹介した。三カラットの婚約指輪を見せた。それから十日ほどの後、車のドアの具合を見ている青年の頭に、背後から、工事場で使う鉄槌が振り下ろされた。殺人の動機は分かる。けれども、不条理。この殺人が無ければ、作品が成立しないから、この事件の記述を非難は出来ないけれども、行為の意味が軽すぎる。そのことは言いたい。なお、この作品は、清張自伝の雰囲気もある好短編である。そのことも言っておきたい。

三　理解出来る殺人

清張小説における〝殺人〟記述について、おおむね疑問的な視点から発言してきたが、本節では、比較的自然と感じられる場合について述べたい。『天城越え』の主人公は、十六歳の下田の鍛冶屋の伜である。少年は、ある日、静岡の印刷屋の見習工をしている兄を頼って家出した。天城山を越えて湯ヶ島ではもう夕方近くなっていた。次第に薄暗くなるなかで、心細さを増した少年は、下田に引き返す決心をした。修善寺の方角から来た女と同行することになった。女の白粉が絶えず匂った。土工姿の男に追いついた。女は、少年に「先に行って」と声をかけた。十日以上経って、土工の死体が天城山中で発見された。事件の経緯は、説明に及ぶまい。少年の行為は、発覚しないままで終わった。〝少年の殺意〟は、清張小説の一要素であるけれど、この小説の場合、少年の心の鼓動が感じられるほどに、感情は仄かではあるが鮮明である。殺人の動機を語るという清張推理小説に似合った佳編ではないだろうか。

『生けるパスカル』の画家矢沢は、マネージャーでもある妻鈴恵の酷使に喘いでいた。妻は、注文主あるいは画商の代理人であった。その種の妻を持った画家は、「おれは女房の使用人だ」と自嘲した。矢沢の過去も現在も、妻への批判が一方的に正当であるほどに綺麗ではなかったが、矢沢の行動を知る度に、鈴恵は、昂奮し狂乱した。矢沢は、ヒステリーの研究書を読み、ヒステリー患者についての勉強をした。鈴恵の被害妄想・攻撃妄想に、悩み続けた。結婚は偶然のことであるが、その偶然でただ一度の人生が持ってしまう不幸を、不当だと思った。矢沢の場合、妻の殺害は正当な生きる権利だと、矢沢は思った。こうしてガス中毒偽装の殺人を、矢沢は計画し実行した。先述したように、矢沢の状況も褒められたものではないが、妻のヒステリーの桎梏から逃れようとする矢沢の、最後の逃げ道であった殺人の動機には、同意できるものがある。

男と女と、立場は逆になるけれど、『地方紙を買う女』『一年半待て』『けものみち』などにも、同意できる心情がある。『地方紙を買う女』の潮田芳子は、シベリアに抑留された夫を待ち続け、今は西銀座裏のバーで女給をしながら、細々と暮らしていた。ある日、デパートの特売場で手袋を買って出ようとした時に、警備員に呼びとめられた。買物袋の中に包装のない一対の手袋が入っていた。その後、芳子は、警備員の脅迫で、金銭と肉体を強要された。男の愛人との偽装心中死体は、山梨の山中で発見されるが、女の弱みにつけ込む、卑劣な男に与えられた死は、むしろ正当な処罰である。『一年半待て』で、樫の心張棒で夫を撲殺し、裁判を受けている須村さと子の場合も、同様である。家族に辛酸を舐めさせるだけの夫は、存在しないことがむしろ望ましい。さと子は、世論の支援も受けて無罪になった。小説は、保険勧誘員として出向いたダム工事現場で知り合った男の求婚に、「一年半待て」と返事していたことを語る。夫の怠惰と酒のみと愛人は、さと子が導いた部分ではあるが、さと子にそのように導かせる感情を持たせたのは、夫の責任である。この小説の殺人は正当に近いと、筆者は思う。よく似た殺人が、『けものみち』での、病夫に対する民子の殺人である。脳軟化症で寝たきりの病夫は、嫉妬心と猜疑心と性的欲望で、係累としての権利を主張するだけの醜い肉塊となっている。小滝の誘いは、たまたまの契機であって、焼殺というような無惨な殺人を犯させた夫の所業を、むしろ憎むに足ると私は感じている。ついでに今一例、妻と愛人が共謀した計画殺人である『薄化粧の男』。吝嗇で悪知恵が働いて、お洒落好きで女好き。妻と愛人が共謀しての報復殺人には、むしろお見事と拍手を送ってもよい心地よさがあると、言っておきたい感情がある。

殺人行為が是か非かという意見を述べる前に、事実として眼前に提示される種類の作品がある。いちばん有名なのが『点と線』である。小説の詳細は、言うまでもあるまい。北九州の香椎潟の海岸で、男女の心中死体が発見された。いや、心中は偽装で、実は、別々に殺された死体を、一緒に置いただけのものであり、男の方は、××省××局××課の課長補佐の佐山という人物、女の方は赤坂の料理屋の女中お時。佐山課長補佐が殺人被害者となったのは、××省をめぐる汚職事件のカギを握る立場にあり、事件を消滅させようとする背後勢力の手になるものであることが明らかという事情は、最初から読者に開示される。だから、殺人行為の動機は自明ということで、それ以上の説明はまったくなされないが、このことはいささか乱暴に過ぎるのではないかと、前々から感じていた。確かに、汚職事件のもみ消しという根本の背景はあるとしても、佐山課長補佐が、どのようにそれに関与して、香椎海岸の死体となるまでに、どのような圧力を受けながら行動したのか、どのように抵抗を試みたのか、どのような詐術で九州の地に向かったのか、そのようなことが一切記述されないのは、本当に殺人の動機を語ったことになるのだろうか、という疑問である。殺人の動機を書くのだという清張のかねての主張にもかかわらず、この小説の眼目は、殺人者のアリバイとアリバイ崩しに明確に集中しているので、一言〝官庁汚職〟と断れば、それ以上の説明は不要という態度は、本当ではないと私は思う。『時間の習俗』は、その続編と言うべく、背景の動機も、推理小説としての問題点も、『点と線』のそれとほとんど変わらないので、付言は省略する。

清張の最初期の推理小説に、『顔』という作品がある。映画に出演の話が来た劇団員の話である。しかし、彼には隠している過去があった。九州の八幡から上京してくる時、八幡の酒場の女給を連れ出して、島根県の山中で絞殺し、遺体を放置してきたという過去である。女は妊娠していた。無智で醜くて無教育でがさつな性格の女（と彼は思っていた）だった。「俺の一生がこんな詰まらぬ女のために台なしになって堪るか、そんな不合理なばかばかしいことが出来るか」と、思った。これが、殺人の理由である。小説は、映画に出演する劇団員の井野が、女二人連れでいた時に列車内で出会った青年の殺害を企てて、結局そのことで自らの犯罪を暴露することになるのであるが、その辺の事情はどうでもよい。この小説では、読者が殺人についての意見を持つ前に、それは既成事実としてなされていて、その殺人理由も、井野のあまりに自分本位の性格ということを前提として、明瞭に示されている。そのことを言っておきたい。

最後に、『火と汐』という作品を紹介する。京都の大文字焼の夜、曾根晋吉という男が、知人の妻と一緒に、京都のホテルに入った。女の夫は、三宅島を一周して油壺に帰港するヨットレースに参加して（いるはずだっ）た。五山の送り火を見物していたホテルの屋上の暗闇と混雑のなかで、人妻は、姿が消えた。自分のヨットレースの間に、曾根が妻を伴って京都旅行をすることを察知した夫が、ひそかに三宅島から空路羽田に戻り、さらに京都に来て、暗闇の中から妻を連れ戻していたのだった。そして、絞殺した妻の死体を目黒の曾根の家近くの雑木林に埋めて、再びヨットに戻った。これらの事情は、後の刑事の捜査によって判明したことであるが、それらの経緯は、現在の問題ではない。自分を裏切った妻への復讐という殺意は明瞭ではあるものの、作品の主題はこれと無関係で、男の殺人のアリバイがいかに崩されるかに、主眼がある。

本節においては、つねづね清張が主張する、殺人の動機を書くのだという清張推理小説が十全に機能している場合を前半に、殺人動機は明瞭であるものの、それが作品の主題とするものと必ずしもかかわらない場合を後半に、それぞれ例証を試みたつもりである。

四　清張の小説意識―小説は推理―

推理小説において、殺人は必須であるけれども、それが、作品中でどのように小説要素として使われているかは、述べてきたように、作品それぞれにおいて、異なっている。理想的には、それが作品の主題と深くかかわって使われる場合であるが、清張作品においても、その例はそれほど多くはない。逆に、作品の主題と関係ない形で、前提的に設定されている場合もあったが、その場合も少ない。結局、小説の展開や登場人物の描写に資する要素として、やや中間的に活用されている場合が殆どということになろうかと思う。そういう状況を認識したうえで、作家清張における推理小説の意味を、考えてみたい。

清張が昭和二十五年の「週刊朝日」の懸賞小説に応募した作品『西郷札』が、翌年三月の同誌春期特集号に掲載されて、これが、作家としての出発点となったことは、よく知られている。それから三年ほどはほとんど原稿依頼もなく、三十年頃になってぼつぼつ小説家の体をなす程度になった。その頃の清張の作品は、歴史上の人物や事件に取材した、評伝中心の短編小説であった。推理小説と称し得る作品としては、昭和三十一年八月に「小説新潮」に発表した『顔』が、処女作と言うべきものである。この小説の本旨は、先にも触れたように、過去の殺人行為の痕跡を抹消しようとして、逆に証言者に過去の記憶を蘇らせる結果になるという人生の皮肉で、それ以上のものではない。次に発表されたのが、二ケ月後の「小説公園」十月号に発表された『声』である。この小説も、職業柄、人の声を聞き分ける能力を持つ電話交換手の女性が、殺人犯の声を記憶していて、そのために殺人集団に拉致されて殺害されるという内容のもので、〝顔〟といい、〝声〟といい、単に殺人の原因となった要素を、小説の素材に利用したに過ぎない。推理小説三作目にあたる『共犯者』も、〝共犯者〟であることが殺人の動機であり、無用の殺意を抱いたことが破綻につながるという発想も、『顔』の場合と同じで、推理小説として、さほどに目を引く新鮮さはない。

ところが、翌年二月、日本交通公社発行の「旅」に連載を始めた『点と線』が、爆発的な共感を得て、清張推理小説の嚆矢となった。けれども、この作品と前三作との間でも、殺人の動機という点では、それほど隔世的な変化はない。殺人は、人間の生存を抹殺しようとする原始的な行為だから、どこかで、人間の本能的な欲望に繫がっている。個人的なレベルで言えば、金か女か力、すなわち、金銭的欲望か肉体的欲望か権力的欲望か、これに尽きる。初期の三作も、それぞれ個人的なレベルで、これらの欲望に結びついている。『点と線』の場合、その欲望の間に、官庁汚職という社会悪の要素が介在して、殺人が、そういう社会悪の背景のもとになされたものであるという、新しさはある。それは、ただそれだけの区別である。「この作品が描く殺人には、そのような社会性があります」と断っただけで、清張小説が、本質的な変化を遂げた訳ではない。

けれど、『点と線』という小説は、大衆の広汎な支持を得て、熱狂的に共感された。何故であろう。〝心中偽装殺人〟〝東京駅の四分間の空白〟〝列車推理〟〝地方風土〟など、一般読者の心に直接語りかけてくる小説の記述に、従来の密室殺人型探偵小説にない新鮮さがあったことも確かであるが、最も大きいのは、博多署鳥飼刑事、警視庁三原警部補の訥々とした人間性と真摯な姿勢への共感であろう。この二人の警察官によって、推理小説が大衆のものになったと批評して良いであろう(2)。

空前と言ってもよいこの好評を、清張は、どう受け止めたのであろうか。清張には、〝意外〟という思いもあった。なぜならば、清張自身、この作品『点と線』には、充足しない思いがあったからである。清張が、「推理小説の生命は動機」との発言は、三十三年頃から確認できるが、清張の推理小説が文学作品としての質をも担うなら、その小説に描かれる人間は、生きた感情をもって行動する人間でなければならない。文学作品としての小説が描くものは、人間そのものだからである。推理小説は、殺人を共通のテーマにするから、人間の生の一瞬を、最も鮮明に捉えて表現できる、有利な条件を持っている。だから、推理小説における〝殺人の動機〟は、人間の〝生きる動機〟と言ってもよい。それが、『点と線』に描けているだろうか。答えは、ノーである。『点と線』の描くものは、殺人行為者安田辰郎の仕組んだアリバイを、その破綻の糸口を懸命に探して、かろうじて成功したという、ただそれだけの小説である。この点に関して、佐藤友之氏の辛口の批評がある（『清張と戦後民主主義』三一書房、平11）。残念であるが、筆者もおおむね認めざるを得ない。本当の意味での〝殺人の動機〟には、最初からほとんど顧慮することがなかった。清張にとっても、『点と線』は、不本意な思いが残る作品であった。初刊本（光文社、昭33）の「あとがき」に、「いわゆる謎解きの方にウエイトを置いて、動機の部分を狭くした。……私の今までの主張を自ら裏切ったようで少々後味が悪い」と書いている。山前譲氏は、さらに姉妹編たる『時間の習俗』について触れ、「『点と線』以上に動機が無視されて、これほど動機がないがしろにされた長編は松本作品のなかでも珍しい」（「九州を舞台にした本格推理―「点と線」と「時間の習俗」―」、「松本清張研究」vol 5、平10）と批評している。藤井淑禎氏が、清張は、その不本意を『或る小官僚の抹殺』の記述に向けたとの見解を示されたのも、知られている通りである（『清張ミステリーと昭和三十年代』、文藝春秋、平11）。

けれども、この作品が、今までに受けたことのない好評を得て、清張の作家としての立場も、社会生活者としての立場も、天と地が逆転したかと思うほどの状況変化があった。これまでの人生には同義語に近かった〝貧窮〟の生活から、まったく解放された。作家清張は、推理小説に生活の糧を見出した。このことが、松本清張の人生を変えた。幸福な変化であったのか、不幸な変化であったのか、筆者は、断定できる自信はない。清張は、この後、風俗的な小説と、推理的な小説を書き分けながら、精力的な作家活動を継続した。多くのいわゆる純文学作家たちが、生計のために大衆通俗小説を手がけることがあり、そういう質の作品を中間小説と呼んでいる風潮に、清張は批判的であったけれど、「小説に中間は無い」というのが清張の主張なら、これから後の清張は、意識して大衆小説を書いているように、思われる。敢えて推測して言えば、この後、推理・風俗に類する小説は大衆小説の意識で、評伝・歴史・自伝に属するものは、自らの挑戦として作品に対しているのではないか、そのように感じている。念のために書き添えておくけれど、大衆小説は文学作品の枠外とは、筆者は思っていない。

大衆小説の意識だから、適当に手を抜いて、作品に向かっているという訳ではない。訳ではないが、自分自身の創作意識よりも、読者の反応を第一に考える態度に徹している。清張は、「読者の反応はどのようであるか、あなたはどう感じたか」と、編集者によく聞いたそうである。『眼の壁』の場合も、今少し盛り上がらない反応なので、後半は殺人事件を入れて、サスペンス気味に変えたといった裏の事情は、先述した。読者の興味を第一に考えることは悪いとは言わないし、だから通俗小説になるのだとも言わないけれど、小説構成の注意深さが欠け気味になるという欠点は、もたらしている。清張は、綿密に構成を考えては書き始めないと言っている。おおまかにメドをつけて書き始め、状況に応じて展開させていく、と言っている。そういう書き方だから、まともな文学作品は生まれないとは言わない。けれど、そのことの結果として、前後の脈絡・照応というよりも、場面中心の描写、興趣中心の展開といった記述傾向を作品に与えたことは否めないように思う。

この傾向は、記述が短期間で終わらない長編連載小説の場合などに、特に特徴的に表れているように思われる。著名な『ゼロの焦点』『歪んだ複写』『球形の荒野』『砂の器』など、また『点と線』続編の『時間の習俗』などの特徴となっている。『砂の器』で言えば、〝蒲田駅前のトリスバー〟とか、〝羽後亀田駅のヌーボグループ〟〝紙吹雪の女〟また〝宇治山田の映画館〟〝羽田空港国際線ロビー〟など、作品は、鮮明な場面の組み立てとして出来ているような性格がある。折しも、雑誌は月刊誌中心から週刊誌に、映像は映画から茶の間のテレビに、乗物は特急か飛行機に、世は戦後から高度成長期に、一億総中流意識の市民階層が、我が身を映すかと感じる庶民性の物語は、教養的な娯楽として家庭の中に浸透していった。

「面白くなければ小説ではない」と主張する清張は、「つねに面白い小説を提供しなければならない。それでなければ作家ではない」との意識を持ち続けている。底流には、個人的な心情を綿々と連ねる、いわゆる私小説的な作品が中心の日本の文学（あるいは文壇）に対する、清張の批判意識がある。「面白くなければ」という言葉の裏は、

「それなりの物語性がなければ」と言ってもよい。坂口安吾が、清張を「ストーリーテラー」と評したことを考えれば、それは、清張作品の性格と言ってよいが、清張がストーリーテラーである本性から、そのような小説価値観を主張するのか、小説の面白さはどこにあるのかという自覚から、自らの小説をそのように性格付けていったのか、分明ではないけれど、結果として、作家としての自己主張をしている側面は、否定しにくい。四十年間以上も、文筆生活者ではなく、生計のために苦闘してきた生活者の実感として、人間が生きるということは、いかに行動するかということで、心の内面の葛藤の心情などは、いかに無力で虚しいものかという清張の価値観は、理解できる。しかし、人間の幸福は、純粋に個的な問題であるから、それを追求する文学作品が個的に沈潜していく性格を持つのも、清張の主張以上に正当かも知れない。結局、対極する価値観の解消は、作品の上に形象される形で実現されるしかないが、そのような方向に向かった清張文学のこの後は、あらためて別の課題として述べたい。

旧来の文学に対する批判を、「面白さ」という簡単な言葉で口にした時、自らの「面白い」小説を、旧来のいわゆる純文学作品と同等の文学作品と、認識していたであろうか。前述の中間小説の議論に戻るけれど、清張は、いわゆる純文学でも「面白い小説」であることが必要であるが、「面白い小説」なら十分な文学作品とは言っていない。すぐれた文学であるためには、そこに文学性という価値がなければならない。文学性とは、人間が生きるという文学の課題に、いかに真摯に取り組まれているかという問題だと思う。ここにおいて清張は、自身の小説に、文学性（清張自身が生きるという問題を問いかける姿勢）作品と、娯楽性（読者が小説の世界を楽しむ）作品と、自覚的にか無自覚的にか、区別して創作活動を行っていったように、筆者には感じられる。このことも、先述した。

清張が、自覚的に大衆小説を意識して、執筆活動を続けていった時に、大衆にとって「面白い」として、意識的に取り入れた手法が、推理である。先に触れた鮮明な〝場面性〟や〝社会性〟なども含めて、読者を作品に惹きつける工夫もさまざまに実践しているが、どの作品にも共通した前提の意識が、推理である。それはおおむね読者の興趣を誘って、作品の「面白さ」に寄与してはいるが、なにがなんでもできれば推理という清張の意識が、無用の推理小説を生み出させてはいないか、そのために、文学的な価値を感得させる作品を、時として、大衆小説の範疇にまで自ら導いている場合がないだろうか。本節では、そのことを述べた(3)。清張の小説意識と題した所以である。清張にそのような意識を持たせることになった、そもそもの原因が、清張が小説を書き始めてから六年後に発表された『点と線』に対する大衆の熱い共感にあった。この作品がなかったら、清張は、普通の純文学作家の中にそれなりの位置づけを得て、それなりに近代文学史の中に記述される作家となっていたであろう。清張に近侍した藤井康栄氏によると、清張は「初期の仕事が充分に評価されれば、あのまま進んだだろう」と呟くことがあったそうである(『松本清張の残像』文春新書、平14)。このことを考えると、小説『点と線』が与えた、作家清張への功罪の大きさがあらためて思われる。

補注

(1)『渦』については、細谷正充氏が、登場人物の失踪・死亡あたりから、知的興奮が満ちて、一気にミステリの醍醐味が深まったのに、清張は、〝視聴率〟というテーマにこだわったために、物語の方向性がゆらぐ不本意な結果になったと、説明しておられる(『松本清張を読む』ベスト新書、平17)。筆者には、殺人という推理小説仕立てにしなければオチがつかないという、清張の無用の感覚が原因と感じられる。細谷氏が評価される「抜群の発想」での終わり方の方が、むしろ視聴率調査テーマに関連した誘拐事件になっている。それを不分明な結末にしてしまったのが、清張の無用な〝小説意識〟、というのが私の意見である。

(2)平野謙氏に、次のような見解がある。「松本清張が推理小説の処女長編として『点と線』という「アリバイ破り」の作品を書いたことを、その作家コースからみて、筆者はひとつの文学的必然と思うものだ。日本の推理小説にはじめてリアリズムを導入することによって、推理小説を文学的によみがえらせた功績は、まさしく松本清張に属するが、リアリズム文学として推理小説を確立させるためには、「アリバイ破り」という作風がいちばん妥当のように思われるからである」（松本清張全集第一巻・解説、文藝春秋、昭46）。清張推理小説を「リアリズム文学」と規定することには、賛成の意志表示をするけれど、「アリバイ破り」が、どうしてリアリズム文学の確立になるのか、その辺は理解しにくい。アリバイが、名探偵によって乱麻を断つように崩されていく従前の小説を、平野氏は多分リアリズムと言われないはずである。「アリバイ破り」とリアリズムは関係が無い。むしろ逆の要素であろうと、筆者は考える。

（3）平野謙氏はまた、「作家ほどある点で世評というもに弱いものもない。推理小説界の第一人者というレッテルが逆に作家自身の才能を限定づける危険は、この作者の場合も絶無ではあるまい。幅を拡げた才能自身が逆に才能の可能性を固定化する場合もあるのである。作者の才能を限定づけようとする昨今のマスコミの作用を、私はかえってうとましいものとも思いたくもなる」（『カルネアデスの舟板』解説、角川文庫、昭34）と述べておられる。同感である。「場合もある」どころではない。清張が、稀に見る幸運者であったのか、時代の被害者であったのか、泉下のご本人にお伺いするしかないが、物事には常に光と影がある。光が輝くほどに、その影も深くなる。筆者の主観的な感受などはどうでもよいが、清張の人生が、純文学だとか推理小説だとかの議論にも無縁な、真摯で大胆な歴史学者の一生であったら、至福と感じられたのではなかろうか。そのような推測はする。

第9章　清張小説の性格
―純文学と通俗小説―

松本清張が純文学作家か通俗小説家かと問うのは、あまり意味が無いと思う。純文学作家が通俗小説を書かないということもないし、その逆もない。同じ理由で、清張小説が純文学なのか通俗作品なのかを問うのも、意味が無い。厳密には、一つ一つの小説について、作品の文学性あるいは通俗性を吟味しなければ解答を出せないというのも、釈然としないが、判定そのものがさして意味のあることとも思えない。それよりも、作家清張の文学者としての意識、その作品に対する自らの認識と評価、それらを知ることの方が、その思想と人間を理解する、より有効な手がかりになると思う。昭和三十年代の前半、清張が、『点と線』という作品によって一躍流行（推理）作家となった時期は、そのことに触発されて、何度目かの（しかし、そのなかで最も激しい）純文学・通俗小説論争がなされた時期でもある。その背景を念頭におきながら、松本清張作品の性格について考えてみたい。なお、この時期の清張をめぐっての文学史状況については、山田有策「〈文学〉の組み替えへの反動　昭和三〇年代の清張批判」（「松本清張研究」vol 4、平10）、曾根博義「松本清張と文壇―大岡昇平の松本清張批判をめぐって」（「松本清張研究」第二号、平13）という、二つの卓論にすでに示されており、これ以上の議論は不要であったかも知れないが、筆者も、稚拙ながら理解への試みをなしてみたかった。海容をお願いしたい。

一　清張の小説批評

最初に、清張自身が、自分の小説をどのようにとらえているかといったところを、紹介したい。もともとは小説家志望というわけではなかった清張だが、小説『西郷札』で「週刊朝日」の懸賞小説に応募し、偶然にこの道に入った。戦後の混乱期、多人数の家族を養う身で、懸賞金が欲しかったと、告白している。「時代小説は、題材の魅力にたすけられてトクをした感が」との評に、自分のことを言われている気がした。運良く、「すごいストーリーテラーが現れた」（坂口安吾評）とも褒められて、小説を書き始めた。最初の頃に書いた小説は、みんな「歴史物」だった。「歴史小説家」のレッテルを貼られた。東京に転勤して、作家と朝日新聞の社員との二重生活になったが、最初の二年間ほどはろくに原稿の注文が無かった。この冷却期間は「あって良かった」と、後に回顧している。

文壇の主流となっているのは、「私小説」であった。

日本では自然主義の変型のような独特な私小説が発達し、いっさいの物語性も虚構性も排除したから、自己の告白体が中心となり、そのため題材が狭小となり、しだいに衰退の道を辿るようになった。（「過ぎゆく日暦」）衰退の道を辿っている「純文学」の中身は、おおむね「私小説」そのものであった。清張は、「体質に合わない」と感じていた。田山花袋・正宗白鳥・志賀直哉、退屈でどこがいいのか分からなかった。菊池や芥川の小説の方がずっと面白いと感じた。「作家的素質」の問題である。「生命のある小説はみな筋がある。」清張が書いた私小説めいた作品は、『父系の指』など二、三点ほどである（昭和38年時点＝筆者注）。

「私小説」への感情を、清張は素質の問題と言ったけれど、むしろ価値評価の問題であった。

穂波は自己の周辺環境から題材はとってもいわゆる「私小説」は書かなかった。あくまでも物語風な創作に終始した。……（七里庄兵衛が）受賞後にいくつか書いた「純文学」という名の文壇小説はだれからも評価を受けず、「生活のために」転向した大衆小説も面白くないので評判にならず、雑誌社からの依頼は途絶えた。……七里庄兵衛は「文学」とはほど遠い作品しか書いていない。中間小説も書けず、少年少女小説もうまくゆかない。（『信号』）

小説中の記述であるが、清張の価値判断をよく示している。純文学・文壇小説・大衆小説・中間小説などと、多様な呼称が混在して知られる。純文学雑誌・文芸雑誌・通俗文学・通俗小説・通俗雑誌などの呼称も、清張の記述に散見する。これらを、多少の語弊を恐れず図示すれば、次のようにでもなろうか。

純文学（文壇小説）（私小説）	中間小説	大衆小説（通俗小説）

清張は、この「中間小説」なる言い方に、特に嫌悪感を示している。

一体、「中間」小説と呼ぶ名前から変テコなものである。純文学と大衆文学の中間ということらしいが、文学にそんなあいまいな存在がある訳はない。本質的には、純文学と通俗文学の二つしかない。中間小説と十把一からげに言うが、内容的にはそのどちらかに属する。表現に「純文学的」な衣を着せようとも、内容次第では通俗小説だ。中間なんぞありはしない。純文学畑の作家が調子を下ろして安っぽいものを書いたのが何でも中間小説というのはおかしな話である。（「小説に〝中間〟はない」）

文学に、「純」と「通俗」はあっても、「中間」はないと、極言する。[1] 純文学と中間小説の区別の尺度が、「エンターティンメントの目盛」にあるらしいと、強く反撥している。右の文章が書かれたのは、昭和三十三年の月（「朝日新聞」1・13）である。後に触れることになるけれど、知られる通り、清張は、前年から雑誌「旅」に『点と線』を連載して、一躍流行作家となろうとしていた。この「中間」の中身は、『点と線』を起点とする、新探偵小説（清張推理小説）を指すものと見てほぼ間違いあるまい。清張は、「小説は面白さが本体なのだ。（面白いことがどうして悪い？）」と、反駁する。

「中間小説などというものはない」と主張する清張にしては、少しスジの通らないところがあるが、かりに「中間小説が流行している」としても、「その実質は行き詰まりつつあると思う」と述べている。「中間小説の主流は、恋愛を主題としたロマン小説である」が、それがマンネリズムになって面白さが稀薄になり、読者の多くが、「サスペンスと謎のある推理小説に移りはじめた」と、述べている。すなわち、中間小説＝推理小説ということになる。ここで、清張の推理小説論を紹介する必要があると思うのだが、それについては別の場所に記述するので、ここでは、中間小説＝推理小説という清張の感覚をのみ、指摘しておきたい。ただし、「中間小説などというものは存在しない」というのが、清張本来の意見なので、そうすると推理小説はどのように処理したら良いのだろうか、という問題が残る、そのことも記憶しておきたい。

中間が無いとしても、「純」と「通俗」はある。純文学作家と通俗作家という存在はある。しかしそれは、書かれた作品によって判断されるべき問題である。谷崎潤一郎について言えば、「『お艶殺し』『お才と巳之介』にしても、『痴人の愛』にしても……大衆小説」であるが、一歩のところで通俗作家に堕す危険から逃れた。「純」か「通俗」かは、書かれたもので判断されるべきである。純文学雑誌の「群像」や「文学界」に掲載された作品が純文学で、週刊誌に載った小説は通俗小説というのはおかしい。三島由紀夫は「純文学」作品は書き下ろし主義で書く作家だが、ある小説（昭26・8〜11に「週刊朝日」に連載の『夏子の冒険』のことだろうか？＝筆者注）がどういう理由でか、週刊誌に分載の形で発表された時、批評家はほとんどこれを黙殺した。「純」か「通俗」かを作家によって決めるのもおかしいし、発表誌によって区別するのもおかしい。筆者もそう思うが、実際は、「純文学とは、新潮、群像、文学界などに掲載される創作をさしている」（結城昌治「純文学と推理小説」、「新潮」昭36・4）などが普通の感覚で、「新聞」「文芸年鑑」の時評も、文芸時評・大衆文学それぞれの対象とされる雑誌は、前もって決まっている。

清張の批判は、作品の質で判定できない批評家に、手厳しく及ぶ。「くだらない評論家ほど文章を晦渋にして大向う受けを狙う」「今日の一部文芸評論家のまわりくどい晦渋な文章が理解できないからといって読者は自己に絶望することはない」「自分の貧しい経験でも、批評家のそういう〝ものを知らない〟不勉強な批評にたびたび出遇っている」などなど、際限無い。「文壇」に寄生する批評家は、「純文学」の砦を防御する態度が、無意識のうちに身につく。砦への入城もたびたび拒絶された思いを持つ清張が、反感を持つのも仕方のない成り行きであろう。「批評家から悪評を受けない最も無難な小説が、いわゆる〝私小説〟である」。小説は人間を描写する。〝私小説〟では、内容がどうあれ「私」という人間が書かれていることだけは間違いない。

日本の「近代小説」の狭小化の責任は私小説の作品系統を讃めてきた批評家にあるが、その批評家を目標に書いてきたような小説家にももちろん責任がある。（『正太夫の舌』）

小説を「書かない」小説家がいる。「書ける」けれど書かないのか、「書けない」から書かないのか、分からない。文学の純粋性を口にする者は、文学というものが極めて俗なものの上に立っていることに気付かない。気付いていても気がつかないふりをしているのかも知れない。「一部の文芸雑誌の編集者は、己の雑誌が文壇を支えていると自負」したりしている。

清張における、おおむね昭和三十年代前半の、小説論・文学論また文壇論などである。記述の根拠とした資料は、清張の諸作品と、エッセイ（『三・一五共産党検挙』『半生の記』『実感的人生論』『「西郷札」のころ』『私のくずかご』『推理小説の読者』『日本の推理小説』『推理小説の発想』『私の黒い霧』『推理小説の題材』『小説に中間はない』『文壇小説の陥没』『正太夫の舌』『清張日記』『過ぎゆく日暦』『グルノーブルの吹奏』『運不運　わが小説』『怨霊のなぐさめ』『信号』）などである。小説『断碑』で、権威から拒絶され、それが情熱の源泉となって、ひたすら権威に挑戦した主人公木村卓治の、今一つの姿を見るような気がする。清張にとって幸いであったのは、清張の反権威姿勢を強力に支援して、権威そのものをむしろ崩壊に導くような、時代的あるいは社会的な状況があったことである。これらについては、本章の結論部分で再度触れることにしたい。

二　純文学論争

『点と線』から数年を経た昭和三十六年末、大岡昇平氏によって示された「松本清張批判」なる文章を紹介したい。〝常識的文学論〟と副題して十二回連載されたうちの、最後の論評である。大岡氏の意見の要点を拾ってみる。

①純文学は消極的概念　狭義の純文学は、平野のいうように、大正末には大衆文学に対し、昭和初期はプロレタリア文学に対して、提出された消極的な概念である。……戦後しばらくはその名の通り私小説と呼ばれて、特に純文学とは言われなかった。「純」文学が再び人の口に上るようになったのは、中間小説の進出が目立ってからである。

②純文学は芸術、大衆文学は娯楽　純文学と大衆文学との区別は、芸術と娯楽という古典的な区別で沢山だという考えである。これは制作の動機による区別である。

③松本清張の推理小説は一つの虚像　松本清張や水上勉の社会的推理小説は、現代の政治悪を十分に描き出していない。彼らの描くものは一つの虚像である。……松本の小説では、反逆者は結局これらの組織悪に拳を振り上

げるだけである。振り上げた拳は別にそれら組織の破壊に向うわけでもなければ、眼には眼をの復讐を目論むわけでもない。(「松本清張批判」、「群像」一六巻一二号、昭36・12)

この大岡批判に対して、すぐ、松本清張の反論が出された。反論は、①③の部分であるが、批判された当人なので冷静にはなり難いか、やや誤解の部分もある。①について言えば、大岡氏は「(中間小説の進出のために)変質した」とは説明していない。③の部分については、清張の反論の方が正当と思う。大岡氏が「虚像」として否定するところがまず問題で、推理なのだから、その真相が公表されない状況では、仮説以上になることは出来ない。虚像であるかどうかは、大岡氏にも断定出来ないはずである。この推理を「松本や水上のひがみ精神」と片付けては、さらに問題である。清張の過去が、推理の性格の方向に要素を加える側面はあるであろう。それは誰にもあることで、むしろ評価される要素である。清張の推理への共感を「誘惑」とする大岡氏の感覚の方が、むしろ疑問と思う。読者は、清張推理に最大の説得力を感じているだけで、心服している訳ではない。大岡氏は清張推理の不合理点を指摘しているが、どれほどの有効な指摘にもなっていない。さらに、「振り上げた拳」について言えば、これは、清張自身の記述を紹介した方が早い。

個人としては「無力な憎悪」しか持たされていないのが現実である。だからといって組織悪に拳を振り上げるだけ」が現代的に意味がないとは言いきれまい。(「大岡昇平氏のロマンチックな裁断」、「群像」一七巻一号、昭37・1)

拳を振り上げたところで、「組織の破壊」や「眼には眼をの復讐」などはとても出来ないのが、無力な小市民の現実である。そこにこそ清張小説への共感がある。大岡氏の裁断の方が不当であると、公平に見て判定せざるを得ない。

大岡氏の、やや強引と思える清張批判には、多少の時代状況といった事情がある。大岡氏の論説の中にも、「大衆文学と純文学の問題は昨年来から議題に上っていた」とか「純文学が風化しつつある今日」とかの記述がある。大岡氏を、「活力」を失った「純文学」擁護の立場以外からは発言出来ないという前提的な制約のもとでも、発言せざるを得ない感情にさせた、二つの意見があった。平野謙「文芸雑誌の役割」と伊藤整「純文学は存在し得るか」という二つの言説である。前者は、「戦後十五年の文学史は、一方ではそういう純文学概念（大正から昭和初年にかけて定立した歴史的概念＝筆者注）の更新の過程であり、他方ではかつての純文学概念の崩壊の過程でもある」（「朝日新聞」、昭36・9・13）と述べ、後者は、「純文学の理想像が持っていた二つの極」が、松本清張と水上勉が代表する「推理小説の作風によって、あっさり引き継がれてしまった」（「群像」一六巻一一号、昭36・11）と、述べている。(2) 両氏ともに、立場は純文学側にあり、その限りでは大岡氏と異ならないが、純文学の限界と推理小説の圧倒という現状を両氏が素直に認めているところに、看過し難いものを感じたということのように思われる。三氏ともに、純文学と大衆文学（推理小説、中間小説とも）の間に、明瞭な区分を感じているらしいことは、共通している。

純文学が理想像として持っていた二つの極とは、具体的には、プロレタリア文学と私小説が代表する形のものである。課題の理解のために、識者の間では常識になっているらしい学史的把握を、ここで繰り返させていただきたい。平野氏は、純文学という概念はそれほど確乎不動なものでなく、具体的に言うと、大正十一年から昭和十年の間、別に言い直すと、有島武郎の「宣言一つ」（「改造」、大11・1）から横光利一の「純粋小説論」（「改造」、昭10・4）までの間に、発生し定着し終了したものだと、述べている（座談会「純文学と大衆文学」、「群像」一六巻一二号、昭36・12）。有島武郎の「宣言一つ」が書かれた大正十一年は、文学史の上では、顕著な変革が進行している時期であった。明治以後、西欧文学の影響を受けて、「写実」を価値とする自然主義が、社会性・思想性を欠く私小説・心境小説となり、それに飽き足らず、「主観にもとづく人格完成」を標榜した白樺派も、自己満足の私小説・心境小説に傾斜していった。一方で、第一次大戦・ロシア革命から、国内の労働運動の激化と社会主義思想の浸透といった状況があった。これに対して、文学が（あるいは文学者が）いかなる態度を取るかの決断を迫られるという心的状況があった。有島武郎の「宣言一つ」は、それについての態度表明で、第四階級（無産階級）への寄与の不能を宣して、引退してしまった。プロレタリア文学に関する初発の発言である。

プロレタリア文学の勃興は、述べたような社会状況を背景にして、生まれて来る必然性があったが、私小説・心境小説の末梢化も、それ以前の前提としてあった。その文学としての価値を問い直される状況になり、久米正雄が「心境小説こそが小説の本道であり真髄」だと述べて、外国の諸大作を「通俗小説」と総批判したりした（「私小説と心境小説」、文芸講座、昭14・1）。「私」が語られない小説はすべて通俗小説という、極端な擁護説であるが、当然に激しく反駁を受けて、久米は、最後は「純文学は余技」と称して、論争から逃避した（「純文学余技説」、「文藝春秋」、昭10・4）。「私小説」の純文学を否定した立場も、だから「プロレタリア文学」になだれ込むというのではなく、そのはざまで苦悩する。有島の「自己の生活とその周囲とに関心を持たずにはいられない」とする態度は、それこそが小説の価値だという「散文芸術論争」（広津和郎「散文芸術の位置」、「新潮」、大13・9）、菊池寛が、小説の表現よりも題材という内容的価値を主張して論争となった「内容的価値論争」（「文芸作品の内容的価値」、「新潮」、大11・7）、事実性の無評価と筋の関心を述べた谷崎潤一郎の感覚に対して、意見を述べた芥川龍之介との「〝小説の筋〟論争」（「文芸的な、余りに文芸的な」、「改造」、昭2・4）などの議論を導いた。すべて、両極の間にあって、その距離にかかわる議論である。そして最後、記念的な提言となったのが、横光利一の「純粋小説論」である。彼は言う。「純文学にして通俗小説、このこと以外に、文芸復興は絶対にあり得ない」と。

横光利一の認識は、その内容を少しく丁寧に紹介しておきたい。大要は、次のようである。

○（通俗小説の概念は偶然と感傷性であるが）わが国の純文学は、一番生活に感動を与える偶然を取り捨てたり、そこを避けたりして……自己身辺の日常経験のみを書きつらねることが、何よりの真実の表現だと、素朴実在論的な考えから選択した日常性の表現ばかりを、リアリズムとして来た。
○その昔、物語を書こうとした意志と、日記を書きつけようとした意志とが、別々に成長して来て、裁判の方法がつかなくなったところへもって、物語を書くことこそ文学だとして来て迷わなかった創造的な精神が、通俗小説となって発展し、その反対の日記を書く随筆趣味が、純文学となって、自己身辺の事実のみまめまめしく書きつけ……日記随筆の文体のみを、われわれに残してくれたのである。
○人間の活動というものは、実に瞠目するほど通俗的な何物かで満ちているとすれば、この不思議な秘密と事実を、世界の一流の大作家は見逃す筈はないのである。しかも彼らは、この通俗的な人間の面白さを、その面白さのままに近づけて真実に書けば書くほど、通俗ではなくなったのだ。そうして、このとき、卑怯な低劣さでもって、この通俗を通俗として恐れ、その真実であり必然である人間性の通俗から遠ざかれば遠ざかるに従って、その意志とは反対に通俗になっているという逆接的な人間描法の魔術に落ち込んだ感傷家が、われわれ日本の純文学の作家であったのだ。この感傷の中から一流小説の生まれる理由がない。

昭和十年と言えば、相次ぐ弾圧によって、プロレタリア文学が壊滅し、「純文学」の復活が意識された時であるが、この時にあたって横光は、〝文芸復興〟は、純文学にして通俗小説である「純粋小説」によってしか、それはなされ得ないと断言したものであった。

時代は、すべてを軍国主義の波に飲み込む戦時体制にあった。文芸もまた、戦争遂行に奉仕する形でしか書かれることが許されない時代が十年、戦後の混沌と貧窮の時代が十年続いた。消閑の具に等しい文学の無力と、人間の心の叫びである文学の意味とが、とつおいつ問われ続けた時間でもあったと思われる。昭和二十五年六月に朝鮮戦争勃発、翌二十六年九月に講和条約が締結され、日米安全保障条約が調印された。この五年余の文学の混沌と彷徨の状況は、本章の所論に直接関与しないし、本多秋五『物語戦後文学史』（新潮社、昭41・3）に詳述されているので、それによって知られたい。ただしこの書は、文学史というよりは、「文学評論史」とでも言うべく、戦後文学史というよりは、「占領下文学史」とでも言うべき偏りがある。

昭和二十五年は、政治的・社会的に大変動があった年であるが、文学的にも「戦後の終焉の第一次的なあらわれが各方面にみとめられた年」であるらしい。雑誌「文学」は、昭和二十七年六月号に「戦後の文学」なる特集を組んで、戦後文学の総括を試みている。同誌に掲載の、荒正人氏の同題の論文によれば、戦後の日本文学は、戦後文学・伝統的文学・民主主義乃至は人民の文学、以上三の視点から観察できるという。具体的に見れば、安部公房『壁』(昭26・2)、堀田善衛『広場の孤独』(昭26・秋)、伊藤整の「チャタレイ裁判」(昭26)、広津和郎・中村光夫の『異邦人』論争(昭26)、三島由紀夫の『仮面の告白』(昭24)から『禁色』(昭26)、大岡昇平の『俘虜記』(昭23・2)から『野火』(昭27)あたりに、終焉と転換の認識があることを述べている。昭和二十五年といえば、松本清張が「週刊朝日」の懸賞小説に応募して入選した年であり、翌々年に芥川賞を受賞して、作家としての始発をなした年である。この後の記述は、節をあらためて述べたい。

三　昭和三十六年の文学状況―新聞・文芸時評から―

時間的には、前節に続くところから述べるべきであろうが、清張評価と文学史的課題が避けられない議論となった、十年後の状況を、先に見ておきたい。偶然と言って良いかどうか、その間は、昭和二十六年調印の第一次安保条約下の時代であった。波乱の中で安保改定がなされた翌年が、前節冒頭に紹介した状況である。この三十六年の日本文学には、象徴的な事件があった。三浦哲郎『忍ぶ川』における芥川賞受賞と水上勉『雁の寺』における直木賞受賞である。三浦氏の『忍ぶ川』は、深川・木場辺を舞台にした、私小説風純愛小説で、水上氏の『雁の寺』は、作者の体験と推理要素を組み合わせた作品である。

『忍ぶ川』の受賞については、江藤淳氏は、「該当作なしという私の予想をくつがえして」（「朝日新聞」昭36・2・20）と述べ、「私小説そっくりの道具立てでメエルヘンを語」っているところに、作品のリアリティを疑っている。河上徹太郎氏も、「作者が一方的に恋愛状態を設定して、それを読者に強要」している点に、やや不満を示している。破綻が書かれなければ恋愛を書いたとは感じない感覚の方を、私は疑問に思うけれど……。河上氏は、

今度もいわゆる私小説系の作品が受賞したことは、これだけ社会的にセンセーションを起こす行事だけに論議のタネになっている。（「文芸時評」、「読売新聞」昭36・2・24）

と述べ、「万一私小説ブームなんてのが起こったら、それこそ目もあてられない」と言っている。両者ともに、「私小説」に批判的に見えるが、江藤氏は、「最近の私小説的様式の流行」（「文芸時評」、「朝日新聞」昭36・10・25）は、認めている。

水上勉の『雁の寺』について、同じ江藤氏は、「この小説のすぐれているゆえんは、ちょう密な実在感」と高評価しているが（「文芸時評」、「朝日新聞」昭36・4・22）、河上氏は、この小説に書かれている殺人の必然性について、疑問を述べている（「文芸時評」、「読売新聞」昭36・8・28）。これまた私見であるが、『雁の寺』の実在感は首肯するとして、小坊主の慈念が起こす殺人事件は、新聞記事のように外形的な記述にとどまっており、その心理状況はほとんど読者の〝推理〟にまかされていて、納得しにくい読者には、はなはだ不親切な小説である。筆者は、河上氏の感覚に賛成である。

ともあれ、先にも紹介したように、私小説の流行あるいは復活は、この年に顕著な現象であった。年末の「読売新聞・一九六一年　文壇十大ニュース」なる記事によれば、

(1)推理小説の流行も依然として続き、今や流行をこえて定着

⑵文学のリバイバル調（私小説の復活？＝筆者注）
⑶純文学の前途に赤信号

などの記述が見える。⑴⑶については、この後に述べるので、⑵の「私小説」について今少し触れると、「〝純文学〟という消極的、防衛的な概念が、私小説の異名として確立し始めたとき、すでに〝理想〟は崩壊を開始していた」（「文芸時評」、「朝日新聞」昭36・10・25）とする江藤氏は、先の『忍ぶ川』は褒賞した手前、この小説の「私」は「仮構された私」だとして評価しているが、私小説全体については、「〝私〟のいない〝私小説〟などというものは、ダジャレにもなりはしない」と、厳しく否定評価している。ただし、筆者には、どのような形のものが、「実体のある〝私〟」なのか、分かりにくい。丹羽文雄が「新潮」に発表した『有情』を、「力作」と評価しながらも、「愛欲問題の身の上相談の解答を読者に求めているような内容」に、江藤氏は「当惑」していると述べている。

『忍ぶ川』や『雁の寺』のような私小説要素の作品が文学賞を受賞し、純文学＝私小説というおおまかな認識があっても、[3]純文学の危機あるいは衰亡ということがしきりに言われている。それには、先述した江藤氏が言われたような、私小説自体の停滞あるいは質的低下という問題もあっただろうが、むしろ相対的に説明されるべき状況があった。大衆小説の、著しい進捗である。大衆小説の枠を超えて、純文学との間の垣根がどこにあるかが分かりにくくなった、中間小説の発展である。[4]

小松伸六氏は、中間小説について、次のように述べている。

> 純文学と中間小説のけじめがよくわからない。中間小説とは純文学の俗化した形式だというのがほんとうなら、逆に、中間小説は通俗小説の、文学的に純化した形式といえそうだ。（「ハラのある作品―大衆小説メモ」、「毎日新聞」昭36・7・10）

と述べ、中間小説雑誌五冊、あわせて七八編の小説を読んで、「いい作品だと思うのは、きまって大衆文学側の作家のもの」と発言している。中間小説の物語性・娯楽性は、「純文学作家では堕落的になり、大衆作家では純粋的になる」と言った趣旨の発言である。比喩的に言えば、純文学は屋内の文学であり、大衆文学は屋外の文学である。屋内から出された純文学は、明るい陽光と雑踏・喧噪の中で戸惑って、早く家に戻りたがっている。純文学と大衆文学は、その存在の環境が違う、筆者は、そのように思う。

大衆小説に対する純文学危機説に対して、純文学側の発言がある。奥野健男氏は、次のように述べている。

ぼくも純文学と大衆小説とは、目的も性質も全く別なものと考える。前者は芸術（文学）であり、後者は娯楽（読み物）である。この両者は、めざすところが違うのであるから、どちらがすぐれている、おとっていると比較することはできない。……つまり世の中にはすぐれた文学と愚劣な文学、すぐれた娯楽と愚劣な娯楽があるだけなのだ。（「文化」、「読売新聞」昭36・6・17）

明瞭な説明にも見えるけれど、具体的に考えると分かりにくい。純文学でも娯楽性はある方が望ましいし、大衆小説でも芸術性（文学性と言うべきか）がある方が良いに決まっている。純文学は娯楽性が無いことをめざし、大衆小説は芸術性が無いことをめざすべしというような、珍妙な意見になる。同じく純文学側の佐伯彰一氏は、純文学・大衆文学の認識論は述べず、純文学の状態は少しも変わっていない、という危機否定論を述べている。

戦後の新教育の普及によって、新しい読者層が急激にふえた—文学的に訓練されていないこれらの新読者層が、読みやすい読み物におもむくというだけの話である。（「陰気なカラ騒ぎ」、「読売新聞」昭36・11・13）

いよいよ尻をまくって、「純文学は一部の知識階級のみが享受する芸術だ」という宣言である。明治以来の日本文学が、もともとそのような狭い社会のみに通用する文化だとするなら、確かに、何も変わらず、何の変化も無い。佐伯氏の言う「新読者層」がまったく赴こうとしない現象を危機と認識しているのに、それを無縁の現象とする特権意識は、他人事ながら、やはり純文学の危機的状況と批評せざるを得ないのではないだろうか。

ところで、純文学の垣根にまで迫った大衆文学は、純文学と通俗小説の間のという意味で、中間小説と呼ばれている。その中間小説の主力は、この場合、推理小説というものであった。さきほどの佐伯氏の意見と違って、山本健吉氏は、「読者層の驚くべき拡大につれて、少数の選ばれた精読者の姿が、いつか見失われてしまったのだ」（「純文学と大衆文学」、「朝日新聞」昭36・5・30）と、説明している。そして、推理小説が、そのような〝精読者〟と言うべき読者を獲得しつつあると、述べている。先に、「読売新聞」の十大ニュースで、推理小説が今や流行をこえて定着したとの報告を紹介した。言うまでもなく、松本清張の『点と線』に始まる社会派推理小説が、純文学と大衆小説の間で定着し根付いた現象を言っている。水上勉の『雁の寺』も、私小説と推理小説の結合の形で誕生していた。「普通の小説は読まないが、推理小説だけは読む」という新読者層の存在を認めざるを得ない純文学側は、すぐれた推理小説の誕生のために「多作を強要するな」（荒正人「現代推理小説論」、「夕刊・読売新聞」昭36・9・18）とか、「純文学の書き手が、本業を疎かにして推理小説を書いたりして、文学の質が落ちてきた」（石原慎太郎「推理小説の罪」、「夕刊・読売新聞」文化欄「発射塔」、昭36・8・28）とかのやぶにらみ的な批判をしながら、滔々たる奔流に抗しかねている現状である。

最後に、新聞・雑誌記事に見る松本清張の昭和三十六年について、述べる。十一月十七日付「朝日新聞」に、「わが小説」シリーズの一四回で、松本清張は、「自分が最も愛惜している小説」として、『断碑』のことを書いている。「断碑を書いたことで、文学的にも自分の道を発見したように思った」と記述している。この「わが小説」には、一四三人の作家と作品が取りあげられている。この年の暮、「評論家十氏が選んだ小説ベストスリー」には、延べ三〇作品のうちに、清張の名は見えない。大岡昇平・井上靖・里見敦・三島由紀夫などに集中し、大衆文学あるいは中間小説分野では、吉田健一氏が山本周五郎と水上勉を選んでいるのみである。報告者の小松伸六氏は、山本周五郎の作品は、自分も「純文学がわの作品とおもった」と述べている。この年の「文芸時評」で、清張の作品が語られたのは、「新潮」に発表された『老春』についてのみである。〝純文学がわの姿勢〟が分かる。[5] 前節冒頭に紹介した三氏の立場も、所詮、純文学擁護楽観派（大岡）と純文学擁護悲観派（平野・伊藤）の違いではなかったろうか。

四　純文学危機と清張推理小説

先に紹介した雑誌「文学」の特集号は、中村光夫氏の「占領下の文学」なる一文も掲載している。その結論は、

戦後の露骨な「自由」の風俗と、人間の醜いことを憚らずに露出するのを「正直」と考える自然主義以来の作家の固定観念の、好都合な野合が行われたのです。

という把握である。だから、戦後の文学を一言でいえば、「卑俗でいやな時代と評する」ほかないと言っている。同氏はまた、昭和二十五年に発表した『風俗小説論』（河出書房、昭25）において、「敗戦混乱の申し子として成長した風俗小説」といった言い方をしている。言うなれば、戦後の混乱のなかで生まれた卑俗でいやな小説＝風俗小説という認識である。「先人が数十年の苦悶をつづけて来た小説を芸術に高める努力を捨て、小説を近代以前の物語に退化」させたものであるとして、「勢いの赴くところ遂に中間小説雑誌に〝新講談〟を書く作家が現れ」たと慨嘆している。

中村光夫氏の憤慨が、どれだけ正当であるかどうかは、いま問わない。注意されることは、ここに「中間小説」という呼称が見えることである。中間小説という認識が、いつの時点で始まったのか、正確な知識が無いのだけれど、この用例は、わりと初期のものではないだろうか。中間小説の「中間」とは、文字通り、純文学と通俗小説との中間という意味であるが、具体的には、「小説新潮」「オール読物」といった、いわゆる中間小説専門文芸誌や週

刊誌に掲載された小説について、言っている。「もはや戦後ではない」と言われ始めたのは、昭和二十六年あたりからしいが（中野好夫「もはや戦後ではない」、「文藝春秋」昭31・2）、朝鮮戦争による特需景気も背景にして、日本が、戦後から脱皮して新経済立国をめざして始発した頃、その中枢となるホワイトカラー族の需要に応じて、「週刊新潮」「週刊現代」「週刊文春」また「週刊女性」「女性自身」などといった週刊誌が、相次いで創刊され、中流サラリーマン層の知的要請に応えた。松本清張が、週刊誌「週刊朝日」の懸賞小説に入選して、それが作家となる契機になったのには、象徴的な意味がある。清張も、朝日新聞社広告部の社員であった。

入選作の『西郷札』が、昭和二十六年三月の「週刊朝日」春季増刊号に掲載され、その約一年半後に、芥川賞を受賞することになる『或る「小倉日記」伝』が、「三田文学」に発表された。清張にとって、四作目の小説である（『記憶』は後に、『火の記憶』と改題して別誌に再掲載されたが、一応これも含む）。芥川賞受賞に関して、紹介しておきたい記事がある。瀬沼茂樹氏による次の記述である。

第二十八回は、選者の意見が分裂したが、前回の受賞なしの反動として、五味、松本の入賞となった。佐藤春夫が「今日はみな盲目になったかな」（宇野）といった選衡ぶりであった。五味の詩情、松本の達意巧者さはすでに現れ、「文壇的小説に対する輸血」（佐藤）という意味はあっても、前者の剣豪小説、後者の推理的手法は、人間的思想性を欠いて、すでに通俗性をはらんでいたと、今日では、誤なく結論できる。おそらくマス・コミ的要求が、これにこたえる才能をだけひきだして、五味、ついで松本を流行作家にしたてた。その要因は、「意外な結果」（丹羽）といった通俗性にあるので、直木賞にこそふさわしかったのだ。「流行作家をつくるというのは賞の仕事ではない。それは当人次第である」（坂口）と、田宮の場合に評したことは、むしろこの二人の作家の場合にあてはまるといえよう。（「文学賞をめぐる諸問題（中）―芥川賞（戦後）―」、「文学」昭35・3）

「文学の新しい可能性」「芸術的実験への意欲」といった芥川賞の趣旨からいって、通俗要素をはらんだ清張作品の受賞は、似合わしくなかったと評言している。(6) この期の芥川賞が、全体として「大勢に順応して、中間小説化を助長」したと批評している。この文章は、昭和三十五年に発表されたものである。推理小説を中枢にする中間小説が純文学の牙城を脅かし、その危機説が囁かれている時期である。純文学の衰退の一因が、芥川賞の責任のように述べて、今更取り返せない後悔をしているようである。無論、純文学擁護派の立場である。

『或る「小倉日記」伝』に通俗性を感知させる要素はあっただろう。それは、通俗性というよりむしろ平易な文学性（これが中間の所以？）として、時代の要請として生まれた一般教養雑誌には、受けとめられている。清張の初期小説は、ほとんどが、いわゆる中間小説雑誌に掲載されている。清張にとって、作家としての転機になった『点と線』以前の小説の掲載誌を整理してみれば、次のようである。

週刊朝日・富士・三田文学・文藝春秋・オール讀物・小説公園・新潮・小説新潮・文芸・新婦人・サンデー毎日・婦人朝日・文学界・講談倶楽部・週刊読売・キング・芸術新潮

「新潮」「文学界」「文芸」といった文芸雑誌の掲載も無いでもないが、おおむねは、中間文芸誌・週刊誌たまに女性誌といったところである。上記文芸三誌に掲載された清張小説の私小説的な雰囲気を思うと、いわゆる純文学作家への迷いの感情もあったように感じられるが、清張自身が言っているように、こじんまりした歴史小説あるいは時代小説系の作家と認められていたようである。昭和三十二年度「文芸年鑑」の「推理小説界展望」（中島河太郎執筆）は、清張のことを、

出色と思われるのは、本年（昭31＝筆者注）から異常な熱意をもって推理小説の筆を執り始めた松本氏の業績である。氏は既に現代及び時代小説に確固たる地盤を築いたにも拘わらず、更にこの分野に新たな意欲を示し、早くも代表作集「顔」を編むほどになった。

と紹介している。

小説『点と線』が発表されたのは、昭和三十二年の二月である。日本交通公社の「旅」という雑誌に連載された。普通の文芸誌でない企業雑誌であるところから、列車の時刻表をアリバイとトリックの中心に据える、思いきった推理小説の構成にした。正直なところ、推理小説としては瑕瑾が少なくないと思われるこの小説が、なぜに、それほどの人気で読まれたのか、筆者には、いささか理解しかねるところがあった。犯人に迫る二人の刑事の、平凡ながら真摯な姿勢には好感が持てるものの、その他の部分は作為がありすぎる。お一人さまの食堂チケット・四分間の空白・まったく発想もしなかった飛行機、小説に仕立てる作為が気になって、清張の言うリアリティを感じにくい作品であったけれど（参照、佐藤友之『松本清張』、三一書房、平11）、これが推理小説要素のリアリティというものかも知れない。それよりも、名探偵が舞台で演じているような旧来の探偵小説に接し馴れた読者には、感動的なほどに新しさと身近さを感じる推理小説であったということのようである。

『点と線』が契機になって、推理小説ひいては中間小説流行の兆しが見え出す以前から、純文学のあり方が問われるような状況は、すでにあった。「文学界」（昭32・8）は「転換期に立つ昭和文学〝日本の小説はどう変わるか〟」というテーマで、「群像」（昭32・3）は、「純文学の行方」というテーマで、それぞれ座談会を催している。後者に出席した平林たい子氏は、「純文学一本だと作家は貧乏で暮らせない。それを救うために中間小説はあるので」というような発言をしている。十返肇氏の「中間小説でも松本清張さんみたいな人の中間小説は何となく読めるのですが」などと発言しているのも合わせて、この時点で、中間小説は純文学とは別物で生活の手段、松本清張は中間小説作家という、おおむねの認識が知られる。それでも気になるらしく、「群像」（昭32・12）は再度「中間小説と純文学」というテーマで、複数の評論家に寄稿を仰いでいる。その中で「中間小説作家と自認していない」中村真一郎氏が、「中間小説は流行しているらしい」と感じて、「読者の多少と文学的価値とは正比例しない」から、純文芸雑誌の編集者に、「純文芸と中間小説との〝距離を拡げる〟」ことを提案している。その程度の認識状況であった。

同じ「群像」の翌年四月号、「中間小説を論ず」というテーマの対談で、中村光夫氏は、「芸術としての小説と非芸術としての小説というふうに考えたほうがはっきりする」と発言している。無論、中間小説は非芸術としての小説である。その発言に乗った訳でもなかろうが、翌年二月、今度は、「文学・非文学」というテーマで、評論家三氏が座談会をしている。この席で平野氏は、松本清張という作家の、戦前にはなかった外発的なあり方、才能の伸び方について触れている。河上徹太郎氏が「マス・コミの好影響か」と訊くと、江藤淳氏は、「読者は必ずしも……双手をあげて歓迎しているわけじゃないと思います」と答えている。そのように思いたいのである。さらに一年先の記述になるが、「群像」の昭和三十五年新年号の編集後記で、編集子は、

中間小説ブームとか、週刊誌ブームとか、さわがれるたびに、純文学は消えてしまうのではないかといわれながら昨年度も過ぎたが、考えてみれば、それは毎年のことだといってよい。昭和三十五年もまたそういった議論で明け暮れするかもしれない。しかし当然のことながら、やはり純文学は純文学である。ある大衆作家は純文学と大衆文学を読み比べてみて、純文学の作品の力強さは到底大衆文学の及ぶところではない、といわれたことがある。

などと書いている。自らを慰めて安心したい気分は察するけれど、文芸のあり方についての奔流は、純文学・大衆小説といった些細な垣根など、もろともに押し流してしまう状況になっていた。「群像」の昭和三十四年末の二つの鼎談、「小説のおもしろさ」（三島由紀夫・寺田透・武田泰淳、十一月）・「文学は誰のためのものか」（有馬頼義・柴田錬三郎・松本清張、十二月）は、それぞれの立場を鮮明に打ち出すことで、状況の帰趨を見ようとしたものと思われるが、発言はすれ違ったままである。清張は、「中間小説という言葉すら今は何か概念が違っている感じがします。つまり中間小説とは呼べない別なジャンルができかかっているのじゃないかという気がしますね」と発言して

いる。

昭和三十五年は、「群像」編集子が焦燥する事態は、さらに進行したようである。「大衆と文学」（吉田健一、二月）、「私小説精神」（川崎長太郎、同）、「小説家」（丹羽文雄・尾崎一雄・高見順、六月）といった紙面が構成され、最後の座談会に対しては、清張がすぐ、「体験的な発想による小説が、作者の存在した作品であることは誰しもすぐ分かるが、そこにのみ文学の純粋性を求めるのは狭量ではなかろうか」と批判している。いわゆる純文学の追いつめられた感覚は、翌年も続いて、座談会「私小説は滅びるか」（亀井勝一郎・庄野潤三・上林暁、三月）に始まり、「小説の可能性」（成相夏男、七月）、「純文学と通俗小説」（平田次三郎、八月）、「私小説について」（大江健三郎、九月）と続き、年末の「純文学は存在し得るか」（伊藤整、十一月）、「純文学と大衆文学」（伊藤整・山本健吉・平野謙、十二月）まで、際限無く議論が続いている。雑誌「文学」（四月）が「日本の推理・探偵小説」と逆な立場を特集しているのも面白い。正体を見たいといった趣旨であろう。清張も「推理小説独言」を寄稿している。推理小説文学論である。大岡昇平氏も、この年末まで、十二回にわたって「常識的文学論」と称する文章を書き続けた。その副題も、「大衆文学批判」「推理小説論」「私小説ＡＢＣ」、そして最後が「松本清張批判」であった。その大岡発言に対しての清張の反論から、三十六年中の新聞論争は、先に紹介した通りなので、同じような説明は繰り返さない。雑誌においても、「新潮」に、「私小説の受賞」（上林暁、三月）、「純文学と推理小説」（結城昌治、四月）など、「文学」に、「私小説の克服」（磯貝英夫、三十五年一・二月）など、百家争乱の様相であるが、省略する。どのように議論しても、状況はなるようにしかならない。

先に、清張の始発点が、中間小説誌の始発点と重なった幸運を述べたが、『点と線』における成功以後、週刊誌さらに女性誌、そして新聞小説まで、純文学派が死守する一部の雑誌を除いて、清張小説の及ばざる場所は無くなった[7]。その理由については、先に芥川賞受賞をめぐって感知された通俗性（それは、純文学の立場以外の言葉で言えば社会性)、また、個人性に対する市民性といった清張小説の特性が、あげられる。それが、戦後を脱してなだらかに上昇していく市民社会の状況に、これまた幸運に重なったということを言わなければならないが、清張にとってさらなる幸運があった。それは、マス・メディアの世界が、活字から映像に大きく転換していったという社会現象である。[8] 活字と映像の結合は、従来は文芸映画という認識の範囲でしかなされなかったが、清張小説の社会性・市民性そして推理性という要素は、映像に、娯楽と共感の要素を加えた。

清張小説は、その推理小説を中心に、映像分野が待望した上質の娯楽性を持っていた。昭和三十一年に書かれた『顔』がすぐ翌年に映画化され、翌年には『張込み』『眼の壁』『共犯者』『点と線』『声』と、小説の発表と同時に映像化が企画されるような状況であった。本章が記述の範囲としている昭和三十六年までに、計十五本の映画化がなされている。中間小説誌・週刊誌と文芸誌という活字の戦いの部分でも、読者の多寡という切り札で圧倒的に不利な状態にあった純文学にとっては、それでなくても衰亡に追い詰められた現状に、さらに強力な敵の援軍が到着したようなものである。話はさらに後のことになるが、昭和三十年代に誕生して、昭和三十九年の東京オリンピックを期に市民権を得たテレビがお茶の間の映像となり、清張小説の市民性が恰好の映像素材として盛んに活用されるようになると、純文学はグウの音も出ない瀕死状態になる。

メディア環境から独立した純文学は、虚像としてしか成り立ちようがない。メディア環境の変容は、大江健三郎も吉本ばななも、消費の対象としては、まったく等価であるという事態をごくあたりまえのこととして実現してしまっている。(木股知史「メディア環境と文学」、岩波講座『日本文学史一四』平9)

五　松本清張と純文学

松本清張の小説は純文学か大衆文学か、中間小説は純文学と別物かなどといった議論は、実質的にはもう意味のないことであるが、清張に作家としての苦悩があったとすれば、このことがその中心であっただろうと思われるので、清張の内面の問題として、この課題の一応の決着をつけておきたい。

昭和三十五年十二月「群像」に、「文学は誰のものか」というテーマで、清張が、有馬頼義・柴田錬三郎両氏とともに行った座談会があったことは、前述した。その中で、同席した編集者とのやりとりを記録した箇所がある。

編集者　発表の場所がどこであっても区別することなく、いつも純文学を書いていられるわけですね。

松本　ええ。大体はね。

という部分である。ちなみに柴田氏は、「ぼくは純文学を書いてないから」と、開きなおっている。「ええ。大体はね」と答える清張の内面は、「自分の小説はおおよそ純文学」という感情のようである。しかし、皮肉であるが、この座談会そのものが、純文学にあらざる作家＝大衆小説作家側の意見を聞くという趣旨で設定されているように見える。そこで、編集者はくいさがる。「婦人雑誌とか若い人たちを相手にした雑誌では、そういう読者に向くものを書いてくれという要求はあると思うんですけれども……」。編集者は、「小説新潮」や「オール讀物」などの、いわゆる中間小説誌の名も本当は口に出したかったのであろうが、遠慮して「婦人雑誌とか若い人向きの」と口を濁し、そういうジャーナリズム側の要請として、娯楽的な作品を求められても、質を下げずに純文学の小説を書くということかと、念を押して聞いている。その裏には、あなた方は純文学に非ざる作家ではないですか？　という感情が見える。

先に紹介した、芥川賞選衡事情の一文の中に、『或る「小倉日記」伝』は、「直木賞では？」という記述があった。清張作品は、大衆文学賞たる直木賞にふさわしいという、純文学側の感覚である。その大衆文学性とは、純文学側の表現によれば〝通俗性〟、それを清張は、「面白さ」と理解している。個人的な心の内面を、ああでもなくこうでもなくと書き綴る、そういうものが純文学で、筋があってその展開に読者が魅了される、そういうものは純文学でない。読者にとって、面白くないものが純文学で、面白いものが不純文学？　そんなことがあろうか、「小説は面白さが本体なのだ」というのが、清張の意見である。これは、『点と線』以後、純文学側がひそかに羨望する読者と金という背景を得た清張が、公然と示した対立の姿勢であるが、この姿勢は、作家清張の始発時点からあったものではない。

始発の『西郷札』以後、清張が書く小説は、おおむね評伝小説であった。評伝小説でない場合でも、それはたまたま、主人公が評伝にはなりにくいほどの立場であったか、架空に設定した人物であったとかいうもので、ほぼすべてと言ってよいほどに、〝人物小説〟になっている（参考資料〔5〕）。〝人物小説〟でなければ、ちょっとした〝事件小説〟である。作家としての始発にあたって、菊池寛を先蹤としている気配が、筆者には感じられる。『点と線』以前に発表されたもので、〝人物・事件小説〟的でない小説をあげてみれば、次のようである。

A　火の記憶（小説公園）・父系の指（新潮）

B　湖畔の人（別冊文藝春秋）・背広服の変死者（文学界）・途上（小説公園）・九十九里浜（新潮）

C　張込み（小説新潮）・喪失（新潮）・箱根心中（婦人朝日）・いびき（オール読物）・賞（新潮）・佐渡流人行（オール読物）

D　顔（小説新潮）・声（小説公園）・共犯者（週刊読売）・点と線（旅）

Aは自伝あるいは自伝風小説、Bは私小説風作品、Cは事件にかかわりながら、〝人間〟を描写している風俗小説、

Dが推理小説である。『点と線』以後は、C及びDが多くなり、A及びBは少なくなる。筆者はここに、始発時の作家清張の意識が、ある程度感じられると思う。

『或る「小倉日記」伝』で芥川賞を受賞した時点での清張は、純文学側の意向にかかわりなく、それなりに純文学作家としての意識を持っていた。純文学の砦では、芥川賞受賞という入場券を発行した上は、入場を拒否する訳にはいかないが、いつでも出入り自由で純文学の門を通行できるフリーキップを渡した訳ではないという感覚があったようだ。平林たい子氏の発言のように、純文学を救うために中間小説があるという感覚だから、純文学作家が糊口のために中間小説を書くことも当然あるし、中間小説作家が時に奮起して純文学作品に挑戦するということも、むしろ当然なのである。だから、とりあえず入場許可は承認したので、入りたい時には、その都度入場券を買って入りなさいというのが、純文学側の感覚であった(9)。

そして清張が、その入場券を買おうとした態度を、先の整理に見る気がするのである。注意されるのが、A及びBに整理した作品。これらは、純文学側が認知する、〝私小説〟の係累である。Aは〝私〟が前面に出る自伝風という意味で疑問が無いと思うが、Bも、〝私〟とこそ言わなくても、個人の心象が中心に語られるという意味で、〝私小説〟の系譜である。しかも、清張が「私の体質に合わない」と批評する、結局なにが語られたのかよく分からないような心境小説である。『点と線』以後は、半月ほど後の『発作』を除いて、この種の小説は皆無になる。注意されるのが発表誌である。AB系列の小説が発表されるのは、「新潮」「文学界」といった純文学系の雑誌である。逆に言うと、清張は後に、作品の質を掲載誌で判定するのかと批判するけれど、その清張自身の、「純文学雑誌に掲載される小説は〝純文学〟作品でなければならない」、そして、その「〝純文学〟作品たる小説は〝私小説〟である」という認識を、ここに見る気がするのであるがどうであろうか。ちなみに、『点と線』以後のB系列の唯一の小説『発作』も、掲載誌は「新潮」であった。

純文学の城門近くでウロウロしている清張を、要塞の上から見下ろしているような純文学側の一例を紹介したい。『点と線』の一年ほど後に書いた『黒地の絵』についての発言である。昭和三十三年の「群像」五月号の創作合評。

寺田（透＝筆者注）　ぼくは、ことばが粗雑で非常に不愉快だったな。その粗雑さというのが、言葉の意味よりもどれだけ読者をどきりとさせるかという、そのために使われた言葉の粗雑さがとてもあるように思うんだけれど……

花田（清輝＝筆者注）　いったい何を書こうとしたのだろう。

平野（謙＝筆者注）　要するにこれは暴露小説でしょう。

寺田　暴露だけで終ればそれはそれなりに面倒がなくていいけれど、しまいに亭主の面前で辱められた女房とその亭主はお互いに別れたくないのに別れなければならないという結末になるでしょう。

花田　これはそうでないが、よくそういうセックスの問題を特にとり上げてやる行き方がある。これを反米的に持っていくとしても、もっと黒人に対する突っ込みがあれば案外おもしろくなったかもしれないんだ、二部あたりで少し努力すればね。とにかくこれは典型的中間小説だ。

平野　制作力の涸渇などということは作者自身全然気がついていないと思う。作者としては脂が乗っていまハリ切って書いてるつもりだろう。

評言が正当かどうかは措いておくが、「純文学作家としては、創作の技量不足で認知できない」という態度が伺える。『点と線』で流行作家になった清張に、中間小説作家のレッテルで認知するという態度である。〝流行作家〟への、ひそかな反撥かも知れない。合評に取り上げたことは、純文学の場での議論の対象としたということであるが、このような裁定で、清張を、純文学には外れる作家と認定する手続きにしたのかもしれない。

流行作家となった清張は、もう、入場を求めるような小説は書かない。城の内と外とで、どんな違いがあるのか。

城外の地平まで続く草原で、遊んだり疾駆したり、そういう自由の楽しみこそ本当の価値ではないかと、マイクで呼びかける。呼びかけたり抗議したりというのは、まだ入場へのこだわりがあるということである。自分の小説が〝純文学〟であるかどうかについて、「群像」の編集者に「大体はね」と答えた態度に、それは、表れている。「（純文学の本流である）私小説は肌に合わない」「小説に中間は無い」と繰り返して主張する清張は、入場出来ないのなら、城門の内外に価値の差は無い、いや、むしろ城外の緑の平原にこそ本当の価値があるとして、純文学砦を水攻めか兵糧攻めにして、落城を傍観する姿勢に見える。清張のこの種の発言は、おおむね昭和三十年代前半に集中し、一般の純文学・大衆文学論争もこの時期に集中している。その後は、先にも述べたように「メディア環境の急激な変容」が、この種の議論そのものを無意味化した。今後新しい純文学が価値を持って生まれるとしたら、メディア環境と結合した形での活字芸術の再生としてなされるのではなかろうか。具体的にそれがどのようなものか、想像もつきにくいけれど。

六　清張作品の性格

初発の発問の回答が、まだなされていない。松本清張小説は純文学作品なのであろうか。これから後は、かなりに主観的な発言にもなると思うが、最初に結論を述べると、純文学作品の場合もあるが、大衆文学の部分もあると思う。それに、中間小説を認めるかどうかという議論も加わるのであるが、もし認められるとしたら、中間小説である作品もあると思う。これが、筆者の結論である。

結論の前提として、今更革新的な所論は得られないとは思いながら、純文学と大衆文学、中間小説と純文学という問題を、考え続けた。大岡昇平氏などの言うように、純文学と大衆文学とを、動機が娯楽か芸術かの観点では分けにくいと思う。娯楽として書いたつもりでも、芸術になることもあるだろうし、娯楽にもならない場合もあるだろう。結果として、娯楽作品になっているか芸術作品になっているかで判定するとしても、娯楽と芸術との区別は、どのようにつけられるのだろうか。それ以前に、娯楽とか芸術とかの感覚は、個人個人で別個のものである。個別に勝手な価値認識で行った判定結果が、どのように集約できるだろうか。

文学が、人間を描くということだけは、真実である。人間の懸命に生きる姿を、自分のことだから誰よりも責任を持って語られるという意味で、「私小説」が純文学の主流になった事情は分かる。しかしそれは、語るに足る文学的要素が〃私の生き方〃にある場合であって、自分周辺の情景を心境付きで語りさえすれば、それはなんでも純文学になる訳でもない。別な言い方をすると、「私」ではなくても、語るに足る人生としての小説ができれば、それは文学作品たり得る。具体的に言うと、清張の初期の評伝小説は、「私」を描いてはいない。けれど、必死に生きる「ある人間」の姿を語って文学的感動を持つ作品になっている。「私小説」が純文学の主流になって、「彼小説」がなぜか書かれなかったのは、他人の人生への切実さはどうしても稀薄になるという人間の本性に由来する事情によるだけで、「私」を書く小説だけが純文学の資格を持つ訳では決してない。清張の評伝小説は、「彼小説」だけれども、「私」以上に真摯に人生に向き合う「彼」という人間を描いている。清張の評伝小説のある部分は、その意味で、純文学作品と認められる文学性を確実に持っている(10)。

「私」と言い、「彼」と言えば、人間を描くというレベルで、すべての作品の仕分けも出来なくはないが、さらに今一つの視点による認識が有効であるように思う。文学作品であるかぎり、人間を描くという基本態度は変わらないけれど、人間を、歴史とか社会あるいは組織といった視点から描写する態度と、人間の立場から、歴史・社会・組織を見る形で人間を描くという、二つの態度があるように思われる。いわゆる物語性のある小説とは、この前者に相当する作品を言うのではないだろうか。「私小説」と「物語性小説」とは、対立する概念でなく、並び合う要素である。「私小説」でも「彼小説」でも、歴史・社会・組織という外面から描く物語小説と、個人の内面から描写する小説がある。そういうことではないだろうか。人間を描くという文学の課題の前には、価値の優劣は無いと思う。清張は、「小説は面白さが本体」というけれど、筋立てがあって展開要素がある物語性小説が必ずしも「面白い」とは限らないし、「面白い」ことと文学性の有無とは関係無い。「面白い」ということは、読者が興味を持って読み進めてくれるだろうという意味で、無いよりは有った方が良いだろうという程度の要素であろうと思う。

筆者は、清張の作品を、推理小説、評伝小説、風俗小説、歴史小説・歴史記述、自伝・日記・紀行と、五分類して理解した。このうち、歴史記述と日記・紀行とは、文学性評価の問題とは切り離して良いと思う。自伝は、疑問の余地なく「私小説」である。評伝小説・歴史小説が、ともに「彼小説」のスタイルで、前者は人間の内面から、後者は歴史・社会・組織といった外面から、それぞれ人間を描くことを意図した性格であることも、理解していただけたかと思う。これらは、もちろん全体の性格の問題であって、各作品が文学性を獲得しているかどうかは別の問題である。推理小説・風俗小説はおおむね「彼小説」であるが、作品の性質上、前者は人間の外面から、後者が人間の内面からの記述に見えるけれど、絶対ではない。作品評価にあたっても、個々の作品について人間描写の質を判断しなければならないという事情は、変わらない。

推理小説そのものの特性については、述べておかなければならない。何度も言うように、文学性とは〝人間がいかに描写されているか〟という問題なので、推理のみを絶対の価値としている小説は、純文学作品とは認定できないであろう。例えば著名な『点と線』においては、どうであろうか。この小説は、香椎潟で発見された疑似心中死体が殺人事件であることが解明されるというアリバイ崩し小説で、小説の記述は鮮明にそれに沿って進行する。それはそれで構わないのであるが、登場人物の人間がいかに描写されているかとなると、犯人を追及する刑事の素朴で庶民的な人間描写には惹かれるものがあったとしても、人物描写と言えばほとんどそれのみである。評判の推理小説にはなれても、文学作品の評価は出来ないであろう。同じ推理小説であっても、たとえば『球形の荒野』『内海の輪』といった作品には、推理要素とは別に、人間の生きている感情がある。主観的な感覚かもしれないが、筆者はそのように判断している。風俗小説も同じで、それが、ある時・ある場所の社会風俗をどれだけ巧みに描いていても、それは文学性につながらない。共感される〝人間の生きる姿〟が描かれているかどうかが、評価の分かれ目になる。推理要素・風俗要素は、小説の語り方という技術の問題である。

中間小説という問題であるが、文学性という尺度でいえば、人間がいかに描かれているかという問題だから、良く描かれているか描かれていないかで判定すれば良い。上手でも下手でもない、共感も中くらいというのは、釈然としない。娯楽性という尺度で言えば、娯楽性が無いのが純文学だと規定するなら別だけれど、筆者は、純文学には純文学の、大衆小説には大衆小説の、それぞれ違った娯楽性があると思う。真摯な生きざまに感動するのも人生の娯楽かも知れないし、恋愛・愛欲・暴力・伝奇といった要素に惹かれて読むのも娯楽のうちだと思う。事実上、推理小説が中間小説の代表になっているようだけれど、人間の通俗的・本能的な娯楽と、思索的・理性的な娯楽の中間にあるという意味で、知性的な娯楽が本質である中間小説という存在は、認めても良いのではなかろうか。音楽にもクラシックと歌謡曲の両極があるように、と言うと語弊があるかも知れないけれど、その間にワルツもあればタンゴもある、ジャズもあれば民謡もある、多様な娯楽の要素があるという意味で、中間小説という存在を認めるくらいの寛容さはあっても良いのではないかと考える。ただし、〝中間〟は文学性の意味ではないので、それが文学作品になり得ているかどうかは、それぞれの小説に個別にあたって判定するしかない。

松本清張の小説は、純然たる文学作品になり得ている作品もある。「私小説」である自伝小説、「彼小説」である評伝小説に多く見得るが、推理・風俗・歴史小説のなかにも、文学性を評価し得る作品はある。なにをもって文学性の有無を判断するかとなると、これには客観的な尺度はない。〝人間がいかに描写されているか〟ということが唯一の指標で、その指標で個別に判定されるしかない。純文学作品と判定されない作品でも、清張作品には、人間の営みならではの知的な娯楽性を持つ作品が多い。ごく少数は、通俗性・類型性の理由で枠外にすべき作品もあるが、中間小説という曖昧な概念があるなら、おおむねはそこに帰属せしめて妥当と思われる。清張小説中の精選された作品によって、日本の戦後文学史の中に作家松本清張を位置づけることは、当然すぎる処置であろう。これが、筆者の結論である。

補注

（1）　初期の短編小説を集めた、コバルト新書『悪魔にもとめる女』（鱒書房、昭30）「あとがき」で、清張は、「二年ばかり前から書いたもので、現代物で、いわゆる中間小説的なものをあつめた。中間小説という名も時を経たが、当初のいわゆる純文学をかく作家のアルバイトといった感じもだいぶん薄れた。中間的なものでなく、本気にこの分野が確立してもよい」と、発言している。とすると、この二年余りの間に、清張の態度は、かなり硬化したものに変わっている。これは、どのような事情によるものだろうか。

（2）　山田有策氏の整理によれば、「つまり伊藤は平野の説を発展させているわけで、文学に純文学、中間小説、大衆文学といった境界など必要がない時代が到来していると断言したのである。その上で、文学的な質の差だけを問題にすればよいのではないか、と提起したのである」（前掲「〈文学〉の組み替えへの反動」）ということである。至極当然の見解で、筆者も、本章の結論部分では、伊藤説と同じ立場に立つ。

（3）　前年には、大原富枝『婉という女』（野間文芸賞）、安岡章太郎『海辺の光景』（文部大臣藝術選奨・野間文芸賞）、庄野潤三『静物』（新潮社文学賞）など、いずれも私小説風の小説が、文芸賞を独占するという事実もあった。大岡氏は、「文学の通俗化に対する抵抗、少なくとも平衡を取ろうとする感覚」（「常識的文学論(4)」、「群像」昭36・4）と解釈している。

（4）　このあたり、文学史的には、次のように説明されている。「一九六一年（安保）改定の翌年、文壇ではにわかに〈純文学変質〉論争が起こった。論争当時、「群像」編集長であった大久保房男氏は『文士と文壇』（講談社、昭45・5）の中で、〈大衆文学〉の繁栄状況と〈純文学変質〉説の相関関係を捉えている。いわば、売れる〈大衆文学〉に対して売れない〈純文学〉という相対的な関係論が、文壇を占有し始めたということに他ならない。商品としての〈文学〉という認識が、これを認める認めないにかかわらず大きな意味をもち始め、売れる文学の商品価値によって、売れない芸術的価値が圧迫・圧倒されるという事態が浮上したのである（栗坪吉樹「現代文学史論」、岩波講座『日本文学史一四』、平9）。

（5） 小笠原賢二氏は、「現に『半生の記』を書き始めた昭和三十八年前後の清張は、かなりの批判を受けている。ほとんどそれは、〝松本清張パッシング〟といった観を呈している」（「逃亡と脱出の情熱『半生の記』と初期作品を中心に」、「松本清張研究」vol 5、平10）と述べている。有名な、中央公論「日本の文学」における松本清張不収録事件が起きたのも、昭和三十九年であった。宮田毬栄氏にかなり具体的な報告がある（「松本清張研究」第二号、平13。「別冊太陽」141、平18）。筆者は、清張の文体の芸術性に関する三島由紀夫の嫌悪と低評価が根本の理由と解釈しているが、機会があれば、また別の機会に検討してみたい。

（6） 中村真一郎「私小説と実験小説」（「文学界」昭36・4）にも、「芥川賞は、本来若い作家の仕事に与えられるものである」との認識が示されている。清張が、大衆小説家として認識されているらしいことは、『西郷札』で佳作になった清張を、出版社に紹介した火野葦平氏の推薦状に明瞭である。推薦状は「将来よき大衆小説家となる人と思いますから」と述べていた。出版社社長であった菅原宏一氏の回顧文である（「菊池先生と松本さん」松本清張全集第三五巻「月報」、昭47）。その時点では、清張に、不本意な感情はなかったであろうが。

（7） 日本交通公社発行の雑誌「旅」（昭和32・2〜）に掲載されるという異色のデビューを果たした『点と線』は、昭和三十三年二月に光文社から出版されると、続いて刊行された『眼の壁』『黒地の絵』などとともに一大推理小説ブームをまきおこした。「『点と線』は年間ベストセラーの第一九位であったが、以後清張ミステリーはベストセラーの常連となり、三十五年には『ゼロの焦点』が一三位に、三十六年には『砂の器』が五位に進出するという躍進ぶりだった」（藤井淑禎「点と線とその時代」、『松本清張記念館図録』松本清張記念館、平10)。

(8)「〝石原慎太郎の出現〟を明確な境界線にして、〝マス・メディアと文学の芸能化〟が時代状況を占有していった」(平野謙『昭和文学史』筑摩書房、平10)。

(9)昭和三十二年度、ということは、昭和三十一年の状況ということであるが、「文芸年鑑」に次のような記述がある。「それよりも出色と思われるのは、本年から異常な熱意をもって推理小説の筆を執り始めた松本氏の業績である。氏は既に現代及び時代小説に確固たる地盤を築いたにも拘わらず、更にこの分野に新たな意欲を示し、早くも代表作集『顔』を編むほどになった」(中島河太郎「推理小説界展望」、昭32)。中島氏は「確固たる地盤を築いた」と表現しているが、清張の作品が「文芸時評」で取り上げられることは、ほとんど無かった。

(10)田中実氏は、『或る「小倉日記」伝』について、次のような批評をしている。「清張はモデル田上耕作の事実を徹底的に調べあげ、それを小説に仕立てあげるより、いわば、耕作に成り代わって、耕作自身の鬱屈した内部に身を置き、それをもう一度、突き放すことで、あたかも犯罪者を追うように、耕作の思い、生きること自体の悲しみに迫ったのである」(「小倉をめぐる清張と鷗外」、「松本清張研究」vol 1、平8)。「彼小説」ではない、結局「私小説」である。そのように主張されていると、筆者は感じる。平野謙氏にも、次のような一文がある。「いつか松本清張と対談したことがあるが、そのとき、私はその作品系列を『あれは松本さんの私小説のようなものですね』といったおぼえがある。それは松本清張の作家的核心をなすものである」(『松本清張短編小説総集』解説、講談社、昭46)。平成十七年に発行された「松本清張研究」第六号(松本清張記念館)には秀逸の論文が目立つが、特に春成秀爾「『石の骨』の虚実」、平岡敏夫「『断碑』論―藤森栄一『森本六爾伝』とともに―」は、前者が『石の骨』、後者が『断碑』という作品について、作品の人物とモデルとの距離、別に言えば、作品の人物と清張との距離を厳密に語っている。清張小説に通有する性格を語り、今後の方向の指針にもなる論考と評価される。

第10章　清張作品の地名

清張作品の特色に、日本近現代史や古代史に取材した、現実に起きた史実の追求の姿勢から書かれたものが多いことは、あらためて言うまでもない。それらは、人間社会に現実に起きた出来事が語られるのであるから、それが、いつ、どこで起きた事柄であるかという時間・空間は、作品の真実性を感知させる重要な要素となっている。それにとどまらず、現実の史実を背景にしない虚構要素の作品であっても、清張には、作品の真実性を確保する有効な要素として、地名を、意図的にあるいは慣用的に利用していると感じられる側面がある。清張作品に登場する〝地名〟を、その観点から分析・整理してみたい。なお、調査対象とした作品は、文藝春秋社刊・松本清張全集第Ⅰ期三八巻所収の二九五編で、地名も、考察目的に合わせて、近代以降の日本地名の範囲内にほぼ限定した。あらかじめお断りしておきたい。

一　清張作品における地名

松本清張作品に登場する地名についての原則的特徴として、具体的なイメージを形象し易いという意味で、清張自身が居住したりして生活体験を持った土地空間がよく利用される、ということはあらかじめ述べておいて良いかと思う。後にも述べるが、清張作品の内容には、地域風土と多分にかかわる性格があるから、清張自身が馴れ親しみ、また深く感得した空間イメージの上に、作品世界を構築しようとするのは、当然の傾向であり、ごく自然な結果であろう。その意味で、少年時代から青壮年時代までの生活の地であった、小倉を中心とした北九州、作家生活に入ってからの居住空間である東京、これが、清張文学における二大風土である。本章では、その他の地方地名を加えて、分析を進めていくこととするが、それに先だって、地名調査のおおよその結果を、報告しておきたい。調査の全体を紹介する余白は無いので、登場回数一五回以上に限っての地名である。

北海道　北海道　網走・網走刑務所　小樽・小樽港・小樽駅　札幌・札幌駅　幌見峠
青森　浅虫駅・浅虫温泉
宮城　塩釜・塩釜神社　仙台・仙台駅
秋田　亀田・羽後亀田駅
山形　五色温泉
福島　松川・松川駅
茨城　水戸
栃木　宇都宮　鬼怒川・鬼怒川温泉　中禅寺湖　日光・日光駅
群馬　伊香保・伊香保温泉　高崎・高崎駅　前橋
埼玉　大宮・大宮駅　川口　川越
千葉　千葉・千葉駅　館山・館山駅　成田・成田駅　鋸山

東京　東京・東京駅　青山・青山墓地　赤坂・赤坂見附　阿佐ヶ谷　浅草・浅草橋　麻布・麻布市兵衛町　池袋・池袋駅　板橋　市ヶ谷・市ヶ谷刑務所　上野・上野駅　江古田　江戸　青梅街道　大久保・大久保駅　大島　大森　荻窪　隠田　霞ヶ関　蒲田・蒲田駅　神田・神田駅　吉祥寺・吉祥寺駅　京橋　銀座　小石川・小石川水道端　高円寺　甲州街道　五反田・五反田駅　五反野・五反野駅　椎名町　品川・品川駅　芝・芝公園　渋谷・渋谷駅　下北沢・下北沢駅　松濤　新宿・新宿駅　深大寺　新橋　巣鴨・巣鴨駅　鈴ケ森　世田谷　千住　立川　田端　多摩川　調布　築地　田園調布　虎ノ門　中野・中野駅　日本橋　八王子　羽田・羽田空港　原町田　日比谷・日比谷公園　布田・布田駅　府中　本郷　丸の内　三鷹・三鷹駅　三原山　三宅島　向島　武蔵境・武蔵境駅　武蔵野　目黒　目白・目白台　柳橋　有楽町　湯島　四谷・四谷駅　代々木・代々木山谷　両国・両国橋

神奈川　厚木　油壺　江ノ島　大磯　小田原・小田原駅　鎌倉・鎌倉駅　川崎　鵠沼　相模湖・相模湖駅　茅ヶ崎　登戸・登戸駅　箱根　藤沢　真鶴・真鶴岬　湯河原　横須賀　横浜・横浜駅

山梨　秋野村　塩山・塩山駅　大月・大月駅　甲府・甲府駅　小淵沢・小淵沢駅　身延山・身延線　湯村温泉

長野　長野　浅間温泉・浅間山　大町・大町駅　鹿島槍ヶ岳　上諏訪・上諏訪駅　軽井沢　木曾・木曾峠　木曾福島　北槍　信州　諏訪・諏訪湖　冷小屋　富士見・富士見高原・富士見駅　松本・松本駅　南槍・八ケ岳

新潟　新潟　出雲崎　柏崎　佐渡

石川　金沢・金沢駅　鶴来町　能登・能登半島　山中町・山中温泉

岐阜　岐阜　関ヶ原　瑞浪・瑞浪駅

静岡　静岡・静岡駅　熱海・熱海駅　天城・天城峠　伊豆・伊豆半島・伊豆西海岸　伊東　大仁　川奈　清水・

清水港　下田・下田街道　修善寺・修善寺温泉　駿府　長岡温泉　沼津　浜松・浜松駅　富士駅・富士川
富士山・富士山麓　船原温泉　三保の松原　湯が島

愛知　名古屋・名古屋駅　豊川・豊川稲荷

三重　伊勢・伊勢神宮　尾鷲・尾鷲駅

滋賀　比叡山・延暦寺　大津　琵琶湖

京都　京都・京都駅　南禅寺　網野町・網野神社　木津温泉　松尾神社

大阪　大阪・大阪駅　伊丹空港

兵庫　明石　城崎　神戸　姫路・姫路駅　蓬萊峡

奈良　奈良　飛鳥　法隆寺　吉野・吉野川

鳥取　竹田村　三朝温泉　米子・米子駅

島根　亀嵩・亀嵩駅　松江

岡山　岡山・岡山駅　津山

広島　広島・広島駅　尾道　鞆

山口　下関

愛媛　道後温泉　松山・松山空港　八幡浜

高知　高知・高知空港　土佐・土佐湾

福岡　福岡　板付空港　大牟田　香椎・香椎海岸・香椎駅　玄界灘　小倉・小倉駅　太宰府　博多・博多駅　和
布刈神社　門司・門司港　邪馬台国　行橋

佐賀　佐賀

長崎　　長崎
熊本　　熊本・熊本駅
鹿児島　鹿児島

以上、清張作品に多く登場する地名を拾ってみた結果は、清張の出身地である福岡と、作家生活に入って以降、作品の舞台がほぼ東京中心になって、東京地域の地名がほぼ万遍なく利用されていること、埼玉・千葉・神奈川などの周辺地域、それに群馬・山梨・長野・静岡といったそれに準じる地域が、清張作品の主要舞台となっていることを、当然ながら確認した。さらに細部にわたって観察してみれば、それなりの性格とか傾向とかを観察・分析する余地もあるかと思うので、本節では、網羅的な紹介にとどめる。ついでながら、ビジュアルな報告として、「別冊太陽」141（平凡社、平18）に「清張作品を巡る旅（日本編）」がある。参考されたい。

二　清張作品に見る地方地名

最初に、清張作品の地名の双璧である福岡・東京以外の地名の考察から始めたい。理由のある順序ではないが、とりあえず北海道から順次一覧する。なお、視覚的に煩雑な印象を避けるために、作品名の『　』は省略した。了解されたい。

北海道地名の二大特徴は、監獄と出張である。「旭川」「網走」の登場が多いのは、それぞれ所在の刑務所に関連の記述が多いためで、他に帯広刑務所・樺戸監獄なども出る。出張の中心は「札幌」で南四条や薄野のバーが、頻繁に登場する。点と線におけるアリバイの出張も、札幌であった。他に、眼の壁・Dの複合・わるいやつら・白い闇など。温泉招待旅行（聞かなかった場所）も出張のうち。貧農・開拓部落（白鳥事件）の語もあるが、札幌には別荘（彩霧）もある。

東北地方の青森では、「青森駅」での連絡船（点と線）、「浅虫温泉」（わるいやつら）、「奥入瀬・十和田湖」（白い闇）など。宮城で「塩釜・塩釜神社」が多いのはDの複合の記述のためで、「仙台」も、わるいやつら・波の塔・白い闇など、出張がらみである。「松島」（わるいやつら・白い闇）も旅館がらみで、概して、北海道・東北の登場は、出張・旅行関連の地名が多い。秋田では、「秋田」「岩城町」「羽後亀田駅」など、砂の器に登場の地名である。山形では、「五色温泉」が三・一五共産党検挙の冒頭で頻繁に記述され、「酒田」「鶴岡」「山形」など、郷里・本籍地といった設定である（皿倉学説・喪失の儀礼・危険な斜面・眼の壁）。福島では、わるいやつらで「飯坂温泉」、推理・松川事件で、「福島」「松川・松川駅」といった地名が目立つが、「会津」「二本松」など、郷里・実家・出身という記述も、折々見る（謀略朝鮮戦争・砂の器）。茨城でも、「茨城」「水戸」に出身・実家・郷里・親戚といった記述（天城越え・けものみち）を見るが、水戸では、大学・研究会、水戸機関庫といった記述（熱い空気・幻の謀略機関をさぐる）など、東京近辺のイメージが加わっている。一方では、「茨城海岸」での水死体（草）とか、水害・貧農といった語（小説帝銀事件、三・一五共産党検挙）とも無縁でない。

栃木になると、東京周辺のイメージはさらに顕著になる。寒流・二つの声では、「宇都宮」に銀行支店や自宅があり、「奥日光」「鬼怒川」「中禅寺湖」「日光」など、温泉・旅行地（けものみち・歪んだ複写・寒流・わるいやつら）となっているが、ゴルフ場（二つの声）があったり、見物（寒流）と表現されたり、旅行のイメージではない。群馬になると、さらに、そのイメージが強い。「赤城山」「伊香保」のゴルフ場（草の陰刻）、「伊香保温泉」の旅館・ホテル（わるいやつら・二つの声）、「高崎」の料理屋（草の陰刻）。「榛名山」の麓の農家は富裕であり（夕日の城）、「榛名湖」辺は別荘地になっている（二つの声）。草の陰刻の検事は、愛媛から「前橋」地検に転任して、東京の親族から歓迎された。「水上温泉」は、内海の輪の描写で知られる。

埼玉は、すでに東京の郊外である。「川口」は東京通勤者の自宅やアパートの街（砂の器）で、目立たないように「大宮」の連れ込み旅館（事故）を利用したり、東京郊外で殺したはずの死体が、「川越」で発見されたりした（わるいやつら）。千葉でも、「船橋」あたりは東京通勤者のアパートなどが並び（Dの複合）、「木更津」「稲毛」辺には、川魚の料理旅館などがあった（連環）。「千葉」は、東京の盗品が市内の質屋で見つかったり（書道教授）、東京の旦那が妾宅を構えたり（Dの複合）、「成田不動」や保田山「鋸山」は、東京人の参詣や遊興の場所（Dの複合・連環）でもあった。

神奈川も同じ郊外感覚であるが、やや高級感があるだろうか。「大磯」「箱根」「逗子」に首相邸・伊藤別邸（警察官僚論・統監・不安な演奏・深層海流）、「小田原」の山県別荘（小説東京帝国大学）、「鎌倉」「鵠沼」「逗子」「茅ヶ崎」「箱根」「葉山」など知られた静養地（点と線・彩霧・不安な演奏・けものみち）が点在、「油壺」「湘南」にはヨットハーバー（火と汐・消滅）、「箱根」のホテルでゴルフ・ドライブと一泊旅行（陰影・わるいやつら・霧の旗・寒流）、「湯河原」の旅館は湯治か新婚旅行（濁った陽・落差・芥川龍之介の死・火の記憶）など、東京人の優雅な生活の舞台となっている。反面、「川崎」「鶴見」には工場と安アパート（二大疑獄事件・たづたづし）が建ち、「厚木」「横須賀」は米軍基地とオンリーたちのアパート（微笑の儀式）が並び、「藤沢」は東京への郊外通勤者居住地域であった。清張作品における神奈川は、東京のもう一つの顔の舞台であったと説明して良いかと思う。「横浜」はホテルに病院に商社に外人墓地（球形の荒野・分離の時間・波の塔）、「相模湖」は、時間の習俗・書道教授・喪失の儀礼などに繰り返し舞台となっており、東京における「深大寺」と相似の地名となっている。

山梨は、清張には秘密の要素の多い土地らしい。「甲府・甲府駅」「小淵沢」「韮崎」は殺人事件に絡む地名（不安な演奏）として、同じく「甲府」「昇仙峡」「湯村温泉」「和田峠」が殺人事件関連の地名（事故）として書かれている。「河口湖」「身延線」は波の塔では破局を招く舞台となり、「山中湖」も濁った陽の殺人偽装に絡む地名である。思い出せば、「塩山駅」から「大月駅」の間は、砂の器の例の血染めのハンカチの舞台にもなっていた。山梨の場合は、山梨の地名を活用したというより、山梨の地名を利用したと言った方が適当のようである。山師や甲府在番に表現された秘密めいたイメージが、山梨の地名に重なっているように見える。殺人現場を北巨摩郡××村としたり（事故）、死体を埋めた山地を秋野村という仮名に設定したり（不安な演奏）したのは、清張がやや遠慮の感情を覚えたからであったのかもしれない。長野では、「大谷原」「大町」「鹿島槍ヶ岳」「冷小屋」「剣岳」「布引岳」「南槍」など、遭難関連の地名である。「上諏訪」「下諏訪」「諏訪湖」が波の塔の冒頭の舞台になるのは、清張自身の持つ郷愁の心象（湖畔の人）を重ね合わせたものか。ゼロの焦点では冒頭の新婚旅行の場にもなっている。「軽井沢」は別荘と野鳥（二つの声）。「浅間温泉」「蓼科高原」の旅館は、球形の荒野の逃避場所になり、この隠れ里・隠れ湯の印象が、眼の壁の「青木湖」「木曾峠・木曾福島」「築場駅」などの活用につながっている。「信州」「富士見高原」の療養所は、聞かなかった場所の殺人の現場になる。

新潟の「糸魚川」「奴名河」「姫川」は翡翠が殺人事件の契機になり（万葉翡翠）、「佐渡」の金山は、山師・佐渡流人行の舞台である。「新潟」は、なぜか登場人物の出身地・郷里に設定されることが多い（砂の器・微笑の儀式・二つの声）。内海の輪で、駆け落ちした兄を訪ねる雪の夜の場面は、荒涼とした情景と心象が重なる。「出雲崎」「柏崎」「鯨波」といった海岸・洞窟は、不審な殺人事件の現場に想定された（不安な演奏）。富山の地名は、「魚津城」「さらさら越」「立山」「富山城」など、おおむね一人の武将関連の地名である。けものみちの民子の出身地は「高岡」から海岸に出た「伏木」ということになっている。

石川は、ゼロの焦点の地名の印象が強烈である。北陸の中心都市「金沢」は地元企業のほかに、東京本社の支店・出張所が集中する商都であるが、少し山地に行くと、「片山津温泉」「山中温泉」といった温泉地（けものみち・

点と線）、少し海岸に向かうと、寂しい漁村と日本海に臨む「赤住海岸」「牛山海岸」「能登西海岸」の絶壁である。「北陸」の貧農・暗鬱・殺風景の心象風景は、ゼロの焦点によって作られてしまった。福井のイメージも明るくはない。名勝ではあるが自殺の名所の「東尋坊」（駅路）、「吉崎御坊」近くの冬の夜の殺人事件（家紋）。岐阜も、「各務ヶ原」の軍事演習の際の部落出身者の行動の舞台となり（北原二等卒の直訴）、「関ヶ原」は武将の運命をさまざまに変えた（湖畔の人・転変）。義昭と信長の軋轢の結びつきは「岐阜」に始まった（陰謀将軍）。「岐阜駅」「土岐津駅」「瑞浪」の陰の多い舞台設定（眼の壁）は、清張の意識を反映したものであろうか。

静岡は、一転して、陽のイメージである。「熱海」は旅館とホテルと別荘と新婚旅行の町（熱い空気・連環・地の骨・落差）。謀略的な殺人計画の舞台にもなる（点と線・ある小官僚の抹殺・濁った陽）。「伊豆半島」「伊東」は温泉と旅館と金山と断崖。「下田街道」「天城峠」は天城越えの舞台。「修善寺」「長岡温泉」「船原温泉」「湯ヶ島」「土肥温泉」といった温泉地（天城越え・球形の荒野・彩霧）。「大仁」「三保の松原」がよく登場するのは（Dの複合）民俗的興味から。「伊豆西海岸」は断崖（Dの複合・彩霧）がもっぱら作品の舞台になる。「静岡」は内海の輪や彩霧に東海地域の中心都市として描かれ、「沼津」「清水」「三島」なども相応に登場する（彩霧・Dの複合）。「浜松」「浜名湖」「舞坂」は「もく星」号遭難事件で頻出する地名。静岡と言えば「富士山」は欠かせないが、清張作品では波の塔と関係の深い地名になっている。

愛知では、当然「名古屋」「名古屋駅」が頻出の地名であるが、偽装的に利用されている場合が多い（時間の習俗・眼の壁・喪失の儀礼）。東京に出るのも簡単で、郷里というより実家という表現である（内海の輪・黒い福音）。「犬山」「木曾川」の地名は喪失の儀礼の冒頭場面から、「豊川稲荷」は彩霧、「豊橋」は落差の設定で、必然性はさほどない。三重は、「伊勢神宮」参拝の目的で、市内の映画館が砂の器の知られた場面になった。「宇治山田」が眼の壁の、「尾鷲」が不安な演奏の場面となっているが、これも偶発的な設定で特別な意味はない。

滋賀では、「比叡山」「延暦寺」が顔に場面が用意されたのは、半生の記にも記述したような、清張の多少の郷愁の気持があっただろうか。「大津」は花衣の悠紀女の住居の関係。「京都」は、もっぱら旅行や出張の地（内海の輪・ゼロの焦点）で、ホテルと旅館の町である（地の骨・火と汐）。球形の荒野の「南禅寺」「苔寺」も知られた作品場面である。「祇園」では茶屋・旅館（芥川龍之介の死・地の骨）、「木屋町」はキャバレー（Dの複合）のようである。丹後半島の「網野神社」「木津温泉」「比治山」「松尾神社」「宮津」はいずれもDの複合の民俗学的な意味を背景にする。

大阪では、「伊丹空港」の場面が頻出（球形の荒野・時間の習俗・内海の輪）。「大阪」そのものは、企業の本社・支店・出張所の集まる商都（寒流・断線・波の塔・落差）であるが、暴力団やストリッパーの本拠もある猥褻イメージの街（草の陰刻）らしい。兵庫では、「明石」「淡路島」「洲本」「人丸神社」「城崎」がDの複合に記述される舞台に、「有馬温泉」「裏六甲」「蓬萊峡」が内海の輪の舞台になっている。「芦屋」は社長宅などのある高級住宅街（断線・梅雨と西洋風呂）だが、「夙川」は清張作品ではアパートの街（断線）。「岡本」は谷崎潤一郎の住居地（潤一郎と春夫）としての地名だが、「神戸」の街は出張先などで登場する程度。大阪・兵庫は、清張には関心の薄い地域のようである。

それに対して奈良は、清張が無関心でいられない土地である。「飛鳥」「安居院」「唐招提寺」などは球形の荒野で知られた地名だし、「法隆寺」の古仏の笑いは、微笑の儀式のテーマとなった。「奈良」そのものは、古社寺と旅館、観光旅行と散策の土地であるが（球形の荒野・地の骨）、この後、清張が飛鳥を中心とする古代遺跡から古代史への関心を深めていくとともに、東京・福岡に次ぐ作品地名になる。現在時点までは、この程度である。「丹波市」「竹ノ内」は、天理研究会事件関連の地名。和歌山の「加太」「友が島」「熊野」は民俗学関連の地名（Dの複合）。不安な演奏に「白浜」「新宮」の視察旅行などが記述されるのは、偶然的な要素のものであろう。

鳥取では、「上井」「竹田村」「三朝温泉」がDの複合関連の地名で出てくるが、殺人事件に絡むもので、民俗学には関係ない。鳥取ではやはり、清張自身に関係する「船通山」「日野川」「矢戸」「米子」などが、注意される（父系の指・半生の記）。島根の地名では、砂の器に関連する地名が、例の「亀嵩」を始め、「出雲」「宍道湖」「仁多町」「木次線」などと出てくる。「松江」は京都と結ぶトラックの定期便の発着地として（Dの複合）、「浜田」「温泉津」は顔の関係地名として出てくるが、偶然的な設定である。岡山では、やはり砂の器の「江見町」「津山」、闇に駆ける猟銃の「西加茂村」「加茂駅」「貝尾部落」「津山」。「岡山」そのものは、医大とか果樹園とかの記述もあるが、内海の輪でのホテル宿泊地になる程度。津山は、紐でも主要な関係地になっている。この設定も、偶然であろう。

広島も、清張自身に関係の深い土地である。「宇品」「八本松」「比治山」など（半生の記・父系の指）。「尾道」「鞆」は、内海の輪の主舞台。「福山」「松永」といった近隣地域は草の陰刻の舞台になっている。「広島」は福島正則が入部した中国地方の中心土地（転変）で、駅路は、定年を迎えた元広島支店長の願望を書いた小説である。山口も、「下関」「赤間神宮」「壇ノ浦」「防府」など、清張の生い立ちに関連する地名である（半生の記）。統監や鷗外の婢の「下関」は分かるとして、危険な斜面の下関、強き蟻の下関の設定は、偶然的なものか。青のある断層も「山口」を郷里としている。

四国は、清張にとって因縁の少ない地域であったようである。徳島については、ほとんど記すほどの地名が無く、香川も、「琴平」「高松」が砂の器の見物や草の陰刻のヌードショー興行の場所にされている程度。それに比べると、愛媛は、「松山」の洋品店、「今治」の連絡船が内海の輪関係の地名となっており、草の陰刻では、「道後温泉」のストリップ、「松山」の競輪場・キャバレー、「八幡浜」の旅館・映画館と、頻繁な舞台となって、なにか差がある。陸行水行のアマ考古学者も「松山」の吏員という触れ込みであったし、後のことだが、渡された場面の舞台にもなった。地理的な問題で、「松山空港」が通常の交通機関として利用されている（草の陰刻）。高知は極端で、「大湊」

「安芸」「甲ノ浦」「下田」など、江藤新平の梟示抄関連と、中江兆民の火の虚舟関連の「高知」「土佐」のほかは、「足摺岬」「高知」「室戸岬」など、ほとんど落差関連の地名のみである。

九州の地名は、虚構として設定される形は少ない。霧の旗の桐子の出身地でも、「北九州のK市」などと、Kは小倉と誰でも推定しそうなものだが、わざと明示しない形になっている。小説の舞台を、わざわざ遠隔の九州に設定する必要もなかったということであろうが、九州の地名は、おおむね作品の史実性とかかわって登場する。佐賀では、「佐賀」「神崎」が清張の妻室の実家として、自伝的な作品（半生の記）に記述がある。「唐津」は古代史疑・花衣に、佐賀は他に火の虚舟・梟示抄・球形の荒野。厭戦に書かれる「名護屋」、陸行水行の「東松浦郡」「呼子」など、実録的な記録としての地名である。啾々吟の「蓮池」は設定された地名なのかどうか。長崎では、「壱岐」「対馬」が、古代史疑・陸行水行に、「長崎」が火の虚舟・啾々吟・梟示抄、「平戸」も古代史疑の地名である。

なぜか、熊本の方が、よく虚構小説の舞台になる。屈折回路の「熊本・熊本駅」「菊池町」「八代」「山鹿温泉」、拐帯行の「日奈具温泉」、彩霧の「湯ノ児温泉」。四国の愛媛に似た性格である。情死傍観の「阿蘇山」や或る「小倉日記」伝の「熊本」は、内容に相応の地名である。大分の地名は、古代史関連が目立つ。「安心院」「今佐」「宇佐神宮」「臼杵」「国東半島」「妻懸神社」「別府」「駅館川」「四日市」などが、陸行水行の地名である。「日田」は、贋札作り・秀頼走路などにも登場する。後に、西海道談綺の主舞台となるのは、清張にも縁故の地域の故であろう。「中津」は歪んだ複写の人物の郷里、不安な演奏の結末場面は「湯布院温泉」である。清張にとっては、福岡に次ぐ馴染みの地域で、折々の設定に利用している。宮崎は、「可愛岳」「熊田」「佐土原」「延岡」「都城」「宮崎」など、すべて西郷札関連の地名。鹿児島も、適当に設定された地名は「指宿」くらいで（拐帯行）、他はほとんど史実的な作品内容に添う地名である。「鹿児島」は、象徴の設計・火の虚舟・西郷札・梟示抄・秀頼走路に、「宇奈木温泉」は梟示抄に出る。「城山」は象徴の設計の地名。沖縄は、走路に「沖縄」の地名が風聞として出る程度、清張作品にはほとんど縁が無い。

清張作品に見る全国の地名を通覧したところで気付くことは、東京中心の地理感覚である。北海道と言えば監獄、出張は札幌・薄野の歓楽街。これが東北に来ると、同じ出張と旅行でも、旅行は十和田湖・松島・塩釜といった景勝地である。本籍地・郷里にもよくなる。東京に近づくに従って、実家という感覚。これは、新潟・石川・長野あたりと同じで、東京在住の人の出身地や旅行先に設定されることが多い。今少し東京に近づくと、福島・栃木・群馬・茨城・千葉など、人物の行動や事件が、東京日帰り文化圏の出来事として記述される。埼玉・神奈川になると、すでに東京郊外。武蔵境・深大寺・高尾・横浜・箱根・相模湖など、東京の事件の闇を担う場所になっている。栃木・群馬と神奈川・静岡は、ゴルフ・別荘など、ともに東京人の私的な部分の生活空間になっているが、どこか、暗と明あるいは日常と非日常といった雰囲気である。熱海・伊東・湯ヶ島・修善寺、伊豆の温泉が頻繁に作品の舞台に登場する。愛知より西になると、清張出身地の福岡に地理を設定されることが顕著に多く、京都・奈良が出張・旅行地として、伊勢・土岐・丹後木津・松山・亀嵩などが特定の作品舞台の地名として記述される程度で、九州への経由地程度の感覚である。これらのことを考えると、清張作品は、東京を中心として同心円的に、東京人の生活感覚を反映した作品世界になっている、そのように結論して良いのではないかと思われる。川本三郎氏は、清張作品の性格を「地方から東京を見た東京論」と説明しておられるけれど、上述の分析から見た結果は、確実に「東京人から見た地方感覚」である。ただし、これは、壮年も過ぎて仲間入りをした「エセ東京人」の感覚である。生粋の「東京人」から見れば、「地方から東京を見た」姿勢と感じられるのであろうか。

清張作品の地名から気付く、もう一つの性格は、地名とイメージの定着である。北海道では流刑と貧農、東北では出稼ぎと東北弁と温泉と雪、栃木・群馬ではゴルフと料亭と旅館、埼玉の工場とアパート、千葉の海岸と灯台、山梨の金山と山峡、神奈川では基地とホテルと別荘とヨット、静岡の温泉とホテル・旅館、長野の高原と渓谷、新潟の海岸と洞窟と雪と佐渡、石川は能登の断崖と中核都市金沢、福井は越前海岸と真宗風土、京都の観光旅行と旅館、奈良は古社寺の町で、大阪は猥雑に雑多な商都で、兵庫は芦屋の高級住宅街。これらの地名イメージは、間違ってはいない。と言うより、最も平均的な地名感覚と批評してよい性格のものである。別の言い方をすると、清張は、平均的に知悉された地名のイメージを有効に活用することが、作品世界の描出に最も有効な方法と認識している。川奈と言えばゴルフ、湯河原と言えば隠れた湯治場、修善寺は温泉、新潟は雪、十和田湖は霧、と言った具合で、地名と連想されるイメージが定着して、歌枕的な効用を果たしている。著名な例であるが、ゼロの焦点では、

北陸の暗鬱な雲とくろい海とは、前から持っていた彼女の憧憬であった。

彼女は、能登の重く垂れさがった灰色の雲と、くろい海の色とを目に浮かべた。

と、北陸・能登地方の重く暗い風景が、繰り返し強調されている。これは、「海の色はくろずみ、白波だけが沖で牙をむいて」いる中に小舟が消えていく終末場面でも強調されて、作品ゼロの焦点の心象風景になっている。北陸・能登の地は、常に「暗鬱な雲とくろい海」ばかりではないだろうが、同じ表現を繰り返すことによって、その地のイメージを定着させ、それを作品世界の背景に活用していく。現代の〝歌枕〟的な側面が、清張作品の地名記述にはある。そしてその暗さを〝憧憬〟とするところに、地方出の「東京人」の、やや無神経な意識と感覚がうかがえるように思われる。

三　清張作品における東京

東京を舞台とする作品の地名と、その性格について、考えてみたい。ただし、頻用される地名は一節に紹介したし、清張作品が描く東京地名の性格について、郷原宏氏の概括的な報告もある（「清張の東京地図」、「東京人」、平

18・5）。本節では、やや別の視点からの分析をしてみたい。

まず、東京を舞台とする小説の登場人物の**自宅**を見てみる。自宅あるいは住居として設定された地名は、

　青山・阿佐ヶ谷・麻布・市ヶ谷・大崎・大久保・大森・荻窪・上馬・亀戸・吉祥寺・高円寺・豪徳寺・小金井・国分寺・品川・渋谷・下北沢・松濤・成城・関町・千住・雑司ヶ谷・高井戸・滝野川・田園調布・中野・中目黒・日本榎・幡ヶ谷・番町・目黒・祐天寺・四谷・淀橋・代々木

など、おおむね西部の杉並・世田谷辺が、清張小説の住宅地図になっている。練馬区・杉並区に住んだ清張の居住空間にも、おおむね重なっている。この中で、方角的にやや異なっているのは、大崎・亀戸・品川・千住・滝野川といった東部・南部と、青山・麻布・渋谷・松濤・田園調布・目黒といった西南部であろうか。これらは、それぞれ元刑事（大崎・品川、目の壁）・ストリッパー（亀戸、草の陰刻）・鉄道員（千住、紐）・刑事（滝野川、砂の器）、など、また商事会社課長（青山南町、ゼロの焦点）・女性経営者（渋谷、地の骨）・政商（松濤、波の塔）・新聞社論説委員（田園調布、球形の荒野）・音楽家（田園調布、砂の器）・劇作家（目黒、火と汐）・刑事（目黒、黒い福音）などの自宅所在地である。

さらに、たまたま目についた、注意される居住地の記述を拾ってみる。大学専務理事の自宅は青山高樹町（地の骨）、同じく大学教授宅は下落合・世田谷（地の骨）や成城（熱い空気）・吉祥寺（落差）など、公団理事私邸が代々木上原（けものみち）、元検事宅が練馬区関町（草の陰刻）で、弁護士の家は世田谷（地の骨）や向島（わるいやつら）、現職大臣の私邸が渋谷区松濤（不安な演奏）、同じく代議士邸が田園調布（草の陰刻）や番町（波の塔）、会社の重役宅は青山（陰影）や渋谷（波の塔）、課長クラスの家は原宿（聞かなかった場所）・上目黒（ある小官僚の抹殺）あたりなど、あげていけばキリが無い。清張が東京の高級住宅街としているのは、渋谷の松濤や麻布・田園調布などである。

だだ広い、古い家だが、渋谷の松濤という高級住宅街である。信弘が戦後間もなく建てたものだが、一等地の五百二十坪という土地は今ではそれだけでも一財産だった。（強き蟻）

赤坂から麻布までは、大した道のりではない。……車窓の外に眼をやると、車は、広壮な門構えと鬱蒼とした庭木に囲まれた家々のある邸町を走っていた。そこが麻布の邸宅街であることは民子にも分かる。都内でも屈指の高級住宅街だった。政治家や実業家や高級官僚が、多く住んでいる。（けものみち）

麻布市兵衛町は、高級住宅街の象徴のようなもので、土俗玩具に九州の鉱山主の東京の別宅を記述して以来、砂の器・高台の家・分離の時間と、繰り返し記述されている。危険な斜面では、電機会社会長の妾宅も、この「麻布の高台」に存している。小間物店主が愛人を囲ったのも赤坂の高台の貸家であったし、高級住宅街とともに、なにかそんな胡散臭さも漂う空間でもあったのだろうか。

清張作品の登場人物たちは、おおむね東京の中部から西郊に、居住空間を持つことが多い。生粋の東京人というよりも、東京に流入してきた東京地方人とでも言う階層が多く居住する、新興住宅地である。都心に通勤するサラリーマン層が多く住む中流住宅地の地理空間となっているが、地方からのより新しい流入層とか、比較的底辺に近い生活層は、アパートという賃貸集合住宅を暫定的な住居としている。池袋（彩霧）、板橋（Dの複合）、馬道（喪失の儀礼）、江古田（けものみち）、大久保（地の骨）、高円寺（事故・歪んだ複写・草の陰刻）、五反田（真贋の森・強き蟻）、駒込（砂の器）、三軒茶屋（彩霧）、下谷（二つの声）、品川（巻頭句の女）、渋谷（ゼロの焦点・砂の器・落差・声）、新宿（分離の時間・落差）、千住（砂の器）、洗足池（断線）、田端（彩霧）、中野（坂道の家）、原町田・晴海（彩霧）、四谷（事故・地の骨）、代々木山谷（分離の時間）、芦花公園（喪失の儀礼）などなど、アパートなどが並ぶ住宅地名となっている。この中でも、新婚夫婦が新居を求めた渋谷のアパート（ゼロの焦点）などが、やや格上かもしれないが、まあ、さほどの径庭は無い。同じアパートでも、赤坂（連環・彩霧）や麻布（事故）のアパートは高級アパートと呼ばれている。若手の評論家の愛人の銀座のバー女給が住まわせられていたのは麻布のアパート（砂の器）であったし、「赤坂や渋谷、新宿あたりには、バーの女給さんばかりが住んでいるアパートがある」（落差）とのことである。高級アパートの別称と言ってもいいマンションも、そろそろ登場していた。さすがに場所も青山（分離の時間）、赤坂（けものみち・地の骨）で、水商売関係である。信濃町（喪失の儀礼）や東中野（聞かなかった場所）にもマンションが建ち始めているが、入居者は健全な勤労者の印象ではない。

自宅に関連して、旅宿関係を見てみると、旅館は江古田（連環）、神田（霧の旗・屈折回路など）、品川（球形の荒野・危険な斜面）、千駄ケ谷（時間の習俗）、向島・四谷（わるいやつら）、湯島（不安な演奏・連環）、代々木（発作）などで、おおむねアパート地域である。湯島は、連れ込み旅館らしい。喪失の儀礼では、浅草・池袋・大久保・品川・渋谷裏・湯島と、その手の旅館の地域がまとめて出ている。清張作品の時代、ラブホテルはさほど一般的でなかったのであろうか、本郷（事故）、向島（二つの声）と、「スチュワーデス殺し」論に実名で登場する原宿のホテルのほかは、赤坂（地の骨・強き蟻）、神田錦町（石田検事の怪死）、駿河台（灰色の皺）、本郷（強き蟻）などのホテルは、通常の宿泊かロビーでの待ち合わせ場所である。

映画館があるのは、渋谷（証言・喪失の儀礼）か新宿（紐・声）か有楽町（断線・火と汐）、日比谷（霧の旗）である。武蔵野館（草の陰刻）という新宿に実在の映画館も登場する。買い物といえば、ほぼ銀座（熱い空気・地の骨・波の塔）か渋谷（書道教授）に決まっている。デパートの所在が、京橋（鬼畜）か日本橋（青のある断層）、あるいは渋谷（紐）、新宿（聞かなかった場所）と決まっているからである。渋谷のデパートをわざと「Tデパート」とすることもないと思うけれど。洒落た洋装店・洋品店があるのも銀座（わるいやつら）、日本橋（内海の輪）か、京橋・虎ノ門（分離の時間）で、池袋（分離の時間）もあるかと思ったら支店だそうである。

レストランが所在するのが、赤坂（わるいやつら）、六本木（砂の器）、銀座（霧の旗・屈折回路）、東銀座（濁った陽）などで、料理屋は赤坂（点と線・強き蟻）、銀座（わるいやつら・Dの複合）、京橋（事故）、新宿（地の骨）、目黒（寒流）など、食堂は赤坂・銀座（わるいやつら）などである。品川（眼の壁）、新宿・田端（紐）になると「大衆食堂」である。渋谷にも「大衆食堂」（砂の器）がある。喫茶店は、赤坂（分離の時間）、銀座（点と線・波の塔・喪失の儀礼・青のある断層・わるいやつら、ほか）、渋谷（地の骨）、新宿（落差・聞かなかった場所）、有楽町（球形の荒野・波の塔）などのほか、池袋駅前（彩霧）、蒲田駅前（砂の器）、渋谷駅前（地の骨）とか、この頃、最も卑近で手軽な待ち合わせ場所であった。勤務場所に近い日比谷の行きつけのコーヒー店は、刑事が頭を休める場所になっている（点と線・時間の習俗）。

夜になると、バーの舞台は、もっぱら銀座（眼の壁・陰影・砂の器・不安な演奏・地の骨・霧の旗ほか）。銀座裏（濁った陽・連環・地の骨）や西銀座（眼の壁・賞）などになると、表通りから離れる。もちろん、赤坂（草の陰刻）にも、浅草（二つの声）、池袋（不安な演奏）、神田（坂道の家）、渋谷（賞）、また立川（不安な演奏）あたりにもバーはある。銀座以外でいちばん出てくるのは新宿（鉢植を買う女・眼の壁・熱い空気・黒い福音・種族同盟ほか）であるが、「銀座から落ちてきた」（霧の旗）という場所らしい。新橋・烏森にはゲイバー（断線）。さすがに赤坂は、「高級バー」（草の陰刻）ということである。キャバレーというのもある。場所は銀座でも、金属製品会社の課長（ペルシアの測天儀）や銀行員（彩霧）でも愛人を作れるから、やや品位は落ちる場所かも。まして新宿や新橋になれば、「下品なサービス」（断線）が売り物だったりする。小間物店主が入れあげて破滅したのは、新宿・二幸裏のキャバレー（坂道の家）のホステスである。ナイトクラブというのもある。場所は赤坂（断線・彩霧・わるいやつら）に限られるし、「高級車がずらりとならんでいる」そうだから、やや格上か。

サラリーマンたちが、会社帰りに安酒でクダを巻いて僅かに鬱憤を晴らす飲み屋は、池袋・新宿（眼の壁）、渋谷・蒲田（砂の器）あたり。だいたい、終電で帰れる乗換駅近くのようだ。銀座（歪んだ複写）も無いことはないが、喫茶店は柄に合わない新聞記者が、時間待ちに使う会社近くの店である。同じ銀座でも、銀座裏（連環）、西銀座（眼の壁）、東銀座（わるいやつら）になると、場末に近い感覚なのだろうか。おでん屋は、渋谷（砂の器）か新宿の駅裏（薄化粧の男）、歌舞伎町（眼の壁）あたり。妻の浮気相手を確認するために「新宿の暗い電車通り」で街娼を拾ってわざと性病に罹るのは、確証という小説だが、この頃は渋谷も「面白い所」のある街であった。

庶民には縁のない政財界の社交場は、料亭である。赤坂（点と線・陰影・砂の器・彩霧・波の塔・落差・深層海流など）が「一流料亭」（真贋の森）の所在地で、築地（陰影・深層海流）、日本橋（わるいやつら）、目黒（事故）、柳橋（夕日の城）など、多少は土地柄を反映している。待合があるのも、赤坂・新橋（佐分利公使の怪死・ある小官僚の抹殺）、神楽坂・烏森（象徴の設計）や、日本橋葭町（劉生晩期）、白山下（影）などで、従って、芸者衆も、赤坂（潤一郎と春夫・真贋の森・波の塔ほか）、神楽坂（影）、新橋（彩霧・統監・落差・空白の意匠ほか）、柳橋（象徴の設計・強き蟻・彩霧ほか）など。「赤坂・新橋・柳橋が一流どころで、神楽坂・荒木町・新井薬師辺りが二流ゲイシャ」（占領「鹿鳴館」の女たち）と言われている。神楽坂にはお茶屋さん（けものみち）がある。

最後に、昼間の明るい時間の会社・商店などの所在地を、ざっとまとめてみる。

家電問屋　池袋（彩霧）、神田（速力の告発）
建設・建材会社　池袋（けものみち）、田村町（事故）、杉並区馬橋（微笑の儀式）
食品会社　板橋（速力の告発）
貨物・運送店　中野・四谷（歪んだ複写）、大久保（砂の器）、神田（事故）
研究所　日本橋（草の陰刻）
画商　銀座・日本橋（けものみち）
カメラ店　上野（証言）、神田（推理小説の発想）

川魚料理　多摩川（連環・歪んだ複写）
機械工具商　日本橋（点と線）
教会　渋谷・新橋（黒い福音）
銀行本店　日本橋（彩霧）※支店は省略
金融業者　麻布・六本木（眼の壁）、丸ノ内（彩霧）、赤坂（弱気の虫）
暴力団　浅草（砂の器）、新宿（草の陰刻）
薬問屋　日本橋（歯止め）
経師屋　本郷（偽狂人の犯罪）
計理士　青山（歪んだ複写）
芸能・劇団事務所　四谷（草の陰刻）、青山（草の陰刻）
呉服屋　京橋（波の塔）
雑貨商　東中野（火と汐）
質屋　品川（書道教授）
自動車部品会社　雑司ヶ谷（彩霧）
出版・雑誌社　神田（連環）、お茶の水（落差）、京橋（Dの複合）
証券会社　神田（断線）
製菓会社　品川（草の陰刻）
そば屋　渋谷（砂の器）
タクシー会社　上目黒（けものみち）

地下劇場　新宿（草の陰刻）
パチンコ屋　有楽町（砂の器・弱気の虫）、新橋（弱気の虫）
病院　駿河台（彩霧）、茗荷谷（けものみち・地の骨）、上目黒・渋谷（喪失の儀礼）
美容院　銀座（わるいやつら）
古着屋　浅草・神田・品川・新宿（書道教授）、本郷（夕日の城）
弁護士事務所　麻布（眼の壁）、丸ノ内（霧の旗）、日比谷（強き蟻）
寄席　上野（紐）
印刷会社　市ヶ谷（砂の審廷）
化粧品店　代々木山谷・京橋（聞かなかった場所）
画廊　銀座（青のある断層）
貴金属店　銀座（深層海流・落差）
興信所　神田（聞かなかった場所）、渋谷（顔）
古書店　阿佐ヶ谷・神田・高円寺・中野（落差）
薬品会社　京橋（屈折回路）、京橋（喪失の儀礼）、神田（石の骨）

煩をいとわず、清張作品に見られる東京地名を、公と私、昼と夜の生活を意識しながら、紹介してみた。これによって気付くことは、東京が、いろいろな都市機能を調和した一つの都市であったということである。富裕層の住む高級住宅街から、電車で都心に通うサラリーマンの街、お洒落な買い物は銀座に、映画やパチンコなどの遊興は渋谷・新宿、麻布・赤坂の料亭があれば渋谷・新宿の飲み屋がある。雑多な要素がそれなりに調和した東京の町を、やや西郊に寄る環境から、地方から流入した新東京人の感覚で捉えられた東京が、すべての作品に共通の地理的背景として、清張作品の地理的環境世界を形成している。(1) 実を言えば、このことは、不思議でもなんでもない。現実の状況が正確に作品に反映しているので、至極当然のことだと言えばそれまでのことなのであるが、逆に言うと、清張は、地名の持つ環境イメージを、そのまま素直に作品中に取り込むことによって、読者を、作品世界に抵抗なく導き入れることに巧みであった、と批評することも出来る。

一つ一つの作品は、大都会東京を描くスケールは持たないけれど、清張作品全体が形成する東京空間の一部の中で語られている、そういう感覚を持ちながら、読者は清張作品の世界に惹き入れられるのである。清張の作品世界が昭和三十年代の東京に、鮮明な密着感を持って重なるという性格は、文学としての普遍性には反する要素であるかも知れない。だから、清張作品は、時代が遠くなるとともに消滅していく種類のものか、時代を描いた作品として読みつがれていく種類のものか、どちらに判定されるのであろうか。

四　清張作品における福岡

言うまでもなく、福岡は清張が半生を過ごした場所なので、地名が利用される作品も自伝的作品が多く、東京周辺のように、地名イメージを歌枕的に活用するといった性格は、比較的少ない。自伝的な要素に従って登場する地名なので、特定の作品に集中し、特定の地域に偏在はするけれど、それは、その作品の記述内容を反映した、自然な結果としてのものであるという性格に注意して、福岡の地名は、作品中心に報告したい。福岡の地名が特徴的に多く登場する作品は、鷗外の婢・時間の習俗・点と線・陸行水行・或る「小倉日記」伝・屈折回路・古代史疑・半生の記などであり、次に、球形の荒野・古代史疑・古代探求・黒地の絵・小説東京帝国大学などがこれに準じる形になっている。

清張の記述した、殆ど唯一と言って良い自伝作品である**半生の記**の地名は、当然ながら、小倉（現在の北九州市小倉北区・南区）中心である。この作品の冒頭は、清張の父親の出生地から記述されるので、福岡の地名は、明治四十二年（一九〇九）十二月二十一日、清張の出生地として小倉が出るのが、最初である。日露戦争後の炭鉱景気に引かれて、夫婦が「ふらふらと関門海峡を渡った」時と、作品には記述されている。その後、一家は数年下関に住み、清張も下関の小学校に入学したが、二年生の時に、一家が母親の知人を頼って、再び小倉に移り、清張も小倉の小学校に転校して、小倉中心の地名が作品に出るようになる。その古船場町（間借り）近隣の旦過橋・香春口の地名が出る。清張の父親は旦過橋の橋上で塩鮭の立ち売りをした。橋を渡った角に古本屋があり、店の前を、小さい電車が香春口まで走り、その先は、鉄道馬車が北方までを往復していた。間もなく、一家は中島町のバラックに移り、父親は小倉練兵場脇の路傍に巴焼の店を出した。

一家の状況がやや好転したのは、紺屋町に小さな飲食店を出した頃だが、清張は、高等小学校を出た後、大阪に本社がある電気会社の給仕として勤める。文芸書にも親しむようになった清張は、小倉郊外の延命寺の茶店で、初めての短編を披露した。電気会社が倒産、小倉の裏通りの印刷屋の石版工見習いとして働き始めた。職人としての技能の修練のために、博多の印刷所で半年間、働いた。一家は、借金のために、中島町の不景気な飲食店に移り、さらに行商を始めた。その後に登場する地名は、次のようである。

北方（兵営所在地。父親が餅売りの露店を兵営前に出す）

足立山（印刷所の夜業で、毎冬、山上のオリオン星座を見ながら帰る）

幸袋・遠賀川・飯塚・直方（年長の友人Hが職を得て行く。清張も訪ねて行った）

柳川（北九州の文学運動の中心地。柳川は白秋の郷里）

砂津（朝日新聞九州支社の所在地。清張が版下工として働き始める）
久留米（教育召集を受ける）
大濠公園・博多港（教練を受け、出動）
飯塚（炭鉱町で母親の妹が居住。清張の出征後、両親が一時身を寄せる）
黒原（元兵器廠の所在地。復員後、この職工住宅を借りる）
黒崎（八幡の西。芝山という知人から針金を得る）
戸畑（朝鮮戦争で行方不明になった師団長ディーン少将の寄宿先の地）
城野キャンプ・三郎丸・足立山（黒人兵の暴動。清張居住の近隣地）

或る「小倉日記」伝の冒頭は、ある詩人が、「小倉市博労町二八」に居住の男から書信を受け取るところから始まる。

博労町は小倉市の北端で、すぐ前は海になっていた。海は玄海灘につづく響灘だ。家には始終荒波の音がしていた。耕作は、この波の響をききながら育った。

と記述される。主人公の田上耕作は、熊本の生まれであるが、父親の勤め先の関係で小倉に移り、博労町に地所を得たと、記述している。左足が麻痺という生来の障害があったが、頭脳は明晰だった。その耕作が、鷗外の小倉時代の日記の散逸を知って、その空白の復原を志した。まず香春口の教会の牧師を訪ねた。牧師は、小倉時代の鷗外にフランス語を教えた経験を持っていた。次いで、鷗外と親交のあった玉水氏の未亡人を、企救郡西谷村三岳部落に訪ねた。鷗外が住んだ鍛冶町の家、新魚町の家を訪ねたが、現在の居住者から得られる知識は無かった。鷗外が新妻と一緒に訪ねたこともある広寿山も、訪ねた。足立山の西麓に所在する、福聚禅寺という禅宗寺院である。その寺で、禅にも熱心であった鷗外が、堺町の東禅寺で定例の集いを持っていたことを聞いた。東禅寺を訪ねて、寄進された魚板から、小倉時代の鷗外周辺の数人の人名を探し得た。

鷗外は地元紙にも原稿を寄せている。その頃に接触した支局の人が存命であれば、と雲を摑むような希望を持った。奇跡に近い僥倖は現実になった。耕作は、久留米で乗り換えて、有明海に面した柳河の町の道を辿った。生存していた支局長の口から、東禅寺の魚板に記されている人名の輪郭が明らかになった。生存している人物から、直接に談話を得ることも出来た。鷗外の家に女中でいた行橋在の身内の人からの手紙も貰った。折しも、太平洋戦争の戦局が苛烈となり、ようやく終戦を迎えたが、家賃以外に生計の途を持たない、母と子の生活は、近くの漁村長浜の釣り魚などを得て、僅かに命を繋いだ。耕作が死んだ後、母は、遺骨と風呂敷包みの草稿という荷物を持って、熊本の親戚に引き取られていった。

鷗外の婢は、鷗外の小倉の家に女中として雇われていた木村モトの消息をめぐる小説である。モトは、福岡県東部の京都郡の出である。モトは、小学校で裁縫を教えていたが、叔父が進めた縁談を忌避して故郷を出、鷗外家の女中になった。実は、短い結婚生活があって、妊娠していた。京都郡の今井善徳寺の住職某の次女で、長女は、行橋東南の千束から門司に出て煙草商となっている元小笠原藩士の妻、三女は婿を得て寺職を継ぐ予定になっていた。在野の考証家である浜村幸平は、雑誌編集者の寺尾に依頼された原稿の内容を、鷗外家の女中になったモトについての記述にしたいと考えていた。浜村は、福岡に入って、小倉から日豊線で下曾根・苅田駅を経て行橋に着いた。行橋駅前からハイヤーを雇い、今井に向かった。善徳寺はすでに無く、住職も木村姓ではなかった。浜村は小倉の旅宿に入った。散歩に出て、モトが勤めていた、鍛冶町の鷗外旧居跡を見た。小さな古本屋で、鷗外の日記にも載る『神代帝都考』の書を得た。著者挾間畏三は京都郡の人である。書は、天孫降臨の高千穂峯を京都郡の高城山とし、ニニギノミコトの御陵も同郡延永村に所在としている。旅宿の主人は、浜村の横にある書に目を留めた。郷土史を愛好している主人は、より科学的な研究として、一書を出してきた。著者の藤田良祐は福岡在の人だった。

浜村は門司に向かった。門司区役所で、モトの消息を得た。モトは姉デン夫婦の養女となっていた。モトが産んだ女児ミツは、姉夫婦の戸籍に入り、その長女となっていた。ミツは、京都郡豊津村の人に縁組して、籍を除かれていた。浜村は、近くの和布刈神社に寄って、渦巻く早瀬を見ていて、再度、行橋に行く必要を感じた。砂津の停留所で、寺尾が紹介した土建屋の従兄が住んでいる大坂町の標識が目に留まって、儀礼的に立ち寄った。豊津村役場で見た戸籍では、ミツは、京都郡椿市村の人との婚姻で除籍されていた。椿市村は行橋市に合併されていた。行橋市役所の戸籍で、ミツが、婚姻後女児ハツを出産し、四十七歳で死亡しているのを確認した。ミツの婚姻の地椿市村福丸に向かうタクシーの窓から、高城山を望見した。苅田に越える京都峠に、高千穂峯に擬す立札があるという。東遷以前の神武天皇皇居と『帝都考』に記述される苅田町雨窪も、その近隣である。福丸に至って、ミツが、行橋海岸の簑島で溺死していることが分かった。遺児のハツは大分の親戚に引き取られ、その後勝山町上稗田に嫁に来たが、婚姻間もなく婚家を逃れていた。鷗外の家の女中になったモトと同じ境遇である。

ハツは、小倉のバーのホステスになっているらしいと知らされた。浜村は、ハツの婚家があった黒田村上稗田に向かった。仲哀峠を越えて香春に向かう道を進んだ。上稗田は長峡川に沿った小集落だった。そこで、浜村は、婚家を飛び出したハツが、すでに死んだ、いや殺されたとの噂を聞いた。浜村は、小倉に帰って、その夜、ハツが勤めたというナイトクラブを訪ねた。博多から来たユリ子という三十近い女が席に来た。ユリ子は、ハツが妻子ある男に囲われて店を辞めたと語った。ハツは、香春口のアパートから姿を消して、音信不通になっていた。ユリ子は、ハツの消息を訪ねてみることを、浜村に約束した。翌朝、古代国家論の著者藤田良祐が旅宿に来て、浜村と座談した。藤田は、仲哀トンネルを過ぎた辺の地名香春は、辛国の神に因縁するなどの話をした。夕刻、浜村は、喫茶店でユリ子と会った。ユリ子は、ハツが香春口から木町のアパートに移り、さらに苅田町雨窪の産婆の二階に越したこと、ハツを囲った男が、浜村の泊まっている旅宿の主人であることを、報告した。ハツは、米子の親戚の家で出産すると言って産婆の家を出て、その後の消息が途絶えていた。浜村は、自分の推測を確信し、土建屋の寺尾の助力を得て、藤田が「天孫御陵の地」の標柱を立てた高城山の山道を掘り返した。白骨体が続々と見つかった。この地は、古戦場の埋葬地であった。東京に帰った浜村は、フト気付いた。人骨の新古の鑑定調査の要請を、小倉の寺尾に依頼した。

小倉を主舞台にする三作品を、地名を中心にして、辿ってみた。小倉という地を媒介にしての、鷗外と清張の因縁を語る物語になっていると、評せるようにも思われる。清張と古代史の因縁を語るかと思われる作品が、一つある。**陸行水行**である。この小説の冒頭は、大分県宇佐郡安心院盆地で始まる。東京の大学の歴史科の万年講師の川田修一が、この地の妻垣神社で、愛媛県吉野村の役場吏員を名乗る浜中浩三に出合った。一見農夫とも見える浜中は、川田を前に、堂々と邪馬台国論を展開し、『魏志倭人伝』に言う「不弥国」こそ、この安心院盆地の地だと説明した。現在の佐賀県東松浦郡呼子町辺の「末盧」に上陸した魏使は、それから陸行五百里の「伊都国」（福岡県朝倉村、筑後川北岸の志波部落付近。和名抄の恵蘇宿）に至り、さらに東南百里の「奴国」（大分県森町付近）を経て、この「不弥国」（安心院盆地）まで陸行してきたのだという。この先の水行は、安心院盆地を東流する駅館川を下って海岸に出たのだと見解を表明した。東京に戻った川田は、邪馬台国に関する論文を募集する浜中の地方紙新聞広告を見せられた。その後に、大分県臼杵地方の女性からも書信を得た。醬油醸造を業とするその夫が行方不明になっていたが、国東半島の突端の富来という海岸で溺死体で発見されたというものであった。浜中と一緒の消息が確認された最後は、朝倉郡原鶴温泉。「伊都国」から「奴国」への陸行の途次であった。中心的な地名は大分県であるが、魏使が陸行した呼子から森町に向かう途次は、おおむね福岡県内である。清張の邪馬台国についての見解は、古代史疑に示されているが、魏使が止まったのは伊都国（福岡県前原町付近）で、女王国の首都邪馬台は現在の福岡県山門郡辺との理解のようである。先に紹介した、小倉中心の三作品も含め、これらは、語られる内容が中心であって、その地名は、語られる内容に従って、自然な登場を見ただけのものである。地名が持つ、空間的な現実性感覚という付随的効果はあるけれど、それを意図して地名を利用したというものではなかった。

史伝的な作品と違う推理小説・風俗小説では、地名は、そのイメージが意図的に利用されるものとして、作品に登場する。**点と線**に記述されて香椎潟の海岸は、心中現場として格好の環境とも思えないが、作品の暗部を象徴するような効果を持って、作品の舞台になっている。玄海灘・海の中道・志賀島・能古島・博多湾、西鉄とＪＲ線が海岸線を走るこの地域の描写が、中央と地方、光と闇の一方のイメージを形象している。点と線を継承する**時間の習俗**では、冒頭和布刈神社の神事場面が、作品を支える中核の要素として、終始語られる。時間の習俗の地名は、博多を中心に、門司・太宰府・久留米と国鉄線に沿って登場するが、作品の中心的な事件は、神奈川県の相模湖である。点と線では、福岡の海岸の事件のアリバイを東京から札幌に設定し、時間の習俗では、神奈川の事件のアリバイを門司の海岸に設定し、清張の郷里福岡の地名は、清張小説を支える要素として、有効に活用されている。

清張作品に登場する、福岡のその他の地名をざっとあげれば、次のようである。

Ｄの複合	宇美・崗水門・加布里・宗像神社
雨の二階	板付・太刀洗・箱崎
球形の荒野	津屋崎・東公園・亀山上皇銅像
彩霧	博多・船小屋温泉

土俗玩具　博多・香椎
厭戦　久留米・佐平窟・赤間ヶ関・小倉
顔　黒崎・折尾駅・八幡市
危険な斜面　小倉・博多
菊枕　英彦山・福岡・和布刈岬
共犯者　小倉・福岡・船小屋温泉
屈折回路　田川・飯塚・大牟田・三池
小説東京帝国大学　朝倉神社・恵蘇宿・筑後川・福岡
断碑　福岡・足立山
笛壺　博多・筑紫国分寺跡

屈折回路が意図的に炭鉱地を舞台にし、断碑・笛壺が登場人物のモデルに関連の地名らしいことを除けば、その他は、その作品に必須の設定ということはなく、清張が馴染んだ郷里の地名が、自然に記述されたとして、おおむね間違いないであろう。清張は、「小説の舞台を設定する時、よくなじんだ土地か、あるいは初めての旅行で非常に印象深い風景に接した所を思い出して書く」（『松本清張自選傑作短編集』自作解説、昭51、読売新聞社）そうである。清張が半生にわたってなじんだ福岡の地名が、折々に作品の舞台として利用されているのは、ごく自然な成り行きである。

五　架空地名

清張作品に出る地名について、一応は網羅的に紹介してきた。ところが、実は、もう一つ、架空に設定された地名というものがある。たとえば、比較的初期の小説においても、

北九州のR市は、背後の石炭によって成長し、繁栄してきた。元はおっとりとした城下町で、前は玄界灘に対い、東西は荒々しい気風の港町がつづいている。（土俗玩具）

などと、〝絢爛たる流離〟連作の初発の作品においても、R市などと地名が朧化されたりしている。読者は、この記述で、R市に、清張の郷里である小倉市を自然と想起するし、それでほぼ間違いもないし、不都合もあまり無いと思われるのに、なぜ、清張は「R市」と記述したのであろうか。同様の例は、他にもいくらもあり、「杉並区R町××番地」「R相互銀行」だとか、「R街道」「T会館」「T荘」と言った記述が、往々見られる。R街道は甲州街道を推測させるし、T会館・T荘は、東京会館・荻外荘を推測させるに十分だし、「銀座のS堂」などに至っては、資生堂を指すのが自明である。「東京××大学」などとは、呆れてしまう。それなのになぜ、清張は、このような朧化表現を用いるのであろうか。理由が判然としない。朧化することで、なにか有効な結果を得られたとも感じにくいし、実名で特別支障があるとも感じにくい。朧化しながら、しっかり実名を推測させる事例などにおいては、これがどのような作為によるものであるか、理解に窮する。

さらに、特定の仮名が設定される場合がある。おおむね、特定の作品に偏在している。まとめて紹介すれば、次のようなものである。

草の陰刻　　小洲・杉江市・杉江支部・高森署・田島町（以上、愛媛県）

黒い福音　　玄伯寺川・高久良・高久良署（以上、東京）
犯罪広告　　阿夫里町・阿夫里駅・池辺・佐津・新道（以上、和歌山）
屈折回路　　蟹崎（茨城）
落差　　松崎市・川上市・田積村・馬背川・志佐・志波屋（以上、高知）
梅雨と西洋風呂　刀屋町・雲取市・雲取駅・黒原・大門町・波津温泉・水尾市（以上、群馬カ）
石の骨　　波津海岸（兵庫）

これらを見ると、たとえば草の陰刻は、検察庁杉江支部の火災と刑事事件簿の紛失、背後にある過去の殺人事件といった、検察に不名誉な内容だし、犯罪広告も、新聞による殺人の糾弾が新たな殺人を引き起こす警察の失態を語っているし、屈折回路は原因不明のウィルス性の奇病の発生、落差は教科書採択をめぐる教育現場の醜悪、梅雨と西洋風呂は金と権力と女をめぐる温泉地の裏面、これらを見ると、これを特定の地域に確定して語ることが憚られるための仮名化かと解釈されないこともない。個々の地名の問題はそう考えるとしても、高知とか茨城とか愛媛とか和歌山とか、地域は設定して語られているわけだし、その問題は残る。梅雨と西洋風呂のように、地域も朧化される必要があるかと思われる場合もあろうが、この場合でも、群馬あたりという推測は容易につく。仮名にしても、その実名が確認できる黒の福音や石の骨などの場合、その仮名の設定がどのように有効な意味を持ち得たのか、根拠の判断は困難である。明らかに小手先の処理に過ぎない仮名の設定によって、虚構の小説作品であることを宣し、キリスト教会や大学の権威からの追求に弁明する能力を整えたと説明するのも、さほど現実感がない。清張自身に問うて回答を得るのが、いちばんの近道であるが、もちろん、その作業も今では不能である。

六　まとめ

清張作品のいちばんの特徴は、その現実性である。作品の文学性は、それを読む読者の共感によって支えられ、その共感は、それを身近に感じる現実感覚によって支えられる。従って、文学作品というものは、語られる内容の現実感覚に最大限の注意を払うものだが、清張作品の場合は、それが舞台で演じられているのではなく、客席で時折言葉を交わしながら一緒に舞台を見ているといった、日常性または庶民性・親近性にあふれた現実感覚がある。コンサートホールで交響楽団の演奏に接しているのではなく、町の市場で買い物をしながら流れてくる流行歌を耳にしているような、日常的な現実性である。

その現実性は、新聞記事の記述に似た、事実のみを虚飾なく伝えるといった文体からも感じさせられるが、それ以上に、語られる内容の〝事実〟の性格から感得させられる部分が多い。その〝事実〟は、語られる内容の時と場所（時間と空間）が明示されて、語り手の存在を意識せずに、読者が直接、事実としての出来事に向かい合っているという感覚の中で語られる。従って、清張作品においては、事実語りを認識させる要素としての空間の明示、別の言葉で言うと、作品の背景としての地理は、とりわけ重視される記述要素と思われる。

実際、西郷札・或る「小倉日記」伝といった初発の作品から、史実に根ざした地理記述が、作品の具体的なイメージに、どれほど寄与するところがあったか、読者には、実感されるところが多いであろう。点と線の香椎潟、ゼロの焦点の能登海岸、砂の器の蒲田や伊勢、球形の荒野の京都南禅寺や観音崎、波の塔の諏訪湖・深大寺・青木ヶ原樹海、想起していればキリがない。逆に言うと、清張作品は、地名の持つ具体的イメージを取り込むことによって、作品世界をより鮮明に描き出すことに成功している、と批評することが出来るであろう。清張が、これを意識して行わなかったとしても、そういう無意識の意識は、確実に存したであろう。

そしてこれは、流行作家清張の問題であるが、ボート殺人と言えば霧の相模湖、温泉と言えば伊東か湯が島、湯治と言えば湯河原、ゴルフと言えば川奈、途中下車と言えば熱海、高級住宅は麻布か松濤・田園調布、デパートと買い物は銀座、日比谷の喫茶店、アパートは江古田、飲み屋は渋谷、映画館と娼婦と暴力団の新宿、地名イメージと言えばそれまでのことではあるが、どの小説作品の記述にあたっても、設定したイメージをふんだんに迷うことなく有効に活用している。それは、有効な活用とも言えるけれど、安易な活用とも言える。その安易が、清張小説の通俗性の指摘に繋がる側面があることも、認めなければいけないであろう。

良くも悪くも、地名の持つ本来的な地名イメージ、あるいは作品によって定着させた地名イメージを、大量仕入れで大量廉価販売のスーパーのように、ふんだんに取り入れて活用しているのが、清張小説の特徴である。その認識で見ると、例外的に、地名をローマ字表記の頭文字で示したり、わざと仮名で示したりしている場合をどのように説明するか、苦慮する側面もある。全般的にどのように合理的な説明が可能か、後考を俟ちたい。

補注

（1）　川本三郎「地方から東京を見た、清張の東京論」、同「ミステリーと東京　松本清張」は、ともに「東京人」№227（平18・5）の一文で、地方人から見た大都市東京の地理環境が、作品とともに語られている。対して、藤井淑禎『清張ミステリーと昭和三十年代』（文藝春秋、平11）は、清張文学の環境としての、昭和三十年代が動的に記述されている。

第11章　清張作品と映像

松本清張の原作になる映画・テレビドラマは、平成十九年末までに、前者が三五本、後者が三二五本、希有と評してよい数字である。松本清張がこの世に残した作品の数は、厖大過ぎて正確に数えきれないが、小説作品のみでは約四五〇編（郷原宏『松本清張事典　決定版』角川書店、平17）なので、数字だけで見れば約半数になる。尤も、映画もテレビドラマも、一つの作品を何度も映像化ということがあるので、延べでなく実数で計算し直すと、およそ一七〇編ほどになる。その数にも驚くが、著作の三七パーセントほどが映像の原作となっているという事実に、あらためて驚嘆する。それにしても、清張作品が、なぜこれほどの映像を生み出す源になり得たのか、文化史的にも興味ある課題だと思うが、本章においては、その緒論とでも言うべき糸口の報告をさせていただきたい。

卑近な映像で恐縮であるが、清張死去から三年後の、平成七年五月二十八日放映の「知ってるつもり〃松本清張〃」で、清張の生涯が概略語られている。その中で、現存作家の中で、映像化が最も多くなされている作家という紹介とともに、清張作品ベスト二〇（現代作家協会・1993年調べ）なるものが報告されている。参考のために紹介してみる。

一　点と線（昭和32）
二　ゼロの焦点（昭和33）
三　砂の器（昭和35）
四　張込み（昭和30）
五　波の塔（昭和34）
六　けものみち（昭和37）
七　霧の旗（昭和34）
八　Dの複合（昭和40）
九　迷走地図（昭和57）
一〇　球形の荒野（昭和35）

※（　）内は発表年。
一一　眼の壁（昭和32）
一二　わるいやつら（昭和35）
一三　黒い画集（昭和33）
一四　西郷札（昭和26）
一五　或る「小倉日記」伝（昭和27）
一六　小説帝銀事件（昭和34）
一七　時間の習俗（昭和36）
一八　日本の黒い霧（昭和35）
一九　黒い手帳（昭和33）
二〇　歪んだ複写（昭和34）

ベスト二〇が、どういう意味でベストなのか、これも分析の必要はあると思うので、ここでは軽々の発言は控えておきたい。発表された時期がほとんど昭和三十五年以前の作品ということ、推理小説が過半であること、推理小説も含めていわゆる〝社会派〟要素の性格、この程度のことはすぐ観察できる。それと、映像化が反映しての結果ということも考えられるので、このベストには、原作＋映像ベストという要素が、多分に含まれるところがあるとも思う。

清張作品が、なぜこのように多くの映像作品を生んだのか。そのことについて考えたい。清張作品が最初に映画化されたのは、昭和三十二年で、原作が前年八月に発表されたばかりの「顔」である。後のコメントにも述べたように、主人公を男性から女性に、俳優からファッションモデルに、目撃者が脅迫者にといった著しい変改がなされている。無名に近かった清張なので、原作を面白い題材として目をつけただけのことだろう。面白い題材として、原作のどこに目をつけたのか。この場合は、**社会性**の要素が、いちばん強い。美女（岡田茉莉子）とファッションモデルという、当時としては最先端の風俗を、画面いっぱいに映し出して、映画という映像の世界をアピールしたようである。これがカラー映画であったらさぞかしと思うような、華やかな映像画面になっている。しかし、個人的な欲望の世界が共感を得る要素は、映像という公開の場にはややそぐわないもののようである。市民・企業・犯罪といった社会性の要素が、恰好の素材として映像に利用された。「眼の壁」「黒い画集・寒流」「無宿人別帳」「球形の荒野」「ザ・商社」「迷走地図」「黒革の手帳」など。清張作品が、時間が経っても色褪せず、その時々の世相を背景にしながら、再生される新しさを持つ理由と思われる。

映画「顔」が狙ったものとして、映像画面そのものの魅力という要素も、指摘したい。先述したように、これがカラー映画であればさぞかしと思うような、映像ならではのアピールである。娯楽としての映画が、最大限に武器とする要素であろう。それを、「わるいやつら」「内海の輪」のように、愛欲的な側面を強調する映像化は、成功とは言えない結果になっている。事柄の性質上、極限までの追求は、映像では限界があるからである。映像の**場面性**は、むしろ事柄そのものと直接には関係しない、風景とか人物とかの副次的な要素において、映像ならではの効果をあげている。「ゼロの焦点」「砂の器」「球形の荒野」「天城越え」、特に「砂の器」の波のうねりのような音楽との合成場面の展開は圧巻であるが、「張込み」のように、抑制した画面が人間の感情をよく伝えている場合もある。次々に場面を展開させていくという清張小説の特徴が、場面の展開で語って行くという映画の手法と、偶然ながら重なり合ったところが、好個の台本の提供を受けたように、映像側に感じられたところが、あったのではなかろうか。

しかし、原作場面を忠実に再現するだけでは、原作を超えることは出来ない。清張小説の場面性の特性を、映像が有効に利用した時に、清張小説を超える映像美が実現されるのは、結果に見る通りである。

清張小説が映像の世界によく取り入れられた要素として、その**不記述性**という性格も、指摘できるであろう。登場人物の行動を記述しても、その心理とか、前後の事情とかを、清張はあまり説明しない。先述の場面性の要素とも関係することであるが、起きた出来事として、読者の目前に提示するだけである。人間を描くということは、必ずしも、その内面を綿々と書き綴り説明することではない。というよりも、人間は、思慮にあまる現実には、当惑しながらもその現実をどのようにか受けとめて、その場その場を（悪く言えばゴマカシながら）生きているに過ぎない。人間の願望とか感情とかは、現実の前にはあまりに無力であるという感覚が、清張にはある。清張小説の、そのような語らない性格に、映像はそこにそれなりの着色をしていかなければ、一つの世界を創造することが出来ない。別に言えば、清張小説は、場面描写の部分で、映像側の創造的な解釈が必要な性格を持っているが、そのことが逆に映像側に意欲を持って迎えられる要素になっている。そんなことが、言えないだろうか。「張込み」「砂の器」「鬼畜」「ザ・商社」「天城越え」「迷走地図」などが、好例。渡辺諒氏は、「原作のダイジェストとしての映画ほど観客を興醒めさせるものはないが、要はいかに原作を改変するか、いかに映像化するか、いうならばどれだけ原作を本質的に裏切り、翻訳するかという点にかかっている」（「小説と映画の間」、「松本清張研究」vol 2、平9）と言われている。上記の作品などには、そのような創造性の余地があるということであろう。

映画・テレビドラマは、大衆娯楽である。大衆娯楽だからという訳ではないが、観客が映像の世界に惹きこまれるということが、小説以上に必要な要素である。清張小説の映像作品を見ると、いわゆる**推理小説**と言われる作品が圧倒的に多い。小説なら、退屈な部分はとばして先を読むということができるが、映像は、観客が観る気持を失ったところで遮断されたら、その後にどのような場面や展開を用意していても無駄である。冒頭から観客を映像場面に惹き込んで終了まで持続させる。映像の必要要素と推理小説の必要要件が重なったところに、両者が結合する条件が生まれた。俗に言う、スリルとサスペンスの要素である。「顔」「張込み」「眼の壁」など、初期作品に顕著。

「ゼロの焦点」「砂の器」「球形の荒野」などは、言うまでもない。

先のベスト二〇のトップにあげられた「点と線」は、雑誌「旅」の連載にあたって、編集長から、「できるだけ多くの土地を舞台にして……」と要請されたということである。知られるように、福岡の香椎海岸で起きた殺人事件と北海道の札幌・函館の犯人のアリバイ、小説の中心である東京駅・霞ケ関・神楽坂、神奈川の鎌倉、全国規模の旅情がこの作品のもう一つの魅力と言われる。清張小説には、実は、**地名イメージ**を類型化してしまう性格がある（本書第10章）。「ゼロの焦点」で日本海の怒濤と暗鬱の雲を立ちこめられ、北陸地方の人が当惑したという話がある。繰り返し描かれる地名イメージは、東京の人には地方への、地方の人には大都会東京への、憧憬の感情を起こさせた。どの地方でも、映画館は文化的な娯楽施設として、駅近くに目立って存在していた。映画への感興を起こさせるための、地方要素と都会要素、映像が狙う目的のために、清張小説が恰好の脚本であったようである。「張込み」「眼の壁」「ゼロの焦点」「内海の輪」「砂の器」「球形の荒野」「鬼畜」「天城越え」「波の塔」、あげていけばキリがない。「ゼロの焦点」「波の塔」で終末の舞台となった、能登金剛と富士樹海は、自殺者が増加して困惑するという現象まで生んだ。

清張小説が映像化に望ましい性格を持っていたとしても、それが、映像の台本かと思われるほどに利用された背景には、時代の状況ということがある。言われているように、昭和二十年代の後半から、朝鮮戦争・サンフランシスコ講和条約を経て、日本の戦後は、擬似的な要素もあるであろうが、民主国家として再生・復興の途についた。新しい市民社会の到来と、一億総中流化の意識のなかで、市民の教養と娯楽が、（多分健全と評してよい形で）社会の表面にあった。パチンコ・音楽喫茶などとともに、映画は大衆娯楽の中心にあった（藤井淑禎『清張ミステリーと昭和三十年代』、文藝春秋、平11）。昭和三十年代の前半が、映画最盛期であったことは、よく言われている。

中流市民の家庭と社会を映した清張小説は、先述したように、映像と互いに協調し合う性格があった。大衆娯楽に食い込むとしても、映画会社にもそれぞれ手段があった。東映の時代劇、日活のアクションなどに対して、松竹の取ったのが家庭映画の方向であったのだろう。その松竹映画の営業路線と、清張推理小説が結びついたところに、清張映画が定着した理由がある。昭和四十年代以降の映画産業の斜陽化は、テレビという家庭娯楽映像の躍進と表裏の関係にあった。ようやく鮮明になってきた、戦後社会の成熟と亀裂のなかで、社会と組織の中に生きる〝個〟を描く清張小説は、お茶の間の映像として、さらに共感して迎えられるようになった。最近のテレビドラマの傾向などを見ると、清張小説の世界を描くというよりも、清張小説を利用して社会を個人を描くという方向になっていると感じられるが、そのように利用されるということも、清張小説が社会の実感として受けとめられるものを未だに底辺に持っている証ということでもある。

上述の結論は、清張原作の映像化された作品三〇編ほどを観た上での、おおまかな結論である。冒頭に紹介したように、映画・テレビドラマ化された作品は、計三六〇編にも及んでおり、その約一〇分の一にも及ばないが、全体的には誤らない分析だと思っている。観賞し得た映像については、主観に過ぎるとは思うが、参考のために次頁以降にコメントを付した。全部の映像作品は、残念ながら、手段を尽くしても観賞の機会を得にくいのが現状であるが、その全体を俯瞰していただけるように、簡略な映像一覧を稿末に付した（参考資料⑹）。詳しくは、林悦子『松本清張映像の世界』（ワイズ出版、平13）および「ドラマデータベース」（古崎康成作成・インターネット検索）などを参照いただければ、幸いである。前者では、比較するだけでは伺えない映像化の事情が知られるし、後者ではさらに詳しい情報と個人的なコメントに接することができる。

《映画一覧》

1 「顔」(1957) 松竹

監督/大曽根辰保　脚本/井手雅人・瀬川昌治　出演/大木実・岡田茉莉子

原作は昭和三十一年八月に、雑誌「小説新潮」に掲載された、同題の小説である。小説の方は、映画俳優をめざした青年が、上京の途次に犯した殺人の露顕を恐れて画策する話だが、映像は、見事にと言うか、まったく別の話に作り変えられている。主人公は、岡田茉莉子扮するファッションモデルで、東京に出て来る途中で、愛人の男を列車から転落死させたという部分だけが、男女を入れ替えて、僅かに似ている部分である。原作が掲載されて、すぐに映像化が企画されたと思われるが、この換骨奪胎ぶりは、どう批評したら良いのだろうか。原作とほとんど無縁の風俗映画である。

2 「張込み」(1958) 松竹

監督/野村芳太郎　脚本/橋本忍　出演/大木実・高峰秀子

原作のS市は、映像では佐賀市と明示している。原作が地名をわざと朧化している意味は分かりかねるが、戦時中、清張の家族が身を寄せていた縁戚もあるので、気にしたのだろうか。昭和三十年代前半の映画は、まだ白黒フイルムの時代であったのだろうが、この原作の雰囲気にはよく合っている。この映像を成功に導いた、最大の要素であったかも知れない。映像は、原作通りではない。張り込む刑事の一人が独身で、結婚を迷っている相手の女性の家庭の状況などの場面が、張り込みの間にはさみ込まれたり、主婦の外出を尾行していったら、夫の代理での葬儀への参列であったりといった、脚色がある。映像の終末で、犯人を東京に護送する刑事が、駅で「ケッコンシタイ」と電報を打つ場面で、映像のテーマを示している。原作に忠実でありながら、独立した映像価値も表明している。原作には無い女の言葉が、映像ではかなり鮮明に語られる。これは、映像の価値に寄与した場面かどうか、私には少し迷う気持があるが。

3 「眼の壁」（1958） 松竹

監督／大庭秀雄　脚本／高岩肇　出演／佐田啓二・鳳八千代

映像は、原作にすこぶる忠実である。忠実過ぎて、原作の疑問であったこともそのまま踏襲して、その点は食い足りない。女事務員を追跡するだけで、すぐパクリ屋の中心に行き着いたり、弁護士助手の元刑事が手先のバーテンにしつこくつきまとって殺害されたり、弁護士自身も何故か偽装自殺で岐阜山中の転落死体となったり、事件の展開だけはあるけれど、それがなんのために、どういう意味で起きているのか、よく分からないままに、政界ゴロが硫酸風呂に飛び込んで死ぬという、凄惨な結末場面。問題は原作にあるのだけれど、映像は、それなりに解釈を示して欲しかった。

12 「ゼロの焦点」（1961） 松竹

監督／野村芳太郎　脚本／橋本忍・山田洋次　出演／久我美子

前半は、原作自体の問題点も含めて、すこぶる忠実に映像化している。要領よく進め過ぎて、情緒が薄く感じるほど。清張推理小説の特徴は、闇のなかを彷徨する無駄の部分にあるので、原作の感興を伝える気持があるのなら、少しズレがあるか。終末の能登金剛の場面から、原作と離れる。断崖上での室田夫妻と禎子のやり取りは、推理小説の謎解きになるけれど、この部分が、ほとんど映像の後半と言ってよいほどを占める。清張は、従来の推理小説を批判して、謎解きにかかるといっきに文学性が薄くなると言ったけれど、映像でも、数学の解答の説明を聞いている気分になる。原作があるということは、観客は、小説の内容はおおむね理解しているということでもあるから、一から十まで丁寧に解き明かす必要は無いのではないか。全体に論理が勝ち過ぎて、感興にマイナスしているのではないかと感じるのが残念。

15 「黒い画集・寒流」（1961） 東宝

監督／鈴木英夫　脚本／若尾徳平　出演／池部良・新珠三千代

銀行支店長の沖野が割烹料理屋の女将の奈美に初めて会った時、「どうぞ」と声をかけられても、「今日は予定が……」と言って断った。愛想のない男である。断ったのは、常務の愛人に手切れの話で会う約束になっていたからである。映像は、おおむね原作を忠実に追っているが小異がある。今述べた部分や、沖野の妻の冷淡と自殺未遂、湯河原の宿の雑魚寝の場面など。沖野の小心と奈美の計算などは、映像の方がやや強調して描写されているが、おおむねは原作通りに進行している。常務の不正融資を告発した沖野の方が罵倒されて銀行から出て悄然と去っていくところに、奈美が来合わせて見送る場面、自宅前から河原への道を辿って踞っている姿。これらは、原作にない映像の終末である。

17 「無宿人別帳」（1963） 松竹

監督／井上和男　脚本／小国英雄　出演／佐田啓二・岡田茉莉子

〝無宿人別帳〟という同題のシリーズ作品はあるが、それ以前に発表されている『佐渡流人行』『いびき』、それと〝無宿人別帳〟中の『逃亡』などを組み合わせて、原作に利用している。原作の中心である『佐渡流人行』は、佐渡金山の役人の妻への懐疑と嫉妬の内容である。映像は、その部分もあるが、金山奉行所内部の権力と欲望、水替人足の島抜けと叛乱、奉行所炎上といった、時代劇らしい場面を演出したものになっている。映像の成否は述べにくいが、歴史か風俗か娯楽か、意図が見えない映像である。白黒映画とは言いながら、画面が終始暗いのも難点。

18 「風の視線」（1963） 松竹

監督／川頭義郎　　脚本／楠田芳子　　出演／佐田啓二・新珠三千代

原作を知らないで、初めて映像の方を先に観た。どういう違いがあるか感じてみたかった。折々に、想起する作品は多い。『十万分の一の偶然』『砂漠の塩』『ゼロの焦点』『波の塔』『火の路』『内海の輪』。結論を言うと、清張版メロドラマ。〝おめでた〟の結末は、原作とは違う気がするが、確かめてみなければ分からない。原作品に接した後に、コメントを追加する。

20　「霧の旗」（1965）　松竹

監督／山田洋次　　脚本／橋本忍　　出演／倍賞千恵子・滝沢修

映像は、原作にほぼ忠実であるが、熊本での殺人事件の再現や、終末の三原山と思われる噴火口、連絡船上から桐子がライターを海上に投げ捨てる場面などが、相違している。映像が、原作の意図を十分に継承した作品になっているところは、評価できるけれど、忠実であるということは、それ以上にはなれないということでもある。原作映像化の基本態度とは思うが、欲張りな願望である。女優も好演。一〇〇点の映像とは思う。

23　「影の車」（1970）　松竹

監督／野村芳太郎　　脚本／橋本忍　　出演／加藤剛・岩下志麻

原作は、〝影の車〟シリーズの一作で、『潜在光景』と題された作品。昭和三十六年の小説で、映像とは十年の間隔がある。原作をほぼ忠実に追っているが、自宅が団地のマンションの明るい部屋で、愛人の家が畑の脇の古い民家という、現代風にアレンジした映画になっている。ありふれた不倫小説の題材であるが、主人公の心情に郷愁を誘うものがある。「潜在光景」とは、六歳の少年の殺意という、自分自身の記憶のことであるが、映像も、原作の意図をよく汲んだものになっているし、音楽効果の分だけ、映像が上回っているかもしれない。同じ監督・脚本による「砂の器」を予感させるものがある。

24 「内海の輪」（1971）　松竹

監督／斎藤耕一　　脚本／山田信夫・宮内婦貴子　　出演／岩下志麻・中尾彬

冒頭、松山の呉服屋の老亭主と若妻の情痴の場面から始まる。喘ぎ声をあげている若妻は、後に、夫との交情で妊娠するはずが無いと言っている。この映像は、清張の原作と、そこここで離れている。原作では、ほとんど具体的な記述が無かった松山の描写があったり、女中と老主人の絡みがあったり、その女中が尾道で、密会の二人を目撃して写真に撮ったりなどと、小説には皆無の設定があったりする。それはかまわない。映像は映像で、それなりの世界を構築すればよいことだから……と思うのだけれど、嫂と義弟の肉欲の意味が、鮮明に伝わってこない。原作では、無口で素直な女が、次第に欲望を開化させていって、中年の性に耽溺している二人が、三ケ月の出逢いが一ケ月に短縮したところから、感情の破綻を来す小説である。原作の世界にこだわることは無いけれど、枠から外れて創造したものが、見えてこない気がする。原作の、池袋の連れ込み旅館から、蓬莱峡の殺人現場で発見したガラス釧による事件の露顕、推理小説としても秀抜であった構成も、自殺の転落であれば必要なくなる訳だが、殺人事件に設定しないことで、どのような価値を見つけているのか。「あらいいライターね」「暮れのボーナスで買ったんだ」などの会話や、電話が終わったとき「私が払うわ」と女が駆け寄ってきたりする、些細な部分も気になったり……。原作の舞台に惹かれて蓬莱峡までも訪ねて行った筆者としては、原作を離れるなら離れるで、それなりの映像の世界を創造して欲しかったという思いがする。

25 「黒の奔流」（1972）　原題『種族同盟』　松竹

監督／渡邊祐介　　脚本／国弘威雄・渡邊祐介　　出演／山崎努・岡田茉莉子

国選弁護人となった弁護士が、無罪にした被告の男に脅迫されるというのが、原作である。裁判の「一事不裁理」をテーマとしたところも共通しているが、映像は、被告であったのが女性で、釈放後に弁護士の愛人となっていた女が、弁護士の結婚話を機に、妻の座を望むという、おきまりの話。邪魔になろうとする女の殺害を計画して、湖上のボートに誘い出すというのも、おきまりのパターン。原作の方がテーマ性は明瞭。男を女に変えた映像の狙いは何だったのだろうか。成功した映像化とは見えない。

26 「砂の器」（1974） 松竹

監督／野村芳太郎　脚本／橋本忍・山田洋次　出演／丹波哲郎・加藤剛

これも原作は昭和三十五年、映像との間に十四年があるが、隔たりをほとんど感じない。映像の冒頭は、東北山形の羽後亀田駅から。二人の刑事の訥々たる追求は、『点と線』を思い出させる。原作の一部を省いたり、部分的に修正したりというところはある。ヌーボーグループの評論家とその愛人などの描写は省き、主人公の愛人の死は流産の出血多量にするなど、映像の修正の方が自然。恩人の元警察官が殺されたのも、主人公の過去の隠匿ではなく、今も生きている父親との対面を強く求められたからだというような、新しい解釈で、原作の不自然を補っている。終末部分の四季映像、オーケストラ演奏、警視庁の捜査会議、この組み合わせの進行場面も見事。原作を超越した作品で、日本映画史上でも記憶に残る名作ではなかろうか。

27 「告訴せず」（1975） 東宝

監督／堀川弘通　脚本／山田信夫　出演／青島幸男・江波杏子

選挙資金の拐帯、伊香保温泉の女中、太占神事、小豆相場、モーテル、原作の展開はおおむね取り入れて、映像化している。原作そのものが、ワルの男とワルの女の話で、ワルの金をめぐる、さして意味の無い展開だから、映像が云々ということもあるまい。あまり娯楽映画という気もしない。

28 「球形の荒野」（1975） 松竹

監督／貞永方久　脚本／貞永方久・星川清司　出演／芦田伸介・島田陽子

原作を、ずいぶんと改作している。外国で死亡していると信じきっていた筈の外交官の父親が、早くに登場してくるのは、原作と趣が違うし、画家のモデルになったり、南禅寺で待ちぼうけであったり、博多の海岸での従弟と父親の会話とか、原作看板の場面を取り入れないでいるのも、意図のあるところだとは思うけれど、成功の結果になっているだろうか。外交官の終戦工作について、原作が触れない背景を語らせているのは、見識。原作を知っていると、どうしても比較してしまう。

30　「鬼畜」（1979）　松竹

監督／野村芳太郎　脚本／井手雅人　出演／緒形拳・岩下志麻

これも、原作との間には、二十年ほどの時間の隔たりがある。内容は、ほぼ忠実に原作を再現しているが、部分的に映像独自のものがある。一番末の乳児の死体を覆ったシートをめくった時に鳴るオルゴールの音、二番目の女児が捨てられる前に、父親の耳元で囁く「お父さん、好きですよ」の言葉、一番上の男の子は、逮捕されてきた父親に会っても、「知らない人」と否認する。対面場面そのものも原作に無いが、海に突き落とされる場所も、伊豆西海岸でなく、能登金剛。懐かしい『ゼロの焦点』の場面である。原作の文体は簡潔で無駄がなく、作品としての価値を示しているが、音楽要素を加えた映像の迫力も、それなりの世界を創造している。

31　「わるいやつら」（1980）　松竹・霧プロ

監督／野村芳太郎　脚本／井手雅人　出演／片岡孝夫・松坂慶子

映像冒頭の華やかなファッションショウの舞台にまず驚かされる。わるいやつらの中心が、ファッションデザイナーであることを、最初に明示したのであろう。画面が明るく、父親の愛人でもあった婦長の裸体が若過ぎたり、愛人の亭主がいる京都・祇園の料亭に、戸谷が姿を見せたり、説明がつきにくい場面があるが、誰もみな「わるいやつら」であるところは、原作の趣旨に添っている。雑木林に捨てた死体を見に行って、埋められた家畜の骨を見たり、姿を消した愛人を追って、東北各地の温泉を追跡して歩くといった、清張流の小説場面を避けたのも、不自然さの解消に役立ってはいるが、セピア色の白黒写真と現代のカラー写真の違いと言って良いような相違が、両者の間にはある。映像の終末、青函連絡船の中で、デザイナーが顧問弁護士に刺された新聞記事を見るあたりも、原作が、護送中のバスの中から、病院がデザインスクールに建て替えられているのを見る場面と比べて、よりまさったとは感じない。

32 「疑惑」(1982) 松竹・霧プロ

監督/野村芳太郎　脚本/古田求・野村芳太郎　出演/岩下志麻・桃井かおり

原作と同年の映像である。しかし、内容には大差がある。原作の主人公は新聞記者で、北陸の旧家におさまった新宿のバーの女の保険金殺人を追求している。映像の主人公は、国選弁護人の女性弁護士。すべての登場人物が適材適所。被告が無罪になりそうになって、釈放後の仕返しを恐怖し、弁護士を殺害しようとする場面が原作の終末であるが、映像の方は、一つの自動車事故裁判をめぐる人間の心を鮮明に描いて、寸分の隙もない出来映えになっている。「砂の器」と比較すると、あのように美しい映像は、この題材では作りようが無い。その点を残念に思わせる。原作と離れて、原作以上の人間ドラマを描き切っている。活字では到底及ばない、映像の迫力。

33 「天城越え」(1983) 松竹・霧プロ

監督/三村晴彦　脚本/加藤泰・三村晴彦　出演/田中裕子・平幹二朗

原作は昭和三十四年。映像とは二十余年の間隔がある。映像の冒頭は、原宿族かと思われる若者の群れの横を通り過ぎるマスクをかけた中年の男。男が訪ねるビルの窓の外を、新幹線の車両が通過して行く。一転して天城越えの画面は、暗い。設定は大正十五年の頃。夜の天城を超える娼婦と少年、それに土工。少年の殺意にも詩情を感じる原作であるが、映像は、下田から天城を超える少年の家庭、旅館での土工の様子、警察で尋問される娼婦など、前後の事情を説明している。それが成功しているかどうかは、それぞれの感受か。原作は、筆者の好きな好短編である。

34　「迷走地図」（1983）　松竹・霧プロ

監督／野村芳太郎　　脚本／古田求・野村芳太郎　　出演／勝新太郎・岩下志麻

原作・映像ともに重厚な政界ドラマであるが、結論として言うと、映像の方が原作を上回っていると思う。原作は、代議士秘書の視点から、政界という権力構造の裏面を描き出す意図の小説であるが、前半での（ボンボン育ちでパフォーマンスだけの世襲）若手政治家を中心とした物語が混迷して、大物政治家の秘書とフリーライターの秘密の工作という形でようやく収拾を得た。映像の方も、前半は、政界の裏面を描写する画面にはなっているが、描写の意図が分かりにくい性格がある。原作の後半は、大物政治家の秘書が銀行の貸金庫に残していた、政治家の妻との秘密の恋文を隠匿するために、託されたフリーライターが、ノイローゼ気味に腐心する話になっているが、これは殆ど無意味の記述である。こんなものが、さほどの機密文書たり得ない。映像はその部分を修正して、ライターがそれを妻に見せ、彼女が（政治家の妻らしく）平然と否定する描写にしている。原作後半の〝小説要素〟を否定して物語化したところで、映像は首尾相応の作品となっていると評価する。

35　「彩り河」（1984）　松竹・霧プロ

監督／三村晴彦　　脚本／三村晴彦・加藤泰　　出演／名取裕子・真田広之

高速道路料金所・銀座のクラブ・山梨の山林・劇場の喧噪と高層ビルの中の殺人、それになぜか、折々に日本海の波濤の映像と耳障りの良いとは言えない音楽。原作もわかりにくい小説だが、分かってみると、ただの色と金の話。映像の方は、さらに次々に場面を提供するけれど、多分、原作以上に筋道がつかみにくい。分かってみると、『Dの複合』の改定版のような復讐話である。映画が、活字にまさるのは、場面と音楽である。それを有効に使っているとも評しにくい。

《テレビドラマ一覧》

112「**愛の断層**」（1975. 11. 1）土曜ドラマ　原題『寒流』　放送／NHK

演出／岡田勝　脚本／中島文博　出演／平幹二朗・香山美子

映像は、銀行強盗かと思う場面から始まり、原作にもない設定で、一挙に観客の目を集中させるところはあるが、厳しく批評すれば、ここだけ。銀行強盗は、本店の常務が内緒で仕組んだ防犯演習で、常務と支店長は、大学同期の親友。銀行支店長と料亭の女将との関係、その間に割り込む常務と女将、ここら辺の描写も丁寧さを欠く。強迫めいた手紙で支店長から箱根に呼び出された常務は、愛人を返してくれと頼む支店長に、「こんなことで俺たちの仲がこわれるとすると、くだらなさすぎるよ」と笑って答え、二人は、学生時代に戻って、酔いかつ肩を組んで歌う。あまりに脈絡が無さすぎる。料亭の女将は、今になって純情な愛人に変身、窓から落ちた支店長の後を追って、服毒自殺をする。原作にはそれなりのスジが通っていたと思うが、このドラマには、通ったものがない。

113「**事故**」（1975. 11. 8）土曜ドラマ　放送／NHK

演出／松本美彦　脚本／田中陽造　出演／田村高廣・山本陽子

ドラマはほぼ原作通り。興信所の所長と夫人が結ばれる場面は、原作は箱根の旅館、ドラマは横浜のホテル。夫人が帰れない状況としては、箱根の方が良い。原作は、興信所長を悪役仕立てにして、夫人は犠牲者の印象があるが、ドラマでは、中年の男女の乾いた感情が不慮の結びつきをしたように、描いている。そして、〝初めての恋〟などと言わせているが、真実味が稀薄で、人間性が幼い。所長が、見習いから築きあげてきた立場が消滅する、犯してはならないタブーを犯したなどと、今更の愚痴を並べるのは、かえって醜い。ドラマは、殺人の推理にあるのか、人間の描写にあるのか、視点がはっきりしない。NHKとしては、凡作。

124 「最後の自画像」（1977．10．22）　土曜ドラマ　原題『駅路』　放送／NHK

演出／和田勉　脚本／向田邦子　出演／内藤武敏・いしだあゆみ

冒頭、「いってらっしゃい」と夫を送り出す場面は、なんとなく『ゼロの焦点』を思い出した。玄関の飾られた絵がゴーギャンの絵で、五十五歳でタヒチに渡って第二の人生を生きた画家のそれと、行方不明になる元銀行支店長のそれとを、つねに重ね合わせるように、画面は進行していく。こういう象徴が出来るところが、映像の強み。原作と違って、支店長の愛人であった銀行OLは、病死してなくて、殺人事件を解決する側に立つ。設定は変えても、なんとなく後半の印象は爽やかとはいかない。この銀行支店長の「気持が分からない」という若い刑事に、年配の刑事は「若いんだね、君は」と呟く。原作と映像に共通する感傷である。

125 「依頼人」（1977．10．29）　土曜ドラマ　放送／NHK

演出／高野喜世志　脚本／山内久　出演／小沢栄太郎・太地喜和子

この作品も原作未読。画面は、美容院の場面から。十年前にパリの市場で出会った実業家の愛人になり、土地と建物を提供されて、美容院を開業。美容師としての腕も良い女性の話。愛人の死去で、危機になり、高名の弁護士に処理を依頼した。この老弁護士の、主人公の女性に対する愛着が、物語の本旨。どれほどの魅力か知らないが、老弁護士の執着は度を超しているし、訳ありの美容師の嫌悪も度を超している。最後は、浴室で石鹸だらけで洗っている弁護士を、背中から刺殺。作品化のために、男女の愛憎が非現実的に強調されている印象がある。原作はどうであろうか。美容師姉妹の生き方の対比は、今一つのテーマとも見えるが、それもやや追求が表層か。これも、原作に確認してみたいところ。悪徳弁護士モノと解釈するなら、通俗に過ぎる。

126 **「たずね人」**（1977. 11. 5） 土曜ドラマ 放送／NHK
演出／重光享彦 脚本／早坂暁 出演／林隆三・鰐淵晴子
清張の原作が確認出来ないのだが、同名の原作は？ 冒頭は、参議院選挙の政見放送。次に一転して羽田空港で乗客が降り立つ場面。若い娘の乗客は、日本軍の将校が、戦時中に現地の女性との間に儲けた子で、終戦後、後に迎えに来ると言って帰国したまま、梨のつぶての状態。アムステルダムの日本料理店に働いている娘と言うと、『清張日記』を読めば思いあたる話である。財閥の娘と結婚して有力な政治家になろうとしている男は、同じ部隊にいた同姓の軍人に替え玉を依頼して過去を隠蔽し、娘を日本に連れ戻って真実を追求していたカメラマンは死体となって海面に浮かび、帰国しようとしている娘の前を、男の選挙カーが通過していく場面で終わる。清張小説に馴れた読者なら、「またか」と思う雰囲気のドラマである。残念ながら、清新の印象は稀薄。

134 **「天城越え」**（1978. 10. 7） 土曜ドラマ 放送／NHK
演出／和田勉 脚本／大野靖子 出演／緒形拳・大谷直子
原作と部分的な差異はあるが、それなりに現実と情趣の映像世界を造り出している。氷室の中での女郎と少年。「暖めておくれよ」と言って、少年の手を懐に誘うのは、発想は逆ではないかと気になったりするが、少年がひそかな慕情を感じて、流れ者の土工に殺意を抱く感情は分かる。女郎の言葉が、きれいな標準語であることも気になるし、女郎屋を足抜けする娼婦の、病気の子供を庇う場面とか、女の心身の描写が綺麗すぎるのが難と言えば難、原作から離れての創造と言えば創造。

136 **「虚飾の花園」**（1978. 10. 14） 土曜ドラマ 原題『獄衣のない女囚』 放送／NHK
演出／樋口昌弘 脚本／高橋玄洋 出演／岡田嘉子・内藤武敏
この原作は読了していない。原作は、清張には少ないタイプの、探偵小説スタイルの作品らしい。リバーウエストマンションの一〇階、富裕の独身女性のみが住む階での、孤独と虚栄。屋上での殺人死体の発見から、この階の住人たちの人生と過去が、照射されていく。このような形でも、人間を描くという方法はあるではないかという感想は持った。華やかなパーティー場面での謎解き。謎を解くのは、名探偵よりも住人同士の葛藤。

139　**「一年半待て」**（1978．10．21）　土曜ドラマ　放送／NHK

演出／高野喜世志　脚本／杉山義法　出演／香山美子・早川保

原作に忠実なドラマ化である。原作を読まなくても、ほぼ原作の意図通りの作品の意図が感じ取れる。「身を粉にして夫に尽くしたことが、夫をだめにしてしまう」日本の女性の悲劇を、婦人問題評論家が訴える。原作の問題でも、映像の問題でもなく、そのような結婚の悲劇はあり得る。終末は、映像だけは公園のブランコの場面を用意していた。そこで、男は問いかける。「あんた自身の判決を聞きたいんだ」。映像は、どのような解決を望んでいるのだろうか。

140　**「火の記憶」**（1978．10．28）　土曜ドラマ　放送／NHK

演出／和田勉　脚本／大野靖子　出演／秋吉久美子

清張の初期作品、目立たない作品をこのように取り上げるところは流石。原作では示していなかった場所を、直方市と明示。幼い日の記憶を、父の失踪と母親の裏切りと思い、結婚を躊躇する男に、婚約者の女が真実に導く。男の潔癖が原作以上に気になるが、映像では、婚約者の女性が主人公になっている。民家への張り込みは、清張の初期小説のこだわり。張り込みの失敗で転職した刑事を訪ねて、「今夜は帰らんで良かです。あなたがいろというなら、ずっとここに」と言うのは、裏切りにはならないか。ドラマの終末は、「母に味方した君の勝ちだ」と男が言って終わる。記憶の火は、原作のボタ山から火祭りの火に変わっている。

153　**「ザ・商社」**（1980．12．5〜12．13）　原題『空の城』　放送／NHK

演出／和田勉　脚本／大野靖子　出演／山崎努・夏目雅子

映像は、ニューヨークの路上を、江坂アメリカの社長上杉の乗った車を追いかけている男の姿から始まる。上杉と同じ二世である矢代というこの男は、原作には登場しない。ハドソン河に浮かんだ父親を探しに来て上杉を愛するようになる矢代の娘も、原作にはいない。それ以前に、江坂産業の社主の道楽でニューヨークに来たピアニストも、原作にはいない。芦屋の家で、ピアニストの一場面と重なる女流声楽家はいる。江坂産業（安宅産業）という商社の、石油部門への進出失敗にともなう崩壊を描いた小説が原作だが、脚本は、上杉というビジネスマンをめぐる愛のドラマにも仕上げている。原作の冒頭、カナダの製油所の開所式に向かう豪華客船の場面だけで、頁数にして五六頁の記述がある。場面性よりも事実記録性の勝った原作であるが、映像は、現代社会の組織と人間を描く意図に成功した作品になっている。どのように巨大になっても、単純化していけば、人間社会の縮図は色と金以外のものでない。そのようにも、あらためて感じる。

244　**「波の塔」**（1991. 5. 24）　金曜ドラマシアター　制作／協同テレビ　放送／フジテレビ

演出／藤田明二　脚本／大野靖子　出演／池上季実子・神田正輝

原作とは三十年余も隔たるが、違和感を感じない。政界汚職と不倫と検事、社会性と女性の関心を巧妙に取り入れた原作だが、諏訪の縄文遺跡での局長の娘と検事との出逢いは秀逸の冒頭であった。映像の冒頭は、汚職の札束、それに人妻と検事の出逢いから始まる。順序が逆になると、なにか印象が変わってくる。語られる内容はほぼ同じなので、疑問点もほぼ同じ。名前を隠しての秘密の情事は、人妻の火遊びの印象があるし、不倫旅行の旅館を尋ね歩いたりするのも、ワルらしくない。原作に同じことなので、批判も筋違いかもしれないけれど、映像なりの解釈があってもいいと思う。

246　**「ゼロの焦点」**（1991. 7. 9）　火曜サスペンス劇場　制作／近代映協　放送／日本テレビ

監督／新藤兼人　脚本／鷹森立一　出演／真野あずさ・林隆三

冒頭は、仲人の紹介の席から。すぐ新婚旅行の場面になるが、新婦が希望する北陸をなぜか避ける夫、「君はきれいな肌をしているね」と風呂場でつい口にした夫の言葉、推理の伏線なので、このあたりをしっかり映像にしておいて欲しかった。前半は、おおむね原作を厳密に追う。クリーニング屋の背広なども、原作の設定に従って描写しているが、だいたい一ケ月に二度背広をクリーニングというのが不自然では？　原作自体の問題点もあるから、映像は映像として新たな作品にして良いのではないかという気がする。能登金剛の崖っぷちに遺書を小石で押さえて残すのも変だし、室田夫人に突き落とされるのも真っ昼間の殺人事件というのも抵抗がある。原作を離れるのは、東京から金沢に向かう夜行列車の中で、禎子と刑事が言葉を交わす謎解き場面あたりから。真野あずさは、当惑している新妻よりも、女性探偵の雰囲気。〝サスペンス劇場〟だから、それでいいのかも知れないけれど。

252　**「たづたづし」**（1992. 1. 7）　火曜サスペンス劇場　制作／NTV映像センター　放送／日本テレビ

演出／嶋村正敏　脚色／宮川一郎　出演／古谷一行・吉川十和子

「たづたづし」とは、『万葉集』中の歌句による命名である。詩情を感じさせる題名の割には、男女の出逢いは卑近。『潜在光景』に似通った、ありふれた不倫関係。いや、これは原作の問題で、映像の罪ではない。原作の終末は、なにかの事情があったかのように説明不足で、あわただしく終わっている。それに対して、映像は、刑務所から出てきた男が女を連れ出す場面など、原作にない解釈を加えて、それは評価して良い。女が「自分の生きた証」として、愛人の子を産むことを夫に懇願するところは、女の記憶の復活を語らねば説明がつかないのではなかろうか。数年後の信州での出会い、さらに三十年後にその幼児が高校教師になっている教室の窓の外で、教師が「たづたづし」を説明するのを聞くなどという場面。あまりの思わせぶり。評価すべき映像の創作なのかどうか、筆者には判断しにくい。

269 **「父系の指」**（1995. 1. 16） 月曜ドラマスペシャル　制作放送／ＴＢＳ

演出・堀川敦厚　脚色・高木凛　出演／橋詰功・泉ピン子

昭和三十五年秋、自宅書斎で執筆中の清張から、映像は始まる。机の上に、新聞小説『砂の器』がある。近くの交番から電話、父峯太郎が帰宅の道が分からなくなって、警察に保護されているとのこと。「私が行くよ」と言って家を出る清張。交番からの帰り道、「父さん、矢戸に行ってみないか」と、清張は父親に声をかけた。その後は、七ケ月で里子に出された父親が、十九の年に故郷を出奔し、清張が生まれた広島、移った下関、家庭の貧窮と父親の放蕩、文字通りの自伝を、映像は忠実に再現している。父親は、下関の遊郭にいたユキを妾としていた。妾宅で三人でいる場面、あるいは小倉の箪笥屋の女房になっているユキと言葉を交わす場面などが、現実にあったかどうか、小説の記述にはない。映像は、『父系の指』『骨壺の風景』『田舎医師』『夜が怕い』から忠実に再現されていて、清張が高等小学校を出るところで、ドラマは、米子での講演のついでに清張が矢戸を訪ねる場面に転換して、終わる。単なる貧窮物語を超える意図が分かりにくい。その点だけが、やや難ではある。

278 **「黒革の手帳」**（1996. 12. 7） 土曜ワイド劇場　制作／レオナ　放送／テレビ朝日

監督／長尾啓司　脚本／金子成人　出演／浅野ゆう子

原作の冒頭は、銀座のクラブである。ぎこちなさそうな新人ホステスの顔を、画家のＡは一ケ月ほど後に、千葉の銀行の窓口に見かける。銀行の隠し預金口座をメモした手帳を武器に、銀行から横領した資金で銀座にクラブを開店した女が、客の病院長の脱税架空口座、予備校経営者の裏口入学をネタに、強請と脅迫でのしあがろうとする内容は、ほぼ原作通りの映像化である。これは、原作の問題でもあるのだが、銀行でも男に縁の無かった女が、夜の闇の中でどれだけ変身できるか、疑問である。主人公の女が心を寄せた男との情事の後に、男が「馴れてないんだな」と呟く場面は、原作・映像ともに意味深。

321「わるいやつら」（2007. 1. 19～3. 9）　放送／ABC

演出／松田秀知　脚色／神山由美子　出演／米倉涼子・上川隆也

悪徳院長の色と金の話である。冒頭、「二〇〇七年元旦」と字幕に出る。小説で先代の愛人でもあり、院長を「男にもしてくれた」ベテラン看護婦（婦長）が、映像では、若々しい看護婦として登場し、ドラマの主役となっている。院長に誘惑されて愛情を持つようになったトヨは、その感情で、（院長の愛人の一人である女の夫を殺す）偽装殺人の手伝いをしてしまう。映像は、その殺人行為に恐怖し、罪の呵責に耐えず、院長に「私たちは共犯者ではなく、敵同志だ」と反撥しながら、罪の告発をしきれないでいるトヨが、首を絞められて林中に埋められながら、蘇生して復讐するという女の物語になっている。原作は、〝わるいやつら〟の題名通り、登場人物は皆「わるいやつら」なので、主題とするところの問題意識が、かけ離れている。映像の結末、トヨの証言で嘱託殺人の軽い刑期となった院長が、三年経って刑務所から出てきた時、トヨは近寄って「私ひとりのものになった」と声をかける。映像がテーマとしたのは、女の愛情獲得の物語らしい。筆者には不可解であるが、二十一世紀の女性たちには受け止められる共感があるのであろうか。

323「点と線」（2007. 11. 24～25）　放送／テレビ朝日

演出／石橋冠　脚色／竹山洋　出演／ビートたけし・橋爪功

映像は、東京駅のレストランで、待ち合わせらしい年輩の男女の対面から始まる。年配の紳士は、かつて『点と線』の捜査にあたった警視庁警部補三原で、婦人の方は、博多署鳥飼刑事の一人娘であった女性。鳥飼刑事はとっくに他界している。二人の思い出から、香椎の心中事件の場面へと、映像が移っていく。原作の価値であった、鳥飼・三原の二人の人物像は、映像ではさらに強調されて、この映像を支える要素になっている。博多署の鳥飼刑事は、刑事魂のおもむくところ、出張手続きもせずに上京して、警視庁の捜査に加わっている。鳥飼に刺激される若い三原との関係は、原作とは立場が逆。ともあれ、タケシと鳥飼の個性を前面に出しての映像は、多彩な脇役陣にも支えられて、飽きさせないドラマとなっていると思うが、列車食堂の領収書・東京駅の四分間の空白・飛行機のアリバイなど、原作が持っていた不自然要素をそのまま再現したのは、マイナス要素の踏襲になっているように思う。佐山の、東京オリンピックの用地買収の補償金汚職の中核の立場とか、安田の政財界の顔役と旧関東軍閥の関係、それを背景にした捜査中止の指令など、原作の欠如を補おうとした姿勢はあるものの、原作の不備が、最後まで影響している。清張作品の代表作とも言える『点と線』の瑕瑾については、別に述べてもいるので、ここでは、あらためて述べない。『点と線』を原作としながら、しかし『点と線』を決定的に離れる映像でないと、原作を超える価値が創造されることは不能。そのことを、あらためて感じさせられた。

人名索引 ※松本清張は除外

件名索引

付・参考資料

1 全集とは、文藝春秋刊「松本清張全集」全66巻（1971～96）のことである。
2 資料作成にあたっては、全集巻38・66所載年譜、平井隆一『松本清張書誌』（日本図書刊行会、2002）を、多く利用させていただいた。謝意を表しておきたい。
3 随筆など評論的記述は除く。これらについては別の機会に分析報告する。
4 和暦に続く（　）内算用数字2桁は西暦を示す。

〔1〕全集収録作品内容一覧（発表順）

	作品名	巻	年月	形態	種類	掲載誌	内容
1	西郷札	35	昭26(51)3.15	短編	風俗小説	週刊朝日・春期増刊号	西郷札
2	くるま宿	35	昭26(51) 12	短編	風俗小説	富士	人力車夫吉兵衛
3	或る「小倉日記」伝	35	昭27(52) 9	短編	評伝小説	三田文学	鷗外の小倉日記
4	梟示抄	35	昭28(53) 2	短編	評伝小説	別冊文藝春秋32号	江藤新平の処刑
5	啾々吟	35	昭28(53) 3	短編	風俗小説	オール読物	鍋島藩士慶一郎と嘉門
6	戦国権謀	35	昭28(53) 4	短編	評伝小説	別冊文藝春秋33号	本多親子の権謀
7	菊枕	35	昭28(53) 8	短編	評伝小説	文藝春秋	女流俳人ぬい
8	火の記憶	35	昭28(53) 10	短編	風俗小説	小説公園	頼子の結婚
9	贋札つくり	35	昭28(53) 12	短編	歴史小説	別冊文藝春秋37号	福岡藩の贋札作り
10	湖畔の人	35	昭29(54) 2	短編	風俗小説	別冊文藝春秋38号	矢上の転勤
11	転変	35	昭29(54) 5	短編	評伝小説	小説公園	福島正則の生涯
12	情死傍観	35	昭29(54) 9	短編	風俗小説	小説公園	阿蘇山の情死
13	断碑	35	昭29(54) 12	短編	評伝小説	別冊文藝春秋43号	考古学者木村卓治の生涯
14	恋情	35	昭30(55) 1	短編	風俗小説	小説公園	律子との恋
15	特技	35	昭30(55) 5	短編	評伝小説	新潮	稲富直家の生涯
16	面貌	35	昭30(55) 5	短編	評伝小説	小説公園	松平忠輝の生涯
17	山師	35	昭30(55) 6	短編	評伝小説	別冊文藝春秋46号	大久保長安の生涯
18	赤いくじ	35	昭30(55) 6	短編	風俗小説	オール読物	軍医と参謀長の欲情
19	笛壺	35	昭30(55) 6	短編	風俗小説	文藝春秋	老学者畑岡謙造の人生
20	腹中の敵	35	昭30(55) 8	短編	評伝小説	小説新潮	丹羽長秀と秀吉
21	尊厳	35	昭30(55) 9	短編	風俗小説	小説公園	多田警部の先導
22	父系の指	35	昭30(55) 9	短編	自伝	新潮	松本清張の父親
23	石の骨	35	昭30(55) 10	短編	評伝小説	別冊文藝春秋48号	考古学者黒津の人生
24	柳生一族	35	昭30(55) 10	短編	評伝小説	小説新潮	柳生一族の興亡

登場人物	地名	キイーワード
樋村雄吾・季乃・桐野利秋	佐土原・田原坂・広瀬・紀尾井坂	西郷札・西郷隆盛・宮崎郡広瀬
吉兵衛・清五郎	柳橋	柳橋・人力車夫
田上耕作・森鷗外・ふじ	小倉市博労町・京町・鍛冶町	鷗外・小倉日記
江藤新平・大久保利通	鹿児島・八幡浜・宇和島・高知	征韓党・江藤新平・安芸郡甲ノ浦・大久保利通
松枝慶一郎・石内嘉門・千恵	佐賀・柳橋・奥多摩山中	鍋島藩・肥前佐賀・自由民権運動・自由党
本多正信・正純・徳川家康・秀忠	駿府・佐崎・本能寺・久能山・宇都宮	本多正信・本多正純・徳川家康・宇都宮
三岡圭介・ぬい・瀬川楓声・宮萩梅堂	熊本・福岡・英彦山・片瀬	福岡・俳句・女流俳人・菊枕・コスモス
高村泰雄・頼子・河田忠一	銀座・湯河原・N 市	戸籍謄本・失踪宣告・刑事・張り込み
山本一心・小河愛四郎・福間重巳	福岡・小倉	福岡藩・贋札
矢上・松平忠輝・家康	上諏訪・飛驒・小田原	上諏訪通信局・定年・松平忠輝・高島城
家康・福島正則	小山・日岡峠・広島城・川中島	福島正則・上野国小山・家康・酒乱・広島城
わし・山下キヨ子	阿蘇山・坊中	阿蘇山噴火口・自殺・茶店の老人
木村卓治・シズエ・杉山道雄・高崎健二	三輪山・京都・虎ノ門・七里ヶ浜	考古学・考古学論叢・中央考古学会・結核
山名包幸・律子・山名時正・英彦王・篠	高輪・英吉利・愛宕下・赤坂・湯河原	男爵・英国留学・伯爵令嬢の結婚・勅題歌
稲富直家・細川忠興・ガラシャ・家康	丹後田辺・三戸野	丹後国田辺・稲富直家・細川忠興・鉄砲術
家康・忠輝・茶阿の局・鳥居元忠	佐倉・川中島・越後高田・飛驒	家康・茶阿局・松平忠輝・信濃国高島
家康・大蔵藤十郎	佐渡・相川・大森・大仁	家康・甲斐国・大久保長安・伊豆国大仁金山
塚西恵美子・末森軍医・楠田参謀長	朝鮮・下北沢	朝鮮京城・備前兵団・参謀長・軍医
俺・貞代	武蔵野・代々木・博多	深大寺・延喜式・学士院恩賜賞・匝
織田信長・丹羽長秀・豊臣秀吉	清洲・佐和山・北之庄	岐阜城・丹羽長秀・秀吉・信長
多田良作・たみ子・貞一	R 県・三田・山谷	大正天皇の平癒祈願・サイドカー・臣籍降下
私（清張）・父・西田民治	矢戸・日野川・広島 K 町・米子	鳥取県矢戸・清張の父親・相場師・清張の叔父
宇津木欽造・己（黒津）・ふみ子	波津海岸	波津海岸・旧石器時代・腰骨化石
上泉伊勢守・柳生宗厳・宗矩	柳生・井戸野城	柳生谷・柳生宗厳・柳生宗矩・柳生三厳

25	廃物	35	昭30(55) 10	短編	評伝小説	文芸	大久保彦左衛門の人生
26	大奥婦女記	29	昭30(55) 10	中編	歴史記述	新婦人	将軍権威と大奥
27	青のある断層	35	昭30(55) 11	短編	風俗小説	オール読物	画家姉川滝治と画商
28	奉公人組	35	昭30(55) 12	短編	風俗小説	別冊文藝春秋49号	一兵衛と奉公人組
29	張込み	35	昭30(55) 12	短編	風俗小説	小説新潮	刑事の張込み
30	秀頼走路	36	昭31(56) 1	短編	風俗小説	別冊小説新潮	豊臣秀頼の贋者
31	明治金沢事件	36	昭31(56)1.1	短編	歴史小説	サンデー毎日臨時増刊	本多政均の仇討
32	喪失	36	昭31(56) 3	短編	風俗小説	新潮	不倫の男女
33	調略	36	昭31(56) 4	短編	評伝小説	別冊小説新潮	毛利元就の謀略
34	箱根心中	36	昭31(56) 5	短編	風俗小説	婦人朝日	箱根心中
35	ひとりの武将	36	昭31(56) 6	短編	評伝小説	オール読物	佐々成政の生涯
36	背広服の変死者	36	昭31(56) 7	短編	風俗小説	文学界	身許不明の自殺志願
37	疑惑	36	昭31(56) 7	短編	風俗小説	サンデー毎日臨時増刊	愛情の疑惑
38	増上寺刃傷	36	昭31(56) 7	短編	歴史小説	別冊小説新潮	増上寺の刃傷
39	顔	36	昭31(56) 8	短編	推理小説	小説新潮	殺人犯人と映画
40	五十四万石の嘘	36	昭31(56) 8	短編	歴史小説	講談倶楽部	加藤家取りつぶし
41	途上	36	昭31(56) 9	短編	風俗小説	小説公園	自殺志願
42	九十九里浜	36	昭31(56) 9	短編	風俗小説	新潮	異母姉の消息
43	いびき	36	昭31(56) 10	短編	風俗小説	オール読物	いびきの恐怖
44	声	36	昭31(56) 10	短編	推理小説	小説公園	電話交換手の殺人被害
45	共犯者	36	昭31(56)11.18	短編	推理小説	週刊読売	共犯者への妄想
46	武将不信	36	昭31(56) 12	短編	評伝小説	キング	最上義光の願望
47	陰謀将軍	36	昭31(56) 12	短編	評伝小説	別冊文藝春秋55号	足利義昭の陰謀
48	古田織部(小説日本芸譚)	26	昭32(57) 1	短編	評伝小説	芸術新潮	茶人織部
49	佐渡流人行	36	昭32(57) 1	短編	風俗小説	オール読物	佐渡奉行配下の企み
50	賞	36	昭32(57) 1	短編	風俗小説	新潮	晩年の某老学者
51	世阿弥(小説日本芸譚)	26	昭32(57) 2	短編	評伝小説	芸術新潮	能楽師世阿弥

大久保忠教・家康	駿河台・三河松平・岡崎	神田駿河台・三河国松平郷・三河武士
春日・矢島・秋野・右衛門佐・絵島	仁和寺・護国寺・護持院・浜松	大奥・乳母・生類憐みの令
奥野・姉川滝治・畠中良夫・津奈子	銀座・築地・萩・善福寺・船原温泉	奥野画廊・絵を描く青年・伊豆船原温泉
一兵衛・大久保信濃	武蔵国大鳥・四谷塩町	大久保信濃・奉公人・拷問
柚木刑事・さだ子	目黒・S市・白崎・草刈・川北温泉	目黒強殺事件・殺人犯の女・川北温泉
山上順助・豊臣秀頼	大坂・鴫野・鞆・豊後日田・筑後川	大阪夏の陣・家康・豊後日田・朝鮮人
本多政均・本多弥一	金沢	金沢藩執政本多政均・本多弥一・赤穂義士
田代二郎・桑島あさ子・須田		運送会社会計係の男・銀行集金人の女
毛利元就・陶晴賢・尼子晴久	厳島・富田城	陶晴賢・厳島・尼子晴久・新宮党
中畑健吉・喜玖子	新宿駅・銀座・有楽町・箱根裏街道	小田急・交通事故・強羅
前田利家・佐々成政	美濃賀留美・高月・富山・立山・熊本	信長・前田利家・佐々成政・さらさら越え・秀吉
私	佐賀県	金銭的な考慮・新聞社校正係
伊田縫之助・瑠美・浜村源兵衛	麹町・四谷御門・半蔵門・四谷塩町	妻の愛情・江戸城炎上・牢抜け
永井尚長・内藤忠勝	芝増上寺・神田上小川町	永井尚長・増上寺・内藤忠勝
井野良吉・Y・石岡貞三郎・ミヤ子	八幡市・浜田・温泉津・黒谷・円山公園	俳優の顔・島根県大国村の死体・円山公園
加藤清正・忠広・光正・玄斎	熊本・千代田城・吉原・高山	加藤清正・光正謀反・吉原遊女・茶坊主玄斎
私・金谷老人・坂本・佐田・お雪	愛生寮	喀血・市営厚生施設
古月・前原岩太郎・きく	九十九里町片貝・広島	九十九里浜・浜の女
小幡の仙太・おみよ・仁蔵	三宅島・伝馬町・品川	無宿人・艀・三宅島流人
高橋朝子・小谷茂雄・浜崎芳雄	銀座・有楽町・日本橋・田無・田端・小平	電話交換手・新聞報道・殺人者の声
内掘彦介・町田武治・竹岡良一	山陰M市・宇都宮・千葉・小倉	外交員・銀行強盗・通信員
最上義光・家親・義康・家康	山形・三条河原・高野山・江戸・秀忠	最上義光・家康・最上義康・最上家改易
細川藤孝・足利義昭・朝倉義景・信長	一乗院・矢島・観音寺・岐阜・鞆の津	足利義昭・信長・鞆・奈良一乗院
織部・利休	淀川・大阪城・小田原	茶頭・志野焼・切支丹・貴人口
黒塚喜介・くみ・横内利右衛門・弥十郎	佐渡・相川	佐渡支配組頭広間役・水替人足
私・粕谷侃陸	M市・K市・久須多神社・太宰府	学士院賞・講演料・鑑定料
世阿弥・足利義満・義教・増阿弥	今熊野・佐渡	申楽・田楽・花伝書

52	点と線	1	昭32(57) 2	中編	推理小説	旅	香椎潟の情死事件
53	千利休(小説日本芸譚)	26	昭32(57) 3	短編	評伝小説	芸術新潮	茶人千利休
54	運慶(小説日本芸譚)	26	昭32(57) 4	短編	評伝小説	芸術新潮	仏師運慶
55	眼の壁	2	昭32(57)4.14~12.29	長編	推理小説	週刊読売	右翼のパクリ屋
56	地方紙を買う女	36	昭32(57) 4	短編	推理小説	小説新潮	ホステスの犯罪
57	鬼畜	36	昭32(57) 4	短編	風俗小説	別冊文藝春秋57号	印刷職人の子供殺し
58	一年半待て	36	昭32(57)4.28	短編	推理小説	週刊朝日別冊	生命保険勧誘員の犯罪
59	甲府在番	36	昭32(57) 5	短編	推理小説	オール読物	甲府金山と番衆
60	小堀遠州(小説日本芸譚)	26	昭32(57) 6	短編	評伝小説	芸術新潮	作庭師遠州
61	写楽(小説日本芸譚)	26	昭32(57) 7	短編	評伝小説	芸術新潮	絵師写楽
62	光悦(小説日本芸譚)	26	昭32(57) 8	短編	評伝小説	芸術新潮	書家光悦
63	捜査圏外の条件	36	昭32(57) 8	短編	推理小説	別冊文藝春秋59号	7年目の殺人
64	カルネアデスの舟板	36	昭32(57) 8	短編	風俗小説	文学界	大学教授の師弟
65	白い闇	36	昭32(57) 8	短編	推理小説	小説新潮	人妻への恋情
66	町の島帰り(無宿人別帳)	24	昭32(57) 9	短編	風俗小説	オール読物	目明しの入牢
67	発作	37	昭32(57) 9	短編	風俗小説	新潮	電車内の衝動殺人
68	岩佐又兵衛(小説日本芸譚)	26	昭32(57) 10	短編	評伝小説	芸術新潮	絵師又兵衛
69	海嘯(無宿人別帳)	24	昭32(57) 10	短編	風俗小説	オール読物	津波の周辺
70	怖妻の棺	37	昭32(57)10.28	短編	風俗小説	週刊朝日別冊	妾宅での不始末
71	雪舟(小説日本芸譚)	26	昭32(57) 11	短編	評伝小説	芸術新潮	絵師雪舟
72	おのれの顔(無宿人別帳)	24	昭32(57) 11	短編	風俗小説	オール読物	出牢の夜
73	止利仏師(小説日本芸譚)	26	昭32(57) 12	短編	評伝小説	芸術新潮	仏師止利
74	逃亡(無宿人別帳)	24	昭32(57) 12	短編	風俗小説	オール読物	佐渡金山からの脱獄
75	支払い過ぎた縁談	37	昭32(57)12.2	短編	風俗小説	週刊新潮	旧家の結婚詐欺被害

安田辰郎・三原紀一・鳥飼重太郎	香椎・赤坂・函館・札幌	青酸カリ・課長補佐・旅客者名簿・時刻表
千利休・秀吉・武野紹鷗	大徳寺・石山本願寺・北野	町人茶道・茅屋・成り上がり者
運慶・宜瑜・快慶・重源	七条仏所・東大寺	定朝様式・天平仏
萩崎竜雄・舟坂英明・田村満吉	西銀座・府中・瑞浪	パクリ屋・濃クローム硫酸・担架・精神病院
潮田芳子・杉本隆治	K市・富士山・甲斐駒ヶ岳・渋谷・烏山町	地方新聞・連載小説・ホステス・デパート警備員
竹中宗吉・お梅・菊代・利一	京橋・上野・A海岸・伊豆西海岸	印刷職人・伊豆西海岸
須村さと子・要吉・脇田静代・岡島久男	東北の山奥のダム建設現場	生命保険勧誘員・ダム工事現場・一事不再理
伊谷求馬・上村周蔵	甲府・鰍沢・身延山・熊輪・下部	甲府勤番・八代郡下部湯・甲府金山
遠州・家康・織部	平野・備中松山・金地院	作事奉行・寝殿造庭園
東洲斎写楽・歌麿・蔦屋重三郎	八丁掘	絵草子屋・役者絵・鳥羽絵・能役者・阿波藩
本阿弥光悦・家康・宗達	鷹ケ峯・大徳寺	法華信仰・多芸・当代三筆・飾り芸術
自分・光子・笠原勇市	阿佐ヶ谷・Y町・宇部・新宿二幸裏	上海帰りのリル・温泉旅館の急死・新宿二幸裏
玖村武二・大鶴恵之輔・須美子	上野池之端	歴史学者・料亭女中・カルネアデスの板
信子・精一・俊吉・白木淳三	北海道・青森市・奥入瀬・十和田湖	従兄の妻・行方不明・十和田湖
仁蔵・お時・千助	大川・三宅島・霊岸島	流人・ご赦免・茶屋・無宿者
田杉・黒木ふじ子	四谷・中野	結核療養所・前借り・新聞社・電車内の居眠り
岩佐又兵衛・荒木村重・顕如・信雄	伊丹城・貝塚・福井・川越	狩野派・土佐派・彩色屏風絵・北野大茶会
新太・おえん	石川島・本所・永代橋	石川島人足寄場・能州無宿・妾
戸村兵馬・香月弥右衛門・おみよ	両国・行徳・四谷	茶屋女・旗本・妾宅で死・蘇生・怖妻
雪舟・宗湛・君沢	相国寺・山口・北京	宋元画・幕府絵所・遣明船
喜蔵・銀次・忠八	伝馬町	牢名主・出会茶屋
止利仏師・伊村・蘇我氏	安居院・法隆寺	鞍作部首・帰化人技術者・職能集団・推古仏像
吉助・喜兵衛	佐渡・相川・松ヶ崎	水替人足・地役人・脱獄
萱野徳右衛門・幸子・高森正治・桃川恒夫	鵠沼	旧家・良縁・旧家の体裁・慰謝料

76	乱気	37	昭32(57) 12	短編	評伝小説	別冊文藝春秋61号	前田利昌の錯乱
77	雀一羽	37	昭33(58) 1	短編	評伝小説	小説新潮	内藤忠毘の妄想
78	俺は知らない(無宿人別帳)	24	昭33(58) 1	短編	風俗小説	オール讀物	牢内の仁義
79	二階	37	昭33(58) 1	短編	風俗小説	婦人朝日	夫の心中
80	点	37	昭33(58) 1	短編	風俗小説	中央公論	帰省地での出来事
81	ゼロの焦点	3	昭33(58)1・2/昭33(58)3～昭35(60)1	長編	推理小説	太陽/宝石	金沢名流夫人の犯罪
82	夜の足音(無宿人別帳)	24	昭33(58) 2	短編	風俗小説	オール讀物	出戻り女の正体
83	拐帯行	37	昭33(58) 2	短編	風俗小説	日本	心中未遂
84	ある小官僚の抹殺	37	昭33(58) 2	短編	歴史記述	別冊文藝春秋62号	小官僚の死
85	流人騒ぎ(無宿人別帳)	24	昭33(58) 3	短編	風俗小説	オール讀物	八丈島抜け
86	黒地の絵	37	昭33(58) 3	短編	歴史小説	新潮	小倉キャンプの脱走事件
87	氷雨	37	昭33(58) 4	短編	風俗小説	小説公園増刊	年配女中の意地
88	日光中宮祠事件	37	昭33(58) 4	短編	歴史記述	別冊週刊朝日	日光中宮祠強殺事件
89	赤猫(無宿人別帳)	24	昭33(58) 5	短編	風俗小説	オール讀物	牢屋敷の焼亡から
90	かげろう絵図	25	昭33(58)5.17～昭34(59)10	長編	風俗小説	東京新聞ほか	家斉後の政権争い
91	額と歯	37	昭33(58)5.14	短編	歴史小説	週刊朝日	寺島町バラバラ殺人事件
92	装飾評伝	37	昭33(58) 6	短編	評伝小説	文藝春秋	名和薛治と芦野信弘
93	左の腕(無宿人別帳)	24	昭33(58) 6	短編	風俗小説	オール讀物	料理屋の父娘
94	真贋の森	37	昭33(58) 6	短編	風俗小説	別冊文藝春秋64号	美術史界の確執
95	巻頭句の女	37	昭33(58) 7	短編	推理小説	小説新潮	妻の偽装殺人
96	雨と川の音(無宿人別帳)	24	昭33(58) 8	短編	風俗小説	オール讀物	牢抜け無宿の恐怖
97	遭難(黒い画集)	4	昭33(58)10.5～12.14	中編	推理小説	週刊朝日	北アルプスの登山殺人
98	紙の牙	37	昭33(58) 10	短編	風俗小説	日本	市政新聞の脅迫
99	証言(黒い画集)	4	昭33(58)12.21～12.28	短編	風俗小説	週刊朝日	秘密の愛人

前田利昌・柳沢吉保・織田秀親	大聖寺・上野寛永寺	奥詰衆・勅使馳走役・乱心
内藤忠毘・嘉助・りえ	川越・甲府城	内藤忠毘・御書院番組頭・綱吉・生類憐憫令・雀
銀助・弥平次・文字豊	馬道	賭場・質屋・拷問・破牢の企て・
竹沢英二・幸子・坪川裕子		結核療養所・印刷所・派出看護婦・心中
伊村・笠岡重輔	K市・U町	女の子の訪問・共産党スパイ・警察官
鵜原憲一・禎子・室田佐知子	金沢・立川・福浦海岸	広告社・室田耐火煉瓦・パンパン・風紀係
粂吉・龍助	馬道・今戸・田原町	出戻り娘・法華太鼓・山芋掘りの道具
森村隆志・西池久美子	京橋・井の頭・代々木・熱海・指宿	集金持ち逃げ・指宿・情死
瀬川幸雄・唐津淳平・沖村喜六・篠田正彦	赤坂・熱海・来宮・道頓堀・上目黒	汚職事件・小官僚・熱海・首つり自殺
忠五郎・小柳惣十郎・軍蔵	霊岸島・八丈島・三原山	赦免船・大赦・島抜け・密告
モーガン・前野留吉・芳子	京城・小倉・城野	小倉祇園祭・黒人兵・朝鮮戦争・脱走・黒い肌の刺青
加代・初枝・川崎	渋谷・代々木・原宿	割烹料理屋・女中・常連の客
新井志郎・加島竜玄・芦尾厳市・朴烈根	日光市中宮祠・松本・中禅寺湖・熱海	日光中宮祠・日光警察署・朝鮮人
平吉・新八・おえん	伝馬町・回向院・源助町	享保元年大火・質屋
徳川家斉・水野忠篤・登美・島田新之助	向島・両国・感応寺・飛鳥山	将軍職・側衆・西丸大奥・長局・法華宗・お墨附
長谷川市太郎・千葉竜太郎・とみ	向島寺島町・玉の井・日比谷公園	向島寺島町おはぐろどぶ・浅草のルンペン
私・名和薛治・芦野信弘・陽子	福浦・世田谷・豪徳寺・青梅	名和薛治・福浦・芦野信弘・ブリューゲル
おあき・卯助・銀次	深川西念寺横	無尽講・押し込み強盗
宅田伊作・民子・岩野祐之・酒匂鳳岳	五反田・上野・国分寺	骨董屋・美術雑誌・美術史学者
志村さち・石本麦人	愛光園・H市・中野・世田谷・品川	俳句雑誌・巻頭句・施療院・偽装結婚
与太郎・市助	伝馬町・下谷・岡谷	非人溜・駕籠屋
浦橋吾一・槇田二郎・江田昌利	槍ケ岳・松本・北アルプス	山岳部・北アルプス・ケルン・松本高校・五万分の一地図
菅沢圭太郎・昌子・高畠久雄	R市	厚生課長・温泉町・殺虫剤・首吊り
石野貞一郎・梅谷智恵子	西大久保・大森・向島	偽証・裁判所・生命保険会社員

100	剥製	37	昭34(59)　1	短編	風俗小説	中央公論文芸特集号	鳥寄せ名人と老朽作家
101	坂道の家(黒い画集)	4	昭34(59)1.4～4.19	中編	風俗小説	週刊朝日	小間物店主の転落
102	危険な斜面	37	昭34(59)　2	短編	推理小説	オール讀物	調査課長の野望と挫折
103	願望	37	昭34(59)2.25	短編	風俗小説	別冊週刊朝日	姉への孝養と乞食楽阿弥
104	上申書	37	昭34(59)　2	短編	推理小説	文藝春秋	妻の殺人無罪の上申書
105	空白の意匠	37	昭34(59)　4	短編	風俗小説	新潮	広告部長の災禍
106	火の縄	26	昭34(59)5.17～12.27	中編	評伝小説	週刊現代	稲富治助の生涯
107	波の塔	18	昭34(59)5.29～昭35(60)6	長編	風俗小説	女性自身	汚職ブローカーと青年検事
108	小説帝銀事件	17	昭34(59)　5	中編	歴史小説	文藝春秋	帝銀事件の犯人像
109	紐(黒い画集)	4	昭34(59)6.14～8.30	中編	推理小説	週刊朝日	自殺の保険金
110	歪んだ複写	11	昭34(59)　6	中編	推理小説	小説新潮	税務署長の犯罪
111	霧の旗	19	昭34(59)　7	中編	風俗小説	婦人公論	ある弁護士の被害
112	「スチュワーデス殺し」論	13	昭34(59)　8	短編	歴史記述	婦人公論臨時増刊	スチュワーデス殺人事件
113	寒流(黒い画集)	4	昭34(59)9.6～11.29	中編	風俗小説	週刊朝日	女が原因で暖流から駆逐
114	天城越え(黒い画集)	4	昭34(59)11.1	短編	風俗小説	サンデー毎日特別号	土工と女
115	黒い福音	13	昭34(59)11.3～昭35(60)6	長編	歴史小説	週刊コウロン	神父のスチュワーデス殺人
116	凶器(黒い画集)	4	昭34(59)12.6～27	短編	推理小説	週刊朝日	雑貨商と寡婦
117	わるいやつら	14	昭35(60)1.11～昭36(61)6	長編	風俗小説	週刊新潮	悪徳病院長の犯罪
118	濁った陽(黒い画集)	4	昭35(60)1.3～4.3	中編	推理小説	週刊朝日	自殺課長補佐の未亡人
119	球形の荒野	6	昭35(60)　1	長編	推理小説	オール讀物	戦時外交官の人生
120	下山国鉄総裁謀殺論(日本の黒い霧)	30	昭35(60)　1	短編	歴史記述	文藝春秋	下山国鉄総裁の怪死
121	「もく星」号遭難事件(日本の黒い霧)	30	昭35(60)　2	短編	歴史記述	文藝春秋	もく星号の遭難

芦田・塚原太一・T氏・R氏	F市・武蔵野・本郷	鳥寄せ名人・老朽作家・剝製・雑誌編集者
寺島吉太郎・杉田りえ子	中野・神田・赤坂	小間物店・キャバレー・タイルの浴槽
秋場文作・野関利江・西島卓平・沼田仁一	歌舞伎座・麻布鳥居坂・赤坂・博多・銀座	会長の妾・調査課長・愛人
士・楽阿弥	愛宕・日本橋	按摩の術・肉体の孝養・楽阿弥の人生
時村牟田夫・旬里子・馬寄警部補	世田谷区××町・神田・熱海	妻殺人容疑・証人尋問調書・聴取書・意見書・上申書
植木欣作・名倉忠一	東京・八重洲口・神田・新橋・赤坂	新聞広告部長・広告代理店・製薬会社
一色義有・細川忠興・玉・徳川家康	弓木城・宮津・三戸野	一色家の滅亡・本能寺の変・稲富変身
小野木喬夫・結城庸雄・頼子	諏訪・深大寺・松濤・佐渡・樹海	竪穴遺跡・検事・特捜部・家宅捜索・斡旋収賄
アンダースン・平沢貞通・正木亮	椎名町・戸山原・小樽	衛生課員・七三一部隊・青酸カリ・テンペラ画
梅田安太郎・静子・青木シゲ・戸田正太	千住・津山・新宿・和泉多摩川	神職・映画館の半券・保険金
沼田嘉太郎・崎山亮久・田原典太	深大寺・武蔵境・五反田	古物屋・税務署・階段・脱税
柳田桐子・大塚欽三・河野径子	丸の内・K市	弁護士・タイピスト・強盗殺人・弁護料・ホステス
ベルメルシュ神父・武川知子	碑文谷・鷺宮・善福寺川	重要参考人・社会事業団体・看護婦・スチュワーデス
沖野一郎・前川奈美・桑山英己	箱根・強羅・宇都宮	割烹料理屋・銀行支店長・秘密探偵社員・総会屋
大塚ハナ	天城・下田街道・静岡・修善寺	呉服屋・氷倉・酌婦
トルベック神父・生田世津子	武蔵野・芝浦・高久良	教会・聖書の翻訳・貿易商・スチュワーデス
猪野六右衛門・斎藤島子	黒岩村・呼倉	木槌・藁積み・ぜんざい
戸谷信一・寺島トヨ・槙村隆子・藤島チセ	銀座・甲州街道・川越	骨董品・病院・看護婦・風邪薬・弁護士
関京太郎・森沢真佐子・草刈美代子	銀座・池袋・伊東・真鶴	汚職事件・課長補佐・未亡人・官庁ボス・乗車券
野上顕一郎・野上久美子・添田彰一	唐招提寺・南禅寺・観音崎	芳名帳・一等書記官・中立国・駐在武官
下山定則・シャグノン	三越・五反野	国鉄・田端機関区・常磐線北千住駅・GHQ
三鬼隆・スチュワード	舞阪沖・三原山・館山	日航機「もく星号」・三原山・GHQ

122	二大疑獄事件(日本の黒い霧)	30	昭35(60)　3	短編	歴史記述	文藝春秋	昭電・造船汚職
123	草(黒い画集)	4	昭35(60)4.10～6.19	中編	推理小説	週刊朝日	病院とヒロポン
124	白鳥事件(黒い画集)	30	昭35(60)　4	短編	歴史記述	文藝春秋	白鳥警部の射殺
125	砂の器	5	昭35(60)5.17～昭36(61)4	長編	推理小説	読売新聞・夕刊	新進作曲家の過去
126	ラストヴォロフ事件(黒い画集)	30	昭35(60)　5	短編	歴史記述	文藝春秋	ラストヴォロフの亡命
127	革命を売る男・伊藤律(黒い画集)	30	昭35(60)　6	短編	歴史記述	文藝春秋	共産党員伊藤律の除名
128	部分	37	昭35(60)　7	短編	推理小説	小説中央公論	妻の殺人
129	征服者とダイアモンド(黒い画集)	30	昭35(60)　7	短編	歴史記述	文藝春秋	供出ダイアモンドの行方
130	駅路	37	昭35(60)8.7	短編	推理小説	サンデー毎日	銀行マンの退職と災禍
131	帝銀事件の謎(黒い画集)	30	昭35(60)　8	短編	歴史記述	文藝春秋	帝銀事件の謎
132	鹿地亘事件(日本の黒い霧)	30	昭35(60)　9	短編	歴史記述	文藝春秋	鹿地旦の拉致・拘禁
133	推理・松川事件(日本の黒い霧)	30	昭35(60)　10	短編	歴史記述	文藝春秋	松川事件の真相
134	誤差	37	昭35(60)10.1	短編	推理小説	サンデー毎日	湯治場殺人
135	追放とレッドパージ(日本の黒い霧)	30	昭35(60)　11	短編	歴史記述	文藝春秋	公職追放とレッドパージ
136	占領「鹿鳴館」の女たち	34	昭35(60)　11	短編	歴史記述	婦人公論	占領軍と上流婦人
137	謀略朝鮮戦争(日本の黒い霧)	30	昭35(60)　12	短編	歴史記述	文藝春秋	朝鮮戦争の謀略
138	連環	12	昭36(61)　1	長編	風俗小説	日本	小悪人の色と欲
139	確証(影の車)	1	昭36(61)　1	短編	推理小説	婦人公論	不貞の確証
140	深層海流	31	昭36(61)1～12	中編	歴史小説	文藝春秋	総理庁特別調査部とGHQ
141	万葉翡翠(影の車)	1	昭36(61)　2	短編	推理小説	婦人公論	万葉考古学
142	不安な演奏	11	昭36(61)3.13～12.25	中編	推理小説	週刊文春	大物政治家周辺の犯罪
143	薄化粧の男(影の車)	1	昭36(61)　3	短編	推理小説	婦人公論	美貌であった男の結末
144	潜在光景(影の車)	1	昭36(61)　4	短編	推理小説	婦人公論	母親と子供と愛人

ケージス・日野原節三・森脇将光	赤坂	昭和電工・GHQ・造船疑獄・指揮権発動・犬養法相
沼田一郎・金子京太・河原タミ	大月	肝臓・入院・駆け落ち・薬剤師・入院料割引運動
白鳥一雄・村上国治	札幌・幌見峠	白鳥警部・共産党地下組織・札幌、幌見峠
今西栄太郎・三木謙一・和賀英良	蒲田・伊勢市・岡山県江見町	東北弁・ヌーボーグループ・経歴詐称
ラストヴォロフ・ブラウニング夫人	狸穴・虎ノ門・銀座・札幌	駐日ソ連代表部・ラストヴォロフ・スパイ活動
伊藤律・ゾルゲ・尾崎秀実	麻布・上目黒・代々木	日本共産党六全協・伊藤律・ゾルゲ
私・上村智子・よし江	銀座・歌舞伎座	妻と母の容貌の酷似・間違い殺人
クレーマー・青木斌・ボース	常磐橋公園・埼玉郡真和村・桐生	GHQ・日本銀行地下金庫・ダイアモンド
小塚貞一・百合子・福村慶子・よし子	銀座・広島・名古屋・可部	銀行営業部長の退職・愛人旅行
平沢貞通・石井四郎・パーカー	椎名町・下落合・小樽・若松町	平沢貞通・最高裁判決・捜査方針の転換・GHQ
鹿地亘・キャノン・三橋正雄	鵠沼・代官山・下落合・重慶	鹿地旦・キャノン機関・ソ連スパイ
広津和郎・玉川正・シャグノン	松川・庭坂・安達郡和木沢村	松川・国鉄労組福島支部・東芝松川工場労組・CIC
安西澄子・大村・竹田宗一	H 鉱泉・T 駅・銀座	湯治・死後硬直・バーマダム・縊死
マッカーサー・ホイットニー・ウイロビー		公職追放・GHQ・レッドパージ
鳥尾鶴代・ケーディス・楢橋渡	大磯滄浪閣・箱根富士屋ホテル	GHQ・学習院グループ・昭電事件・GS
マッカーサー・ダレス・李承晩	朝鮮・三十八度線・済州島・仁川	三十八度線・北朝鮮軍・韓国軍・国連軍・仁川上陸
笹井誠一・下島滋子・宇都宮早苗	S 市・赤坂・神田・鋸山	印刷所・紙倉庫・ガスの元栓・エロ出版社
大庭章二・多恵子	新宿裏通り・田村町・銀座	街娼・淋疾・出張
坂根重武・中久保京介・川上久一郎	築地・四谷・上野・中目黒・赤坂	総理庁特別調査部・GHQ・V 資金
今岡三郎・杉原忠良・芝垣多美子	奴奈川村・小滝川	万葉集・翡翠・捜索隊・短歌雑誌
宮脇平助・葉山良太・千倉練太郎	湯島・出雲崎・秋野村・尾鷲	選挙違反・説教・生命保険・ホモ・不動産屋
草村卓三・淳子・風松ユリ	練馬区高松町・豊島区椎名町	白髪染め・道路工事標識・本妻と妾
浜島・小磯泰子	品川	保険集金人・麦畠・海岸のロープ・毒饅頭

145	典雅な師弟(影の車)	1	昭36(61) 5	短編	推理小説	婦人公論	老いた姉と弟
146	時間の習俗	1	昭36(61)5 ~昭37(62)11	中編	推理小説	旅	業界紙の裏側
147	田舎医師(影の車)	1	昭36(61) 6	短編	推理小説	婦人公論	医者の転落死
148	鉢植を買う女(影の車)	1	昭36(61) 7	短編	推理小説	婦人公論	金貸しオールドミス
149	厭戦	38	昭36(61) 7	短編	歴史記述	新日本文学別冊	左平の厭戦
150	小さな旅館	38	昭36(61)9.1	短編	推理小説	週刊朝日別冊・緑蔭特別号	娘婿の殺害
151	松川事件判決の瞬間	30	昭36(61)8.21	短編	歴史記述	週刊公論	松川裁判
152	落差	20	昭36(61)11.12 ~昭37(62)11.21	長編	風俗小説	読売新聞	歴史学者の色と欲
153	老春	38	昭36(61) 11	短編	風俗小説	新潮	老人の性春
154	北の詩人	17	昭37(62)1 ~昭38(63)3	中編	評伝小説	中央公論	米ソの朝鮮統治
155	けものみち	15	昭37(62)1.8 ~昭38(63)12.30	長編	風俗小説	週刊新潮	政界ボスの生の欲望
156	鴉	38	昭37(62)1.7	短編	推理小説	週刊読売	偏執者の憎悪と殺人
157	ガラスの城	41	昭37(62)1 ~昭38(63)6	中編	推理小説	若い女性	不倫と生存の欲望殺人
158	象徴の設計	17	昭37(62)3 ~昭38(63)6	中編	評伝小説	文芸	現人神の設計
159	天保図録	27~28	昭37(62)4.13 ~昭39(64)12.18	長編	風俗小説	週刊朝日	水野越前と天保の改革
160	事故(別冊黒い画集)	7	昭37(62)12.31 ~昭38(63)4.15	中編	推理小説	週刊文春	二つの迷宮入り事件
161	皿倉学説	38	昭37(62) 12	短編	風俗小説	別冊文藝春秋82号	脳生理学説の周辺
162	彩霧	12	昭38(63) 1	中編	推理小説	オール読物	銀行と脱税と大物金融業者
163	土俗玩具(絢爛たる流離)	2	昭38(63) 1	短編	推理小説	婦人公論	美貌の妻
164	相模国愛甲郡中津村	38	昭38(63) 1	短編	風俗小説	婦人公論	明治元老のニセ筆跡事件
165	影	38	昭38(63) 1	短編	風俗小説	文芸朝日	流行作家の没落と代作
166	現代官僚論(現代官僚論)	31	昭38(63) 1	短編	歴史記述	文藝春秋	現代の官僚
167	小町鼓(絢爛たる流離)	2	昭38(63) 2	短編	推理小説	婦人公論	男たちの欲望

生駒才次郎・桃世	麻布・丸の内・登戸	大名華族・爬虫類・婦人科医院
峰岡周一・三原紀一・鳥飼重太郎	門司・相模湖・博多・水城	和布刈神事・俳句吟行・ネガフイルム
杉山良吉・杉山俊郎	石見・桐畑	橇の跡・医者・雪・往診・遭難・櫨の実・蠟燭
上浜楢江・杉浦淳一		タイピスト・月1割・更衣室・オールドミス・木桶
わたし(清張)・針尾佐平・梅村久介	朝鮮・福岡・名護屋・豊前小倉・宮之原	左平窟・秀吉・朝鮮役・清張の戦時体験・逃亡
俺・順治・敦子・多恵子	練馬区江古田・相模湖	婿養子・連れ込み旅館・江古田泥炭層
松本清張・広津和郎・門田裁判長	仙台高裁	仙台高裁・完全無罪・事件の真相追究
島地章吾・細貝景子・佐野明子	箱根・雪が谷・高知・川上	印税率・ダム工事・古本屋・似而非学者・教育委員会
重吉・好子・春子・杉原トモ・栄造・比佐子	燕・八幡浜・沼田・R町	老父の家出・女中
林和・安永達・李承覧	京城・三十八度線	肺病・詩人・日帝・転向・信託統治反対闘争
鬼頭洪太・成沢民子・小滝・久垣	江古田・麻布・赤坂一ツ木通り	脳軟化症・七輪・総合高速路面公団・小竹炭坑
浜島庄作・柳田修二	北多摩郡××町次郎新田・京橋裏	新道路建設地・労働組合・賃上げスト回避・組合委員長
野村俊一・三上田鶴子・杉岡	修善寺・大月	慰安旅行・死者の手記・植木運搬のトリック
山県有朋・伊藤博文・板垣退助	竹橋・目白台	竹橋事件・軍人勅諭・天皇の武力・自由民権運動
水野忠邦・鳥居忠耀・本庄茂平次	浜松・芝三田・長崎	天保改革・西の丸大奥・調伏祈禱・印旛沼干拓・上知
高田京太郎・浜口久子・田中幸雄	和田峠・釜無川	事故係・損害補償・興信所・深夜トラック
採銅健也・河田喜美子・皿倉和己	井の頭公園・麻布新坂町・玉川上水	脳生理学説・猿五十匹の実験・老生理学者・生体実験
安川信吾・知念基・須原庄作	船小屋温泉・静岡・船原温泉	銀行員・架空口座・税務署・
谷尾妙子・村田忠夫	北九州・麻布市兵衛町	土俗人形・能役者・砒素・派出付添婦
私・大隈重信・井上馨・中村九右衛門	神田・愛甲郡愛川町・東区高麗橋	大隈重信・贋札・藤田組事件・熊坂長庵
笠間久一郎・宇田道夫	勝山・善福寺・池袋・芝魚藍坂・湯河原	流行作家の枯渇・代作・文芸作品・通俗小説
緒方竹虎・山県有朋・吉田茂	霞ヶ関・田村町	公務員・特権意識・派閥・天下り・統制・汚職
谷尾妙子・北山睦雄	麻布市兵衛町	能楽師・匕首・鼓の紐

168	百済の草(絢爛たる流離)	2	昭38(63)　3	短編	推理小説	婦人公論	人妻への欲望
169	屈折回路	22	昭38(63)　3	中編	推理小説	文學界	細菌と狂人
170	乱灯江戸影絵	59	昭38(63)3.21～昭39(64)4.29	長編	風俗小説	朝日新聞夕刊	吉宗の苦慮
171	文部官僚論(現代官僚論)	31	昭38(63)3､4	短編	歴史記述	文藝春秋	文部省
172	熱い空気(別冊黒い画集)	7	昭38(63)4.22～7.8	中編	風俗小説	週刊文春	派出家政婦と教授の家
173	走路(絢爛たる流離)	2	昭38(63)　4	短編	風俗小説	婦人公論	蓄財の拐帯
174	雨の二階(絢爛たる流離)	2	昭38(63)　5	短編	推理小説	婦人公論	ヒステリー妻の殺害
175	たづたづし	38	昭38(63)　5	短編	推理小説	小説新潮	愛人殺害と記憶喪失
176	農林官僚論(現代官僚論)	31	昭38(63)5～7	短編	歴史記述	文藝春秋	農林省
177	夕日の城(絢爛たる流離)	2	昭38(63)　6	短編	風俗小説	婦人公論	結婚の秘密
178	灯(絢爛たる流離)	2	昭38(63)　7	短編	推理小説	婦人公論	出戻り娘の周辺
179	切符(絢爛たる流離)	2	昭38(63)　8	短編	風俗小説	婦人公論	元芸者の殺害
180	検察官僚論(現代官僚論)	31	昭38(63)8､9	短編	歴史記述	文藝春秋	検察庁
181	半生の記	34	昭38(63)8～昭40(65)1	中編	自伝	文芸	松本清張の人生
182	代筆(絢爛たる流離)	2	昭38(63)　9	短編	推理小説	婦人公論	オンリーの周辺
183	形(別冊黒い画集)	7	昭38(63)10.21～11.18	中編	推理小説	週刊文春	土地買収交渉の顚末
184	安全率(絢爛たる流離)	2	昭38(63) 10	短編	推理小説	婦人公論	バーマダムとバーテン
185	通産官僚論(現代官僚論)	31	昭38(63)10～12	短編	歴史記述	文藝春秋	通産省
186	陸行水行(別冊黒い画集)	7	昭38(63)11.25～昭39(64)1.6	短編	風俗小説	週刊文春	浮世離れの古代史研究家
187	陰影(絢爛たる流離)	2	昭38(63) 11	短編	推理小説	婦人公論	バーマダムの結婚
188	消滅(絢爛たる流離)	2	昭38(63) 12	短編	風俗小説	婦人公論	溶接工の恋
189	断線(別冊黒い画集)	7	昭39(64)1.13～3.23	中編	風俗小説	週刊文春	失踪したサラリーマン
190	大黒屋(彩色江戸切絵図)	24	昭39(64)1､2	短編	推理小説	オール讀物	贋金作り

伊原雄一・寿子・高柳少佐	金邑・沖縄	衛生兵・営外居住・高級参謀
私・香取江津子	大夕張・熊本・蟹崎	ポリオ・赤痢・労働争議・石子部隊・P製薬・伝染経路
大岡忠相・香月弥作・本田織部	越前・鯖江・細木村	目安箱・小石川薬草園・庭番・蓬・針医
清瀬一郎・天野貞祐・内藤誉三郎	山口県・紫野	講壇派・教育委員会・内藤誉三郎・勤評
河野信子・稲村達也・春子・健三郎	道玄坂・熱海・チフス	派出家政婦・大学教授・マッチ
篠原憲作・伊原寿子・山田勝平	母岳山・金邑・木浦・朝鮮海峡	重慶放送・超短波受信機・ポツダム宣言
畑野寛治・秋江・礼子	福岡・新橋・麻布・箱崎・大森	軍需省雇員・憲兵隊・長靴
わたし・平井良子	上諏訪・武蔵野・富士見駅・木曾福島	万葉集、大宅娘子の歌・不倫・恐喝傷害・記憶喪失
河野一郎・小倉武一	熊本・モスクワ	補助金・汚職・農地改革・河野一郎
山辺澄子・平垣新一・粟島重介	本郷・京橋・榛名山	古物屋・素封家・狂人・政治ブローカー・変態趣味
山辺澄子・金井一郎	本所深川	骨董屋・かつぎ屋・蠟燭の火・血液型
足立二郎・米山スガ・坂井芳夫	宇部・広島・耶馬渓・柿坂	古物屋・針金・製鋼所・捲取機・原爆・切符
安倍治夫・小原直・馬場義続	札幌・伊東	安倍治夫検事・馬場義続
私・松本峯太郎・タニ	矢戸村・門司・小倉・博多	矢戸村（日南町）・松本峯太郎・小倉・朝日新聞社
神保なつ子・戸倉良夫	神田・朝鮮	進駐軍・朝鮮戦争・輪タク・電気学校・汗
川口平六・畠山行雄	笛吹川	観光開発・高速道路・養豚・買収予定地
加久隆平・津神佐保子・君島二郎	羽田・成城・銀座・国会議事堂	総学連・安保反対闘争・首相官邸・デモ
岸信介・熊谷典文・円山泰男	四谷	官僚統制・独禁法
川田修一・浜中浩三	安心院	邪馬台国・魏志倭人伝・宇佐神宮・筑後川
加久隆平・津神佐保子・芝山達夫	銀座	結婚通知・情報屋・宝石商
宮原次郎・宇津井登代子	湘南	飯場・別荘・溶接工・蜜柑畑・金槌・プラチナの滓
田島光夫・滝村英子・倉垣左恵子	藤沢・青山墓地・腰越	証券会社・ナイトクラブ・薬品会社・失踪・句碑
常右衛門・すて・留五郎・幸八・惣兵衛	日本橋堀江町・馬道・金沢	穀物問屋・金箔

191	「白鳥事件」裁判の謎	30	昭39(64)　1	短編	歴史記述	中央公論	白鳥裁判
192	大山詣(彩色江戸切絵図)	24	昭39(64)　3	短編	風俗小説	オール讀物	若女房の愛欲
193	寝敷き(別冊黒い画集)	7	昭39(64)3.30~4.20	短編	推理小説	週刊文春	情死の実際
194	逃亡	29	昭39(64)3.16~昭40(65)3.17	長編	風俗小説	信濃毎日新聞・夕刊ほか	破牢の男の放浪
195	山椒魚(彩色江戸切絵図)	24	昭39(64)5、6	短編	風俗小説	オール讀物	疱瘡除けの愛欲図
196	草の陰刻	8	昭39(64)5.16~昭60(85)5.22	長編	推理小説	読売新聞	大物代議士の策謀
197	警察官僚論(現代官僚論)	31	昭39(64)4~6	短編	歴史記述	文藝春秋	警察庁
198	三人の留守居役(彩色江戸切絵図)	24	昭39(64)7、8	短編	推理小説	オール讀物	蔵前札差の酔狂異聞
199	内閣調査室論(現代官僚論)	31	昭39(64)　7	短編	歴史記述	文藝春秋	内閣調査室
200	ヨーッロッパ20日コースをゆく	34	昭39(64)7~9	中編	紀行	旅	西欧からエジプトの旅
201	石田検事の怪死(昭和史発掘２)	32	昭39(64)8.17~9.21	短編	歴史記述	週刊文春	石田検事の怪死
202	蔵の中(彩色江戸切絵図)	24	昭39(64)　9	短編	推理小説	オール讀物	奉公人の色と欲
203	晩景	38	昭39(64)　9	短編	風俗小説	別冊文藝春秋89号	特許をめぐる裁判
204	朴烈大逆事件(昭和史発掘３)	32	昭39(64)9.28~11.2	短編	歴史記述	週刊文春	大逆事件
205	地の骨	16	昭39(64)11.9~昭41(66)6.11	長編	風俗小説	週刊新潮	大学教授の醜聞
206	女義太夫(彩色江戸切絵図)	24	昭39(64)11、12	短編	風俗小説	オール讀物	女義太夫の凋落の愛
207	芥川龍之介の死(昭和史発掘４)	32	昭39(64)11.9~昭40(65)1.11	短編	歴史記述	週刊文春	芥川龍之介の自殺
208	長篠合戦(私説・日本合戦譚)	26	昭40(65)　1	短編	歴史記述	オール讀物	長篠合戦の経緯
209	北原二等卒の直訴(昭和史発掘５)	32	昭40(65)1.18~3.1	短編	歴史記述	週刊文春	北原二等卒の直訴
210	劉生晩期(エッセイより)	34	昭40(65)2~4	短編	評伝小説	芸術新潮	岸田劉生の晩年
211	姉川の戦(私説・日本合戦譚)	26	昭40(65)　2	短編	歴史記述	オール讀物	姉川合戦の経緯
212	山崎の戦(私説・日本合戦譚)	26	昭40(65)　3	短編	歴史記述	オール讀物	山崎合戦の経緯
213	三・一五共産党検挙(昭和史発掘６)	32	昭40(65)3.8~5.3	短編	歴史記述	週刊文春	日本共産党の検挙

松本清張・村上国治・白鳥一雄	札幌・幌見峠・薄野	被告、村上国治・白鳥警部・CIC
利右衛門・おふで・平助・天順	日本橋平右衛門町・大山	蠟燭問屋・大山詣・天狗堂・石尊さんの仏罰
森岡源治・夏井季子	湯河原	ペンキ職人・情死・睡眠薬
源次・お蝶・梅三郎・伝助	伝馬町・向島・大山・湯島天神下	牢火事・贋金・仏壇職人
源八・庄太・お種	浅間神社・日本橋馬喰町	疱瘡・山椒魚・痺れ薬・旅籠屋
瀬川良一・佐々木信明・大賀冴子	杉江・前橋	刑事事件簿・ストリッパー・代議士・暴力団・告訴取り下げ
山県有朋・ホイットニー・斎藤昇	銀座三原橋・愛宕山	警職法・破防法
長丸・蔦吉・惣兵衛・久助	両国・駒形河岸	料理屋・寄合茶屋・留守居役・挟箱・貸衣装屋・
村井順・緒方竹虎・古屋亨		村井順・緒方竹虎・日本情報調整委員会
	コペンハーゲン・ハーグ・ロンドン	飾窓の女・血の塔・シェークスピア四百年祭
石田基・吉益俊次・村井亀吉	蒲田・市ヶ谷・日比谷	石田基・政友会・軍事機密費・松島遊廓
お露・亥助・半蔵・岩吉・平造	日本橋銀町・乞食橋	畳表問屋・報恩講
おれ(高宮治三郎)・康子・信一	霞ヶ関・大森馬込・下北沢	牛乳瓶のビニール覆・特許申請・個人訴訟
朴烈・金子文子・立松懐清	市ヶ谷・千葉刑務所	朴烈・金子文子・朝鮮人暴動・皇太子成婚
稲木治夫・町野啓子・楢沢荚子・川西	松濤・熱海	入試問題・ホテル・隠し預金・裏帳簿・裏口入学
竹本巴之助・竹本秀勇・与吉	柳橋・番町・不忍池	女義太夫・出合茶屋・女夜叉
芥川龍之介・小穴隆一・下島勲	滝野川町田端・本所小泉町・鎌倉	田端・或旧友へ送る手記・ぼんやりした不安
武田勝頼・家康・信長・奥平貞昌	設楽原・長篠城・鳶巣山	山家三方衆・金山衆・鉄砲
北原泰作	濃尾平野・各務原・名古屋練兵場	北原泰作・部落解放運動・水平社
岸田劉生・蓁・麗子	下駒沢村新町・鵠沼・京都・鎌倉	岸田劉生・劉生の京都時代・劉生の鎌倉時代
浅井長政・朝倉義景・信長・家康・義昭	佐和山・一乗谷・金ケ崎・姉川	斯波氏・石割・攻守同盟・事前通告・殿軍・叡山焼打ち
織田信長・明智光秀・豊臣秀吉	本能寺・山崎・亀山・老の坂	中国出陣・連歌・野伏
福本和夫・佐野文夫・徳田球一	五色温泉・亀戸・モスクワ	五色温泉・s3 3 15・s4 4 16・佐野学

214	佐分利公使の怪死(昭和史発掘8)	32	昭40(65)6.28~8.2	短編	歴史記述	週刊文春	佐分利公使の怪死
215	川中島の戦(私説・日本合戦譚)	26	昭40(65) 4	短編	歴史記述	オール読物	川中島合戦の経緯
216	厳島の戦(私説・日本合戦譚)	26	昭40(65) 5	短編	歴史記述	オール読物	厳島合戦の経緯
217	雑草群落	44	昭40(65)6.18~昭41(66)7.7	長編	風俗小説	東京新聞ほか	骨董屋の愛憎と贋作
218	九州征伐(私説・日本合戦譚)	26	昭40(65) 6	短編	歴史記述	オール読物	秀吉九州征伐の経緯
219	小説東京帝国大学	21	昭40(65)6.27~昭41(66)10.23	長編	歴史小説	サンデー毎日	帝国大学の虚像
220	ベイルート情報	38	昭40(65) 6	短編	歴史小説	別冊文藝春秋92号	スパイ、エリ・コーエン
221	島原の役(私説・日本合戦譚)	26	昭40(65) 7	短編	歴史記述	オール読物	島原の役の経緯
222	潤一郎と春夫(昭和史発掘9)	32	昭40(65)8.9~10.4	短編	歴史記述	週刊文春	潤一郎・春夫と千代
223	関ヶ原の戦(私説・日本合戦譚)	26	昭40(65) 8	短編	歴史記述	オール読物	関ヶ原の戦の経緯
224	砂漠の塩	19	昭40(65)9~昭41(66)11	中編	風俗小説	婦人公論	砂漠の中の情死
225	中央流沙	45	昭40(65) 10	中編	風俗小説	社会新報	官庁汚職
226	Dの複合	3	昭40(65)10~昭43(68)3	長編	推理小説	宝石	旅と民俗学殺人事件
227	天理研究会事件(昭和史発掘10)	32	昭40(65)10.11~11.22	短編	歴史記述	週刊文春	天理本道の検挙
228	西南戦争(私説・日本合戦譚)	26	昭40(65) 11	短編	歴史記述	オール読物	西南戦争の経緯
229	棲息分布	45	昭41(66)1.1~昭42(67)2.16	長編	風俗小説	週刊現代	戦後成金事業家の暗闘
230	統監	38	昭41(66) 3	短編	評伝小説	別冊文藝春秋95号	統監・伊藤博文と芸者
231	スパイ"M"の謀略(昭和史発掘13)	32	昭41(66)4.25~8.8	短編	歴史記述	週刊文春	共産党スパイ〝M〟
232	花衣	38	昭41(66) 6	短編	評伝小説	別冊文藝春秋96号	悠紀女と不昴
233	火の虚舟	21	昭41(66)6~昭42(67)8	中編	評伝小説	文藝春秋	思想家中江兆民の生涯
234	古代史疑	33	昭41(66)6~昭42(67)3	中編	歴史記述	中央公論	日本古代史
235	粗い網版	38	昭41(66) 12	短編	歴史小説	別冊文藝春秋98号	大本教の弾圧
236	役者絵(紅刷り江戸噂)	24	昭42(67) 1	短編	推理小説	別冊宝石	妾と人足の愛欲

佐分利貞男・筆者	箱根宮ノ下・霞ヶ関・	富士屋ホテル・駐支公使・佐分利貞男
武田信玄・上杉謙信・山本勘助	川中島・千曲川・海津城・妻女山	仏門への帰依・車懸かりの戦法・夜襲部隊
毛利元就・陶晴賢・大内義隆・尼子晴久	宮島・吉田	地頭・水軍・調略・三本の矢
高尾庄平・和子・駒井・村上為蔵	日本橋・高井戸・麻布市兵衛町	古美術商・座敷女中・肉筆浮世絵・贋作
秀吉・秀長・島津義久	耳川・戸次川・高城・太平寺	抜刀攻撃・鉄砲
工藤雄三・下田歌子・奥宮健之	赤坂氷川町・初音町・目白台	哲学館事件・万朝報・屈辱講和・祭天の古俗・両朝対立
私・高瀬正一・ハインド・エリコーエン	カイロ・ベイルート・シリア・ダマスカス	カイロ・ベイルート・ダマスカス・イスラエルのスパイ
天草四郎時貞・松倉重政・板倉重昌	天草島・原城	飢饉・耶蘇教・牢人・一揆・阿蘭陀船
谷崎潤一郎・千代・佐藤春夫	岡本・神保町・向島新小梅・曙町	石川千代・谷崎の小田原家・秋刀魚の歌
秀頼・石田三成・家康・大谷吉継	佐和山・会津・小山・桃配山	五大老・五奉行・清洲会議
野木泰子・保雄・谷口真吉	カイロ・ダマスカス・バクダッド	観光団・異教徒の結婚・姦通・砂漠・涸谷
岡村福夫・倉橋・西秀太郎	札幌・作並温泉	汚職摘発・課長補佐・弁護士・警視庁・天下り
伊瀬忠隆・浜中三夫・坂口みま子	天の橋立・城崎・美保の松原	浦島伝説・羽衣説話・計算狂
大西愛治郎・筆者	丹波市町藤井・山口町・竹ノ内部落	大西愛治郎・天理本道・大阪、高石町羽衣
西郷隆盛・木戸孝允・山県有朋	鹿児島・熊本城・田原坂	廃藩置県・鹿児島藩士族・征韓論・私学校
井戸原俊敏・初子・根本安雄	香港・南平台・銀座	粉飾決算・プロ野球・軍需物資の横領・憲兵
わたし（光香）・伊藤博文・李完用	大磯・目白台・新橋・釜山・京城・朝鮮	伊藤博文・統監・芸者・韓帝・日韓保護条約
風間丈吉・渡辺政之輔・峰原暁助（M）	大森・モスクワ・中蒲原郡	松村（峰原）・クートベ・コミンテルン極東局
自分（清張）・羽島悠紀女・須田不昂	玄界灘・根津権現・大津・稲毛	羽島悠紀女・俳句・不昂
中江兆民・幸徳秋水・福地源一郎	高知新町・湯島・曾根崎・小樽	土佐藩・仏語・保安条例・元老院・自由党
私・卑弥呼・陳寿	邪馬台国・伊都国・投馬国・	邪馬台国・卑弥呼・狗奴国種族・一大率
秋島正六・阿守古智彦	京都・湯河原・蹴上	内務省警保局・特高・大本教・不敬罪
宗太・お蝶・美濃屋六右衛門・文吾	谷中浄応寺・鎌倉河岸・葭町	灸の日・囲われ者・賭場・枕元の屛風

237	歯止め(黒の様式)	9	昭42(67)1.6～2.24	中編	推理小説	週刊朝日	姉の自殺
238	七種粥(紅刷り江戸噂)	24	昭42(67)1～3	短編	推理小説	小説現代	若女房愛欲のとりかぶと
239	風紋	46	昭42(67)1～昭43(68)6	中編	風俗小説	現代	食品会社の内紛
240	交通事故死亡1名(死の枝)	6	昭42(67) 2	短編	推理小説	小説新潮	仕組まれた交通事故
241	種族同盟	38	昭42(67) 3	短編	風俗小説	オール読物	ある国選弁護士の不運
242	犯罪広告(黒の様式)	9	昭42(67)3.3～4.21	中編	推理小説	週刊朝日	時効の殺人遺体
243	偽狂人の犯罪(死の枝)	6	昭42(67) 3	短編	推理小説	小説新潮	殺人後の法廷戦術
244	虎(紅刷り江戸噂)	24	昭42(67)4､5	短編	推理小説	小説現代	張子の虎の恐怖
245	微笑の儀式(黒の様式)	9	昭42(67)4.28～6.30	中編	推理小説	週刊朝日	死顔の彫刻
246	家紋(死の枝)	6	昭42(67) 4	短編	推理小説	小説新潮	住職院代の殺人
247	史疑(死の枝)	6	昭42(67) 5	短編	推理小説	小説新潮	助教授の犯罪
248	突風(紅刷り江戸噂)	24	昭42(67)6～8	短編	推理小説	小説現代	濡れた若女房の災難
249	月	38	昭42(67) 6	短編	風俗小説	別冊文藝春秋100号	ある歴史地理学者の人生
250	年下の男(死の枝)	6	昭42(67) 6	短編	推理小説	小説新潮	交換手の結婚
251	地の塩地帯をゆく	34	昭42(67)6.25	短編	紀行	週刊朝日	エジプトからイラクの旅
252	二つの声(黒の様式)	9	昭42(67)7.7～10.27	中編	推理小説	週刊朝日	野鳥の声とホステス
253	古本(死の枝)	6	昭42(67) 7	短編	推理小説	小説新潮	大家の復活
254	証言の森	38	昭42(67) 8	短編	推理小説	オール読物	ある妻殺し事件
255	ペルシアの測天儀(死の枝)	6	昭42(67) 8	短編	推理小説	小説新潮	課長とホステス殺人
256	闇に駆ける猟銃(ミステリーの系譜)	7	昭42(67)8.11～10.3	中編	歴史記述	週刊読売	津山事件
257	見世物師(紅刷り江戸噂)	24	昭42(67)9､10	短編	推理小説	小説現代	見世物師の争闘
258	不法建築(死の枝)	6	昭42(67) 9	短編	推理小説	小説新潮	作為の違法建築
259	入江の記憶(死の枝)	6	昭42(67) 10	短編	風俗小説	小説新潮	激情の義妹の始末

津留江利子・旗島信雄	代々木	青酸カリ・性教育・異常行為
お千勢・庄兵衛・友吉・忠助・丑六・文七	日本橋掘留・馬道	七種・なずな・織物問屋
工藤稔・小太郎・今津章一	日本橋・神楽坂	社史編纂室・芸者・宣伝部長・キャメルソーン
池内篤子・吉川昭夫・浅野二郎	I街道・武蔵野・池袋	タクシー会社事故係・人身事故・自殺未遂
私・岡橋由基子・阿仁連平・杉山千鶴子	T川・O駅	弁護士・国選弁護人・一事不再理・勝訴の間違い
末永甚吉・池浦源作・セイ	阿夫利町・小田原・弁天岩	時効・精神病院・名誉毀損・床下・ウミホタル
猿渡卯平・荒磯満太郎	池袋・本郷弥生町	殺人計画・経師屋・高利貸・完全犯罪・精神異常
与助（庄吉）・お梅・喜兵衛・文吾	甲府・笹子峠・日本橋馬喰町	鯉幟問屋・武者絵・張子の虎・家主・人形屋
鳥沢良一郎・新井大助	飛鳥・安居院・法隆寺・厚木	笑気ガス・デスマスク・オンリー・ドライアイス
生田市之介・雪代・真典	吉崎御坊・弁慶土堤	報恩講・釣鐘マント・家紋・住職
宇津原平助・新井白石・比良直樹	福井・美濃境峠	史疑・山村の娘・妊娠二ヶ月・郷土史家
お綱・善助・才次・長三郎	浅草御厩河岸・隅田川・京橋	吹革祭・渡し船・南風・太物屋
伊豆亨・青山綾子	武蔵・九州北部	歴史地理学者・疎開・新釈武蔵地誌稿
大石加津子・星村健治	高尾山	電話交換手・アパート経営・盗聴
エリ・コーエン	カイロ・ベイルート・ダマスカス	貧困・中東戦争・スパイ
妻我富夫・越水重五郎・マチ子	軽井沢・伊香保・浅草	集音機・俳句会・藤村別荘・パラボラアンテナ
長府敦治・林田秋甫・庄平	府中	時代小説・室町夜噺・鉄橋・ネタ本・批評家
青座村次・和枝・山村政雄・御蔵修太郎	中野区N町・龍山	妻殺し・被疑者の夫の服役・真犯人の自首
沢田武雄・高林路子	品川	泥棒・測天儀・バーホステス
都井睦雄・時本スミ・西田ミネ	岡山県苫田郡西加茂村・津山	肺尖カタル・夜這い・猟銃
八兵衛・源八・丑吉・お文・文吾	両国・本所・葛西	見せ物小屋・瓦版・鮑
上田喜一・高鍋友三郎	杉原町・玉の井	違法建築・観察係・バラバラ事件・売春婦・
明子・春子	田野浦・阿弥陀寺	打擲される叔母・火事の記憶

260	術(紅刷り江戸噂)	24	昭42(67)11、12	短編	推理小説	小説現代	女房を探す浪人
261	弱気の虫(黒の様式)	9	昭42(67)11.3～昭43(68)2.9	中編	推理小説	週刊朝日	動転した人妻殺人
262	不在宴会(死の枝)	6	昭42(67) 11	短編	推理小説	小説新潮	課長の逃亡
263	火と汐	19	昭42(67) 11	中編	推理小説	オール読物	京都愛欲行とボートレース
264	肉鍋を食う女(ミステリーの系譜)	7	昭42(67)11.24～12.15	短編	歴史記述	週刊読売	人肉殺人事件
265	土偶(死の枝)	6	昭42(67) 12	短編	推理小説	小説新潮	山路の殺人と考古学者
266	二人の真犯人(ミステリーの系譜)	7	昭42(67)12.22～昭43(68)2.16	中編	歴史記述	週刊読売	鈴ケ森おハル殺し事件
267	内海の輪(黒の様式)	9	昭43(68)2.16～10.25	中編	推理小説	週刊朝日	大学教授の人妻殺人
268	ハノイ日記(ハノイで見たこと)	34	昭43(68)4.21～6.21	中編	日記	赤旗・日曜版	ベトナム戦争
269	ハノイからの報告(ハノイで見たこと)	34	昭43(68)4.5～6.7	中編	日記	週刊朝日	ベトナム戦争
270	虚線の下絵	38	昭43(68) 6	短編	風俗小説	別冊文藝春秋104号	二人の画家
271	山	56	昭43(68) 7	短編	推理小説	オール読物	中年の愛欲と脅迫
272	ハノイに入るまで(ハノイで見たこと)	34	昭43(68)8.20	短編	日記	松本清張全集34	ベトナム戦争
273	喪失の儀礼	23	昭44(69)1～12	中編	推理小説	小説新潮	医者殺人事件
274	新開地の事件	56	昭44(69) 2	短編	推理小説	オール読物	新開地の家の愛欲構図
275	指	56	昭44(69) 2	短編	推理小説	小説現代	猥褻な関係の結末
276	速力の告発(黒の図説)	10	昭44(69)3.21～5.16	中編	推理小説	週刊朝日	自動車氾濫否定運動
277	死んだ馬(黒の様式)	9	昭44(69) 3	中編	推理小説	小説宝石	一流建築設計士の妻と弟子
278	アムステルダム運河殺人事件	13	昭44(69)4.1	中編	歴史記述	週刊朝日カラー別冊Ｉ	バラバラ殺人事件
279	分離の時間(黒の図説)	10	昭44(69)5.23～9.5	中編	推理小説	週刊朝日	政治献金の裏側
280	夜光の階段	46	昭44(69)5.10～昭45(70)9.26	長編	風俗小説	週刊新潮	美容師をめぐる愛と欲
281	象の白い脚	22	昭44(69) 9	中編	推理小説	別冊文藝春秋	内戦と阿片のラオス
282	鷗外の婢(黒の図説)	10	昭44(69)9.12～12.12	中編	推理小説	週刊朝日	鷗外の婢の孫殺人事件

葉村庄兵衛・忠七	神田・上野広小路	居合抜き・香具師・イカサマ・捨首・大道商人
川島留吉・浜岡広治・田所勇造	大久保・山陰	課長補佐・賭麻雀・サラ金
魚住一郎・景子	北九州・新宿	利権省・視察・バーの女・浴室の死体・空伝票
曾根晋吉・芝村美弥子	京都・油壺・目黒・真鶴岬・強羅	大文字焼・外洋ヨット・遭難・ワイルドジャイブ
天野秋子・トラ・杉村和代	荒船山・尾沢村星尾部落	人肉・血族結婚・前橋刑務所・牛肉女行商人
時村勇造・英子	塩釜	時村勇造・温泉旅館・軍需品・女の恐怖・素焼の人形
田中ハル・高村治介・石田重吉	鈴ケ森	死刑・春画・裁判官・新訴訟法・腰巻
宗三・美奈子	池袋・松山・新潟・尾道・蓬萊峡	考古学・キャバレー・高所恐怖症・高地性遺跡
森本哲郎	ハノイ・サイゴン	ハノイ・ICC機・ハイファン・ホーチミン・ジョンソン声明
私・森本哲郎・ホーチミン	ビエンチャン・ベトナム・ハイフォン	ハノイ・ICC機・ハイファン・ホーチミン・ジョンソン声明
久間・牧子・倉沢	京都	画家・画家の妻・肖像画・
青塚一郎・キク	上山温泉	温泉旅館・女中・カメラ・業界紙
私・森本哲郎	ハノイ・プノンペン・ラオス	ハノイ・ICC機・ビエンチャン空港
住田友吉・小池為吉・萩原和枝	木曾川・深大寺	脱血死・医学部・俳句結社・製薬会社
下田忠夫・ヒサ・富子	北多摩郡・武蔵野	新開地・菓子職人・間借り・婿養子
福江弓子・生方恒子	お茶の水・目白台	銀座のバア・チワワ・管理人・巻き尺
木谷修吉・村瀬音松	S町・R街道・日比谷交差点	自動車メーカー・刑務所・通産省・運輸省
池野典也・三沙子・秋岡辰夫	麻布	和風建築・設計事務所・十一文半の靴
坂崎次郎・雨宮重太	アムステルダム・ブリュッセル	運河・トランク・アパート管理人
土井俊六・矢木沢喜巳治・山岸定一	京橋・麻布市兵衛町・横浜	男色・代議士・洋品店
桑山信爾・佐山道夫・枝村幸子	天拝山・四谷・青山・御岳・S湖	検事・美容師・雑誌編集者・誌上告発
谷口爾郎・石田伸一・杉原謙一郎	ビエンチャン・メコン川	援助部隊・阿片・娼婦・タイ字新聞・税関長
浜村幸平・木村元・ハツ・藤田良祐	小倉・行橋・高城山	鷗外の婢・妊娠・指定史跡・天孫御陵・ブルトーザー

283	証明	56	昭44(69) 9	短編	推理小説	オール読物	作家志望者の挫折
284	幻の「謀略機関」をさぐる	30	昭44(69)9.19	短編	歴史記述	週刊朝日	下山総裁怪死事件の真相
285	セント・アンドリュースの事件	13	昭44(69)10.1	中編	推理小説	週刊朝日カラー別冊Ⅲ	ゴルフ発祥の地の殺人
286	書道教授(黒の図説)	10	昭44(69)12.19~昭45(70)3.27	中編	推理小説	週刊朝日	殺人に利用した書道教授宅
287	強き蟻	23	昭45(70)1~昭46(71)3	中編	風俗小説	文藝春秋	悪女の破滅
288	碑の砂	34	昭45(70) 1	短編	自伝	潮	清張と父親
289	六畳の生涯(黒の図説)	10	昭45(70)4.3~7.10	中編	風俗小説	週刊朝日	医院の隠居と女中
290	梅雨と西洋風呂(黒の図説)	10	昭45(70)7.17~12.11	中編	風俗小説	週刊朝日	編集長への憎悪
291	火神被殺	56	昭45(70) 9	短編	推理小説	オール読物	近親相姦殺人
292	奇妙な被告	56	昭45(70) 10	短編	推理小説	オール読物	金貸し老人の殺害
293	巨人の磯	56	昭45(70) 10	短編	推理小説	小説新潮	視察旅行の結果
294	砂の審廷	22	昭45(70) 12	中編	評伝小説	別冊文藝春秋	狂人戦犯大川周明
295	聞かなかった場所	23	昭45(70)12.8~昭46(71)4.30	中編	推理小説	週刊朝日	課長補佐の犯罪
296	水の肌	56	昭46(71) 1	短編	推理小説	小説現代	離婚の条件
297	二冊の同じ本	56	昭46(71)1.1	短編	推理小説	週刊朝日カラー別冊	浮気なりゆき殺人
298	葡萄唐草文様の刺繡	56	昭46(71) 1	短編	推理小説	オール読物	ホステス絞殺事件
299	古代探求	33	昭46(71)1~昭47(72)11	中編	歴史記述	文学界	日本古代史
300	「西郷札」のころ	34	昭46(71)4.5	短編	自伝	週刊朝日	応募小説の入選
301	西海道談綺	52~54	昭46(71)5.17~平5(93)6	長編	風俗小説	週刊文春	日田金山の愛欲浪漫
302	留守宅の事件	56	昭46(71) 5	短編	推理小説	小説現代	計画殺人の思わぬ混乱
303	生けるパスカル(黒の図説Ⅱ)	39	昭46(71)5.7~7.30	中編	推理小説	週刊朝日	妻の存在と殺害計画
304	身辺的昭和史(昭和史発掘)	32	昭46(71)5.3~6.14	短編	歴史記述	朝日新聞	清張の身辺
305	神の里事件	56	昭46(71) 8	短編	推理小説	オール読物	教祖をめぐる愛欲
306	遠い接近(黒の図説Ⅱ)	39	昭46(71)8.6~昭47(72)4.21	長編	推理小説	週刊朝日	被害者の憎悪と復讐殺人

久美子・信夫	赤坂	同人雑誌・編集者・レストラン・婦人記者
松本清張・下山定則	五反野・赤羽・田端	国鉄総裁下山貞則・下山白書・資料下山事件・GHQ
矢部開作・庄司正雄・山宮篤子	仙石原・セントアンドリュウス	市場視察旅行・ゴルフ・顧問弁護士・恐喝・粉飾決算
川上克次・勝村久子・神谷文子	銀座・S区・目黒区	呉服屋・パチンコ・書道・古本屋・盗品買い組織
沢田信弘・伊佐子・佐伯義男・宮原素子	五反田・松濤・熱海	水産会社・自叙伝・弁護士・心筋梗塞・遺言書
私	日野川・米子	里児・母の離縁・行商・上申書
志位田博作・吉倉トミ・久富千鶴子	東京西郊外・長野	元軍医・将校衛生行李・女中・アモバルビタール
鐘崎義介・土井源造・浦部カツ子	水尾市・雲取市・波津温泉	市政新聞・市会議員・暴力団・洋式風呂
砂村保平・長谷藤八・河野啓子	湯村温泉・宍道湖	宿帳・古事記・女陰・バラバラ殺人・出雲神話
原島直巳・植木寅夫	東京西郊	国選弁護人・手提金庫・自白・誘導尋問
清水泰雄・水田克二郎・広川博	水戸・大洗海岸・五浦	常陸風土記・大串貝塚・法医学・黒潮・台風
大川周明・大原信一・鎌田義孝	中津川・巣鴨	極東国際軍事裁判・戦犯・印哲・
浅井恒雄・英子・久保孝之助	代々木山谷・長野県富士見町	俳句結社・連れ込み旅館・地震・硫酸・招待旅行
笠井平太郎・房子・香月須恵子	北陸・東京	身許調査・コンピュータ・建築設計・池・地震
塩野泰治・友子・塩野慶太郎	神田・静岡	古本即売会・書き込み・古書店・廃品回収店・刑務所
野田保男・水沼奈津子	ブリュッセル・銀座	テーブルクロス・詩人マダム・刺繍店・週刊誌の写真
わたし・稗田阿礼・安万侶・神武天皇	邪馬台国・伊都国・倭国・朝鮮	魏志倭人伝・古事記・日本書紀・阿礼・天皇家集団
わたし・木々高太郎	小倉	西南の役・週刊朝日・時代小説・軍票
伊丹恵之助・おえん・浜島孝介	勝山・柳橋・豊後日田	廃坑・銅山・郡代手附・山伏・隠し金山・勘定奉行
栗山敏夫・宗子・萩野光治	西新井・天童・仙台・福島	自動車セールスマン・生命保険・盗難車
矢沢辰生・鈴恵	十和田湖・奥入瀬・代々木	死せるパスカル・画家の女房・ガス中毒
私・山県有朋・松方正義・大川周明	小倉・バーデンバーデン	清張の検挙・桜会・大川周明・北一輝・西田税
引地・石田武夫・伊井千代	加古川・多可郡加美町字豊谷	播磨国風土記・豊道教・巫女・天の日槍・教祖
山尾信治・安川・河島佐一郎	小川町・品川・佐倉・駿河台・湯ノ山温泉	色版画工・教練・教育令状・兵事係長・古兵

307	内なる線影	56	昭46(71)　9	短編	推理小説	小説新潮	画伯夫人の連続殺人
308	礼遇の資格	56	昭47(72)　2	短編	推理小説	小説新潮	不運な再婚
309	風の息	48	昭47(72)2.15～昭48(73)4.13	長編	歴史小説	日刊赤旗	もく星号遭難の背景
310	恩誼の紐	56	昭47(72)　3	短編	推理小説	オール読物	九歳の殺人
311	山の骨(黒の図説Ⅱ)	39	昭47(72)5.19～7.14	中編	推理小説	週刊朝日	連鎖する連続殺人
312	葉花星宿	51	昭47(72)　6	短編	評伝小説	別冊文藝春秋120号	尾崎紅葉と泉鏡花
313	表象詩人(黒の図説Ⅱ)	39	昭47(72)7.21～11.3	中編	推理小説	週刊朝日	文学仲間と妻の殺害
314	正太夫の舌	51	昭47(72)　9	短編	評伝小説	別冊文藝春秋121号	正直正太夫
315	理外の理	56	昭47(72)　9	短編	推理小説	小説新潮	老執筆者の報復
316	高台の家(黒の図説Ⅱ)	39	昭47(72)11.10～12.29	短編	推理小説	週刊朝日	老夫婦周辺の人間構図
317	「もく星」号事件の補筆	30	昭47(72)　11	短編	歴史記述	全集巻30	「もく星」号遭難資料
318	上毛野国陸行	33	昭47(72)　12	短編	紀行	芸術新潮	上野国古墳の旅
319	告訴せず	43	昭48(73)1.12～11.30	長編	風俗小説	週刊朝日	横領小悪人と小豆相場
320	駆ける男	56	昭48(73)　1	短編	推理小説	オール読物	老父毒草殺人
321	東経139度線	56	昭48(73)　2	短編	推理小説	小説新潮	教授と課長補佐の憤懣
322	行者神髄(文豪)	51	昭48(73)3～昭49(74)3	短編	評伝小説	別冊文藝春秋123～27号	坪内逍遙伝
323	火の路	50	昭48(73)6.16～昭49(74)10.13	長編	歴史小説	朝日新聞朝刊	飛鳥の石像とペルシャ文化
324	河西電気出張所	66	昭49(74)　1	短編	自伝	文藝春秋	清張の給仕時代
325	山峡の湯村	66	昭50(75)　2	短編	推理小説	オール読物	温泉旅館の人間模様
326	私の中の日本人	65	昭50(75)　2	短編	自伝	波	私の性格と両親
327	夏島	66	昭50(75)　6	短編	歴史小説	別冊文藝春秋132号	欽定憲法発布
328	式場の微笑	66	昭50(75)　9	短編	風俗小説	オール読物	成人式始末
329	渡された場面	40	昭51(76)1.1～7.15	中編	推理小説	週刊新潮	盗用と殺人事件
330	邪馬台国	55	昭51(76)1.1～5.27	中編	歴史記述	東京新聞ほか	邪馬台国の全貌
331	出雲国風土記(私説古風土記)	55	昭51(76)　1	短編	歴史記述	太陽	出雲国風土記所見

枝村・白水阿良夫・目加田美那子	垣津村・玄海灘・神ノ岬	ヒッピー・ノイローゼ・精神科・画伯・海水浴場
原島栄四郎・日野敬子	スイス・パリ・ロンドン・大泉	バゲット・銀行役員・合い鍵・英語家庭教師
中山宗介・小枝欣一・原文夫	館山・三原山・舞阪沖	日本航空・ノースウエスト・東京モニター・古書店
辰太・富子	東京・青梅	請負師・裁縫・睡眠薬・雑巾・
筆者（清張）・谷井秀雄・守山政治	関口台町・西多摩郡檜原村・立川・網走	白骨・女性の下着・網走刑務所・パチンコ屋
泉鏡花・尾崎紅葉・伊藤すず	神楽坂・逗子・真砂町	戯作者・芸者・自然主義・胃ガン
わたし（三輪）・深田弘雄・明子	小倉・堺町・紫川・篠崎・博多	小倉・詩人・製陶会社・北原白秋・盆踊り
斎藤緑雨・金沢タケ・樋口一葉	本所横網町・鵠沼	万朝報・花柳界・戯作的批評・婦人論・週刊平民新聞
須貝玄堂・山根	紀尾井町・喰違門	原稿料・編集者・家政婦・江戸掌話
山根辰雄・福良英之輔・幸子	南麻布・市ヶ谷・新宿	法制史・ロシアの東洋研究・蔵書印・糖尿病
松本清張・スチュワード	館山・入間基地・横須賀・三原山	日航機「もく星」号・三原山・ジョンソン基地航空管制官
わたし・尾崎喜左雄	高崎・妙義山	遊史疑考・稲荷山古墳・帰化人
木谷省吾・お篠・小柳一男	岡山・水上温泉・汐波町	選挙資金・小豆相場・水上温泉・太占・モーテル
山井善五郎・村川雄爾・英子	亀子町・銀座	マニア・高貴の間・ヨヒンビン・ハシリドコロ
吉良栄助・小川長次・岩井精太郎	赤坂・貫前神社・高崎・八塩温泉	文部政務次官・太占・東経139度線・多胡碑
坪内逍遙・山田美妙	熱海市水口町・根津	娼妓・睡眠薬・鬱憂症
高須通子・板根要介・海津信六	飛鳥・北白川・和泉府中・イラン	酒船石・益田岩船・盗掘・ゾロアスター・両槻宮
信一・宗太郎・イネ	小倉・別府	給仕・会計係・社債・電気会社
小藤素風・太田二郎・お元・勇作	樺原温泉・輪島・仙竜湖	時代伝奇小説・馬酔木・海女・浪曲師
私・松本峯太郎・タニ		相場師・通い女中・行商
伊藤博文・星亨・後藤象二郎	夏島・野島・神田五軒町	明治憲法・西哲夢物語・自由民権運動
水野杉子・園村真佐子	渋谷	結婚披露宴・着物の着付け・連れ込み旅館・総務課長
下坂一夫・信子・香春銀作	佐賀県坊城町・芝田市戸倉	作家の逗留・盗用・同人誌・林芙美子・旅館女中・柴犬
卑弥呼・公孫氏	女王国・伊都国・志賀島・狗奴国	倭人・一大率・漢委奴国王・鬼神・玻璃璧
スサノオ・オホクニヌシ	大山・茶臼山・中ノ海	前方後円墳・和爾・延喜式・カミムスビ

332	渦	40	昭50(75)3.18～昭52(77)1.8	長編	推理小説	日本経済新聞朝刊	視聴率周辺の不倫殺人
333	常陸国風土記(私説古風土記)	55	昭51(76)　5	短編	歴史記述	太陽	常陸国風土記所見
334	播磨国風土記(私説古風土記)	55	昭51(76)　9	短編	歴史記述	太陽	播磨国風土記所見
335	肥前国風土記(私説古風土記)	55	昭51(76) 12	短編	歴史記述	太陽	肥前国風土記所見
336	馬を売る女	41	昭52(77)1.9～4.6	中編	推理小説	日本経済新聞	金貸しOLの競馬予想から
337	眩人	51	昭52(77)2～昭55(80)9	長編	評伝小説	中央公論	玄昉とペルシャ文化
338	豊後国風土記(私説古風土記)	55	昭52(77)　4	短編	歴史記述	太陽	豊後国風土記所見
339	総論(私説古風土記)	55	昭52(77)　6	短編	歴史記述	太陽	風土記所見
340	足袋(隠花の飾り)	42	昭53(78)　1	短編	風俗小説	小説新潮	謡曲女師匠の恋
341	空の城	49	昭53(78)　1	長編	歴史小説	文藝春秋	総合商社の崩壊
342	愛犬(隠花の飾り)	42	昭53(78)　2	短編	風俗小説	小説新潮	犬の嗅覚と人妻殺人
343	天才画の女	41	昭53(78)3.16～10.12	中編	推理小説	週刊新潮	画商の殺人未遂
344	北の火箭(隠花の飾り)	42	昭53(78)　4	短編	風俗小説	小説新潮	女流詩人と学者の恋愛
345	見送って(隠花の飾り)	42	昭53(78)　5	短編	風俗小説	小説新潮	姑と忍従の妻
346	誤訳(隠花の飾り)	42	昭53(78)　6	短編	風俗小説	小説新潮	受賞賞金の寄付
347	百円硬貨(隠花の飾り)	42	昭53(78)　7	短編	風俗小説	小説新潮	女銀行員の横領
348	お手玉(隠花の飾り)	42	昭53(78)　8	短編	風俗小説	小説新潮	女将の愛欲
349	記念に(隠花の飾り)	42	昭53(78) 10	短編	風俗小説	小説新潮	結婚前夜の愛情
350	黒革の手帖	42	昭53(78)11.16～昭55(80)2.14	長編	風俗小説	週刊新潮	クラブママの欲望と転落
351	箱根初詣で(隠花の飾り)	42	昭54(79)　1	短編	風俗小説	小説新潮	ニユーヨークでの事故
352	再春(隠花の飾り)	42	昭54(79)　2	短編	風俗小説	小説新潮	新人小説家の盗作
353	遺墨(隠花の飾り)	42	昭54(79)　3	短編	風俗小説	小説新潮	老学者の遺墨
354	ペルセポリスから飛鳥へ	55	昭54(79)　5	中編	歴史記述	(日本放送出版協会)	ペルシャから飛鳥

小山修三・長野博太・妙子	新橋・大磯・西伊豆	テレビ視聴率・回収員・標本世帯・心中偽装
景行天皇・中臣連・倭建命・藤原宇合	大串貝塚・筑波山	装飾古墳・かがひ・白鳥説話・太占
天日槍・顕宗天皇	ほうでん・志深	石の宝殿・渡来人・大和朝廷
応神天皇・松浦佐用比売	前原町・唐津・値嘉島・杵島山	鎮懐石・領布・土蜘蛛・白水郎
八田栄吉・星野花江	首都高速・相模湖	秘書・盗聴・競馬予想・非常駐車帯・パチンコ屋
玄昉・則天武后・光明子・李密翳	長安・信楽・平城京・飛鳥	ゾロアスター・遣唐使・波於麻酒・大麻・眩人
景行天皇・藤原宇合	日田郡・中臣村・津久見	屯倉(みやけ)・日本書紀・クマソ
元明天皇・藤原宇合	太宰府	四六騈儷体・国造・風土記再撰・日本書紀・廃棄
津田京子・村井英男	大久保・玉川上水	謡曲・謡曲師匠の愛人・無言電話
アルバートサッシン・上杉二郎・江坂要造	ニューファンドランド・芦屋・氷川町	商社・古陶磁器・製油所・中東石油・クラウンカンパニー
おみよ・サブ	京橋・浅草橋	会席料理店・柴犬・真夜中の靴音
小池直吉・降田良子・小山政雄	銀座・福島県真野町	画商・新具象画・狂人画家・カラーフイルムによる描画
ジネット・ド・セール、ジェームス・マートン	ラオス・ハノイ	国際休戦委員会・女流詩人・社会学博士・空襲
島村基子・内海準一	荻窪・羽田空港	結婚披露宴・現代婦道の鑑・短歌・新婚旅行
ジヤネット・ネイピァ、ブルク・ムル	コペンハーゲン	スキーペ賞・福祉施設へ寄付・授賞式
村川伴子・細田竜二	鳥取県山守	女相互銀行員・自動車セールスマン・離婚慰謝料
角野富子・田原安雄	駒牟礼温泉	温泉地の料理屋・板前・空瓶の遺灰
福井滝子・寺内良二	中野・大久保	姉さん女房・銀行員・結婚前夜
原口元子・楢林謙治・橋田常雄	銀座・赤坂	女子行員・架空名義預金・裏口入学・銀座のクラブ
直井慶子・近藤絹江	箱根・ニューヨーク	出張先での事故・黒人ボクサー・未亡人
鳥見和子・川添菊子	中国地方都市・東京	郷土史会・文学賞・同人雑誌・原稿依頼・盗用
呼野信雄・向井真佐子	武蔵野・仙台	哲学者・名家筆蹟・速記者・遺墨・妻の疑惑
キュロス大王・蘇我馬子	レイ・ペルセポリス	拝火神殿・盗掘・瑠璃碗・薬草の道・大麻・水の岩

355	白と黒の革命	49	昭54(79)3~12	長編	歴史小説	文藝春秋	イラン革命
356	骨壺の風景	66	昭55(80) 2	短編	自伝	新潮	清張祖母の記憶
357	十万分の一の偶然	43	昭55(80)3.20~昭56(81)2.26	中編	推理小説	週刊文春	作られた交通事故写真
358	不運な名前	66	昭56(81) 2	短編	評伝小説	オール読物	熊坂長庵の無実
359	彩り河	47	昭56(81)5.28~昭58(83)3.10	長編	風俗小説	週刊文春	金融ボスの色と欲
360	形影　菊池寛と佐々木茂作	64	昭57(82)2~5	中編	評伝小説	文藝春秋	菊池寛と佐々木茂作
361	疑惑	66	昭57(82) 2	短編	推理小説	オール読物	毒婦の犯罪
362	迷走地図	57	昭57(82)2.8~昭58(83)5.5	長編	風俗小説	朝日新聞	代議士と秘書
363	断崖	66	昭57(82) 5	短編	風俗小説	新潮45＋	自殺救助の管理人
364	清張日記（清張日記）	65	昭57(82)9.17~昭59(84)4.20	中編	日記	週刊朝日	松本清張の日記
365	熱い絹	58	昭58(83)8.15~昭59(84)12.31	長編	歴史小説	報知新聞	シルク王の盗掘
366	思託と元開	66	昭58(83)9、10	短編	評伝小説	文藝春秋	鑑真和上の謎
367	聖獣配列	60	昭58(83)9.1~昭60(85)9.19	長編	推理小説	週刊新潮	マネーローダリング
368	信号	66	昭59(84)2、4、6	短編	風俗小説	文藝春秋	作家志望の挫折
369	密教の水源を見る	65	昭59(84) 4	中編	日記	（講談社）	中国・インド紀行
370	フリーメーソンP2マフィア迷走記	61	昭59(84) 10	短編	日記	別冊文藝春秋109号	ヨーロッパ取材日記
371	老十九年の推歩	66	昭59(84)10、11、昭60(85)1	短編	評伝小説	文藝春秋	忠敬と林蔵
372	霧の会議	61	昭59(84)9.11~昭61(86)9.20	長編	風俗小説	読売新聞・朝刊	神の銀行とマフィア
373	両像・森鷗外	64	昭60(85)5~12	中編	評伝小説	文藝春秋	森鷗外の人生と文学
374	数の風景	62	昭61(86)3.7~昭62(87)3.27	長編	推理小説	週刊朝日	電力会社と自動車会社
375	暗い血の旋舞	64	昭62(87) 4	中編	評伝小説	（日本放送出版協会）	ボスニア貴族と光子
376	黒い空	62	昭62(87)8.7~昭63(88)3.25	中編	推理小説	週刊朝日	管領山内家の恩讐
377	赤い氷河期	63	昭63(88)1.7~昭64(89)3.9	長編	推理小説	週刊新潮	エイズによる謀略
378	詩城の旅びと	63	昭63(88)1~昭64(89)10	長編	推理小説	ウィークス	兄の復讐

山上・ホメイニ・シャーバーレビ	ワシントン・テヘラン・タブリーズ	絨毯・CIA・SAVAK・クルド・メジャー・スパイ
松本カネ・峯太郎・タニ	多摩墓地・小倉・米子・中島通り	骨壺・壇ノ浦・大満寺・位牌・雇い婆
沼井正平・山鹿恭介・古家庫之助	名神高速・鹿野山・大井埠頭	東名高速・ニュース写真賞・暴走族・赤いストロボ
熊坂長庵・川路利良・安田・井上馨	月形町・愛甲郡中津村	画工・行刑資料館・観音図・藤田組贋札事件
井川正二郎・下田忠雄・山口和子	銀座・内牧町・日本橋	高速料金所・相互銀行・特別借入金・トンネル会社
菊池寛・佐々木茂作・芥川龍之介	高松・雑司ヶ谷・中富坂町	常識の裏返し・新思潮・一高・テーマ小説・文藝春秋
秋谷茂一・鬼塚球磨子・佐原卓吉	新潟港・新宿	保険金詐欺・ホステス・お礼まいり・地方紙
土井信行・織部佐登子	霞が関・永田町・南青山	議員会館・私設秘書・派閥・速記者・逆リベート
谷口彦太郎・滝下邦子	エシキ岬・札幌	自殺者・宿泊センター・管理人・屍姦
		昭和55年～57年
長谷部忠雄・山形佐一・ウイルバー	赤坂・軽井沢・マレーシア	骨董屋・扼殺・シルク王・透視術・舞踊団・逃亡兵
鑑真・思託・元開・聖武天皇	揚州・唐招提寺・東大寺	遣唐使船・唐大和上東征伝・留学僧
中上可南子・シュルツ・ジェフスン	銀座・白金・ブリュッセル・スイス	迎賓館・大統領・フイルム・秘密資金・骨壺
穂波伍作・寺田啓助・白石	呉・蒲田・大岡山	A氏文学賞・同人雑誌・祝賀会・ライフワーク
		空海の渡唐経路・東征伝・インド密教
		「霧の会議」取材日記
伊能忠敬・間宮林蔵・栄	佐原・深川黒江町・樺太	伊能忠敬記念館・造酒業・測量地図
八木正八・高平和子・白川敬之	ロンドン・モンテカルロ・ニース	テンプル騎士団・P2・ノミニーズ・精神武装世界会議
森鷗外・荒木志げ子・西周・澁江抽斎	土山・津和野・潮見坂	陸軍軍医・空車・考証物・官僚・反駁・殉死
谷原泰夫・板垣貞夫・上野吉男	浜田・一畑・出雲	石見銀山・間歩・高圧送電線・試走場・計算狂
杉田省吾・クーデンホーフ光子・ゾフィー	ウイーン・牛込納戸町・プラハ	サライェヴォ事件・パンヨーロッパ・駐日公使・社交界
山内善朗・千谷規子・小原甚十	河越・八王子・高輪	カラス・関東管領・結婚式場・熊野神社
山上爾策・福光福太郎・ハングマン	ミュンヘン・エギトニア・ジルト島	湖上遊覧船・エイズ・修道院・鴉・流行性感冒
木村信夫・多島通子・豊島高子	プロヴァンス・竹田・エクス	駅伝競走・画家・精神病院・世界陸連

379	過ぎゆく日暦（清張日記）	65	昭63(88)7〜昭64(89)11	中編	日記	新潮	松本清張の紀行日記
380	泥炭地	66	平1(89) 3	短編	自伝	文学界	松本清張の給仕時代
381	削除の復元（草の径）	66	平2(90) 1	短編	評伝小説	文藝春秋	女中元の虚言
382	運不運　わが小説	65	平2(90) 1	短編	自伝	新潮45＋	清張小説の最初期
383	ネッカー川の影（草の径）	66	平2(90) 4	短編	風俗小説	文藝春秋	故国喪失考古学者
384	死者の網膜犯人像（草の径）	66	平2(90) 5	短編	推理小説	文藝春秋	継母の不倫殺人
385	「隠り人」日記抄（草の径）	66	平2(90) 6	短編	評伝小説	文藝春秋	スパイＭの晩年
386	モーツァルトの伯楽（草の径）	66	平2(90) 7	短編	評伝小説	文藝春秋	作曲家と劇作家
387	呪術の渦巻文様（草の径）	66	平2(90) 10	短編	風俗小説	文藝春秋	銀行支店長の謎
388	老公（草の径）	66	平2(90)12、平3(91)1	短編	風俗小説	文藝春秋	老公愛人の不倫
389	夜が怕い（草の径）	66	平3(91) 2	短編	自伝	文藝春秋	清張の父母と祖母
390	日記メモ（清張日記）	65	平3(91) 2	短編	日記	新潮45＋	松本清張の紀行日記

		昭和56年・昭和60年
福田平吉・中浜憲二郎	小倉・旭町	電気会社・扇風機・遊廓・自転車・懲戒免職・社債
森鷗外・木村元・畑中利雄	門司区畑・小倉・善徳寺	小倉日記・和紙で抹消・夫婿の家・妊娠
わたし・木々高太郎・佐藤春夫	小倉・上諏訪・修善寺	冨山房・懸賞小説・芥川賞・歴史物
浅尾利江子・西原淳吉	テュービンゲン・ネッカー川	留学生・考古学・講師・先史学・ハイデルベルク人
山岸好江	市ヶ谷・外房州	網膜残像・眼球・目撃者・ホルマリン液
飯塚盈延・寺内真佐子	札幌・北見	料理屋・棟割長屋・肺ガン・共産党中央委員・スパイ
モーツァルト・シカネーダー	ウイーン・ブダペスト	テープレコーダー・梅毒・オペラ・シェイクスピア・魔笛
田代・小村憲吉・杉子	サンフランシスコ・ダブリン	爬虫類のウロコ・画家・細密画渦巻文・精神病院
西園寺公望・花	興津・御殿場	警備・運転手・銀行員
平吉・シマ・高井ユキ	矢上村・川本村字因原・広島	胃ガン・医局員宿直室・養父母
		昭和43年2月～3月

〔2〕全集未収録作品一覧（発表順）

年齢	年	月日	題名	所収	コメント
42	昭26(51)	10.10	陽炎	暁鐘	
43	昭27(52)	3	記憶	三田文学	「火の記憶」と改題
44	昭28(53)	5	行雲の涯て	オール読物	「三位入道」と改題
		6.15	死神	週刊朝日別冊・時代小説傑作集	「青春の彷徨」と改題
		8	英雄愚神	別冊文藝春秋35号	
		9.15	「静雲閣」覚書	週刊朝日別冊・中間読物特集号	
		9	権妻	オール読物	
45	昭29(54)	3	女囚抄	オール読物	「距離の女囚」と改題
		4	奥羽の二人	別冊文藝春秋39号	
		4.10	大臣の恋	週刊朝日別冊・中間読物号	
		6	危険な広告	オール読物	
		7	ひとり旅	別冊文藝春秋40号	
		9	恐喝者	オール読物	
		9	酒井の刃傷	キング	別題「忠節」
		10	二すじの道	キング・秋の増刊号	
46	昭30(55)	1	疵《きず》	面白倶楽部・新春増刊号	
		2	武士くずれ	キング	
		4	二代の殉死	週刊朝日別冊・時代小説特集号	
		4	徳川家康(世界伝記全集(19))	講談社	
		3・4・5	信玄軍記	小説春秋	「信玄戦記」と改題
		5～56.5	武田信玄	中学コース	「乱雲」と改題
		5	上意討	キング	「噂始末」と改題
		7	白梅の香	キング	
		12	任務	文学界	
47	昭31(56)	7	徳川家康	五年の学習	
		8	詩と電話	オール小説	
		12	三河気質	小説春秋	
		2	破談変異	小説公園	
		3	弱味	オール読物	
		4	栄落不測	キング	
		4	殺意	小説新潮	
		4～32.3	黒田如水	高校コース	「軍師の境遇」と改題
		5	狂人	オール小説 薫風号	
		5.17～9.9	夜盗伝奇	共同通信扱い・西日本スポーツほか	

		8.20	なぜ「星図」が開いていたか	週刊新潮	
		9	反射	小説新潮	
		10	市長死す	別冊小説新潮	
		11	流れ路	オール読物	
		11	蓆	小説新潮	
		12	脱出	講談倶楽部	
		12.10	通訳	週刊朝日別冊・新春お楽しみ読本	
48	昭32(57)	1	金庫	小説新潮	
		1	乱雲	地上	
		2	穴の中の護符	小説新潮	
		2.28	背伸び	週刊朝日別冊・傑作時代小説集2	
		3.14～9.5	いたち党	朝日新聞ジュニア版	
		4	山中鹿之助	中学生の友	
		4	八十通の遺書	文藝春秋	
		4.1	憎悪の依頼	週刊新潮	
		5	遠くからの声	新女苑	
		5	鳥羽僧正(小説日本芸譚5)	芸術新潮	
		5.6	悲運の落手	週刊新潮	
		7	投影	講談倶楽部	
		8	亀五郎犯罪誌	特集文藝春秋・涼風読本	
		9	筆記原稿	小説公園	
		9	北斎(小説日本芸譚9)	芸術新潮	
		10	群疑	キング	
		12	いびき地獄(戯曲)	文学界	
		12.25	失敗	別冊週刊サンケイ	
49	昭33(58)	1・2	虚線	太陽	後に「ゼロの焦点」
		1	春の血	文藝春秋	
		6	西蓮寺の参詣人	サンデー毎日特別号	
		7.27～34.8.30	蒼い描点	週刊明星	
		8	旅さき	新潮	
		10	豊臣・徳川時代(新名将言行録4)	河出書房新社	
		10～35.6	黒い樹海	婦人倶楽部	
		10	葛	別冊文藝春秋66号	
		12.12	愛と空白の共謀	女性自身	
		12	細川幽斎	別冊文藝春秋67号	
50	昭34(59)	1.1	絵はがきの少女	サンデー毎日特別号	
		4.26～6.7	失踪(黒い画集4)	週刊朝日	
		5.1～5.29	生年月日―失踪の果て―	週刊スリラー	「失踪の果て」と改題

		5	女の顔	小説新潮	
		5～9	火の前夜	別冊週刊サンケイ	
		5. 20～35. 6. 1	影の地帯	大系社扱い・河北新報他	
		5. 22～35. 8. 7	黒い風土	北海道新聞・夕刊他	「黄色い風土」と改題
		10	黒い血の女	オール読物	
		11～35. 3	赤い月	高校上級コース	改題「高校殺人事件」
		12	いきものの殻	別冊文藝春秋70号	
51	昭35(60)	4. 3～36. 2. 19	考える葉	週刊読売	
		5	結婚式	週刊朝日別冊・陽春特別号	別題「時計」
		6～36. 12	氷の燈火	主婦の友	「山峡の章」と改題
		9	秘壺	芸術新潮	
		9	草笛	別冊文藝春秋73号	
		9	未完成の史稿	新潮	
		10	津ノ国屋	小説中央公論秋季号	
		10. 23～36. 12. 24	異変街道	週刊現代	
		11. 1	図上旅行	週刊朝日別冊	
		11. 16	文字のない初登攀	女性自身	
52	昭36(61)	1	電筆	別冊文藝春秋74号	
		1	金環食	小説中央公論冬季号	
		1	水の中の顔	週刊朝日別冊・新年特別号	
		1. 1～37. 3. 25	蒼ざめた礼服	サンデー毎日	
		1. 3～12. 18	風の視線	女性自身	
		2	偶数	小説新潮	
		4. 10～8. 21/37. 5、10、12	渇いた配色	週刊公論／小説中央公論	「死の発送」と改題
		6	浮遊昆虫	別冊文藝春秋76号	
		7	湖の女/序	婦人公論	
		7～37. 12	紅い白描	マドモアゼル	
		10	流れ	小説中央公論秋季号	改題「流れのなかに」
		11. 2	理由	週刊新潮	
		12	逃亡者	別冊文藝春秋78号	
53	昭37(62)		ゾルゲ事件とGHQ	民芸の仲間60	
		1	閉鎖	小説中央公論	
		1. 1～8	繁昌するメス	週刊文春	

		1.1〜12.17	水の炎	女性自身	
		1.8〜12.31	地の指	週刊サンケイ	
		1〜38.1	対曲線	小説新潮	「犯罪の回送」と改題
		1〜38.5	塗られた本	婦人倶楽部	
		1.11〜10.4	美しき闘争	大系社扱い・京都新聞他	
		1〜38.4	人間水域	マイホーム	
		3	眼の気流	オール読物	
		9〜38.8	黄色い杜	婦人画報	「花実のない森」と改題
		11	よごれた虹	オール読物	
54	昭38(63)	2.1	《戯曲》恐妻侍の死	東宝劇団　花の特別公演	
		6.3	新作カブキ「鬼三味線」	朝日新聞	
		8	多佳子月光	俳句	
		1.6	暗線	サンデー毎日	
		2〜39.5	湖底の光芒	小説現代	原題「石路」
		2.18〜6.24	神と野獣の日	女性自身	
		4.10	春田氏の講演	週刊女性	
		5.5〜10.23	翳った旋舞	女性セブン	
		7.15〜10.14	獄衣のない女囚(別冊黒い画集3)	週刊文春	
		6	振幅	別冊文藝春秋84号	
		12	脊梁	別冊文藝春秋86号	
		12	やさしい地方	小説新潮	
55	昭39(64)	1〜40.2	溺れ谷	小説新潮	
		1・2	建設官僚論(現代官僚論6)	文藝春秋	
		3	筆写	新潮	
		7.6〜8.10	陸軍機密費問題(昭和史発掘1)	週刊文春	
		6.15〜12.21	甃	女性自身	
		7.6〜40.8.23	風炎	ヤングレディ	「殺人行おくのほそ道」
		8	尊属	新潮	別題「女囚」
		9・10・11	防衛官僚論(現代官僚論9)	文藝春秋	
		12	軍部の妖怪	別冊文藝春秋90号	
56	昭40(65)	1〜41.5	花氷	小説現代	
		1・2・3	運輸官僚論(現代官僚論10)	文藝春秋	
		3	子連れ	別冊文藝春秋91号	

		5. 10～6. 21	満州某重大事件（昭和史発掘７）	週間文春	
		5～9	大蔵官僚論（現代官僚論11）	文藝春秋	
		8～41. 12	鬼火の町	潮	
		10・11	外務官僚論（現代官僚論12）	文藝春秋	
		11	すずらん	小説新潮	原題「六月の北海道」
		11. 29～41. 2. 7	桜会の野望（昭和史発掘11）	週刊文春	
		12	泥炭層	別冊文藝春秋94号	
57	昭41（66）	4	京都の旅（今日の風土記１）	カッパ・ビブリア	
		4	奈良の旅（今日の風土記２）	カッパ・ビブリア	
		9	東京の旅（今日の風土記３）	カッパ・ビブリア	
		1	余生の幅	文藝春秋	
		1～42. 1	狩猟	オール読物	
		1～42. 4	葦の浮船	婦人倶楽部	
		3. 11～42. 4. 17	二重葉脈	読売新聞	
		3	美の虚象	小説新潮	「美の虚像」と改題
		4. 15	《対談》小説と歴史/樋口清之	新刊ニュース№96	
		5	少年受刑者	新潮	「壁の青草」と改題
		8	雨	別冊宝石	
		8. 15～10. 3	小林多喜二の死（昭和史発掘14）	週刊文春	
		9	三味線	別冊文藝春秋97号	
		10. 10～12. 5	京都大学の墓碑銘（昭和史発掘15）	週刊文春	
		12. 12～42. 1. 9	政治の妖雲・穏田の行者（昭和史発掘16）	週刊文春	
		12	鷗外「小倉日記」の女	三田文学	
58	昭42（67）	1. 23～4. 3	天皇機関説（昭和史発掘17）	週刊文春	
		1. 7～43. 3. 16	隠花平原	週刊新潮	
		4. 10～5. 15	「お鯉」事件（昭和史発掘18）	週刊文春	
		5. 22～46. 4. 12	二・二六事件（昭和史発掘19）	週刊文春	
		8. 25～43. 9. 2	混声の森	三友社扱い・信濃毎日新聞夕刊他	
		8	鎌倉の旅　箱根・伊豆	カッパ・ビブリア	
		12	地を匍う翼	別冊文藝春秋102号	
59	昭43（68）	2. 23～4. 5	夏夜の連続殺人事件（ミステリーの系譜５）	週刊読売	
60	昭44（69）	1	与えられた生	文藝春秋	
		3	通過する客	別冊文藝春秋107号	

		8	首相官邸	文藝春秋	
		8	再説・下山国鉄総裁謀殺論	現代	
		12〜45.5（中絶）	石	小説宝石	
61	昭45(70)	2	密宗律仙教	オール読物	
		5	新解釈 魏志倭人伝	中央公論	
62	昭46(71)	1〜47.11	遊史疑考	芸術新潮	→「遊古疑考」と改題
		4〜49.5	黒の回廊	第一期松本清張全集月報	
		7	日本の古代国家―邪馬台国の謎を探る	太陽	
		12	板元畫譜―耕書堂手代喜助の覚書き	別冊文藝春秋118号	
63	昭47(72)	5	日本改造法案―北一輝の死―（戯曲）	群像	
64	昭48(73)	3.12〜16	古代史の空洞をのぞく	朝日新聞	
		9	イラン高原の「火」の旅から	太陽	
		1〜7	北一輝における「君主制」	世界	補筆改稿「北一輝論」
		7	古事記の謎を探る	太陽	
		11	閉じた海	文藝春秋臨時増刊	
		12.20〜25	北ベトナム古代文化の旅	朝日新聞	
65	昭49(74)	1	疑史通	歴史と人物	
		1.20〜1.26	ハノイ再訪	赤旗	
		5・6・8	トンニャット・ホテルの客	野生時代	
		6	雨	別冊文藝春秋128号	
		11.25	聖徳太子（人物日本の歴史1）	小学館	
66	昭50(75)	7	箒売りの内職	太陽	
		12.5〜12.12	小説3億円事件	週刊朝日	
67	昭51(76)	1.1〜53.7.6	清張通史	東京新聞	
		2〜55.12	古代史私注	本	
		5.13	「西海道談綺」紀行	週刊文春	
		6.16〜7.9	自伝抄　雑草の実	読売新聞	
		7	北一輝と児玉誉士夫	諸君	
		7.29〜53.3.9	状況曲線（禁忌の連歌2）	週刊新潮	
		9.10〜10.8	日本の「黒い霧」史の中の主役たち	週刊朝日	
68	昭52(77)	2	倫敦犯罪古書	オール読物	
		5	倭人伝「其他旁国」参上	芸術新潮	
		7.2〜8.13	凝視	週刊読売	原題「視線」

		9	延命の負債	小説新潮	
69	昭53(78)	1	「万世一系」天皇制の研究	諸君	
		7	日本民族の系譜(日本人の源流を探る)	太陽	「日本人の源流を探る」
		11	稲荷山古墳の謎　鉄剣銘解釈への疑問	芸術新潮	
		12.4.5	古代イランと飛鳥	朝日新聞	
		12	作家の手帖	別冊文藝春秋146号	
70	昭54(79)	2	特派員	オール讀物	
		5.6～5.27	古代史の謎①～③	週刊読売	
		6	埋没された青春	文藝春秋	
		12	速記録	別冊文藝春秋150号	
		12	粥占	太陽	
71	昭55(80)	1	創価学会日本共産党 十年協定の真実	文藝春秋	「〈創共協定〉経過メモ」と改題
		2･3	創作ヒント・ノート	小説新潮	
		3	古鏡	芸術新潮	
		5	古事記と日本書紀の関係	文学	
		5～11	古代史新考問答	野性時代	「謎の源流」と改題
		8～12	私観・宰相論	文藝春秋	「史観・宰相論」
		8	魏志倭人伝の「盲点」―「一大率」は「一支率」の可能性―	文学	
		10	「古事記」新解釈ノート	文学	
72	昭56(81)	1～9	青木繁と坂本繁二郎	芸術新潮	「私論・青木繁と坂本繁二郎」と改題
		3	九州古代文化の源流(日本歴史展望１)	旺文社	
		4	道鏡事件と宇佐八幡	別冊文藝春秋155号	
		4	接合の論理―推理林彪・四人組事件	中央公論	
		6～59.3	白い影(未完)	ミセス	
73	昭57(82)	1～58.5	岡倉天心とその「敵」	芸術新潮	「岡倉天心その内なる敵」と改題
		4.11､18	古代史の旅(特別講演)	サンデー毎日	
		7	日本最古の暗号文字	別冊文藝春秋160号	
		10.12.13	稲荷山鉄剣をめぐる一仮説	読売新聞・夕刊	
74	昭58(83)	1	執念	海	
		1	祭神の謎と神事	旅	
		2～59.6	幻華	オール讀物	
		12.59.1	南半球の倒三角(松本清張短編小説館２)	文藝春秋	
76	昭60(85)	1	中世への招待―ホートン城〈ランカシャー〉の詩城	小説新潮	

		1〜9	古史眼烟(長岡京遷都の謎ほか)	図書	
78	昭62(87)	5	紙碑	小説新潮	
79	昭63(88)	6	私観・昭和史論	文藝春秋	
		11.1	鷗外「小倉日記」発見経緯	三田文学十五号	
80	平1(89)	9	荒野と屋台と	旅	
81	平2(90)	9	血の洗濯	文藝春秋	
		3.29〜5.5.21	神々の乱心(未完)	週刊文春	
82	平3(91)	11	直弧文の一解釈	文藝春秋	
83	平4(92)	1.2〜5.14	江戸綺談 甲州霊嶽党(未完)	週刊新潮	
	平5(93)	11.30	「邪馬台国」周遊	『清張 古代遊記 吉野ヶ里と邪馬台国』	
	平7(95)	1.1	日本古代国家の謎	吉川弘文館『吉野ヶ里遺跡と古代国家	

平4(92)　8月4日　永眠 享年 82　八王子市富士見台霊園

〔3〕作品の形態・種類別一覧

風俗小説（114作品）

番号	年月	シリーズ	作品名	形態	種類	掲載誌	巻
1	昭26(51) 3		西郷札	短編	風俗小説	週刊朝日・春期増刊号	35
2	昭26(51)12		くるま宿	短編	風俗小説	富士	35
3	昭28(53) 3		啾々吟	短編	風俗小説	オール読物	35
4	昭28(53)10		火の記憶	短編	風俗小説	小説公園	35
5	昭29(54) 2		湖畔の人	短編	風俗小説	別冊文藝春秋38号	35
6	昭29(54) 9		情死傍観	短編	風俗小説	小説公園	35
7	昭30(55) 1		恋情	短編	風俗小説	小説公園	35
8	昭30(55) 6		笛壺	短編	風俗小説	文藝春秋	35
9	昭30(55) 6		赤いくじ	短編	風俗小説	オール読物	35
10	昭30(55) 9		尊厳	短編	風俗小説	小説公園	35
11	昭30(55)11		青のある断層	短編	風俗小説	オール読物	35
12	昭30(55)12		奉公人組	短編	風俗小説	別冊文藝春秋49号	35
13	昭30(55)12		張込み	短編	風俗小説	小説新潮	35
14	昭31(56) 1		秀頼走路	短編	風俗小説	別冊小説新潮	36
15	昭31(56) 3		喪失	短編	風俗小説	新潮	36
16	昭31(56) 5		箱根心中	短編	風俗小説	婦人朝日	36
17	昭31(56) 7		背広服の変死者	短編	風俗小説	文学界	36
18	昭31(56) 7		疑惑	短編	風俗小説	サンデー毎日臨時増刊	36
19	昭31(56) 9		途上	短編	風俗小説	小説公園	36
20	昭31(56) 9		九十九里浜	短編	風俗小説	新潮	36
21	昭31(56)10		いびき	短編	風俗小説	オール読物	36
22	昭32(57) 1		佐渡流人行	短編	風俗小説	オール読物	36
23	昭32(57) 1		賞	短編	風俗小説	新潮	36
24	昭32(57) 4		鬼畜	短編	風俗小説	別冊文藝春秋57号	36
25	昭32(57) 8		カルネアデスの舟板	短編	風俗小説	文学界	36
26	昭32(57) 9		発作	短編	風俗小説	新潮	37
27	昭32(57) 9	無宿人別帳	町の島帰り	短編	風俗小説	オール読物	24
28	昭32(57)10		怖妻の棺	短編	風俗小説	週刊朝日別冊	37
29	昭32(57)10	無宿人別帳	海嘯	短編	風俗小説	オール読物	24
30	昭32(57)11	無宿人別帳	おのれの顔	短編	風俗小説	オール読物	24
31	昭32(57)12		支払い過ぎた縁談	短編	風俗小説	週刊新潮	37
32	昭32(57)12	無宿人別帳	逃亡	短編	風俗小説	オール読物	24
33	昭33(58) 1		二階	短編	風俗小説	婦人朝日	37
34	昭33(58) 1		点	短編	風俗小説	中央公論	37

35	昭33(58) 1	無宿人別帳	俺は知らない	短編	風俗小説	オール読物	24
36	昭33(58) 2		拐帯行	短編	風俗小説	日本	37
37	昭33(58) 2	無宿人別帳	夜の足音	短編	風俗小説	オール読物	24
38	昭33(58) 3	無宿人別帳	流人騒ぎ	短編	風俗小説	オール読物	24
39	昭33(58) 4		氷雨	短編	風俗小説	小説公園増刊	37
40	昭33(58) 5	無宿人別帳	赤猫	短編	風俗小説	オール読物	24
41	昭33(58) 5		かげろう絵図	長編	風俗小説	東京新聞ほか	25
42	昭33(58) 6	無宿人別帳	左の腕	短編	風俗小説	オール読物	24
43	昭33(58) 6		真贋の森	短編	風俗小説	別冊文藝春秋64号	37
44	昭33(58) 8	無宿人別帳	雨と川の音	短編	風俗小説	オール読物	24
45	昭33(58)10		紙の牙	短編	風俗小説	日本	37
46	昭33(58)12	黒い画集	証言	短編	風俗小説	週刊朝日	4
47	昭34(59) 1		剥製	短編	風俗小説	中央公論文芸特集号	37
48	昭34(59) 1	黒い画集	坂道の家	中編	風俗小説	週刊朝日	4
49	昭34(59) 2		願望	短編	風俗小説	別冊週刊朝日	37
50	昭34(59) 4		空白の意匠	短編	風俗小説	新潮	37
51	昭34(59) 5		波の塔	長編	風俗小説	女性自身	18
52	昭34(59) 7		霧の旗	中編	風俗小説	婦人公論	19
53	昭34(59) 9	黒い画集	寒流	中編	風俗小説	週刊朝日	4
54	昭34(59)11	黒い画集	天城越え	短編	風俗小説	サンデー毎日特別号	4
55	昭35(60) 1		わるいやつら	長編	風俗小説	週刊新潮	14
56	昭36(61) 1		連環	長編	風俗小説	日本	12
57	昭36(61) 7		厭戦	短編	風俗小説	新日本文学別冊	38
58	昭36(61)11		老春	短編	風俗小説	新潮	38
59	昭36(61)11		落差	長編	風俗小説	読売新聞	20
60	昭37(62) 1		けものみち	長編	風俗小説	週刊新潮	15
61	昭37(62) 4		天保図録	長編	風俗小説	週刊朝日	27～28
62	昭37(62)12		皿倉学説	短編	風俗小説	別冊文藝春秋82号	38
63	昭38(63) 1		相模国愛甲郡中津村	短編	風俗小説	婦人公論	38
64	昭38(63) 1		影	短編	風俗小説	文芸朝日	38
65	昭38(63) 3		乱灯江戸影絵	長編	風俗小説	朝日新聞夕刊	59
66	昭38(63) 4	絢爛たる流離	走路	短編	風俗小説	婦人公論	2
67	昭38(63) 4	別冊黒い画集	熱い空気	中編	風俗小説	週刊文春	7
68	昭38(63) 6	絢爛たる流離	夕日の城	短編	風俗小説	婦人公論	2
69	昭38(63) 8	絢爛たる流離	切符	短編	風俗小説	婦人公論	2
70	昭38(63)10	別冊黒い画集	陸行水行	短編	風俗小説	週刊文春	7

71	昭38(63)12	絢爛たる流離	消滅	短編	風俗小説	婦人公論	2
72	昭39(64) 1	別冊黒い画集	断線	中編	風俗小説	週刊文春	7
73	昭39(64) 3	彩色江戸切絵図	大山詣	短編	風俗小説	オール読物	24
74	昭39(64) 3		逃亡	長編	風俗小説	信濃毎日新聞・夕刊ほか	29
75	昭39(64)5、6	彩色江戸切絵図	山椒魚	短編	風俗小説	オール読物	24
76	昭39(64) 9		晩景	短編	風俗小説	別冊文藝春秋89号	38
77	昭39(64)11		地の骨	長編	風俗小説	週刊新潮	16
78	昭39(64)11	彩色江戸切絵図	女義太夫	短編	風俗小説	オール読物	24
79	昭40(65) 6		雑草群落	長編	風俗小説	東京新聞ほか	44
80	昭40(65) 9		砂漠の塩	中編	風俗小説	婦人公論	19
81	昭40(65)10		中央流沙	中編	風俗小説	社会新報	45
82	昭41(66) 1		棲息分布	長編	風俗小説	週刊現代	45
83	昭42(67) 1		風紋	中編	風俗小説	現代	46
84	昭42(67) 3		種族同盟	短編	風俗小説	オール読物	38
85	昭42(67) 6		月	短編	風俗小説	別冊文藝春秋100号	38
86	昭42(67)10	死の枝	入江の記憶	短編	風俗小説	小説新潮	6
87	昭43(68) 6		虚線の下絵	短編	風俗小説	別冊文藝春秋104号	38
88	昭44(69) 5		夜光の階段	長編	風俗小説	週刊新潮	46
89	昭45(70) 1		強き蟻	中編	風俗小説	文藝春秋	23
90	昭45(70) 4	黒の図説	六畳の生涯	中編	風俗小説	週刊朝日	10
91	昭45(70) 7	黒の図説	梅雨と西洋風呂	中編	風俗小説	週刊朝日	10
92	昭46(71) 5		西海道談綺	長編	風俗小説	週刊文春	52～54
93	昭48(73) 1		告訴せず	長編	風俗小説	週刊朝日	43
94	昭50(75) 9		式場の微笑	短編	風俗小説	オール読物	66
95	昭53(78) 1	隠花の飾り	足袋	短編	風俗小説	小説新潮	42
96	昭53(78) 2	隠花の飾り	愛犬	短編	風俗小説	小説新潮	42
97	昭53(78) 4	隠花の飾り	北の火箭	短編	風俗小説	小説新潮	42
98	昭53(78) 5	隠花の飾り	見送って	短編	風俗小説	小説新潮	42
99	昭53(78) 6	隠花の飾り	誤訳	短編	風俗小説	小説新潮	42
100	昭53(78) 7	隠花の飾り	百円硬貨	短編	風俗小説	小説新潮	42
101	昭53(78) 8	隠花の飾り	お手玉	短編	風俗小説	小説新潮	42
102	昭53(78)10	隠花の飾り	記念に	短編	風俗小説	小説新潮	42
103	昭53(78)11		黒革の手帖	長編	風俗小説	週刊新潮	42
104	昭54(79) 1	隠花の飾り	箱根初詣で	短編	風俗小説	小説新潮	42
105	昭54(79) 2	隠花の飾り	再春	短編	風俗小説	小説新潮	42
106	昭54(79) 3	隠花の飾り	遺墨	短編	風俗小説	小説新潮	42
107	昭57(82) 2		迷走地図	長編	風俗小説	朝日新聞	57
108	昭56(81) 5		彩り河	長編	風俗小説	週刊文春	47

109	昭57(82) 5		断崖	短編	風俗小説	新潮	66
110	昭59(84)2､4､6		信号	短編	風俗小説	文藝春秋	66
111	昭59(84)11		霧の会議	長編	風俗小説	読売新聞・朝刊	61
112	平2(90) 4	草の径	ネッカー川の影	短編	風俗小説	文藝春秋	66
113	平2(90)10	草の径	呪術の渦巻文様	短編	風俗小説	文藝春秋	66
114	平2(90)12	草の径	老公	短編	風俗小説	文藝春秋	66

評伝小説（51作品）

番号	年月	シリーズ	作品名	形態	種類	掲載誌	巻
1	昭27(52) 9		或る「小倉日記」伝	短編	評伝小説	三田文学	35
2	昭28(53) 2		梟示抄	短編	評伝小説	別冊文藝春秋32号	35
3	昭28(53) 4		戦国権謀	短編	評伝小説	別冊文藝春秋33号	35
4	昭28(53) 8		菊枕	短編	評伝小説	文藝春秋	35
5	昭29(54) 5		転変	短編	評伝小説	小説公園	35
6	昭29(54)12		断碑	短編	評伝小説	別冊文藝春秋43号	35
7	昭30(55) 5		特技	短編	評伝小説	新潮	35
8	昭30(55) 5		面貌	短編	評伝小説	小説公園	35
9	昭30(55) 6		山師	短編	評伝小説	別冊文藝春秋46号	35
10	昭30(55) 8		腹中の敵	短編	評伝小説	小説新潮	35
11	昭30(55)10		石の骨	短編	評伝小説	別冊文藝春秋48号	35
12	昭30(55)10		柳生一族	短編	評伝小説	小説新潮	35
13	昭30(55)10		廃物	短編	評伝小説	文芸	35
14	昭31(56) 4		調略	短編	評伝小説	別冊小説新潮	36
15	昭31(56) 6		ひとりの武将	短編	評伝小説	オール讀物	36
16	昭31(56)12		武将不信	短編	評伝小説	キング	36
17	昭31(56)12		陰謀将軍	短編	評伝小説	別冊文藝春秋55号	36
18	昭32(57) 1	小説日本芸譚	古田織部	短編	評伝小説	芸術新潮	26
19	昭32(57) 2	小説日本芸譚	世阿弥	短編	評伝小説	芸術新潮	26
20	昭32(57) 3	小説日本芸譚	千利休	短編	評伝小説	芸術新潮	26
21	昭32(57) 4	小説日本芸譚	運慶	短編	評伝小説	芸術新潮	26
22	昭32(57) 6	小説日本芸譚	小堀遠州	短編	評伝小説	芸術新潮	26
23	昭32(57) 7	小説日本芸譚	写楽	短編	評伝小説	芸術新潮	26
24	昭32(57) 8	小説日本芸譚	光悦	短編	評伝小説	芸術新潮	26
25	昭32(57)10	小説日本芸譚	岩佐又兵衛	短編	評伝小説	芸術新潮	26
26	昭32(57)11	小説日本芸譚	雪舟	短編	評伝小説	芸術新潮	26

27	昭32(57)12		乱気	短編	評伝小説	別冊文藝春秋61号	37
28	昭32(57)12	小説日本芸譚	止利仏師	短編	評伝小説	芸術新潮	26
29	昭33(58) 1		雀一羽	短編	評伝小説	小説新潮	37
30	昭33(58) 6		装飾評伝	短編	評伝小説	文藝春秋	37
31	昭34(59) 5		火の縄	中編	評伝小説	週刊現代	26
32	昭37(62) 1		北の詩人	中編	評伝小説	中央公論	17
33	昭37(62) 3		象徴の設計	中編	評伝小説	文芸	17
34	昭40(65) 2	エッセイより	劉生晩期	短編	評伝小説	芸術新潮	34
35	昭41(66) 3		統監	短編	評伝小説	別冊文藝春秋95号	38
36	昭41(66) 6		花衣	短編	評伝小説	別冊文藝春秋96号	38
37	昭41(66) 6		火の虚舟	中編	評伝小説	文藝春秋	21
38	昭45(70)12		砂の審廷	中編	評伝小説	別冊文藝春秋	22
39	昭47(72) 6		葉花星宿	短編	評伝小説	別冊文藝春秋120号	51
40	昭47(72) 9		正太夫の舌	短編	評伝小説	別冊文藝春秋121号	51
41	昭48(73) 3	文豪	行者神髄	短編	評伝小説	別冊文藝春秋123〜27号	51
42	昭52(77) 2		眩人	長編	評伝小説	中央公論	51
43	昭56(81) 2		不運な名前	短編	評伝小説	オール讀物	66
44	昭57(82) 2		形影　菊池寛と佐々木茂作	中編	評伝小説	文藝春秋	64
45	昭58(83) 9		思託と元開	短編	評伝小説	文藝春秋	66
46	昭59(84)10		老十九年の推歩	短編	評伝小説	文藝春秋	66
47	昭60(85) 5		両像・森鷗外	中編	評伝小説	文藝春秋	64
48	昭62(87) 4		暗い血の旋舞	中編	評伝小説	(日本放送出版協会)	64
49	平 2(90) 1		削除の復元	短編	評伝小説	文藝春秋	66
50	平 2(90) 6	草の径	「隠り人」日記抄	短編	評伝小説	文藝春秋	66
51	平 2(90) 7	草の径	モーツァルトの伯楽	短編	評伝小説	文藝春秋	66

歴史小説・歴史記述（79作品）

番号	年月	シリーズ	作品名	形態	種類	掲載誌	巻
1	昭28(53)12		贋札つくり	短編	歴史小説	別冊文藝春秋37号	35
2	昭30(55)10		大奥婦女記	中編	歴史記述	新婦人	29
3	昭31(56) 1		明治金沢事件	短編	歴史小説	サンデー毎日臨時増刊	36
4	昭31(56) 7		増上寺刃傷	短編	歴史小説	別冊小説新潮	36
5	昭31(56) 8		五十四万石の嘘	短編	歴史小説	講談倶楽部	36
6	昭33(58) 2		ある小官僚の抹殺	短編	歴史小説	別冊文藝春秋62号	37

7	昭33(58) 3		黒地の絵	短編	歴史小説	新潮	37
8	昭33(58) 4		日光中宮祠事件	短編	歴史小説	別冊週刊朝日	37
9	昭33(58) 5		額と歯	短編	歴史小説	週刊朝日	37
10	昭34(59) 5		小説帝銀事件	中編	歴史小説	文藝春秋	17
11	昭34(59) 8		「スチュワーデス殺し」論	短編	歴史記述	婦人公論臨時増刊	13
12	昭34(59)11		黒い福音	長編	歴史小説	週刊コウロン	13
13	昭35(60) 1	日本の黒い霧	下山国鉄総裁謀殺論	短編	歴史記述	文藝春秋	30
14	昭35(60) 2	日本の黒い霧	「もく星」号遭難事件	短編	歴史記述	文藝春秋	30
15	昭35(60) 3	日本の黒い霧	二大疑獄事件	短編	歴史記述	文藝春秋	30
16	昭35(60) 4	日本の黒い霧	白鳥事件	短編	歴史記述	文藝春秋	30
17	昭35(60) 5	日本の黒い霧	ラストヴォロフ事件	短編	歴史記述	文藝春秋	30
18	昭35(60) 6	日本の黒い霧	革命を売る男・伊藤律	短編	歴史記述	文藝春秋	30
19	昭35(60) 7	日本の黒い霧	征服者とダイアモンド	短編	歴史記述	文藝春秋	30
20	昭35(60) 8	日本の黒い霧	帝銀事件の謎	短編	歴史記述	文藝春秋	30
21	昭35(60) 9	日本の黒い霧	鹿地亘事件	短編	歴史記述	文藝春秋	30
22	昭35(60)10	日本の黒い霧	推理・松川事件	短編	歴史記述	文藝春秋	30
23	昭35(60)11	日本の黒い霧	追放とレッドパージ	短編	歴史記述	文藝春秋	30
24	昭35(60)11		占領「鹿鳴館」の女たち	短編	歴史記述	婦人公論	34
25	昭35(60)12	日本の黒い霧	謀略朝鮮戦争	短編	歴史記述	文藝春秋	30
26	昭36(61) 1		深層海流	中編	歴史小説	文藝春秋	31
27	昭36(61) 8		松川事件判決の瞬間	短編	歴史記述	週刊公論	30
28	昭38(63) 1	現代官僚論	現代官僚論	短編	歴史記述	文藝春秋	31
29	昭38(63) 3	現代官僚論	文部官僚論	短編	歴史記述	文藝春秋	31
30	昭38(63) 5	現代官僚論	農林官僚論	短編	歴史記述	文藝春秋	31
31	昭38(63) 8	現代官僚論	検察官僚論	短編	歴史記述	文藝春秋	31
32	昭38(63)10	現代官僚論	通産官僚論	短編	歴史記述	文藝春秋	31
33	昭39(64) 1		「白鳥事件」裁判の謎	短編	歴史記述	中央公論	30
34	昭39(64) 5	現代官僚論	警察官僚論	短編	歴史記述	文藝春秋	31
35	昭39(64) 7	現代官僚論	内閣調査室論	短編	歴史記述	文藝春秋	31
36	昭39(64) 8	昭和史発掘	石田検事の怪死	短編	歴史記述	週刊文春	32
37	昭39(64) 9	昭和史発掘	朴烈大逆事件	短編	歴史記述	週刊文春	32
38	昭39(64)11	昭和史発掘	芥川龍之介の死	短編	歴史記述	週刊文春	32
39	昭40(65) 1	私説・日本合戦譚	長篠合戦	短編	歴史記述	オール読物	26
40	昭40(65) 1	昭和史発掘	北原二等卒の直訴	短編	歴史記述	週刊文春	32
41	昭40(65) 2	私説・日本合戦譚	姉川の戦	短編	歴史記述	オール読物	26
42	昭40(65) 3	私説・日本合戦譚	山崎の戦	短編	歴史記述	オール読物	26
43	昭40(65) 3	昭和史発掘	三・一五共産党検挙	短編	歴史記述	週刊文春	32
44	昭40(65) 3	昭和史発掘	佐分利公使の怪死	短編	歴史記述	週刊文春	32
45	昭40(65) 4	私説・日本合戦譚	川中島の戦	短編	歴史記述	オール読物	26
46	昭40(65) 5	私説・日本合戦譚	厳島の戦	短編	歴史記述	オール読物	26

47	昭40(65) 6		小説東京帝国大学	長編	歴史小説	サンデー毎日	21
48	昭40(65) 6	私説・日本合戦譚	九州征伐	短編	歴史記述	オール読物	26
49	昭40(65) 6		ベイルート情報	短編	歴史小説	別冊文藝春秋92号	38
50	昭40(65) 7	私説・日本合戦譚	島原の役	短編	歴史記述	オール読物	26
51	昭40(65) 8	昭和史発掘	潤一郎と春夫	短編	歴史記述	週刊文春	32
52	昭40(65) 8	私説・日本合戦譚	関ヶ原の戦	短編	歴史記述	オール読物	26
53	昭40(65)10	昭和史発掘	天理研究会事件	短編	歴史記述	週刊文春	32
54	昭40(65)11	私説・日本合戦譚	西南戦争	短編	歴史記述	オール読物	26
55	昭41(66) 4	昭和史発掘	スパイ〝M〟の謀略	短編	歴史記述	週刊文春	32
56	昭41(66) 6		古代史疑	中編	歴史記述	中央公論	33
57	昭41(66)12		粗い網版	短編	歴史小説	別冊文藝春秋98号	38
58	昭42(67) 8	ミステリーの系譜	闇に駆ける猟銃	中編	歴史小説	週刊読売	7
59	昭42(67)11	ミステリーの系譜	肉鍋を食う女	短編	歴史小説	週刊読売	7
60	昭42(67)12	ミステリーの系譜	二人の真犯人	中編	歴史小説	週刊読売	7
61	昭44(69) 4		アムステルダム運河殺人事件	中編	歴史小説	週刊朝日カラー別冊Ⅰ	13
62	昭44(69) 9		幻の「謀略機関」をさぐる	短編	歴史記述	週刊朝日	30
63	昭46(71) 1		古代探求	中編	歴史記述	文学界	33
64	昭46(71) 5	昭和史発掘	身辺的昭和史	短編	歴史記述	朝日新聞	32
65	昭47(72) 2		風の息	長編	歴史小説	日刊赤旗	48
66	昭47(72)11		「もく星」号事件の補筆	短編	歴史記述	全集巻30	30
67	昭48(73) 6		火の路	長編	歴史小説	朝日新聞朝刊	50
68	昭50(75) 6		夏島	短編	歴史小説	別冊文藝春秋132号	66
69	昭51(76) 1		邪馬台国	中編	歴史記述	東京新聞ほか	55
70	昭51(76) 1	私説古風土記	出雲国風土記	短編	歴史記述	太陽	55
71	昭51(76) 5	私説古風土記	常陸国風土記	短編	歴史記述	太陽	55
72	昭51(76) 9	私説古風土記	播磨国風土記	短編	歴史記述	太陽	55
73	昭51(76)12	私説古風土記	肥前国風土記	短編	歴史記述	太陽	55
74	昭52(77) 4	私説古風土記	豊後国風土記	短編	歴史記述	太陽	55
75	昭52(77) 6	私説古風土記	総論	短編	歴史記述	太陽	55
76	昭53(78) 1		空の城	長編	歴史小説	文藝春秋	49
77	昭54(79) 5		ペルセポリスから飛鳥へ	中編	歴史記述	(日本放送出版協会)	55
78	昭54(79) 6		白と黒の革命	長編	歴史小説	文藝春秋	49
79	昭58(83) 8		熱い絹	長編	歴史小説	報知新聞	58

推理小説（125作品）

番号	年月	シリーズ	作品名	形態	種類	掲載誌	巻
1	昭31(56) 8		顔	短編	推理小説	小説新潮	36
2	昭31(56)10		声	短編	推理小説	小説公園	36

3	昭31(56)11		共犯者	短編	推理小説	週刊読売	36
4	昭32(57) 2		点と線	中編	推理小説	旅	1
5	昭32(57) 4		眼の壁	長編	推理小説	週刊読売	2
6	昭32(57) 4		地方紙を買う女	短編	推理小説	小説新潮	36
7	昭32(57) 4		一年半待て	短編	推理小説	週刊朝日別冊	36
8	昭32(57) 5		甲府在番	短編	推理小説	オール読物	36
9	昭32(57) 8		捜査圏外の条件	短編	推理小説	別冊文藝春秋59号	36
10	昭32(57) 8		白い闇	短編	推理小説	小説新潮	36
11	昭33(58) 2		ゼロの焦点	長編	推理小説	太陽・宝石	3
12	昭33(58) 7		巻頭句の女	短編	推理小説	小説新潮	37
13	昭33(58)10	黒い画集	遭難	中編	推理小説	週刊朝日	4
14	昭34(59) 2		危険な斜面	短編	推理小説	オール読物	37
15	昭34(59) 2		上申書	短編	推理小説	文藝春秋	37
16	昭34(59) 6	黒い画集	紐	中編	推理小説	週刊朝日	4
17	昭34(59) 6		歪んだ複写	中編	推理小説	小説新潮	11
18	昭34(59)12	黒い画集	凶器	短編	推理小説	週刊朝日	4
19	昭35(60) 1	黒い画集	濁った陽	中編	推理小説	週刊朝日	4
20	昭35(60) 1		球形の荒野	長編	推理小説	オール読物	6
21	昭35(60) 4	黒い画集	草	中編	推理小説	週刊朝日	4
22	昭35(60) 5		砂の器	長編	推理小説	読売新聞・夕刊	5
23	昭35(60) 7		部分	短編	推理小説	小説中央公論	37
24	昭35(60) 8		駅路	短編	推理小説	サンデー毎日	37
25	昭35(60)10		誤差	短編	推理小説	サンデー毎日特別号	37
26	昭36(61) 1	影の車	確証	短編	推理小説	婦人公論	1
27	昭36(61) 2	影の車	万葉翡翠	短編	推理小説	婦人公論	1
28	昭36(61) 3		不安な演奏	中編	推理小説	週刊文春	11
29	昭36(61) 3	影の車	薄化粧の男	短編	推理小説	婦人公論	1
30	昭36(61) 4	影の車	潜在光景	短編	推理小説	婦人公論	1
31	昭36(61) 5		時間の習俗	中編	推理小説	旅	1
32	昭36(61) 5	影の車	典雅な姉弟	短編	推理小説	婦人公論	1
33	昭36(61) 6	影の車	田舎医師	短編	推理小説	婦人公論	1
34	昭36(61) 7	影の車	鉢植を買う女	短編	推理小説	婦人公論	1
35	昭36(61) 7		小さな旅館	短編	推理小説	週刊朝日別冊・緑蔭特別号	38
36	昭37(62) 1		鴉	短編	推理小説	週刊読売	38
37	昭37(62) 1		ガラスの城	中編	推理小説	若い女性	41
38	昭37(62)12	別冊黒い画集	事故	中編	推理小説	週刊文春	7
39	昭38(63) 1		彩霧	中編	推理小説	オール読物	12
40	昭38(63) 1	絢爛たる流離	土俗玩具	短編	推理小説	婦人公論	2

41	昭38(63) 2	絢爛たる流離	小町鼓	短編	推理小説	婦人公論	2
42	昭38(63) 3	絢爛たる流離	百済の草	短編	推理小説	婦人公論	2
43	昭38(63) 3		屈折回路	中編	推理小説	文学界	22
44	昭38(63) 5	絢爛たる流離	雨の二階	短編	推理小説	婦人公論	2
45	昭38(63) 5		たづたづし	短編	推理小説	小説新潮	38
46	昭38(63) 7	絢爛たる流離	灯	短編	推理小説	婦人公論	2
47	昭38(63) 9	絢爛たる流離	代筆	短編	推理小説	婦人公論	2
48	昭38(63)10	別冊黒い画集	形	中編	推理小説	週刊文春	7
49	昭38(63)10	絢爛たる流離	安全率	短編	推理小説	婦人公論	2
50	昭38(63)11	絢爛たる流離	陰影	短編	推理小説	婦人公論	2
51	昭39(64) 1	彩色江戸切絵図	大黒屋	短編	推理小説	オール読物	24
52	昭39(64) 3	別冊黒い画集	寝敷き	短編	推理小説	週刊文春	7
53	昭39(64) 5		草の陰刻	長編	推理小説	読売新聞	8
54	昭39(64) 7	彩色江戸切絵図	三人の留守居役	短編	推理小説	オール読物	24
55	昭39(64) 9	彩色江戸切絵図	蔵の中	短編	推理小説	オール読物	24
56	昭40(65)10		Ｄの複合	長編	推理小説	宝石	3
57	昭42(67) 1	紅刷り江戸噂	役者絵	短編	推理小説	別冊宝石	24
58	昭42(67) 1	黒の様式	歯止め	中編	推理小説	週刊朝日	9
59	昭42(67) 1	紅刷り江戸噂	七種粥	短編	推理小説	小説現代	24
60	昭42(67) 2	死の枝	交通事故死亡1名	短編	推理小説	小説新潮	6
61	昭42(67) 3	死の枝	偽狂人の犯罪	短編	推理小説	小説新潮	6
62	昭42(67) 3	黒の様式	犯罪広告	中編	推理小説	週刊朝日	9
63	昭42(67) 4	紅刷り江戸噂	虎	短編	推理小説	小説現代	24
64	昭42(67) 4	黒の様式	微笑の儀式	中編	推理小説	週刊朝日	9
65	昭42(67) 4	死の枝	家紋	短編	推理小説	小説新潮	6
66	昭42(67) 5	死の枝	史疑	短編	推理小説	小説新潮	6
67	昭42(67) 6	死の枝	年下の男	短編	推理小説	小説新潮	6
68	昭42(67) 6	紅刷り江戸噂	突風	短編	推理小説	小説現代	24
69	昭42(67) 7	黒の様式	二つの声	中編	推理小説	週刊朝日	9
70	昭42(67) 7	死の枝	古本	短編	推理小説	小説新潮	6
71	昭42(67) 8	死の枝	ペルシアの測天儀	短編	推理小説	小説新潮	6
72	昭42(67) 8		証言の森	短編	推理小説	オール読物	38
73	昭42(67) 9	紅刷り江戸噂	見世物師	短編	推理小説	小説現代	24
74	昭42(67) 9	死の枝	不法建築	短編	推理小説	小説新潮	6
75	昭42(67)11	紅刷り江戸噂	術	短編	推理小説	小説現代	24
76	昭42(67)11	黒の様式	弱気の虫	中編	推理小説	週刊朝日	9
77	昭42(67)11	死の枝	不在宴会	短編	推理小説	小説新潮	6
78	昭42(67)11		火と汐	中編	推理小説	オール読物	19
79	昭42(67)12	死の枝	土偶	短編	推理小説	小説新潮	6
80	昭43(68) 2	黒の様式	内海の輪	中編	推理小説	週刊朝日	9
81	昭43(68) 7		山	短編	推理小説	オール読物	56

82	昭44(69) 1		喪失の儀礼	中編	推理小説	小説新潮	23
83	昭44(69) 2		新開地の事件	短編	推理小説	オール読物	56
84	昭44(69) 2		指	短編	推理小説	小説現代	56
85	昭44(69) 3	黒の図説	速力の告発	中編	推理小説	週刊朝日	10
86	昭44(69) 3	黒の様式	死んだ馬	中編	推理小説	小説宝石	9
87	昭44(69) 5	黒の図説	分離の時間	中編	推理小説	週刊朝日	10
88	昭44(69) 8		象の白い脚	中編	推理小説	別冊文藝春秋	22
89	昭44(69) 9		証明	短編	推理小説	オール読物	56
90	昭44(69) 9	黒の図説	鷗外の婢	中編	推理小説	週刊朝日	10
91	昭44(69)10		セント・アンドリュースの事件	中編	推理小説	週刊朝日カラー別冊Ⅲ	13
92	昭44(69)12	黒の図説	書道教授	中編	推理小説	週刊朝日	10
93	昭45(70) 9		火神被殺	短編	推理小説	オール読物	56
94	昭45(70)10		巨人の磯	短編	推理小説	小説新潮	56
95	昭45(70)10		奇妙な被告	短編	推理小説	オール読物	56
96	昭45(70)12		聞かなかった場所	中編	推理小説	週刊朝日	23
97	昭46(71) 1		水の肌	短編	推理小説	小説現代	56
98	昭46(71) 1		二冊の同じ本	短編	推理小説	週刊朝日カラー別冊	56
99	昭46(71) 1		葡萄唐草文様の刺繍	短編	推理小説	オール読物	56
100	昭46(71) 5		留守宅の事件	短編	推理小説	小説現代	56
101	昭46(71) 5	黒の図説Ⅱ	生けるパスカル	中編	推理小説	週刊朝日	39
102	昭46(71) 8		神の里事件	短編	推理小説	オール読物	56
103	昭46(71) 8	黒の図説Ⅱ	遠い接近	長編	推理小説	週刊朝日	39
104	昭46(71) 9		内なる線影	短編	推理小説	小説新潮	56
105	昭47(72) 2		礼遇の資格	短編	推理小説	小説新潮	56
106	昭47(72) 3		恩誼の紐	短編	推理小説	オール読物	56
107	昭47(72) 5	黒の図説Ⅱ	山の骨	中編	推理小説	週刊朝日	39
108	昭47(72) 7	黒の図説Ⅱ	表象詩人	中編	推理小説	週刊朝日	39
109	昭47(72) 9		理外の理	短編	推理小説	小説新潮	56
110	昭47(72)11	黒の図説Ⅱ	高台の家	短編	推理小説	週刊朝日	39
111	昭48(73) 1		駆ける男	短編	推理小説	オール読物	56
112	昭48(73) 2		東経139度線	短編	推理小説	小説新潮	56
113	昭50(75) 2		山峡の湯村	短編	推理小説	オール読物	66
114	昭51(76) 1		渡された場面	中編	推理小説	週刊新潮	40
115	昭51(76) 3		渦	長編	推理小説	日本経済新聞朝刊	40
116	昭52(77) 1		馬を売る女	中編	推理小説	日本経済新聞	41
117	昭53(78) 3		天才画の女	中編	推理小説	週刊新潮	41
118	昭55(80) 3		十万分の一の偶然	中編	推理小説	週刊文春	43
119	昭57(82) 2		疑惑	短編	推理小説	オール読物	66

120	昭58(83) 9		聖獣配列	長編	推理小説	週刊新潮	60
121	昭61(86) 3		数の風景	長編	推理小説	週刊朝日	62
122	昭62(87) 8		黒い空	中編	推理小説	週刊朝日	62
123	昭63(88) 1		詩城の旅びと	長編	推理小説	ウィークス	63
124	昭63(88) 1		赤い氷河期	長編	推理小説	週刊新潮	63
125	平 2(90) 5	草の径	死者の網膜犯人像	短編	推理小説	文藝春秋	66

自伝・日記・紀行（21作品）

番号	年月	シリーズ	作品名	形態	種類	掲載誌	巻
1	昭30(55) 9		父系の指	短編	自伝	新潮	35
2	昭38(63) 8		半生の記	中編	自伝	文芸	34
3	昭39(64) 7･8･9		ヨーロッパ20日コースをゆく	短編	紀行	旅	34
4	昭42(67) 6		地の塩地帯をゆく	短編	紀行	週刊朝日緊急増刊	34
5	昭43(68) 4	ハノイで見たこと	ハノイ日記	中編	日記	赤旗･日曜版	34
6	昭43(68) 4	ハノイで見たこと	ハノイからの報告	中編	日記	週刊朝日	34
7	昭43(68) 7	ハノイで見たこと	ハノイに入るまで	短編	日記	松本清張全集34	34
8	昭45(70) 1		碑の砂	短編	自伝	潮	34
9	昭46(71) 4		「西郷札」のころ	短編	自伝	週刊朝日増刊	34
10	昭47(72)12		上毛野国陸行	短編	紀行	芸術新潮	33
11	昭49(74) 1		河西電気出張所	短編	自伝	文藝春秋	66
12	昭50(75) 2		私の中の日本人	短編	自伝	波	65
13	昭55(80) 2		骨壺の風景	短編	自伝	新潮	66
14	昭57(82) 9	清張日記	清張日記	中編	日記	週刊朝日	65
15	昭59(84) 4		密教の水源を見る	中編	日記	(講談社)	65
16	昭59(84) 9		フリーメーソンP2マフィア迷走記	短編	日記	別冊文藝春秋109号	61
17	昭63(88) 7	清張日記	過ぎゆく日暦	中編	日記	新潮	65
18	平1(89) 3		泥炭地	短編	自伝	文学界	66
19	平2(90) 1		運不運　わが小説	短編	自伝	新潮45＋	65
20	平3(91) 2	草の径	夜が怕い	短編	自伝	文藝春秋	66
21	平3(91) 2	清張日記	日記メモ	短編	日記	新潮45＋	65

計390作品

〔4〕清張作品の漢語語彙

（動詞形）

語彙	読み	メモ	作品	巻	頁
愍む	あわれむ	3例	潤一郎と春夫	32	296
憫れむ	あわれむ		真贋の森	37	292
勦わる	いたわる		北原二等卒の直訴	32	145
蠢く	うごめく		弱気の虫	9	336
跼る	うずくまる	5例	秀頼走路	36	9
蹲る	うずくまる	3例	黒い福音	13	274
魘される	うなされる		断線	7	300
跼む	かがむ	6例	危険な斜面	37	428
藉す	かす	2例	彩霧	12	386
揶揄う	からかう		安全率	2	420
搦めとる	からめとる		黒い福音	13	141
涸れる	かれる	3例	装飾評伝	37	332
躱す	かわす		象徴の設計	17	345
啣える	くわえる		霧の旗	19	98
嗾ける	けしかける	3例	黒い福音	13	253
怺える	こらえる	2例	わるいやつら	14	63
顰める	しかめる	14例	黒い福音	13	264
鯱張る	しゃちほこばる		皿倉学説	38	103
灑ぐ	そそぐ		黒い福音	13	184
欹たせる	そばだたせる	2例	深層海流	31	142
窘める	たしなめる	3例	霧の旗	19	101
勦つ	たつ		火の虚舟	21	483
誑かす	たぶらかす		けものみち	15	169
躇う	ためらう	2例	空白の意匠	37	476
鏤める	ちりばめる		深層海流	31	204
閊える	つかえる	3例	花衣	38	340
躓く	つまづく	3例	真贋の森	37	322
手古摺る	てこずる		連環	12	21
梃摺る	てこずる		老春	38	42
綯う	なう	4例	連環	12	171
犒う	ねぎらう	4例	小説帝銀事件	17	358
跪く	ひざまづく	3例	証言の森	38	446
拉ぐ	ひしがれる		黒い福音	13	155
犇めく	ひしめく	2例	深層海流	31	54
篩い落とす	ふるいおとす		警察官僚論	31	479
北叟笑み	ほくそえむ		土俗玩具	2	252
見縊る	みくびる		黒い福音	13	183

見窄しい	みすぼらしい	2例	断線	7	297
邀える	むかえる		カルネアデスの舟板	36	487
剝く	むく		黒い福音	13	311
挘る	むしる	2例	影	38	175
捥ぐ	もぐ		熱い空気	7	100
擡げる	もたげる		わるいやつら	14	53
齎す	もたらす	6例	北原二等卒の直訴	32	145
悖る	もとる	3例	天理研究会事件	32	354
撚れる	よれる		点と線	1	16
縒れる	よれる	2例	連環	12	175
踉く	よろめく		明治金沢事件	36	21

（形容詞・形容動詞・副詞形、語幹のみ）

語彙	読み	メモ	作品	巻	頁
靉靆	あいたい		連環	12	242
黯然	あんぜん		三・一五共産党検挙	32	224
鬱勃	うつぼつ		恋情	35	259
蜿蜒	えんえん		小説東京帝国大学	21	294
蜿蜿	えんえん		不安な演奏	11	343
婉然	えんぜん	2例	砂の器	5	62
嫣然	えんぜん		消滅	2	443
艶冶	えんや		恋情	35	260
旺然	おうぜん		草の陰刻	8	166
矍鑠	かくしゃく		連環	12	53
囂	かまびすしい		象徴の設計	17	315
苛烈	かれつ		小町鼓	2	272
莞爾	かんじ		支払い過ぎた縁談	37	44
危殆	きたい	3例	土俗玩具	2	246
凝然	ぎょうぜん	3例	ゼロの焦点	3	205
欣然	きんぜん		草の陰刻	8	390
浩瀚	こうかん		西郷札	35	9
傲岸	ごうがん	2例	わるいやつら	14	459
肯綮	こうけい		Dの複合	3	300
煌々	こうこう		灯	2	373
囂々	ごうごう		小説帝銀事件	17	483
昂然	こうぜん	3例	砂の器	5	59
浩然	こうぜん		小説東京帝国大学	21	78
傲然	ごうぜん		寒流	4	302
渾然	こんぜん		ゼロの焦点	3	17
猜疑的	さいぎてき		時間の習俗	1	151
颯爽	さっそう	2例	砂の器	5	209

燦然	さんぜん		土俗玩具	2	256
蕭条	しょうじょう	4例	危険な斜面	37	417
悉皆	すっかり		地の骨	16	343
凄涼	せいりょう	2例	遭難	4	52
倉皇	そうこう	4例	球形の荒野	6	122
簇出	そうしゅつ		農林官僚論	31	300
蒼然	そうぜん	5例	天城越え	4	236
層々	そうそう		断線	7	286
滄桑	そうそう		草の陰刻	8	117
怱忙	そうぼう	2例	点と線	1	44
蒼茫	そうぼう	5例	ゼロの焦点	3	204
蹌踉	そうろう		啾々吟	35	115
対蹠的	たいしょてき		天理研究会事件	32	340
啻に	ただに		象徴の設計	17	273
突慳貪	つっけんどん		黒い福音	13	250
覿面	てきめん	2例	二階	37	86
恬然	てんぜん	4例	地の骨	16	330
輾転	てんてん		小説東京帝国大学	21	337
突兀	とつこつ	7例	百済の草	2	282
貪婪	どんらん		安全率	2	415
沛然	はいぜん		天城越え	4	235
歯痒い	はがゆい	4例	老春	38	47
渺	びょう		屈折回路	22	151
飄然	ひょうぜん	2例	恋情	35	274
縹渺	ひょうぼう		砂の審廷	22	372
渺茫	びょうぼう	4例	陸行水行	7	233
脾弱い	ひよわい		歯止め	9	18
羸弱い	ひよわい		三・一五共産党検挙	32	200
馥郁	ふくいく		消滅	2	448
怫然	ふつぜん	6例	弱気の虫	9	357
豊饒	ほうじょう		けものみち	15	184
茫然	ぼうぜん	2例	断碑	35	250
澎湃	ほうはい	2例	北原二等卒の直訴	32	177
茫漠	ぼうばく		安全率	2	418
茫洋	ぼうよう	8例	黒い福音	13	316
朴訥	ぼくとつ	2例	砂の器	5	108
勃然	ぼつぜん	4例	いびき	36	231
模糊	もこ		時間の習俗	1	261
懶い	ものうい	10例	彩霧	12	344
雄渾	ゆうこん		微笑の儀式	9	110
幽邃	ゆうすい		土俗玩具	2	247

膺懲的	ようちょうてき		空白の意匠	37	458
磊落	らいらく	3例	支払い過ぎた縁談	37	42
牢乎	ろうこ		小説東京帝国大学	21	266

（名詞形）

語彙	読み	メモ	作品	巻	頁
穽	あな	3例	顔	36	165
窖	あなぐら		装飾評伝	37	328
阿諛	あゆ	2例	空白の意匠	37	456
意嚮	いこう		真贋の森	37	298
頤使	いし	2例	形	7	184
甃	いしだたみ	3例	空白の意匠	37	469
蝟集	いしゅう	5例	坂道の家	4	73
一瞥	いちべつ	5例	眼の壁	2	45
萎靡	いび		点	37	109
慰撫	いぶ		危険な斜面	37	416
隠顕	いんけん		わるいやつら	14	145
隠匿	いんとく		死んだ馬	9	493
隠蔽	いんぺい	2例	坂道の家	4	104
淫奔	いんぽん	3例	老春	38	45
湮滅	いんめつ	4例	草の陰刻	8	70
迂遠	うえん		捜査圏外の条件	36	468
含漱	うがい		小説帝銀事件	17	366
梲	うだつ		鴉	38	65
譫語	うわごと		厭戦	38	12
雲煙	うんえん		小説東京帝国大学	21	123
雲烟	うんえん	3例	晩景	38	233
鏖殺	おうさつ		石田検事の怪死	32	13
尫弱	おうじゃく		陰謀将軍	36	311
懊悩	おうのう	2例	ゼロの焦点	3	163
魁偉	かいい		断線	7	294
街衢	がいく	2例	小説東京帝国大学	21	339
邂逅	かいこう		証言	4	247
拐帯	かいたい	10例	彩霧	12	304
戒飭	かいちょく		黒い福音	13	135
嗤膺	かいよう		腹中の敵	35	382
解纜	かいらん		恋情	35	265
乖離	かいり	2例	波の塔	18	363
瑕瑾	かきん		恋情	35	279
擱坐	かくざ		速力の告発	10	48
嚇怒	かくど		特技	35	290

赫怒	かくど		面貌	35	305
攪乱	かくらん	2例	寒流	4	301
叺	かます		断線	7	324
羚羊	かもしか		ひとりの武将	36	93
奸黠	かんきつ		小説東京帝国大学	21	340
含嬌	がんきょう		菊枕	35	144
看侍	かんじ		転変	35	213
含羞	がんしゅう		カルネアデスの舟板	36	499
慣熟	かんじゅく		草の陰刻	8	143
陥穽	かんせい	7例	断碑	35	235
喊声	かんせい		安全率	2	426
款待	かんたい	2例	カルネアデスの舟板	36	488
閂	かんぬき		死んだ馬	9	478
看破	かんぱ		Ｄの複合	3	349
玩弄	がんろう	2例	黒地の絵	37	186
奇禍	きか	2例	消滅	2	454
飢渇	きかつ		球形の荒野	6	299
奇矯	ききょう		火の虚舟	21	352
詭計	きけい		確証	1	391
詭計	きけい	2例	晩景	38	222
疵	きず		土俗玩具	2	245
詰問	きつもん		代筆	2	406
屹立	きつりつ	2例	点と線	1	100
跪拝	きはい		球形の荒野	6	209
欺瞞	ぎまん		ゼロの焦点	3	149
久闊	きゅうかつ	2例	球形の荒野	6	48
矯激	きょうげき		面貌	35	300
鞏固	きょうこ	6例	火の虚舟	21	472
凝乎	ぎょうこ	2例	紙の牙	37	385
怯懦	きょうだ	7例	白い闇	36	522
梟雄	きょうゆう		彩霧	12	340
曲彔	きょくろく		特技	35	287
倨傲	きょごう	4例	陰影	2	437
挙措	きょそ	2例	恋情	35	281
虚妄	きょもう		ゼロの焦点	3	39
縹緻	きりょう	3例	小さな旅館	38	20
欣喜	きんき		石の骨	35	431
空隙	くうげき	2例	点と線	1	27
嘴	くちばし		彩霧	12	386
馘	くび	4例	点	37	116
馘首	くび	2例	鴉	38	64

荊冠	けいかん		北原二等卒の直訴	32	146
炯眼	けいがん		Dの複合	3	249
経絡	けいらく		願望	37	445
狷介	けんかい		歪んだ複写	11	138
絢爛	けんらん		消滅	2	457
狡猾	こうかつ		寒流	4	259
交歓	こうかん	2例	砂の器	5	51
媾合	こうごう	2例	天城越え	4	233
犢	こうし	4例	黒い福音	13	6
哄笑	こうしょう	2例	砂の器	5	70
亢進	こうしん	2例	草の陰刻	8	58
攪拌	こうはん	3例	黒地の絵	37	171
荒蕪地	こうぶち		死んだ馬	9	492
光芒	こうぼう	2例	眼の壁	2	210
雀躍	こおどり	5例	連環	12	39
凩	こがらし		象徴の設計	17	275
枯痩	こそう		雀一羽	37	78
誤謬	ごびゅう		点と線	1	106
溷濁	こんだく	2例	石の骨	35	437
昏迷	こんめい	2例	晩景	38	222
猜疑	さいぎ		紐	4	194
漣	さざなみ	3例	消滅	2	449
詐術	さじゅつ	2例	点と線	1	112
慚愧	ざんき	2例	点と線	1	91
謙抑	さんぎょう		遭難	4	6
残滓	ざんし		北原二等卒の直訴	32	148
蚕食	さんしょく		連環	12	64
弛緩	しかん	3例	砂の器	5	205
嗤笑	ししょう		闇に駆ける猟銃	7	388
使嗾	しそう	3例	落差	20	165
地踏鞴	じだんだ	2例	老春	38	43
桎梏	しっこく	2例	特技	35	289
嬌態	しな	2例	時間の習俗	1	228
鎬	しのぎ	2例	額と歯	37	230
遮蔽	しゃへい		ゼロの焦点	3	25
従諛	じゅうゆ		真贋の森	37	302
蹂躙	じゅうりん		代筆	2	405
醜陋	しゅうろう		カルネアデスの舟板	36	500
閏位	じゅんい		小説東京帝国大学	21	236
峻厳	しゅんげん		ゼロの焦点	3	5
峻烈	しゅんれつ		濁った陽	4	344

賞翫	しょうがん		ゼロの焦点	3	15
少憩	しょうけい		時間の習俗	1	176
猖獗	しょうけつ	3例	象徴の設計	17	263
憔悴	しょうすい	2例	草	4	446
悄然	しょうぜん		眼の壁	2	59
聳動	しょうどう	4例	霧の旗	19	30
慴伏	しょうふく	2例	現代官僚論	31	246
聳立	しょうりつ		花衣	38	317
瘴癘	しょうれい		落差	20	283
熾烈	しれつ	2例	寒流	4	294
瞋恚	しんい	2例	陰謀将軍	36	310
震撼	しんかん		安全率	2	413
心悸	しんき		土俗玩具	2	255
森厳	しんげん		時間の習俗	1	117
箴言	しんげん		黒い福音	13	17
唇歯	しんし		小説東京帝国大学	21	63
斟酌	しんしゃく		肉鍋を食う女	7	400
荏苒	じんぜん		小説東京帝国大学	21	126
推挽	すいばん		寒流	4	252
寸楮	すんちょ		わるいやつら	14	166
精緻	せいち		典雅な姉弟	1	303
静謐	せいひつ		駅路	37	520
脊梁	せきりょう		眼の壁	2	175
雪冤	せつえん		小町鼓	2	263
折檻	せっかん		代筆	2	405
闡明	せんめい		三・一五共産党検挙	32	234
創縁	そうえん		死んだ馬	9	481
勦滅	そうめつ		象徴の設計	17	298
索麪	そうめん		賞	36	360
阻隔	そかく		恋情	35	267
粗笨	そほん	6例	カルネアデスの舟板	36	490
曾遊	そゆう		ヨーロッパ20日コースをゆく	34	273
忖度	そんたく	4例	土俗玩具	2	247
対峙	たいじ		安全率	2	425
駘蕩	たいとう	2例	弱気の虫	9	297
颱風	たいふう	3例	深層海流	31	36
蛇蝎	だかつ		地の骨	16	415
達眼	たつがん		点と線	1	103
谿間	たにま	2例	空白の意匠	37	482
弾劾	だんがい		遭難	4	60
端緒	たんしょ		二大疑獄事件	30	89

端麗	たんれい		寒流	4	256
紐帯	ちゅうたい		内閣調査室論	31	490
寵眷	ちょうけん		雀一羽	37	75
打擲	ちょうちゃく	3例	厭戦	38	14
嘲罵	ちょうば		北原二等卒の直訴	32	144
徴憑	ちょうひょう		種族同盟	38	393
貼付	ちょうふ		晩景	38	226
稠密	ちょうみつ		二人の真犯人	7	457
凋落	ちょうらく		典雅な姉弟	1	302
佇立	ちょりつ	2例	深層海流	31	14
闖入	ちんにゅう		鉢植を買う女	1	354
追窮	ついきゅう		特技	35	293
鶴嘴	つるはし	2例	断線	7	324
尺牘	てがみ	2例	相模国愛甲郡中津村	38	145
諂諛	てんゆ		特技	35	286
偸安	とうあん		紙の牙	37	365
恫喝	どうかつ	2例	寒流	4	314
陶盞	とうさん		明治金沢事件	36	28
逃鼠	とうざん		小説東京帝国大学	21	115
蕩尽	とうじん		土俗玩具	2	247
動顚	どうてん		佐渡流人行	36	349
年嵩	としかさ		ゼロの焦点	3	157
怒張	どちょう		典雅な姉弟	1	307
褞袍	どてら	2例	皿倉学説	38	100
蠹毒	とどく		象徴の設計	17	273
堵列	とれつ	2例	厭戦	38	8
鈍麻	どんま		歯止め	9	27
難詰	なんきつ		薄化粧の男	1	383
徘徊	はいかい		証言	4	246
敗衄	はいじく	4例	真贋の森	37	313
白堊	はくあ	6例	黒い福音	13	55
駁論	ばくろん		黒い福音	13	231
筐	はこ	2例	草の陰刻	8	428
愧	はじ	4例	火の記憶	35	165
蟠踞	ばんきょ		陸行水行	7	236
反芻	はんすう	2例	時間の習俗	1	217
飛翔	ひしょう		Dの複合	3	226
鼻祖	びそ		史疑	6	355
逼迫	ひっぱく		落差	20	301
秘匿	ひとく	2例	ゼロの焦点	3	145
瀰漫	びまん		わるいやつら	14	73

微恙	びよう		捜査圏外の条件	36	467
平仄	ひょうそく		眼の壁	2	204
彪炳	ひょうへい		火の虚舟	21	402
糜爛	びらん	2例	死んだ馬	9	476
披瀝	ひれき		上申書	37	499
顰蹙	ひんしゅく		菊枕	35	147
憫笑	びんしょう	2例	火の虚舟	21	439
紊乱	びんらん		カルネアデスの舟板	36	500
風丰	ふうぼう	3例	賞	36	360
敷衍	ふえん		現代官僚論	31	241
輻輳	ふくそう		波の塔	18	188
誣告	ぶこく		カルネアデスの舟板	36	504
無聊	ぶりょう	2例	草	4	423
憤怒	ふんぬ	2例	怖妻の棺	37	25
忿怒	ふんぬ	3例	恋情	35	275
憤懣	ふんまん		紐	4	206
忿懣	ふんまん	2例	土俗玩具	2	249
睥睨	へいげい	4例	装飾評伝	37	338
斃死	へいし		紙の牙	37	372
霹靂	へきれき		特技	35	289
瞥見	べっけん		Ｄの複合	3	270
貶黜	へんちゅう		雀一羽	37	72
彷徨	ほうこう	6例	遭難	4	62
幇助	ほうじょ		草の陰刻	8	420
放縦	ほうしょう		火の虚舟	21	352
放擲	ほうてき	5例	眼の壁	2	40
冒瀆	ぼうとく		部分	37	509
暴戻	ぼうれい		砂漠の塩	19	330
僕婢	ぼくひ		真贋の森	37	302
保姆	ほぼ	6例	黒い福音	13	203
奔騰	ほんとう	2例	遭難	4	25
酩酊	めいてい		代筆	2	406
鍍金	めっき		花衣	38	336
猛禽	もうきん		黒い福音	13	268
扼殺	やくさつ		濁った陽	4	370
山鼬	やまいたち		ひとりの武将	36	93
悒鬱	ゆううつ		潤一郎と春夫	32	313
揖礼	ゆうれい		秀頼走路	36	12
揺曳	ようえい	3例	眼の壁	2	40
容喙	ようかい	3例	濁った陽	4	393
幼冲	ようちゅう		象徴の設計	17	343

絡繹	らくえき		恋情	35	267
落款	らっかん		眼の壁	2	28
懶惰	らんだ	6例	波の塔	18	185
懶怠	らんたい		二階	37	96
隆昌	りゅうしょう		草	4	427
燎原	りょうげん		警察官僚論	31	445
吝嗇	りんしょく	9例	父系の指	35	399
鏤刻	るこく		芥川龍之介の死	32	92
坩堝	るつぼ		死んだ馬	9	486
轢殺	れきさつ		草の陰刻	8	423
轣轆	れきろく		啾々吟	35	114
憐愍	れんびん		書道教授	10	279
憐憫	れんびん	3例	落差	20	216
老麒	ろうき		戦国権謀	35	132
籠絡	ろうらく	2例	死んだ馬	9	493
陋劣	ろうれつ	8例	西郷札	35	33
鹵簿	ろぼ		石田検事の怪死	32	24
歪形	わいけい		装飾評伝	37	330
猥雑	わいざつ		寒流	4	254
惑溺	わくでき		危険な斜面	37	415
惑乱	わくらん		草	4	437

〔5〕作品の種類別発表年時一覧

年	推理小説	評伝小説	風俗小説	歴史小説・歴史記述	自伝・日説・記行
昭26(51)			西郷札　3月		
			くるま宿　12月		
昭27(52)		或る「小倉日記」伝　9月			
昭28(53)		梟示抄　2月			
			啾々吟　3月		
		戦国権謀　4月			
		菊枕　8月			
			火の記憶　10月		
				贋札つくり　12月	
昭29(54)			湖畔の人　2月		
		転変　5月			
			情死傍観　9月		
		断碑　12月			
昭30(55)			恋情　1月		
		特技　5月			
		面貌　5月			
		山師　6月	赤いくじ　6月		
			笛壺　6月		
		腹中の敵　8月			
			尊厳　9月		父系の指　9月
		石の骨　10月		大奥婦女記　10月	
		柳生一族　10月			
		廃物　10月			
			青のある断層　11月		
			奉公人組　12月		
			張込み　12月		
昭31(56)			秀頼走路　1月	明治金沢事件　1月	
			喪失　3月		
		調略　4月			
			箱根心中　5月		
		ひとりの武将　6月			
			背広服の変死者　7月	増上寺刃傷　7月	
			疑惑　7月		
	顔　8月			五十四万石の嘘　8月	

			途上　9月		
			九十九里浜　9月		
	声　10月		いびき　10月		
	共犯者　11月				
		武将不信　12月			
		陰謀将軍　12月			
昭32(57)		古田織部　1月			
			佐渡流人行　1月		
			賞　1月		
	点と線　2月	世阿弥　2月			
		千利休　3月			
	眼の壁　4月	運慶　4月	鬼畜　4月		
	地方紙を買う女　4月				
	一年半待て　4月				
	甲府在番　5月				
		小堀遠州　6月			
		写楽　7月			
	捜査圏外の条件　8月	光悦　8月	カルネアデスの舟板　8月		
	白い闇　8月				
			町の島帰り　9月		
			発作　9月		
		岩佐又兵衛　10月	海嘯　10月		
			怖妻の棺　10月		
		雪舟　11月	おのれの顔　11月		
		乱気　12月	逃亡　12月		
		止利仏師　12月	支払い過ぎた縁談　12月		
昭33(58)		雀一羽　1月	俺は知らない　1月		
			二階　1月		
			点　1月		
	ゼロの焦点　1月		夜の足音　2月		
			拐帯行　2月	ある小官僚の抹殺　2月	
			流人騒ぎ　3月	黒地の絵　3月	
			氷雨　4月	日光中宮祠事件　4月	

			赤猫 5月	額と歯 5月	
			かげろう絵図 5月		
		装飾評伝 6月	左の腕 6月		
			真贋の森 6月		
	巻頭句の女 7月				
			雨と川の音 8月		
	遭難 10月		紙の牙 10月		
			証言 12月		
昭34(59)			剥製 1月		
			坂道の家 1月		
	危険な斜面 2月		願望 2月		
	上申書 2月				
			空白の意匠 4月		
		火の縄 5月	波の塔 5月	小説帝銀事件 5月	
	紐 6月				
	歪んだ複写 6月				
			霧の旗 7月		
				「スチュワーデス殺し」論 8月	
			寒流 9月		
			天城越え 11月	黒い福音 11月	
	凶器 12月				
昭35(60)	濁った陽 1月		わるいやつら 1月	下山国鉄総裁謀殺論 1月	
	球形の荒野 1月				
				「もく星」号遭難事件 2月	
				二大疑獄事件 3月	
	草 4月			白鳥事件 4月	
	砂の器 5月			ラストヴォロフ事件 5月	
				革命を売る男・伊藤律 6月	
	部分 7月			征服者とダイアモンド 7月	
	駅路 8月			帝銀事件の謎 8月	
				鹿地亘事件 9月	
	誤差 10月			推理・松川事件 10月	

				追放とレッドパージ　11月	
				占領「鹿鳴館」の女たち　11月	
				謀略朝鮮戦争　12月	
昭36(61)	確証　1月		連環　1月	深層海流　1月	
	万葉翡翠　2月				
	不安な演奏　3月				
	薄化粧の男　3月				
	潜在光景　4月				
	典雅な師弟　5月				
	時間の習俗　5月				
	田舎医師　6月				
	鉢植を買う女　7月		厭戦　7月		
	小さな旅館　9月				
				松川事件判決の瞬間　8月	
			落差　11月		
			老春　11月		
昭37(62)	鴉　1月	北の詩人　1月	けものみち　1月		
	ガラスの城　1月				
		象徴の設計　3月			
			天保図録　4月		
	事故　12月				
	皿倉学説　12月				
昭38(63)	彩霧　1月		相模国愛甲郡中津村　1月	現代官僚論　1月	
	土俗玩具　1月		影　1月		
	小町鼓　2月				
	百済の草　3月		乱灯江戸影絵　3月	文部官僚論　3月	
	屈折回路　3月				
			熱い空気　4月		
			走路　4月		
	雨の二階　5月			農林官僚論　5月	
	たづたづし　5月				
			夕日の城　6月		
	灯　7月				
			切符　8月	検察官僚論　8月	半生の記　8月
	代筆　9月				
	安全率　10月			通産官僚論　10月	

	形 10月				
	陰影 11月		陸行水行 11月		
			消滅 12月		
昭39(64)	大黒屋 1月		断線 1月	「白鳥事件」裁判の謎 1月	
	寝敷き 3月		大山詣 3月		
	草の陰刻 5月		逃亡 3月	警察官僚論 4月	
			山椒魚 5月		
	三人の留守居役 7月			内閣調査室論 7月	ヨーロッパ20日コースをゆく7月
				石田検事の怪死 8月	
	蔵の中 9月		晩景 9月	朴烈大逆事件 9月	
			地の骨 11月	芥川龍之介の死 11月	
			女義太夫 11月		
昭40(65)				長篠合戦 1月	
				北原二等卒の直訴 1月	
		劉生晩期 2月		姉川の戦 2月	
				山崎の戦 3月	
				三·一五共産党検挙 3月	
				佐分利公使の怪死 6月	
				川中島の戦 4月	
				厳島の戦 5月	
			雑草群落 6月	九州征伐 6月	
				小説東京帝国大学 6月	
				ベイルート情報 6月	
				島原の役 7月	
				潤一郎と春夫 8月	
				関ヶ原の戦 8月	
			砂漠の塩 9月		
	Dの複合 10月		中央流沙 10月	天理研究会事件 10月	
				西南戦争 11月	
昭41(66)			棲息分布 1月		
		統監 3月			

				スパイ“M”の謀略 4月	
		花衣 6月		古代史疑 6月	
		火の虚舟 6月			
				粗い網版 12月	
昭42(67)	役者絵 1月		風紋 1月		
	歯止め 1月				
	七種粥 1月				
	交通事故死亡1名 2月				
	犯罪広告 3月		種族同盟 3月		
	偽狂人の犯罪 3月				
	虎 4月				
	家紋 4月				
	微笑の儀式 4月				
	史疑 5月				
	突風 6月		月 6月		
	年下の男 6月				地の塩地帯をゆく 6月
	二つの声 7月				
	古本 7月				
	ペルシアの測天 8月			闇に駆ける猟銃 8月	
	証言の森 8月				
	見世物師 9月				
	不法建築 9月				
			入江の記憶 10月		
	術 11月			肉鍋を食う女 11月	
	弱気の虫 11月				
	不在宴会 11月				
	火と汐 11月				
	土偶 12月			二人の真犯人 12月	
昭43(68)	内海の輪 2月				
					ハノイ日記 4月
					ハノイからの報告 4月
			虚線の下絵 6月		
	山 7月				ハノイに入るまで 8月
昭44(69)	喪失の儀礼 1月				

	指　2月				
	新開地の事件 2月				
	速力の告発 3月				
	死んだ馬　3月				
				アムステルダム運河殺人事件 4月	
	分離の時間 5月		夜光の階段 5月		
	象の白い脚 9月				
	鷗外の婢　9月			幻の「謀略機関」をさぐる　9月	
	証明　9月				
	セント・アンドリュースの事件 10月				
	書道教授　12月				
昭45(70)			強き蟻　1月		碑の砂　1月
			六畳の生涯 4月		
			梅雨と西洋風呂 7月		
	火神被殺　9月				
	奇妙な被告 10月				
	巨人の磯　10月				
	聞かなかった場所 12月	砂の審廷　12月			
昭46(71)	水の肌　1月			古代探求　1月	
	二冊の同じ本 1月				
	葡萄唐草文様の刺繡　1月				「西郷札」のころ 4月
	留守宅の事件 5月		西海道談綺 5月	身辺的昭和史 5月	
	生けるパスカル 5月				
	神の里事件 8月				
	遠い接近　8月				
	内なる線影 9月				
昭47(72)	礼遇の資格 2月			風の息　2月	
	恩誼の紐　3月				
	山の骨　5月				
		葉花星宿　6月			
	表象詩人　7月				
	理外の理　9月	正太夫の舌 9月			
	高台の家　11月			「もく星」号事件の補筆　11月	上毛野国陸行 12月

昭48(73)	駆ける男　1月		告訴せず　1月		
	東経139度線　2月				
		行者神髄　3月			
				火の路　6月	
昭49(74)					河西電気出張所　1月
昭50(75)	山峡の湯村　2月				私の中の日本人　2月
				夏島　6月	
			式場の微笑　9月		
昭51(76)	渡された場面　1月			邪馬台国　1月	
				出雲国風土記　1月	
	渦　3月				
				常陸国風土記　5月	
				播磨国風土記　9月	
				肥前国風土記　12月	
昭52(77)	馬を売る女　1月				
		眩人　2月			
				豊後国風土記　4月	
				総論　6月	
昭53(78)			足袋　1月	空の城　1月	
			愛犬　2月		
	天才画の女　3月				
			北の火箭　4月		
			見送って　5月		
			誤訳　6月		
			百円硬貨　7月		
			お手玉　8月		
			記念に　10月		
			黒革の手帖　11月		
昭54(79)			箱根初詣で　1月		
			再春　2月		
			遺墨　3月		
				ペルセポリスから飛鳥へ　5月	
				白と黒の革命　3月	

昭55(80)					骨壺の風景 2月
	十万分の一の偶然 3月				
昭56(81)		不運な名前 2月	彩り河 5月		
昭57(82)	疑惑 2月	形影 菊池寛と佐々木茂作 2月	迷走地図 2月		
			断崖 5月		
					清張日記 9月
昭58(83)				熱い絹 8月	
	聖獣配列 9月	思託と元開 9月			
昭59(84)			信号 2月		
					密教の水源を見る 4月
			霧の会議 9月		
		老十九年の推歩 10月			フリーメーソンP2マフィア迷走記 10月
昭60(84)		両像・森鷗外 5月			
昭61(85)	数の風景 3月				
昭62(86)		暗い血の旋舞 4月			
	黒い空 8月				
昭63(87)	赤い氷河期 1月				
	詩城の旅びと 1月				
					過ぎゆく日暦 7月
平1(88)					泥炭地 3月
平2(89)		削除の復元 1月			運不運わが小説 1月
			ネッカー川の影 4月		
	死者の網膜犯人像 5月				
		「隠り人」日記抄 6月			
		モーツァルトの伯楽 7月			
			呪術の渦巻文様 10月		
			老公 12月		
平3(89)					夜が怕い 2月
					日記メモ 2月

〔6〕清張原作映画・テレビドラマ一覧

（映画）

	年	題名	制作会社	監督	脚本	原題
1	昭32(57)	顔	松竹	大曾根辰保	井手雅人	
2	昭33(58)	張込み	松竹	野村芳太郎	橋本忍	
3	昭33(58)	眼の壁	松竹	大庭秀雄	高岩肇	
4	昭33(58)	共犯者	大映	田中重雄	高岩肇	
5	昭33(58)	影なき声	日活	鈴木清順	秋元隆太	声
6	昭33(58)	点と線	東映	小林恒夫	井手雅人	
7	昭34(59)	かげろう絵図	大映	衣笠貞之助	犬塚稔	
8	昭34(59)	危険な女	日活	若杉光夫	原源一郎	地方紙を買う女
9	昭35(60)	黒い画集　あるサラリーマンの証言	東宝	堀川弘通	橋本忍	証言
10	昭35(60)	波の塔	松竹	中村登	沢村勉	
11	昭35(60)	黒い樹海	大映	原田治夫	長谷川公之	
12	昭36(61)	ゼロの焦点	松竹	野村芳太郎	橋本忍	
13	昭36(61)	黒い画集　ある遭難	東宝	杉江敏男	石井輝男	遭難
14	昭36(61)	黄色い風土	ニュー東映	石井輝男	高岩肇	
15	昭36(61)	黒い画集　寒流	東宝	鈴木英夫	若尾徳平	寒流
16	昭37(62)	考える葉	東映	佐藤肇	棚田吾郎	
17	昭38(63)	無宿人別帳	松竹	井上和男	小国英雄	
18	昭38(63)	風の視線	松竹	川頭義郎	楠田芳子	
19	昭40(65)	花実のない森	大映	富本壮吉	船橋和郎	
20	昭40(65)	霧の旗	松竹	山田洋次	橋本忍	
21	昭40(65)	けものみち	東宝	須川栄三	白坂依志夫	
22	昭44(69)	愛のきずな	東宝	坪島孝	小川英	たづたづし
23	昭45(70)	影の車	松竹	野村芳太郎	橋本忍	
24	昭46(71)	内海の輪	松竹	斎藤耕一	山田信夫	
25	昭47(72)	黒の奔流	松竹	渡邊祐介	国弘威雄	種族同盟
26	昭49(74)	砂の器	松竹	野村芳太郎	橋本忍	
27	昭50(75)	告訴せず	東宝	堀川弘通	山田信夫	
28	昭50(75)	球形の荒野	松竹	貞永方久	星川清司	
29	昭52(77)	霧の旗	東宝	西河克巳	服部佳	
30	昭54(79)	鬼畜	松竹	野村芳太郎	井手雅人	
31	昭55(80)	わるいやつら	松竹・霧プロ	野村芳太郎	井手雅人	
32	昭57(82)	疑惑	松竹・霧プロ	野村芳太郎	吉田求	
33	昭58(83)	天城越え	松竹・霧プロ	三村晴彦	加藤泰	
34	昭58(83)	迷走地図	松竹・霧プロ	野村芳太郎	吉田求	

35	昭59(84)	彩り河	松竹・霧プロ	三村晴彦	加藤泰	

(テレビ)

	年	題名	放送局	演出	脚本	原題
1	昭32(57)	地方紙を買う女(テレビ劇場)	NHK	永山弘	小山久雄	
2	昭33(58)	声(前編·後編)(ウロコ座)	KR		大川久雄	
3	昭33(58)	いびき地獄	NTV	野末和夫	若杉光夫	
4	昭33(58)	殺意(俳優座アワー)	NTV			
5	昭33(58)	顔(名作劇場)	NTV	安藤勇二	高岩肇	
6	昭33(58)	疑惑(名作劇場)	NTV	安藤勇二	川内康範	
7	昭33(58)	流人騒ぎ(新劇アワー)	NTV	秋田秀雄	戌井市郎	
8	昭34(59)	市長死す(スリラー劇場)	NTV			
9	昭34(59)	左の腕(土曜劇場)	CX	菅原卓	若杉光夫	
10	昭34(59)	失敗(土曜劇場)	CX			
11	昭34(59)	真贋の森(スリラー劇場)	NTV		八木柊一郎	
12	昭34(59)	張り込み(サンヨーテレビ劇場)	KR		若尾徳平	
13	昭34(59)	投影(土曜劇場)	CX			
14	昭34(59)	空白の意匠(テレビ劇場)	NHK	堀田浩二	大川久雄	
15	昭34(59)	白い闇(東芝日曜劇場)	KR	石川甫	浅川清道	
16	昭34(59)	疑惑(ミステリー影)	MBS	瀬木宏康	香住春吾	
17	昭34(59)	顔(木曜観劇会)	CX		浅川清道	
18	昭34(59)	遭難(前編·後編)(東京0時刻)	KR			
19	昭34(59)	愛と空白の共謀(サンヨーテレビ劇場)	KR			
20	昭34(59)	白い闇(前編·後編)(スリラー劇場)	CX		双川久平	
21	昭34(59)	捜査圏外の条件(スリラー劇場)	CX			
22	昭34(59)	声(前編·後編)(スリラー劇場)	CX			
23	昭34(59)	殉死	YTV		織田路史	脱出
24	昭34(59)	拐帯行(木曜ワイド劇場)	NTV		若杉光夫	
25	昭34(59)	危険な斜面(スリラー劇場)	CX			
26	昭34(59)	紙の牙(日立劇場)	KR			
27	昭34(59)	日光中宮祠事件(サスペンスタイム)	NET		岡田達門	
28	不明	共犯者	NTV	早川恒夫		
29	不明	声	NHK	田中昭男		
30	昭35(60)	青のある描点(松本清張シリーズ)	KR	鴨下信一		蒼い描点
31	昭35(60)	共犯者(スリラー劇場)	CX			
32	昭35(60)	疑惑(前編·後編)(午後十時劇場)	CX			
33	昭35(60)	かげろう絵図	NTV		大和久守正	
34	昭35(60)	殺意(午後十時劇場)	CX			

35	昭35(60)	くるま宿(東芝日曜劇場)	KR		杉浦久	
36	昭35(60)	いびき(日立劇場)	KR		新井豊	
37	昭35(60)	投影(前編·後編)(灰色のシリーズ)	NHK	宮川孝至	西島大	
38	昭35(60)	寒流	NTV		赤坂長義	
39	昭35(60)	紙の牙(灰色のシリーズ)	NHK			
40	昭35(60)	紐(前·中·後編)黒い断層(松本清張シリーズ·黒い断層)	KR	石川甫	白坂依志夫	
41	昭35(60)	顔(前編·後編)(松本清張シリーズ·黒い断層)	KR	大山勝美	生田直親	
42	昭35(60)	廃液(芸術祭参加)	NHK	堀川浩二	(松本清張)	不明
43	昭36(61)	ゼロの焦点	CX			
44	昭36(61)	波の塔	CX	岡田太郎		
45	昭36(61)	秀頼走路(日立劇場)	TBS		田村幸二	
46	昭36(61)	俺は知らない(グリーン劇場)	TBS			
47	昭36(61)	声(松本清張シリーズ·黒い断層)	TBS	鴨下信一		
48	昭36(61)	女の劇場(女の劇場)	ABC		茂木草介・藤本義一	
49	昭36(61)	流人天国(テレビ指定席)	NHK	井上博	西島大	
50	昭36(61)	浮游昆虫(浮游昆虫)	NTV	複本栄太郎	長谷川公之	
51	昭36(61)	左の腕(日立ファミリーステージ)	TBS			
52	昭37(62)	黒い樹海			若杉光夫	
53	昭37(62)	破談変異(黒の組曲)	NHK			
54	昭37(62)	影の地帯(前編·後編)(日立ファミリーステージ)	TBS			
55	昭37(62)	砂の器(前編·後編)(近鉄金曜劇場)	TBS		大垣肇	
56	昭37(62)	町の島帰り(日立ファミリーステージ)	TBS		木村重夫	
57	昭37(62)	風の視線(黒竜劇場)	NET	有馬康彦	高橋玄洋	
58	昭37(62)	駅路(前編·後編)(黒の組曲)	NHK	石島晴夫	川崎九越	
59	昭37(62)	噂始末(人生の四季)	NTV			柳生一族
60	昭37(62)	一年半待て	NHK	石島晴夫	川崎九越	
61	昭37(62)	濁った陽(ミステリーベスト21)	NET	島津昇一		
62	昭37(62)	濁った陽(黒の組曲)	NHK		川崎九越	
63	昭38(63)	球形の荒野	TBS	土居通芳	州崎勝弥	
64	昭38(63)	百済の草(東芝日曜劇場)	TBS	上田亨	長尾広生	
65	昭38(63)	時間の習俗(文芸劇場)	NHK	安井恭司	川崎九越	
66	昭38(63)	顔(日本映画名作ドラマ)	NET	若井田久	増田耕	
67	昭38(63)	陰影(東芝日曜劇場)	TBS	橋本信也	赤坂長義	
68	昭38(63)	張込み(日本映画名作ドラマ)	NET		大和久守久	

69	昭38(63)	誘殺(夜の十時劇場)	CX	程島武夫		
70	昭39(64)	水の炎	NTV	浜野信彦	生田直親	
71	昭39(64)	人間水域(テレビ映画)	ABC		藤本義一	
72	昭39(64)	波の塔(ポーラ名作劇場)	NET	北代博	植草圭之助	
73	昭39(64)	西郷札(風雪)	NHK	山田勝巳	藤本義一	
74	昭40(65)	支払い過ぎた縁談(松本清張シリーズ)	KTV	水野匡雄	土井行夫	
75	昭40(65)	黄色い風土	NET	渡辺成男	阿部桂一	
76	昭41(66)	厭戦(松本清張シリーズ)	KTV	水野匡雄	宮本研	
77	昭41(66)	地方紙を買う女(松本清張シリーズ)	KTV	堀泰男	早坂暁	
78	昭41(66)	遠くからの声(松本清張シリーズ)	KTV	堀泰男	茂木草介	
79	昭41(66)	左の腕(松本清張シリーズ)	KTV	堀泰男	馬場当	
80	昭41(66)	鉢植を買う女(松本清張シリーズ)	KTV	堀泰男	田村孟	
81	昭41(66)	俺は知らない(松本清張シリーズ)	KTV	堀泰男	花登筐	
82	昭41(66)	危険な斜面(松本清張シリーズ)	KTV	水野匡雄	春田耕三	
83	昭41(66)	豚を飼う家(テレビ指定席)	NHK	小野田嘉幹	須藤出穂	形
84	昭41(66)	張込み(松本清張シリーズ)	KTV	堀泰男	西島大	
85	昭41(66)	熱い空気(松本清張シリーズ)	KTV	水野匡雄	田村孟	
86	昭41(66)	万葉翡翠(松本清張シリーズ)	KTV	堀泰男	田中澄江	
87	昭41(66)	愛と空白の共謀(松本清張シリーズ)	KTV	水野匡雄	早坂暁	
88	昭41(66)	顔(松本清張シリーズ)	KTV	堀泰男	須川栄三	
89	昭41(66)	通訳(松本清張シリーズ)	KTV	堀泰男	大島渚	
90	昭41(66)	逃亡	NET	広渡三夏	成沢昌茂	
91	昭42(67)	文吾捕物絵図	NHK	安田勉	杉山義法	
92	昭42(67)	霧の旗(ナショナル　ゴールデン劇場)	NET	奈良井仁一	須川栄三	
93	昭43(68)	くるま宿(東芝日曜劇場)	TBS	山本和夫	辻久一	
94	昭44(69)	球形の荒野(水曜劇場)	NHK			
95	昭44(69)	霧の旗(おんなの劇場)	CX	宇留田俊夫	大野靖子	
96	昭45(70)	風の視線(黒竜劇場)	CX系			
97	昭45(70)	波の塔(花王　愛の劇場)	TBS	水川淳三		
98	昭45(70)	霧氷の影(おんなの劇場)	CX	宇留田俊夫	清水邦夫	
99	昭45(70)	張込み(ファミリー劇場)	NTV	小野田嘉幹	大津皓一	
100	昭46(71)	ゼロの焦点(銀河ドラマ)	NHK	安江泰雅	石堂淑朗	
101	昭46(71)	水の炎	CBC		中井多津夫	
102	昭46(71)	愛と死の砂漠	KTV	井上昭	田坂啓	砂漠の塩
103	昭46(71)	葦の浮舟(レインボーシリーズ)	NET	大村哲夫	山田信夫	
104	昭46(71)	影の車(ライオン奥様劇場)	CX			潜在光景

105	昭46(71)	霧の旗(銀河ドラマ)	NHK	大原誠	石堂淑朗	
106	昭47(72)	真昼の月	THK	斉村和彦	竹村勇太郎	
107	昭47(72)	山峡の章(火曜日の女)	NTV	野村孝	田村多津夫	
108	昭48(73)	地方紙を買う女(恐怖劇場アンバランス)	CX	森川時久	小山内美江子	
109	昭48(73)	波の塔(銀河テレビ小説)	NHK	岡崎栄	砂田量爾	
110	昭50(75)	松本清張シリーズ・遠い接近(土曜ドラマ)	NHK	和田勉	大野靖子	
111	昭50(75)	松本清張シリーズ・中央流沙(土曜ドラマ)	NHK	和田勉	石松愛弘	
112	昭50(75)	松本清張シリーズ・愛の断層(土曜ドラマ)	NHK	岡田勝	中島丈博	
113	昭50(75)	松本清張シリーズ・事故(土曜ドラマ)	NHK	松本美彦	田中陽造	
114	昭50(75)	式場の微笑(東芝日曜劇場)	TBS	坂崎彰	砂田量爾	
115	昭51(76)	一年半待て(愛のサスペンス劇場)	NTV			
116	昭51(76)	火の路(シリーズ人間模様)	NHK	江口浩之	中島丈博	
117	昭51(76)	ゼロの焦点	NTV			
118	昭51(76)	水の炎(連続テレビドラマ)	MBS		早川清司	
119	昭52(77)	赤い月(少年ドラマシリーズ)	NHK	花房実	高野浩之	
120	昭52(77)	白い闇(東芝日曜劇場)	TBS	坂崎彰	隆巴	
121	昭52(77)	突風(東芝日曜劇場)	TBS	宮武昭夫	服部佳	
122	昭52(77)	砂の器(ゴールデンドラマシリーズ)	CX	富永卓二	隆巴	
123	昭52(77)	松本清張シリーズ・棲息分布(土曜ドラマ)	NHK	和田勉	石堂淑朗	
124	昭52(77)	松本清張シリーズ・駅路(土曜ドラマ)	NHK	和田勉	内田邦子	
125	昭52(77)	松本清張シリーズ・依頼人(土曜ドラマ)	NHK	高野喜世志	山内久	不明
126	昭52(77)	松本清張シリーズ・たずね人(土曜ドラマ)	NHK	重光亨彦	早坂暁	不明
127	昭52(77)	松本清張の「ガラスの城」(土曜ワイド劇場)	ANB	斎藤武一	神波史男	
128	昭52(77)	証明(東芝日曜劇場)	TBS	鴨下信一	服部佳	
129	昭53(78)	松本清張の「声」(土曜ワイド劇場)	ANB	水川淳三	吉田剛	
130	昭53(78)	球形の荒野(ゴールデンドラマシリーズ)	CX	河村雄太郎		
131	昭53(78)	張込み(東芝日曜劇場)	TBS	柳井満	服部佳	
132	昭53(78)	馬を売る女(東芝日曜劇場)	TBS	宮武昭夫	服部佳	
133	昭53(78)	渡された場面(ゴールデン劇場)	ANB	田中利一	金子成人	
134	昭53(78)	松本清張シリーズ・天城越え(土曜ドラマ)	NHK	和田勉	大野靖子	

135	昭53(78)	松本清張おんなシリーズ・足袋(東芝日曜劇場)	TBS	山本和夫	服部佳	
136	昭53(78)	松本清張シリーズ・虚飾の花園(土曜ドラマ)	NHK	樋口昌弘	高橋玄洋	獄衣のない女囚
137	昭53(78)	松本清張おんなシリーズ・記憶(東芝日曜劇場)	TBS	山本和夫	服部佳	
138	昭53(78)	混声の森	TBS	井上昭	石堂淑朗	
139	昭53(78)	松本清張シリーズ・一年半待て(土曜ドラマ)	NHK	高野喜世志	杉山義法	
140	昭53(78)	松本清張シリーズ・火の記憶(土曜ドラマ)	NHK	和田勉	大野靖子	
141	昭53(78)	松本清張の「顔」(土曜ワイド劇場)	ANB	水川淳三	吉田剛	
142	昭53(78)	松本清張の「犯罪広告」(土曜ワイド劇場)	ANB	水川淳三	吉田剛	
143	昭54(79)	熱い空気(東芝日曜劇場)	TBS	鴨下信一	服部佳	
144	昭54(79)	松本清張の「聞かなかった場所」(土曜ワイド劇場)	ANB	渡邊祐介	猪又憲吾	
145	昭54(79)	松本清張おんなシリーズ・指(東芝日曜劇場)	TBS	山本和夫	服部佳	
146	昭54(79)	松本清張の「種族同盟」(土曜ワイド劇場)	ANB	井上昭	吉田剛	
147	昭54(79)	松本清張の「紐」(土曜ワイド劇場)	ANB	水川淳三	吉田剛	
148	不明	百円硬貨	KTV			
149	昭55(80)	帝銀事件	ANB	森崎東	新藤兼人	小説帝銀事件
150	昭55(80)	松本清張の「地の骨」(土曜ワイド劇場)	ANB	永野靖忠	鴨井達比古	
151	昭55(80)	松本清張シリーズ「天才画の女」(土曜ドラマ)	NHK	高橋康夫	高橋玄洋	
152	昭55(80)	駆ける男	ANB	水川淳三	池田雄一	
153	昭55(80)	ザ・商社	NHK	和田勉	大野靖子	空の城
154	昭55(80)	松本清張の「白い闇」(土曜ワイド劇場)	ANB	野村孝	柴英三郎	
155	昭56(81)	松本清張の「小さな旅館」(土曜ワイド劇場)	ANB	斎藤武一	猪又憲吾	
156	昭56(81)	松本清張の「死んだ馬」(土曜ワイド劇場)	ANB	井上昭	吉田剛	
157	昭56(81)	松本清張の「強き蟻」(木曜ゴールデンドラマ)	YTV	香坂信之	重森孝子	
158	昭56(81)	松本清張の「百円硬貨」(傑作推理劇場)	ANB	野田幸男	橋本綾	
159	昭56(81)	球形の荒野(火曜サスペンス劇場)	NTV	恩地日出夫	石松愛弘	
160	昭56(81)	松本清張の「山峡の章」(土曜ワイド劇場)	ANB	井上芳夫	吉田剛	

161	昭56(81)	文吾捕物帳(26回)	ANB	小野田嘉幹	小川英	
162	昭56(81)	松本清張の「地方紙を買う女」(土曜ワイド劇場)	ANB	渡邊祐介	猪又憲吾	
163	昭56(81)	十万分の一の偶然(火曜サスペンス劇場)	NTV	黒木和雄	田辺泰志	
164	昭57(82)	松本清張の「黒革の手帳」	ANB	山内和郎	服部佳	
165	昭57(82)	けものみち(土曜ドラマ)	NHK	和田勉	ジェームス三木	
166	昭57(82)	松本清張の書道教授(土曜ワイド劇場)	ANB	野田幸男	吉田剛	
167	昭57(82)	松本清張の「薄化粧の男」(春の傑作推理劇場)	ANB	田中登	吉田剛	
168	昭57(82)	松本清張の「花氷」(火曜サスペンス劇場)	NTV	真船禎	宮川一郎	
169	昭57(82)	松本清張の「風の息」(土曜ワイド劇場)	ANB	貞永方久	新藤兼人	
170	昭57(82)	松本清張の「内海の輪」(ザ・サスペンス)	TBS	井上昭	中島丈博	
171	昭57(82)	松本清張の「事故」(土曜ワイド劇場)	ANB	富本壮吉	猪又憲吾	
172	昭57(82)	松本清張の「時間の習俗」(ザ・サスペンス)	TBS	富本壮吉	岡本克巳	
173	昭57(82)	松本清張の「指」(火曜サスペンス劇場)	NTV	出目昌伸	八木柊一郎	
174	昭57(82)	松本清張の「顔」(金曜ミステリー劇場)	TBS	合月勇	安本莞二	
175	昭57(82)	松本清張の「駅路」(土曜ワイド劇場)	ANB	富本壮吉	山田政弘	
176	昭57(82)	松本清張の「脊梁」(火曜サスペンス劇場)	NTV	山根成之	古田求	
177	昭57(82)	松本清張の「馬を売る女」(ザ・サスペンス)	TBS	井上昭	国弘威雄	
178	昭57(82)	松本清張の「危険な斜面」(土曜ワイド劇場)	ANB	渡邊祐介	猪又憲吾	
179	昭57(82)	松本清張の「交通事故死亡1名」(火曜サスペンス劇場)	NTV	貞永方久	柏原寛司	
180	昭58(83)	松本清張の「霧の旗」(火曜サスペンス劇場)	NTV	せんぼんよしこ	市川森一	
181	昭58(83)	松本清張の「殺人行奥の細道」(土曜ワイド劇場)	ANB	池内一夫	吉田剛	
182	昭58(83)	松本清張の「寒流」(土曜ワイド劇場)	ANB	富本壮吉	大野靖子	
183	昭58(83)	松本清張の「坂道の家」(火曜サスペンス劇場)	NTV	松尾昭典	宮川一郎	
184	昭58(83)	松本清張の「喪失」(木曜ゴールデンドラマ)	YTV	鶴橋康夫	服部佳	

185	昭58(83)	松本清張の「共犯者」(ザ・サスペンス)	TBS	井上芳夫	中島丈博	
186	昭58(83)	夜光の階段(松本清張ドラマスペシャル)	MBS	瀬木宏康	宮内婦貴子	
187	昭58(83)	松本清張の「歯止め」(火曜サスペンス劇場)	NTV	出目昌伸	里森孝子	
188	昭58(83)	松本清張の「溺れ谷」(土曜ワイド劇場)	ANB	池内一夫	吉田剛	
189	昭58(83)	松本清張の「ゼロの焦点」(ザ・サスペンス)	TBS	竜至政美	山田洋次	
190	昭58(83)	松本清張の「蒼い描点」(木曜ファミリーワイド)	CX	土井茂	石森史郎	
191	昭58(83)	松本清張の「連環」(土曜ワイド劇場)	ANB	斎藤武一	吉田剛	
192	昭58(83)	松本清張の「熱い空気」(土曜ワイド劇場)	ANB	富本壮吉	柴英三郎	
193	昭58(83)	松本清張の「かげろう絵図」(時代劇スペシャル)	CX	松尾昭典	志村正浩	
194	昭58(83)	松本清張の「知られざる動機」(火曜サスペンス劇場)	NTV	松尾昭典	大藪郁子	新聞地の事件
195	昭58(83)	松本清張の「西海道談綺」(秋の時代劇特別企画)	TNC	児玉遊	古田求	
196	昭58(83)	波の塔(土曜ドラマ)	NHK	和田勉	ジェームス三木	
197	昭58(83)	松本清張・空海の謎にせまる	ANB			
198	昭58(83)	松本清張の「突風」(ザ・サスペンス)	TBS	竹本弘一	江連卓	
199	昭58(83)	松本清張の「断線」(土曜ワイド劇場)	ANB	崔洋一	橋本綾	
200	昭59(84)	黒革の手帳(花王愛の劇場)	TBS	富本壮吉	柴英三郎	
201	昭59(84)	松本清張の「葦の浮舟」(土曜ワイド劇場)	ANB	野村孝	橋本綾	
202	昭59(84)	松本清張の「地の骨」(金曜ファミリーワイド)	CX	富本壮吉	岡田正代	
203	昭59(84)	一年半待て(火曜サスペンス劇場)	NTV	松尾昭典	大野靖子	
204	昭59(84)	松本清張の「証言」(土曜ワイド劇場)	ANB	野村孝	柴英三郎	
205	昭59(84)	黒の回廊(火曜サスペンス劇場)	NTV	井上昭	菊島隆三	
206	昭59(84)	黒い福音(松本清張スペシャル)	TBS	増村保造	新藤兼人	
207	昭60(85)	松本清張特別企画・砂の器(金曜女のドラマスペシャル)	CX	富永卓二	隆巴	
208	昭60(85)	松本清張スペシャル・わるいやつら(火曜サスペンス劇場)	NTV	山根成之	大野靖子	

209	昭60(85)	松本清張の「高台の家」(土曜ワイド劇場)	ANB	野村孝	橋本綾	
210	昭60(85)	脱兎のごとく　岡倉天心	NHK	和田勉	筒井ともみ	
211	昭60(85)	松本清張スペシャル・支払い過ぎた縁談(水曜ドラマスペシャル)	TBS	瀬川昌治	佐藤藍子	
212	昭60(85)	松本清張の黒い画集・紐(金曜女のドラマスペシャル)	CX	富本壮吉	竹山洋	
213	昭61(86)	松本清張の黒い樹海(土曜ワイド劇場)	ANB	池広一夫	吉田剛	
214	昭61(86)	松本清張の「夜光の階段」(火曜サスペンス劇場)	NTV	松尾昭典	大野靖子	
215	昭61(86)	記念に(松本清張サスペンス・隠花の飾り)	KTV	林宏樹	山田信夫	
216	昭61(86)	足袋(松本清張サスペンス・隠花の飾り)	KTV	中島貞夫	宮川一郎	
217	昭61(86)	見送って(松本清張サスペンス・隠花の飾り)	KTV	鷹森立一	大藪郁子	
218	昭61(86)	愛犬(松本清張サスペンス・隠花の飾り)	KTV	松尾昭典	大藪郁子	
219	昭61(86)	箱根初詣で(松本清張サスペンス・隠花の飾り)	KTV	広瀬襄	金子成人	
220	昭61(86)	遺墨(松本清張サスペンス・隠花の飾り)	KTV	河野宏	岩間芳樹	
221	昭61(86)	お手玉(松本清張サスペンス・隠花の飾り)	KTV	田中登	柴英三郎	
222	昭61(86)	再春(松本清張サスペンス・隠花の飾り)	KTV	小田切成明	田中晶子	
223	昭62(87)	松本清張の「絢爛たる流離」第１話	ANB	真船禎	吉田剛	
224	昭62(87)	松本清張の「絢爛たる流離」第２話	ANB	真船禎		
225	昭62(87)	松本清張の「絢爛たる流離」第３話	ANB	真船禎		
226	昭62(87)	松本清張の「絢爛たる流離」第４話	ANB	真船禎		
227	昭62(87)	渡された場面(前編・後編)(火曜サスペンス劇場)	NTV	松尾昭典	大野靖子	
228	昭62(87)	松本清張の「地方紙を買う女」(ザ・ドラマチックナイト)	CX	出目昌伸	山田信夫	
229	昭62(87)	六畳の生涯(木曜ゴールデンドラマ)	YTV	富本壮吉	大野靖子	
230	昭63(88)	潜在光景(松本清張サスペンス)	KTV	富本壮吉	岩間芳樹	
231	昭63(88)	愛と空白の共謀(松本清張サスペンス)	KTV	松尾昭典	大藪郁子	
232	昭63(88)	拐帯行(松本清張サスペンス)	KTV	栗山富夫	富川元文	

233	昭63(88)	年下の男(松本清張サスペンス)	KTV	加藤彰	田中晶子	
234	昭63(88)	松本清張スペシャル・やさしい地方(火曜サスペンス劇場)	NTV	松尾昭典	大野靖子	
235	平元(89)	松本清張スペシャル・捜査圏外の条件(火曜サスペンス劇場)	NTV	田中登	宮川一郎	
236	平元(89)	松本清張サスペンス・結婚式(木曜ゴールデンドラマ)	YTV	鶴橋康夫	岸田理生	
237	平元(89)	詩城の旅びと(SERIES DRAMA 10)	NHK	吉村芳之	寺内小春	
238	平2(90)	松本清張スペシャル・家紋(火曜サスペンス劇場)	NTV	山根成之	大野靖子	
239	平2(90)	黒い空(土曜ワイド劇場)	ANB	長尾啓司	大野靖子	
240	平2(90)	松本清張の「老春」(木曜ゴールデンドラマ)	YTV	鷹森立一	大藪郁子	
241	平2(90)	松本清張スペシャル・危険な斜面(火曜サスペンス劇場)	NTV	松尾昭典	宮川一郎	
242	平3(91)	特別企画・松本清張の「数の風景」(土曜ワイド劇場)	ANB	松尾昭典	大野靖子	
243	平3(91)	松本清張作家活動40周年記念・西郷札(月曜ドラマスペシャル)	TBS	大岡進	金子成人	
244	平3(91)	松本清張作家活動40周年記念・波の塔(金曜ドラマシアター)	CX	藤田明二	大野靖子	
245	平3(91)	松本清張作家活動40周年記念・一年半待て(土曜ワイド劇場)	ANB	永野靖忠	吉田剛	
246	平3(91)	ゼロの焦点(火曜サスペンス劇場)	NTV	鷹森立一	新藤兼人	
247	平3(91)	松本清張作家活動40周年記念・坂道の家(月曜ドラマスペシャル)	TBS	久世光彦	葉村彰子	
248	平3(91)	張込み(金曜ドラマシアター)	CX	河村雄太郎	岸田理生	
249	平3(91)	松本清張作家活動40周年記念・砂の器	ANB	池広一夫	竹山洋	
250	平3(91)	松本清張作家活動40周年記念・霧の旗(土曜ワイド劇場)	ANB	出目昌伸	橋本綾	
251	平3(91)	松本清張作家活動40周年記念・けものみち(火曜サスペンス劇場)	NTV	深町幸男	中島丈博	
252	平4(92)	松本清張作家活動40周年記念・たづたづし(火曜サスペンス劇場)	NTV	嶋村正敏	宮川一郎	
253	平4(92)	球形の荒野(金曜ドラマシアター)	CX	富永卓二	野上龍雄	

254	平4（92）	松本清張作家活動40周年記念・迷走地図（月曜ドラマスペシャル）	TBS	坂崎彰	里森孝子	
255	平4（92）	山峡の湯村（火曜サスペンス劇場）	NTV		石松愛弘	
256	平4（92）	松本清張サスペンス・黒い画集「証言」（月曜ドラマスペシャル）	TBS	松原信吾	大藪郁子	
257	平4（92）	松本清張スペシャル・疑惑（金曜ドラマシアター）	CX	長尾啓司	金子成人	
258	平5（93）	松本清張スペシャル・影の地帯（火曜サスペンス劇場）	NTV	長尾啓司	大藪郁子	
259	平5（93）	或る「小倉日記」伝（松本清張一周忌特別企画）	TBS	堀川とんこう	金子成人	
260	平5（93）	松本清張スペシャル・Dの複合（金曜エンタテインメント）	CX	長尾啓司	金子成人	
261	平5（93）	松本清張の「異変街道」（時代劇スペシャル）	CX	斉藤光正	野上龍雄	
262	平5（93）	松本清張スペシャル・鉢植を買う女（土曜ワイド劇場）	ANB	出目昌伸	吉田剛	
263	平6（94）	松本清張スペシャル・喪失の儀礼（火曜サスペンス劇場）	NTV	松尾昭典	大野靖子	
264	平6（94）	ゼロの焦点（BSサスペンス劇場）	NHK BS2	伊豫田静弘	清水邦夫	
265	平6（94）	松本清張三回忌特別企画・草の陰刻（金曜エンタテインメント）	CX	長尾啓司	金子成人	
266	平6（94）	眼の気流（松本清張ドラマスペシャル）	TX	木下亮	大藪郁子	
267	平6（94）	松本清張特別企画・証明（月曜ドラマスペシャル）	TBS	大岡進	大石静	
268	平6（94）	松本清張スペシャル・状況曲線（土曜ワイド劇場）	ANB	松尾昭典	吉田剛	
269	平7（95）	松本清張特別企画・父系の指（月曜ドラマスペシャル）	TBS	堀川敦厚	高木凛	
270	平7（95）	ゼロの焦点（土曜ドラマ）	NHK	伊豫田静弘	清水邦夫	
271	平7（95）	夜光の階段（松本清張特別企画）	TBS	大室清	大野靖子	
272	平7（95）	書道教授（土曜ワイド劇場）	ANB	松尾昭典	大野靖子	
273	平8（96）	松本清張スペシャル・留守宅の事件（火曜サスペンス劇場）	NTV	嶋村正敏	大野靖子	
274	平8（96）	白い闇（松本清張ドラマスペシャル）	TX	木下亮	須川栄三	
275	平8（96）	文吾捕物絵図（松本清張原案時代劇スペシャル）	TX	小澤啓一	国弘威雄	文吾捕物絵図
276	平8（96）	松本清張特別企画・紐（月曜ドラマスペシャル）	TBS	大岡進	金子成人	
277	平8（96）	松本清張スペシャル・火と汐（金曜エンタテインメント）	CX	松尾昭典	金子成人	

278	平8(96)	松本清張特別企画・黒革の手帳(土曜ワイド劇場)	ANB	長尾啓司	金子成人	
279	平9(97)	松本清張スペシャル・恐喝者(火曜サスペンス劇場)	NTV	松尾昭典	大野靖子	
280	平9(97)	松本清張特別企画・聞かなかった場所(月曜ドラマスペシャル)	TBS	松尾昭典	大野靖子	
281	平9(97)	松本清張スペシャル・霧の旗(金曜エンタテインメント)	CX	富永卓二	古田求	
282	平9(97)	松本清張スペシャル・黒い樹海(土曜ワイド劇場)	ANB	野村孝	橋本綾	
283	平10(98)	松本清張原作・天城越え(元日特別企画)	TBS	大岡進	金子成人	
284	平10(98)	熱い絹(よみうりテレビ開局40周年記念松本清張サスペンス)	YTV	鶴橋康夫	大野靖子	
285	平10(98)	松本清張七回忌特別企画・薄化粧の男(金曜エンタテインメント)	CX	松原信吾	田中晶子	
286	平10(98)	松本清張スペシャル・中央流沙(火曜サスペンス劇場)	NTV	三村晴彦	佐伯俊道	
287	平11(99)	顔(松本清張特別企画)	TBS	大岡進	大石静	
288	平12(00)	危険な斜面(松本清張特別企画)	TBS	大岡進	金子成人	
289	平13(01)	松本清張特別企画・ガラスの城(女と愛とミステリー)	BSジャパン	関本郁夫	中岡京平	
290	平13(01)	影の車(松本清張特別企画)	TBS	堀川敦厚	橋本綾	
291	平13(01)	20周年記念スペシャル・内海の輪(火曜サスペンス劇場)	NTV	三村晴彦	那須真知子	
292	平13(01)	松本清張特別企画・わるいやつら(女と愛とミステリー)	BSジャパン	松原信吾	田中晶子	
293	平14(02)	逃亡(金曜時代劇)	NHK	市川崑	大藪郁子	
294	平14(02)	20周年記念スペシャル・一年半待て(火曜サスペンス劇場)	NTV	黒沢直輔	那須真知子	
295	平14(02)	朗読紀行・にっぽんの名作・松本清張「張込み」	NHK BS-HI	平山秀幸		
296	平14(02)	松本清張没後10周年記念・張込み(ビートたけしドラマスペシャル)	ANB	石橋冠	矢島正雄	
297	平14(02)	松本清張没後10周年特別企画・死んだ馬	TBS	大岡進	金子成人	
298	平14(02)	1000回突破記念松本清張スペシャル・事故(火曜サスペンス劇場)	NTV	三村晴彦	荒井晴彦	
299	平14(02)	松本清張没後10年企画・家紋(女と愛とミステリー)	BSジャパン	長尾啓司	大野靖子	
300	平14(02)	松本清張没後10年記念・黒の奔流(土曜ワイド劇場)	ANB	村田忍	橋本綾	

301	平14(02)	松本清張スペシャル・鬼畜(火曜サスペンス劇場)	NTV	田中登	佐伯俊道	
302	平14(02)	松本清張没後10年企画・たづたづし(女と愛とミステリー)	BSジャパン	松原信吾	市川森一	
303	平14(02)	松本清張没後10年企画・疑惑(土曜ワイド劇場)	ANB	大原誠	竹山洋	
304	平15(03)	霧の旗(松本清張サスペンス特別企画)	TBS	脇田時三	石原武龍	
305	平15(03)	松本清張特別企画・喪失の儀礼(女と愛とミステリー)	BSジャパン	広瀬襄	大野靖子	
306	平16(04)	砂の器(日曜劇場)	TBS	福澤克雄	龍居由佳里	
307	平16(04)	黒の回廊(松本清張スペシャル)	NTV	武田幹治	鈴木晴世	
308	平16(04)	テレビ朝日開局45周年記念・証言(土曜ワイド劇場)	EX	上川伸廣	矢島正雄	
309	平16(04)	松本清張特別企画・殺意(月曜ミステリー劇場)	TBS	難波一弘	林誠人	
310	平16(04)	テレビ朝日開局45周年記念・黒革の手帳(木曜ドラマ)	EX	松田秀知	神山由美子	
311	平17(05)	4周年記念スペシャル・黒い画集「紐」(女と愛とミステリー)	BSジャパン	松原信吾	田中晶子	
312	平17(05)	松本清張特別企画・渡された場面(BSミステリー)	BSジャパン	杉村六郎	中岡京平	
313	平17(05)	特別企画・松本清張「黒革の手帳」(土曜ワイド劇場)	EX	松田秀知	両沢和幸	
314	平17(05)	松本清張スペシャル・黒い樹海(金曜エンタテインメント)	CX	平井秀樹	水橋文美江	
315	平18(06)	松本清張「けものみち」(木曜ドラマ)	EX	松田秀知	寺田敏雄	
316	平18(06)	松本清張スペシャル・指(ドラマコンプレックス)	NTV	佐々木章光	荒井晴彦	
317	平18(06)	松本清張スペシャル・共犯者(ドラマコンプレックス)	NTV	上川伸廣	西荻弓絵	
318	平18(06)	松本清張特別企画・強き蟻(BSミステリー)	BSジャパン	黒沢直輔	西岡琢也	
319	平18(06)	2夜連続秋のヒュウマンミステリー・蒼い描点(金曜エンタテインメント)	CX	松山博昭		
320	平18(06)	波の塔	TBS	大岡進	竹山洋	
321	平19(07)	松本清張最終章・わるいやつら	ABC	松田秀知	神山由美子	
322	平19(07)	松本清張スペシャル・地方紙を買う女（火曜ドラマゴールド）	NTV	雨宮望	橋本綾	
323	平19(07)	松本清張点と線（テレビ朝日開局50周年記念スペシャルドラマ）	EX	石橋冠	竹山洋	
324	平19(07)	殺人行奥の細道	CX	松山博昭	三浦有偽子	

325	平19(07)	松本清張ドラマ特別企画・塗られた本(月曜ゴールデン)	TBS	竹之下寛次	田中晶子	
326	平20(08)	松本清張特別企画・不在宴会(BS ミステリー)	BS ジャパン	榎戸耕史	西岡琢也	

〔7〕清張全作品（50音別）一覧

		作品名	巻数	年月	掲載誌
あ	1	愛犬（隠花の飾り）	42	昭53(78).2	小説新潮
	2	愛と空白の共謀		昭33(58).12.12	女性自身
	3	蒼い描点		昭33(58).7.27～昭34(59).8.30	週刊明星
		青木繁と坂本繁二郎《はんじろう》　→「私論・青木繁と坂本繁二郎」			
	4	蒼ざめた礼服		昭36(61).1.1～昭37(62).3.25	サンデー毎日
	5	青のある断層	35	昭30(55).11	オール読物
	6	赤いくじ	35	昭30(55).6	オール読物
		赤い月　→「高校殺人事件」			
	7	紅い白描		昭36(61).7～昭37(62).12	マドモアゼル
	8	赤い氷河期	63	昭63(88).1.7～昭64(89).3.9	週刊新潮
	9	赤猫（無宿人別帳）	24	昭33(58).5	オール読物
	10	灯（絢爛たる流離）	2	昭38(63).7	婦人公論
	11	芥川龍之介の死（昭和史発掘4）	32	昭39(64).11.9～昭40(65).1.11	週刊文春
	12	葦の浮船		昭41(66).1～昭42(67).4	婦人倶楽部
	13	与えられた生		昭44(69).1	文藝春秋
	14	熱い絹	58	昭58(83).8.15～昭59(84).12.31	報知新聞
	15	熱い空気（別冊黒い画集）	7	昭38(63).4.22～7.8	週刊文春
	16	穴の中の護符		昭32(57).2	小説新潮
	17	姉川の戦（私説・日本合戦譚）	26	昭40(65).2	オール読物
	18	天城越え（黒い画集）	4	昭34(59).11.1	サンデー毎日特別号
		網　→「渦」			
	19	アムステルダム運河殺人事件	13	昭44(69).4.1	週刊朝日カラー別冊Ⅰ
	20	雨		昭41(66).8	別冊宝石
	21	雨		昭49(74).6	別冊文藝春秋128号
	22	雨と川の音（無宿人別帳）	24	昭33(58).8	オール読物
	23	雨の二階（絢爛たる流離）	2	昭38(63).5	婦人公論
	24	粗い網版	38	昭41(66).12	別冊文藝春秋98号
	25	或る「小倉日記」伝	35	昭27(52).9	三田文学
	26	ある小官僚の抹殺	37	昭33(58).2	別冊文藝春秋62号

	27	暗線		昭38(63).1.6	サンデー毎日
	28	安全率（絢爛たる流離）	2	昭38(63).10	婦人公論
い	29	いきものの殻		昭34(59).12	別冊文藝春秋70号
	30	生けるパスカル（黒の図説Ⅱ）	39	昭46(71).5.7〜7.30	週刊朝日
	31	石		昭44(69).12〜昭45(70).5(中絶)	小説宝石
	32	石田検事の怪死（昭和史発掘２）	32	昭39(64).8.17〜9.21	週刊文春
	33	石の骨	35	昭30(55).10	別冊文藝春秋48号
	34	出雲国風土記（私説古風土記）	55	昭51(76).1	太陽
	35	いたち党		昭32(57).3.14〜9.5	朝日新聞ジュニア版
	36	一年半待て	36	昭32(57).4.28	週刊朝日別冊
	37	厳島の戦（私説・日本合戦譚）	26	昭40(65).5	オール讀物
	38	田舎医師（影の車）	1	昭36(61).6	婦人公論
	39	稲荷山古墳の謎　鉄剣銘解釈への疑問		昭53(78).11	芸術新潮
	40	稲荷山鉄剣をめぐる一仮説		昭57(82).10.12、13	読売新聞・夕刊
	41	いびき	36	昭31(56).10	オール讀物
	42	いびき地獄（戯曲）		昭32(57).12	文学界
	43	異変街道		昭35(60).10.23〜昭36(61).12.24	週刊現代
	44	遺墨（隠花の飾り）	42	昭54(79).3	小説新潮
	45	甍《いらか》		昭39(64).6.15〜12.21	女性自身
	46	イラン高原の「火」の旅から		昭48(73).9	太陽
	47	入江の記憶（死の枝）	6	昭42(67).10	小説新潮
	48	彩り河	47	昭56(81).5.28〜昭58(83).3.10	週刊文春
	49	岩佐又兵衛（小説日本芸譚）	26	昭32(57).10	芸術新潮
	50	陰影（絢爛たる流離）	2	昭38(63).11	婦人公論
	51	隠花平原		昭42(67).1.7〜昭43(68).3.16	週刊新潮
	52	陰謀将軍	36	昭31(56).12	別冊文藝春秋55号
う	53	渦	40	昭50(75).3.18〜昭52(77).1.8	日本経済新聞朝刊
	54	薄化粧の男（影の車）	1	昭36(61).3	婦人公論
	55	内なる線影	56	昭46(71).9	小説新潮
	56	美しき闘争		昭37(62).1.11〜10.4	大系社扱い・京都新聞他
	57	馬を売る女	41	昭52(77).1.9〜4.6	日本経済新聞

	58	噂始末		昭30(55).5	キング
	59	運慶（小説日本芸譚）	26	昭32(57).4	芸術新潮
	60	運不運　わが小説	65	平2(90).1	新潮45
	61	運輸官僚論（現代官僚論10）		昭40(65).1〜3	文藝春秋
え	62	英雄愚神		昭28(53).8	別冊文藝春秋35号
	63	栄落不測		昭31(56).4	キング
	64	駅路	37	昭35(60).8.7	サンデー毎日
	65	江戸綺談　甲州霊嶽党《こうしゅうれいがくとう》		平4(92).1.2〜5.14(未完)	週刊新潮
		江戸秘紋　→「逃亡」			
	66	絵はがきの少女		昭34(59).1.1	サンデー毎日特別号
	67	厭戦	38	昭36(61).7	新日本文学別冊
	68	延命の負債		昭52(77).9	小説新潮
お	69	奥羽の二人		昭29(54).4	別冊文藝春秋39号
	70	鷗外「小倉日記」の女		昭41(66).12	三田文学
	71	鷗外の婢（黒の図説）	10	昭44(69).9.12〜12.12	週刊朝日
	72	大奥婦女記	29	昭30(55).10	新婦人
	73	大蔵官僚論（現代官僚論11）		昭40(65).5〜9	文藝春秋
	74	大山詣（彩色江戸切絵図）	24	昭39(64).3	オール讀物
	75	岡倉天心その内なる敵		昭57(82).1〜昭58(83).5	芸術新潮
		岡倉天心とその「敵」　→「岡倉天心その内なる敵」			
	76	「お鯉」事件（昭和史発掘18）		昭42(67).4.10〜5.15	週刊文春
	77	汚職の中の女		昭36(61).12	婦人公論
	78	お手玉（隠花の飾り）	42	昭53(78).8	小説新潮
	79	鬼火の町		昭40(65).8〜昭41(66).12	潮
	80	おのれの顔（無宿人別帳）	24	昭32(57).11	オール讀物
	81	溺れ谷		昭39(64).1〜昭40(65).2	小説新潮
	82	折々のおぼえがき		昭55(80).3	別冊文藝春秋151号
	83	俺は知らない（無宿人別帳）	24	昭33(58).1	オール讀物
	84	恩誼の紐	56	昭47(72).3	オール讀物
	85	女義太夫（彩色江戸切絵図）	24	昭39(64).11、12	オール讀物
か	86	拐帯行	37	昭33(58).2	日本

87	外務官僚論（現代官僚論12）		昭40(65).10、11	文藝春秋
88	顔	36	昭31(56).8	小説新潮
89	確証（影の車）	1	昭36(61).1	婦人公論
90	革命を売る男・伊藤律（日本の黒い霧）	30	昭35(60).6	文藝春秋
91	影	38	昭38(63).1	文芸朝日
92	翳《かげ》った旋舞		昭38(63).5.5～10.23	女性セブン
93	影の地帯		昭34(59).5.20～昭35(60).6.1	大系社扱い・河北新報他
94	駆ける男	56	昭48(73).1	オール読物
95	かげろう絵図	25	昭33(58).5.17～昭34(59).10	東京新聞ほか
96	花実のない森		昭37(62).9～昭38(63).8	婦人画報
97	鹿《か》地《じ》亘《わたる》事件（日本の黒い霧）	30	昭35(60).9	文藝春秋
98	火神被殺	56	昭45(70).9	オール読物
99	数の風景	62	昭61(86).3.7～昭62(87).3.27	週刊朝日
100	風の息	48	昭47(72).2.15～昭48(73).4.13	日刊赤旗
101	風の視線		昭36(61).1.3～12.18	女性自身
102	形（別冊黒い画集）	7	昭38(63).10.21～11.18	週刊文春
103	花氷		昭40(65).1～昭41(66).5	小説現代
104	壁の青草		昭41(66).5	新潮
105	鎌倉の旅　箱根・伊豆		昭42(67).8	カッパ・ビブリア
106	神々の乱心		平2(90).3.29～平5(93).5.21(未完)	週刊文春
107	上毛野《かみつけの》国陸行	33	昭47(72).12	芸術新潮
108	神と野獣の日		昭38(63).2.18～6.24	女性自身
109	紙の牙	37	昭33(58).10	日本
110	神の里事件	56	昭46(71).8	オール読物
111	亀五郎犯罪誌		昭32(57).8	特集文藝春秋・涼風読本
112	家紋（死の枝）	6	昭42(67).4	小説新潮
113	鴉	38	昭37(62).1.7	週刊読売
114	ガラスの城	41	昭37(62).1～昭38(63).6	若い女性
115	カルネアデスの舟板	36	昭32(57).8	文学界
	渇いた配色　→「死の発送」（歴史公論・小説中央公論）			
116	川中島の戦（私説・日本合戦譚）	26	昭40(65).4	オール読物

	117	河西電気出張所	66	昭49(74).1	文藝春秋
	118	考える葉		昭35(60).4.3～昭36(61).2.19	週刊読売
	119	巻頭句の女	37	昭33(58).7	小説新潮
	120	願望	37	昭34(59).2.25	別冊週刊朝日
	121	寒流（黒い画集）	4	昭34(59).9.6～11.29	週刊朝日
き	122	黄色い風土		昭34(59).5.22～昭35(60).8.7	北海道新聞・夕刊他
		黄色い杜《もり》　→「花実のない森」			
	123	記憶		昭27(52).3	三田文学
	124	聞かなかった場所	23	昭45(70).12.8～昭46(71).4.30	週刊朝日
	125	菊池寛の文学		昭63(88).2	オール読物
	126	菊枕	35	昭28(53).8	文藝春秋
	127	危険な広告		昭29(54).6	オール読物
	128	危険な斜面	37	昭34(59).2	オール読物
	129	疑史通		昭49(74).1	歴史と人物
	130	魏志倭人伝の「盲点」―「一大率」は「一支率」の可能性―		昭55(80).8	文学
	131	疵《きず》		昭30(55).1	面白倶楽部・新春増刊号
	132	北一輝と児玉誉士夫《こだまよしお》		昭51(76).7	諸君
		北一輝における「君主制」　→「北一輝論」			
	133	北一輝論		昭48(73).1～7	世界
	134	北の火箭（隠花の飾り）	42	昭53(78).4	小説新潮
	135	北の詩人	17	昭37(62).1～昭38(63).3	中央公論
	136	北原二等卒の直訴（昭和史発掘5）	32	昭40(65).1.18～3.1	週刊文春
	137	北ベトナム古代文化の旅		昭48(73).12.20～25	朝日新聞
	138	鬼畜	36	昭32(57).4	別冊文藝春秋57号
	139	切符（絢爛たる流離）	2	昭38(63).8	婦人公論
	140	記念に（隠花の飾り）	42	昭53(78).10	小説新潮
	141	奇妙な被告	56	昭45(70).10	オール読物
	142	球形の荒野	6	昭35(60).1	オール読物
	143	九州古代文化の源流（日本歴史展望1）		昭56(81).3	(旺文社)
	144	九州征伐（私説・日本合戦譚）	26	昭40(65).6	オール読物
	145	恐喝者		昭29(54).9	オール読物

	146	凶器（黒い画集）	4	昭34(59).12.6〜27	週刊朝日
	147	凝視		昭52(77).7.2〜8.13	週刊読売
	148	梟《きょう》示《じ》抄《しょう》	35	昭28(53).2	別冊文藝春秋32号
	149	行者神髄（文豪）	51	昭48(73).3〜昭49(74).3	別冊文藝春秋123~27号
	150	京都大学の墓碑銘（昭和史発掘15）		昭41(66).10.10〜12.5	週刊文春
	151	京都の旅（今日の風土記1）		昭41(66).4	カッパ・ビブリア
	152	共犯者	36	昭31(56).11.18	週刊読売
	153	巨人の磯	56	昭45(70).10	小説新潮
		虚線　→「ゼロの焦点」			
	154	虚線の下絵	38	昭43(68).6	別冊文藝春秋104号
	155	距離の女囚		昭29(54).3	オール読物
	156	霧の会議	61	昭59(84).9.11〜昭61(86).9.20	読売新聞・朝刊
	157	霧の旗	19	昭34(59).7	婦人公論
	158	疑惑	36	昭31(56).7	サンデー毎日臨時増刊
	159	疑惑	66	昭57(82).2	オール読物
	160	金環食		昭36(61).1	小説中央公論冬季号
	161	金庫		昭32(57).1	小説新潮
く	162	偶数		昭36(61).2	小説新潮
	163	空の城	49	昭53(78).1	文藝春秋
	164	空白の意匠	37	昭34(59).4	新潮
	165	草（黒い画集）	4	昭35(60).4.10〜6.19	週刊朝日
	166	草の陰刻	8	昭39(64).5.16〜昭60(85).5.22	読売新聞
	167	草笛		昭35(60).9	別冊文藝春秋73号
	168	九十九里浜	36	昭31(56).9	新潮
	169	葛		昭33(58).10	別冊文藝春秋66号
	170	百済の草（絢爛たる流離）	2	昭38(63).3	婦人公論
	171	屈折回路	22	昭38(63).3	文學界
	172	暗い血の旋舞	64	昭62(87).4	（日本放送出版協会）
	173	蔵の中（彩色江戸切絵図）	24	昭39(64).9	オール読物
	174	くるま宿	35	昭26(51).12	富士
	175	黒い樹海		昭33(58).10〜昭35(60).6	婦人倶楽部

	176	黒い空	62	昭62(87).8.7～昭63(88).3.25	週刊朝日
	177	黒い血の女		昭34(59).10	オール読物
		黒い風土　→「黄色い風土」			
	178	黒い福音	13	昭34(59).11.3～昭35(60).6	週刊コウロン
	179	黒革の手帖	42	昭53(78).11.16～昭55(80).2.14	週刊新潮
	180	黒地の絵	37	昭33(58).3	新潮
		黒田如水　→「軍師の境遇」			
	181	黒の回廊		昭46(71).4～昭49(74).5	第一期松本清張全集月報
	182	群疑		昭32(57).10	キング
	183	軍師の境遇		昭31(56).4～昭32(57).3	高校コース
	184	軍部の妖怪		昭39(64).12	別冊文藝春秋90号
け	185	形影　菊池寛と佐々木茂作	64	昭57(82).2～5	文藝春秋
		結婚式　→「時計」			
	186	けものみち	15	昭37(62).1.8～昭38(63).12.30	週刊新潮
	187	幻華		昭58(83).2～昭59(84).6	オール読物
	188	検察官僚論（現代官僚論）	31	昭38(63).8、9	文藝春秋
	189	眩人	51	昭52(77).2～昭55(80).9	中央公論
	190	建設官僚論（現代官僚論６）		昭39(64).1、2	文藝春秋
	191	現代官僚論（現代官僚論）	31	昭38(63).1	文藝春秋
	192	警察官僚論（現代官僚論）	31	昭39(64).4～6	文藝春秋
こ	193	五・一五事件（昭和史発掘12）		昭41(66).2.14～4.18	週刊文春
		行雲の涯て　→「三位入道」			
	194	光悦（小説日本芸譚）	26	昭32(57).8	芸術新潮
	195	高校殺人事件		昭34(59).11～昭35(60).3	高校上級コース
	196	交通事故死亡１名（死の枝）	6	昭42(67).2	小説新潮
	197	甲府在番	36	昭32(57).5	オール読物
	198	公木元生氏《こうぼくげんしょうし》の口舌《くぜつ》─ある小説家の北陸路講演		昭49(74).12	別冊文藝春秋130号
	199	荒野と屋台と		平１(89).9	旅
	200	声	36	昭31(56).10	小説公園
		氷の燈火　→「山峡の章」			
	201	獄衣のない女囚（別冊黒い画集３）		昭38(63).7.15～10.14	週刊文春

	202	告訴せず	43	昭48(73).1.12〜11.30	週刊朝日
	203	誤差	37	昭35(60).10.1	サンデー毎日
	204	古史眼烟《がんえん》（長岡京遷都の謎ほか）		昭60(85).1〜9	図書
	205	「古事記」新解釈ノート		昭55(80).10	文学
	206	古事記と日本書紀の関係		昭55(80).5	文学
	207	古事記の謎を探る		昭48(73).7	太陽
	208	五十四万石の嘘	36	昭31(56).8	講談倶楽部
	209	古代イランと飛鳥		昭53(78).12.4、5	朝日新聞
	210	古代史が結ぶ日本とベトナム		昭49(74).2.1〜15	朝日ジャーナル
	211	古代史疑	33	昭41(66).6〜昭42(67).3	中央公論
	212	古代史私注		昭51(76).2〜昭55(80).12	本
		古代史新考問答　→「謎の源流」			
	213	古代史の旅（特別講演）		昭57(82).4.11、18	サンデー毎日
	214	古代史の謎①〜③		昭54(79).5.6〜5.27	週刊読売
	215	古代探求	33	昭46(71).1〜昭47(72).11	文学界
	216	古代を検証する		昭58(83).9	国文学・解釈と教材の研究
	217	骨壺の風景	66	昭55(80).2	新潮
	218	子連れ		昭40(65).3	別冊文藝春秋91号
	219	湖底の光芒《こうぼう》		昭38(63).2〜昭39(64).5	小説現代
	220	小林多喜二の死（昭和史発掘14）		昭41(66).8.15〜10.3	週刊文春
	221	湖畔の人	35	昭29(54).2	別冊文藝春秋38号
	222	小堀遠州（小説日本芸譚）	26	昭32(57).6	芸術新潮
	223	小町鼓（絢爛たる流離）	2	昭38(63).2	婦人公論
	224	「隠《こも》り人」日記抄（草の径）	66	平2(90).6	文藝春秋
	225	誤訳（隠花の飾り）	42	昭53(78).6	小説新潮
	226	権妻		昭28(53).9	オール讀物
	227	混声の森		昭42(67).8.25〜昭43(68).9.2	三友社扱い・信濃毎日新聞夕刊他
さ	228	西海道談綺	52〜54	昭46(71).5.17〜平5(93).6	週刊文春
	229	「西海道談綺」紀行		昭51(76).5.13	週刊文春
	230	西郷札	35	昭26(51).3.15	週刊朝日・春期増刊号
	231	「西郷札」のころ	34	昭46(71).4.5	週刊朝日

	232	再春（隠花の飾り）	42	昭54(79).2	小説新潮
	233	祭神の謎と神事		昭58(83).1	旅
	234	再説・下山国鉄総裁謀殺論		昭44(69).8	現代
	235	彩霧	12	昭38(63).1	オール読物
	236	西蓮寺の参詣人		昭33(58).6	サンデー毎日特別号
	237	沙翁《さおう》と卑弥呼—公木元生の口舌		昭51(76).6	別冊文藝春秋136号
	238	酒井の刃傷		昭29(54).9	キング
	239	坂道の家（黒い画集）	4	昭34(59).1.4～4.19	週刊朝日
	240	相模国愛甲《あいこう》郡中津村	38	昭38(63).1	婦人公論
	241	削除の復元（草の径）	66	平2(90).1	文藝春秋
	242	桜会の野望（昭和史発掘11）		昭40(65).11.29～昭41(66).2.7	週刊文春
	243	殺意		昭31(56).4	小説新潮
	244	作家の手帖		昭53(78).12	別冊文藝春秋146号
	245	殺人行おくのほそ道		昭39(64).7.6～昭40(65).8.23	ヤングレディ
	246	雑草群落	44	昭40(65).6.18～昭41(66).7.7	東京新聞ほか
	247	佐渡流人行	36	昭32(57).1	オール読物
	248	砂漠の塩	19	昭40(65).9～昭41(66).11	婦人公論
	249	佐分利《さぶり》公使の怪死（昭和史発掘8）	32	昭40(65).6.28～8.2	週刊文春
	250	皿倉学説	38	昭37(62).12	別冊文藝春秋82号
	251	三・一五共産党検挙（昭和史発掘6）	32	昭40(65).3.8～5.3	週刊文春
	252	山峡の章		昭35(60).6～昭36(61).12	主婦の友
	253	山峡の湯村	66	昭50(75).2	オール読物
	254	山椒魚（彩色江戸切絵図）	24	昭39(64).5、6	オール読物
	255	三人の留守居役（彩色江戸切絵図）	24	昭39(64).7、8	オール読物
	256	三位入道		昭28(53).5	オール読物
し		私観・宰相論　→「史観・宰相論」			
	257	史観・宰相論		昭55(80).8～12	文藝春秋
	258	私観・昭和史論		昭63(88).6	文藝春秋
	259	私感・戦後史		昭52(77).6	諸君
	260	時間の習俗	1	昭36(61).5～昭37(62).11	旅
	261	史疑（死の枝）	6	昭42(67).5	小説新潮

262	式場の微笑	66	昭50(75).9	オール読物
263	事故（別冊黒い画集）	7	昭37(62).12.31～昭38(63).4.15	週刊文春
264	時刻表—ひとり旅への憧れ		昭54(79).11.16	週刊朝日
265	死者の網膜犯人像（草の径）	66	平2(90).5	文藝春秋
266	詩城の旅びと	63	昭63(88).1～昭64(89).10	ウィークス
	視線　→「凝視」			
267	思託と元開	66	昭58(83).9、10	文藝春秋
268	市長死す		昭31(56).10	別冊小説新潮
269	失踪（黒い画集4）		昭34(59).4.26～6.7	週刊朝日
270	失踪の果て		昭34(59).5.1～5.29	週刊スリラー
271	失敗		昭32(57).12.25	別冊週刊サンケイ
272	自伝抄　雑草の実		昭51(76).6.16～7.9	読売新聞
	死神　→「青春の彷徨」			
273	死の発送		昭36(61).4.10～8.21（未完）	週刊公論・小説中央公論
274	支払い過ぎた縁談	37	昭32(57).12.2	週刊新潮
275	紙碑		昭62(87).5	小説新潮
276	島原の役（私説・日本合戦譚）	26	昭40(65).7	オール読物
277	下山国鉄総裁謀殺論（日本の黒い霧）	30	昭35(60).1	文藝春秋
278	三味線		昭41(66).9	別冊文藝春秋97号
279	写楽（小説日本芸譚）	26	昭32(57).7	芸術新潮
280	写楽の謎の「一解決」		昭50(75).2	太陽
281	啾々吟《しゅうしゅうぎん》	35	昭28(53).3	オール読物
282	執念		昭58(83).1	海
283	十万分の一の偶然	43	昭55(80).3.20～昭56(81).2.26	週刊文春
284	呪術の渦巻文様（草の径）	66	平2(90).10	文藝春秋
285	首相官邸		昭44(69).8	文藝春秋
286	種族同盟	38	昭42(67).3	オール読物
287	術（紅刷り江戸噂）	24	昭42(67).11、12	小説現代
288	狩猟		昭41(66).1～昭42(67).1	オール読物
289	潤一郎と春夫（昭和史発掘9）	32	昭40(65).8.9～10.4	週刊文春
290	賞	36	昭32(57).1	新潮

	上意討　→「噂始末」			
291	状況曲線（禁忌の連歌２）		昭51(76). 7. 29～昭53(78). 3. 9	週刊新潮
292	証言（黒い画集）	4	昭33(58). 12. 21～12. 28	週刊朝日
293	証言の森	38	昭42(67). 8	オール読物
294	情死傍観	35	昭29(54). 9	小説公園
295	上申書	37	昭34(59). 2	文藝春秋
296	小説３億円事件		昭50(75). 12. 5～12. 12	週刊朝日
297	小説帝銀事件	17	昭34(59). 5	文藝春秋
298	小説東京帝国大学	21	昭40(65). 6. 27～昭41(66). 10. 23	サンデー毎日
299	正太夫の舌	51	昭47(72). 9	別冊文藝春秋121号
300	象徴の設計	17	昭37(62). 3～昭38(63). 6	文芸
301	聖徳太子（人物日本の歴史１）		昭49(74). 11. 25	小学館
302	聖徳太子の謎	33	昭47(72). 10	太陽
	少年受刑者　→「壁の青草」			
303	証明	56	昭44(69). 9	オール読物
304	消滅（絢爛たる流離）	2	昭38(63). 12	婦人公論
305	女囚		昭39(64). 8	新潮
	女囚抄　→「距離の女囚」			
306	書道教授（黒の図説）	10	昭44(69). 12. 19～昭45(70). 3. 27	週刊朝日
307	白鳥事件（日本の黒い霧）	30	昭35(60). 4	文藝春秋
308	「白鳥事件」裁判の謎	30	昭39(64). 1	中央公論
309	白い影		昭56(81). 6～昭59(84). 3(未完)	ミセス
310	白い闇	36	昭32(57). 8	小説新潮
311	白と黒の革命	49	昭54(79). 3～12	文藝春秋
312	白の謀略―公木元生の口舌―		昭52(77). 3	別冊文藝春秋139号
313	私論・青木繁と坂本繁二郎《はんじろう》		昭56(81). 1～9	芸術新潮
314	新解釈　魏志倭人伝		昭45(70). 5	中央公論
315	新開地の事件	56	昭44(69). 2	オール読物
316	神格天皇の孤独		平１(89). 3	文藝春秋
317	真贋の森	37	昭33(58). 6	別冊文藝春秋64号
318	信玄軍記		昭30(55). 3～5	小説春秋

		信玄戦記　→「信玄軍記」			
	319	信号	66	昭59(84).2、4、6	文藝春秋
	320	深層海流	31	昭36(61).1〜12	文藝春秋
	321	死んだ馬（黒の様式）	9	昭44(69).3	小説宝石
	322	振幅		昭38(63).6	別冊文藝春秋84号
	323	身辺的昭和史（昭和史発掘）	32	昭46(71).5.3〜6.14	朝日新聞
す	324	推理・松川事件（日本の黒い霧）	30	昭35(60).10	文藝春秋
	325	過ぎゆく日暦（清張日記）	65	昭63(88).7〜昭64(89).11	新潮45＋
	326	図上旅行		昭35(60).11.1	週刊朝日別冊・秋風特別号
	327	雀一羽	37	昭33(58).1	小説新潮
	328	すずらん		昭40(65).11	小説新潮
	329	「スチュワーデス殺し」論	13	昭34(59).8	婦人公論臨時増刊
	330	砂の器	5	昭35(60).5.17〜昭36(61).4	読売新聞・夕刊
	331	砂の審廷	22	昭45(70).12	別冊文藝春秋
	332	スパイ“M”の謀略（昭和史発掘13）	32	昭41(66).4.25〜8.8	週刊文春
せ	333	世阿弥（小説日本芸譚）	26	昭32(57).2	芸術新潮
	334	「静雲閣」覚書		昭28(53).9.15	週刊朝日別冊・中間読物特集号
	335	政治の妖雲・穏田《おんでん》の行者（昭和史発掘16）		昭41(66).12.12〜昭42(67).1.9	週刊文春
	336	聖獣配列	60	昭58(83).9.1〜昭60(85).9.19	週刊新潮
	337	青春の彷徨		昭28(53).6.15	週刊朝日別冊・時代小説傑作集
	338	棲息分布	45	昭41(66).1.1〜昭42(67).2.16	週刊現代
	339	清張通史		昭51(76).1.1〜昭53(78).7.6	東京新聞
	340	清張日記（清張日記）	65	昭57(82).9.17〜昭59(84).4.20	週刊朝日
	341	西南戦争（私説・日本合戦譚）	26	昭40(65).11	オール讀物
		生年月日—失踪の果て—　→「失踪の果て」			
	342	征服者とダイアモンド（日本の黒い霧）	30	昭35(60).7	文藝春秋
	343	関ヶ原の戦（私説・日本合戦譚）	26	昭40(65).8	オール讀物
	344	脊梁		昭38(63).12	別冊文藝春秋86号
		石路　→「湖底の光芒」			
	345	接合の論理—推理林彪・四人組事件		昭56(81).4	中央公論
	346	雪舟（小説日本芸譚）	26	昭32(57).11	芸術新潮

	347	背伸び		昭32(57).2.28	週刊朝日別冊・傑作時代小説集2
	348	背広服の変死者	36	昭31(56).7	文学界
	349	ゼロの焦点	3	昭33(58).1、2/3～昭35(60).1	太陽/宝石
	350	戦国権謀	35	昭28(53).4	別冊文藝春秋33号
	351	潜在光景（影の車）	1	昭36(61).4	婦人公論
	352	セント・アンドリュースの事件	13	昭44(69).10.1	週刊朝日カラー別冊Ⅲ
	353	千利休（小説日本芸譚）	26	昭32(57).3	芸術新潮
	354	占領「鹿鳴館」の女たち	34	昭35(60).11	婦人公論
そ	355	憎悪の依頼		昭32(57).4.1	週刊新潮
		創価学会日本共産党　十年協定の真実　→「創共協定」経過メモ			
	356	「創共協定」経過メモ		昭55(80).1	文藝春秋
	357	創作ヒント・ノート		昭55(80).2、3	小説新潮
	358	捜査圏外の条件	36	昭32(57).8	別冊文藝春秋59号
	359	喪失	36	昭31(56).3	新潮
	360	喪失の儀礼	23	昭44(69).1～12	小説新潮
	361	増上寺刃傷	36	昭31(56).7	別冊小説新潮
	362	装飾評伝	37	昭33(58).6	文藝春秋
	363	遭難（黒い画集）	4	昭33(58).10.5～12.14	週刊朝日
	364	象の白い脚	22	昭44(69).9	別冊文藝春秋
	365	走路（絢爛たる流離）	2	昭38(63).4	婦人公論
	366	総論（私説古風土記）	55	昭52(77).6	太陽
	367	続　古代史の謎		昭45(70).4.15～5.13	赤旗
	368	速力の告発（黒の図説）	10	昭44(69).3.21～5.16	週刊朝日
	369	速記録		昭54(79).12	
	370	尊厳	35	昭30(55).9	小説公園
		尊属　→「女囚」			
た	371	大王への道―古代史の謎(3)		昭45(70).10.18～11.24	赤旗
		対曲線　→「犯罪の回送」			
	372	大黒屋（彩色江戸切絵図）	24	昭39(64).1、2	オール読物
	373	大臣の恋		昭29(54).4.10	週刊朝日別冊・中間読物号
	374	代筆（絢爛たる流離）	2	昭38(63).9	婦人公論

	375	多佳子月光		昭38(63).8	俳句
	376	高台の家（黒の図説Ⅱ）	39	昭47(72).11.10～12.29	週刊朝日
		武田信玄　→「乱雲」			
	377	脱出		昭31(56).12	講談倶楽部
	378	たづたづし	38	昭38(63).5	小説新潮
	379	足袋（隠花の飾り）	42	昭53(78).1	小説新潮
	380	旅さき		昭33(58).8	新潮
	381	断崖	66	昭57(82).5	新潮45＋
	382	断線（別冊黒い画集）	7	昭39(64).1.13～3.23	週刊文春
	383	断碑	35	昭29(54).12	別冊文藝春秋43号
ち	384	小さな旅館	38	昭36(61).9.1	週刊朝日別冊・緑蔭特別号
	385	地の塩地帯をゆく	34	昭42(67).6.25	週刊朝日
	386	血の洗濯		平2(90).9	文藝春秋
	387	地の骨	16	昭39(64).11.9～昭41(66).6.11	週刊新潮
	388	地の指		昭37(62).1.8～12.31	週刊サンケイ
	389	地方紙を買う女	36	昭32(57).4	小説新潮
	390	着想ばなし		昭57(82).11～昭59(84).4	全集第二期月報
	391	中央流沙	45	昭40(65).10	社会新報
	392	中世への招待―ホートン城〈ランカシャー〉の詩城		昭60(85).1	小説新潮
		忠節　→「酒井の刃傷」			
	393	調略	36	昭31(56).4	別冊小説新潮
	394	直《ちょっ》弧《こ》文《もん》の一解釈		平3(91).11	文藝春秋
	395	地を匍《は》う翼		昭42(67).12	別冊文藝春秋102号
つ	396	追放とレッドパージ（日本の黒い霧）	30	昭35(60).11	文藝春秋
	397	通過する客		昭44(69).3	別冊文藝春秋107号
	398	通産官僚論（現代官僚論）	31	昭38(63).10～12	文藝春秋
	399	通訳		昭31(56).12.10	週刊朝日別冊・新春お楽しみ読本
	400	月	38	昭42(67).6	別冊文藝春秋100号
	401	海嘯《つなみ》（無宿人別帳）	24	昭32(57).10	オール讀物
	402	津ノ国屋		昭35(60).10	小説中央公論秋季号
	403	強き蟻	23	昭45(70).1～昭46(71).3	文藝春秋

て	404	帝銀事件の謎（日本の黒い霧）	30	昭35(60).8	文藝春秋
	405	泥炭層		昭40(65).12	別冊文藝春秋94号
	406	泥炭地	66	平1(89).3	文学界
	407	Ｄの複合	3	昭40(65).10〜昭43(68).3	宝石
	408	点	37	昭33(58).1	中央公論
	409	典雅な師弟（影の車）	1	昭36(61).5	婦人公論
	410	天才画の女	41	昭53(78).3.16〜10.12	週刊新潮
	411	点と線	1	昭32(57).2	旅
	412	天皇機関説（昭和史発掘17）		昭42(67).1.23〜4.3	週刊文春
	413	電筆		昭36(61).1	別冊文藝春秋74号
	414	転変	35	昭29(54).5	小説公園
	415	天保図録	27〜28	昭37(62).4.13〜昭39(64).12.18	週刊朝日
	416	天理研究会事件（昭和史発掘10）	32	昭40(65).10.11〜11.22	週刊文春
と	417	投影		昭32(57).7	講談倶楽部
	418	統監	38	昭41(66).3	別冊文藝春秋95号
	419	道鏡事件と宇佐八幡		昭56(81).4	別冊文藝春秋155号
	420	東京の旅（今日の風土記3）		昭41(66).9	カッパ・ビブリア
	421	東経139度線	56	昭48(73).2	小説新潮
	422	逃亡（無宿人別帳）	24	昭32(57).12	オール読物
	423	逃亡	29	昭39(64).3.16〜昭40(65).3.17	信濃毎日新聞・夕刊ほか
	424	逃亡者		昭36(61).12	別冊文藝春秋78号
	425	遠い接近（黒の図説Ⅱ）	39	昭46(71).8.6〜昭47(72).4.21	週刊朝日
	426	遠くからの声		昭32(57).5	新女苑
	427	土偶（死の枝）	6	昭42(67).12	小説新潮
	428	徳川家康（世界伝記全集19）		昭30(55).4	大日本雄弁会講談社
	429	特技	35	昭30(55).5	新潮
	430	特派員		昭54(79).2	オール読物
	431	時計		昭35(60).5.1	週刊朝日別冊・陽春特別号
	432	年下の男（死の枝）	6	昭42(67).6	小説新潮
	433	閉じた海		昭48(73).11	文藝春秋臨時増刊
	434	途上	36	昭31(56).9	小説公園

	435	土俗玩具（絢爛たる流離）	2	昭38(63).1	婦人公論
	436	突風（影の車8）		昭36(61).8	婦人公論
	437	突風（紅刷り江戸噂）	24	昭42(67).6〜8	小説現代
	438	鳥羽僧正（小説日本芸譚5）		昭32(57).5	芸術新潮
	439	豊臣・徳川時代（新名将言行録4）		昭33(58).10	河出書房新社
	440	虎（紅刷り江戸噂）	24	昭42(67).4、5	小説現代
	441	止利仏師（小説日本芸譚）	26	昭32(57).12	芸術新潮
	442	トンニャット・ホテルの客		昭49(74).5、6、8	野生時代
な	443	内海の輪（黒の様式）	9	昭43(68).2.16〜10.25	週刊朝日
	444	内閣調査室論（現代官僚論）	31	昭39(64).7	文藝春秋
	445	長篠合戦（私説・日本合戦譚）	26	昭40(65).1	オール読物
		流れ　→「流れのなかに」			
	446	流れのなかに		昭36(61).10	小説中央公論秋季号
	447	流れ路		昭31(56).11	オール読物
	448	なぜ「星図」が開いていたか		昭31(56).8.20	週刊新潮
	449	謎の源流		昭55(80).5〜11	野性時代
	450	夏島	66	昭50(75).6	別冊文藝春秋132号
	451	夏夜の連続殺人事件（ミステリーの系譜5）		昭43(68).2.23〜4.5	週刊読売
	452	七種粥（紅刷り江戸噂）	24	昭42(67).1〜3	小説現代
	453	波の塔	18	昭34(59).5.29〜昭35(60).6	女性自身
	454	奈良の旅（今日の風土記2）		昭41(66).4	カッパ・ビブリア
に	455	二階	37	昭33(58).1	婦人朝日
	456	肉鍋を食う女（ミステリーの系譜）	7	昭42(67).11.24〜12.15	週刊読売
	457	濁った陽（黒い画集）	4	昭35(60).1.3〜4.3	週刊朝日
	458	二冊の同じ本	56	昭46(71).1.1	週刊朝日カラー別冊
	459	二重葉脈		昭41(66).3.11〜昭42(67).4.17	読売新聞
	460	偽狂人の犯罪（死の枝）	6	昭42(67).3	小説新潮
	461	贋札つくり	35	昭28(53).12	別冊文藝春秋37号
	462	二大疑獄事件（日本の黒い霧）	30	昭35(60).3	文藝春秋
	463	二代の殉死		昭30(55).4	週刊朝日別冊・時代小説特集号
	464	日記メモ（清張日記）	65	平3(91).2	新潮45

	465	日光中宮祠事件	37	昭33(58).4	別冊週刊朝日
	466	二・二六事件（昭和史発掘19）		昭42(67).5.22～昭46(71).4.12	週刊文春
	467	日本改造法案―北一輝の死―（戯曲）		昭47(72).5	群像
	468	日本最古の暗号文字		昭57(82).7	別冊文藝春秋160号
	469	日本人の源流を探る		昭53(78).7	太陽
	470	日本の「黒い霧」史の中の主役たち		昭51(76).9.1～10.8	週刊朝日
	471	日本の古代国家―邪馬台国の謎を探る		昭46(71).7	太陽
		日本民族の系譜　→「日本人の源流を探る」			
	472	人間水域		昭37(62).1～昭38(63).4	マイホーム
	473	任務		昭30(55).12	文学界
ぬ	474	塗られた本		昭37(62).1～昭38(63).5	婦人倶楽部
ね	475	寝敷き（別冊黒い画集）	7	昭39(64).3.30～4.20	週刊文春
	476	ネッカー川の影（草の径）	66	平2(90).4	文藝春秋
の	477	農林官僚論（現代官僚論）	31	昭38(63).5～7	文藝春秋
は	478	梅雨と西洋風呂（黒の図説）	10	昭45(70).7.17～12.11	週刊朝日
	479	廃物	35	昭30(55).10	文芸
	480	剥製	37	昭34(59).1	中央公論文芸特集号
	481	白梅の香		昭30(55).7	キング
	482	幕末の動乱（現代人の日本史17）		昭36(61).5	河出書房新社
		白公館の秘密　→「鹿地亘事件」			
	483	箱根心中	36	昭31(56).5	婦人朝日
	484	箱根初詣で（隠花の飾り）	42	昭54(79).1	小説新潮
	485	破談変異		昭31(56).2	小説公園
	486	鉢植を買う女（影の車）	1	昭36(61).7	婦人公論
	487	八十通の遺書		昭32(57).4	文藝春秋
	488	歯止め（黒の様式）	9	昭42(67).1.6～2.24	週刊朝日
	489	花衣	38	昭41(66).6	別冊文藝春秋96号
	490	ハノイからの報告（ハノイで見たこと）	34	昭43(68).4.5～6.7	週刊朝日
	491	ハノイ再訪		昭49(74).1.20～26	赤旗
	492	ハノイ日記（ハノイで見たこと）	34	昭43(68).4.21～6.21	赤旗・日曜版
	493	ハノイに入るまで（ハノイで見たこと）	34	昭43(68).8.20	松本清張全集34

	494	張込み	35	昭30(55).12	小説新潮
	495	播磨国風土記（私説古風土記）	55	昭51(76).9	太陽
	496	春田氏の講演		昭38(63).4.10	週刊女性
	497	春の血		昭33(58).1	文藝春秋
	498	晩景	38	昭39(64).9	別冊文藝春秋89号
	499	犯罪広告（黒の様式）	9	昭42(67).3.3〜4.21	週刊朝日
	500	犯罪の回送		昭37(62).1〜昭38(63).1	小説新潮
	501	反射		昭31(56).9	小説新潮
	502	繁昌するメス		昭37(62).1.1〜8	週刊文春
	503	「万世一系」天皇制の研究		昭53(78).1	諸君
	504	半生の記	34	昭38(63).8〜昭40(65).1	文芸
	505	板元《はんもと》畫譜《がふ》—耕書堂手代喜助の覚書き		昭46(71).12	別冊文藝春秋118号
ひ	506	悲運の落手		昭32(57).5.6	週刊新潮
	507	氷雨	37	昭33(58).4.15	小説公園増刊
	508	微笑の儀式（黒の様式）	9	昭42(67).4.28〜6.30	週刊朝日
	509	肥前国風土記（私説古風土記）	55	昭51(76).12	太陽
	510	額と歯	37	昭33(58).5.14	週刊朝日
	511	常陸国風土記（私説古風土記）	55	昭51(76).5	太陽
	512	左の腕（無宿人別帳）	24	昭33(58).6	オール読物
	513	筆記原稿		昭32(57).9	小説公園
	514	筆写		昭39(64).3	新潮
	515	秘壺		昭35(60).9	芸術新潮
	516	秀頼走路	36	昭31(56).1	別冊小説新潮
	517	火と汐	19	昭42(67).11	オール読物
	518	ひとり旅		昭29(54).7	別冊文藝春秋40号
	519	ひとりの武将	36	昭31(56).6	オール読物
	520	火の記憶	35	昭28(53).10	小説公園
	521	火の虚舟	21	昭41(66).6〜昭42(67).8	文藝春秋
		美の虚象　→「美の虚像」			
	522	美の虚像		昭41(66).3	小説新潮
	523	碑の砂	34	昭45(70).1	潮

	524	火の前夜		昭34(59).5〜9	別冊週刊サンケイ
	525	火の縄	26	昭34(59).5.17〜12.27	週刊現代
	526	火の路	50	昭48(73).6.16〜昭49(74).10.13	朝日新聞朝刊
	527	紐（黒い画集）	4	昭34(59).6.14〜8.30	週刊朝日
	528	百円硬貨（隠花の飾り）	42	昭53(78).7	小説新潮
	529	表象詩人（黒の図説Ⅱ）	39	昭47(72).7.21〜11.3	週刊朝日
ふ	530	不安な演奏	11	昭36(61).3.13〜12.25	週刊文春
		風圧　→「雑草群落」			
		風炎　→「殺人行おくのほそ道」			
	531	風紋	46	昭42(67).1〜昭43(68).6	現代
	532	不運な名前	66	昭56(81).2	オール讀物
	533	笛壺	35	昭30(55).6	文藝春秋
	534	腹中の敵	35	昭30(55).8	小説新潮
	535	父系の指	35	昭30(55).9	新潮
	536	不在宴会（死の枝）	6	昭42(67).11	小説新潮
	537	怖妻の棺	37	昭32(57).10.28	週刊朝日別冊
	538	武士くずれ		昭30(55).2	キング
	539	武将不信	36	昭31(56).12	キング
	540	二すじの道		昭29(54).10	キング・秋の増刊号
	541	二つの声（黒の様式）	9	昭42(67).7.7〜10.27	週刊朝日
	542	二人の真犯人（ミステリーの系譜）	7	昭42(67).12.22〜昭43(68).2.16	週刊読売
	543	葡萄唐草文様の刺繍	56	昭46(71).1	オール讀物
	544	部分	37	昭35(60).7	小説中央公論
	545	不法建築（死の枝）	6	昭42(67).9	小説新潮
	546	浮遊昆虫		昭36(61).6	別冊文藝春秋76号
	547	フリーメーソンP2マフィア迷走記	61	昭59(84).10	別冊文藝春秋109号
	548	古田織部《ふるたおりべ》（小説日本芸譚）	26	昭32(57).1	芸術新潮
	549	古本（死の枝）	6	昭42(67).7	小説新潮
	550	文学の森　歴史の海		平2(90).11.12〜16	読売新聞
	551	豊後国風土記（私説古風土記）	55	昭52(77).4	太陽
	552	分離の時間（黒の図説）	10	昭44(69).5.23〜9.5	週刊朝日

へ	553	閉鎖		昭37(62).1	小説中央公論
	554	ベイルート情報	38	昭40(65).6	別冊文藝春秋92号
	555	ペルシアの測天儀（死の枝）	6	昭42(67).8	小説新潮
	556	ペルセポリスから飛鳥へ	55	昭54(79).5	（日本放送出版協会）
ほ	557	防衛官僚論（現代官僚論9）		昭39(64).9〜11	文藝春秋
	558	箒売りの内職		昭50(75).7	太陽
	559	奉公人組	35	昭30(55).12	別冊文藝春秋49号
	560	謀略朝鮮戦争（日本の黒い霧）	30	昭35(60).12	文藝春秋
	561	北斎（日本芸譚9）		昭32(57).9	芸術新潮
	562	朴烈《ぼくれつ》大逆事件（昭和史発掘3）	32	昭39(64).9.28〜11.2	週刊文春
	563	細川幽斎		昭33(58).12	別冊文藝春秋67号
	564	発作	37	昭32(57).9	新潮
	565	本の岐《わか》れと末—公木元生氏の口舌		昭51(76).1	別冊文藝春秋134号
ま	566	埋没された青春		昭54(79).6	文藝春秋
	567	町の島帰り（無宿人別帳）	24	昭32(57).9	オール読物
	568	松川事件判決の瞬間	30	昭36(61).8.21	週刊公論
	569	幻の「謀略機関」をさぐる	30	昭44(69).9.19	週刊朝日
	570	満州某重大事件（昭和史発掘7）		昭40(65).5.10〜6.21	週刊文春
	571	万葉翡翠（影の車）	1	昭36(61).2	婦人公論
み	572	見送って（隠花の飾り）	42	昭53(78).5	小説新潮
	573	湖の女／序		昭36(61).7	婦人公論
	574	水の中の顔		昭36(61).1	週刊朝日別冊・新年特別号
	575	水の肌	56	昭46(71).1	小説現代
	576	水の炎		昭37(62).1.1〜12.17	女性自身
	577	見世物師（紅刷り江戸噂）	24	昭42(67).9、10	小説現代
	578	密教の水源を見る	65	昭59(84).4	（講談社）
	579	密宗律仙教		昭45(70).2	オール読物
	580	南半球の倒三角（松本清張短編小説館2）		昭58(83).12〜昭59(84).1	文藝春秋
む	581	蓆《むしろ》		昭31(56).11	小説新潮
め	582	明治金沢事件	36	昭31(56).1.1	サンデー毎日臨時増刊
	583	迷走地図	57	昭57(82).2.8〜昭58(83).5.5	朝日新聞

	584	眼の壁	2	昭32(57).4.14〜12.29	週刊読売
	585	眼の気流		昭37(62).3	オール讀物
	586	面貌	35	昭30(55).5	小説公園
も	587	モーツァルトの伯楽（草の径）	66	平2(90).7	文藝春秋
	588	「もく星」号事件の補筆	30	昭47(72).11	全集巻30
	589	「もく星」号遭難事件（日本の黒い霧）	30	昭35(60).2	文藝春秋
	590	文字のない初登攀《とうはん》		昭35(60).11.16	女性自身
	591	文部官僚論（現代官僚論）	31	昭38(63).3、4	文藝春秋
や	592	柳生《やぎゅう》一族	35	昭30(55).10	小説新潮
	593	役者絵（紅刷り江戸噂）	24	昭42(67).1	別冊宝石
	594	夜光の階段	46	昭44(69).5.10〜昭45(70).9.26	週刊新潮
	595	やさしい地方		昭38(63).12	小説新潮
	596	夜盗伝奇		昭31(56).5.17〜9.9	共同通信扱い・西日本スポーツほか
	597	山	56	昭43(68).7	オール讀物
	598	山崎の戦（私説・日本合戦譚）	26	昭40(65).3	オール讀物
	599	山師	35	昭30(55).6	別冊文藝春秋46号
	600	邪馬台国	55	昭51(76).1.1〜5.27	東京新聞ほか
	601	ヤマタイ国―わが内なる国家と民族―		昭50(75).1	野性時代
	602	山中鹿之助		昭32(57).4	中学生の友
	603	山の骨（黒の図説Ⅱ）	39	昭47(72).5.19〜7.14	週刊朝日
	604	闇に駆ける猟銃（ミステリーの系譜）	7	昭42(67).8.11〜10.3	週刊読売
ゆ	605	遊史疑考		昭46(71).1〜昭47(72).11	芸術新潮
	606	夕日の城（絢爛たる流離）	2	昭38(63).6	婦人公論
	607	歪んだ複写	11	昭34(59).6	小説新潮
	608	指	56	昭44(69).2	小説現代
よ	609	葉花星宿	51	昭47(72).6	別冊文藝春秋120号
	610	ヨーロッパ20日コースをゆく	34	昭39(64).7〜9	旅
	611	よごれた虹		昭37(62).11	オール讀物
	612	余生の幅		昭41(66).1	文藝春秋
	613	夜が怕《こわ》い（草の径）	66	平3(91).2	文藝春秋
	614	夜の足音（無宿人別帳）	24	昭33(58).2	オール讀物

	615	弱気の虫（黒の様式）	9	昭42(67).11.3～昭43(68).2.9	週刊朝日
	616	弱味		昭31(56).3	オール読物
ら	617	落差	20	昭36(61).11.12～昭37(62).11.21	読売新聞
	618	ラストヴォロフ事件（日本の黒い霧）	30	昭35(60).5	文藝春秋
	619	乱雲		昭29(54).5～昭55(80).3	中学コース
	620	乱雲		昭32(57).1	地上
	621	乱気	37	昭32(57).12	別冊文藝春秋
	622	乱灯江戸影絵	59	昭38(63).3.21～昭39(64).4.29	朝日新聞夕刊
り	623	理外の理	56	昭47(72).9	小説新潮
	624	陸軍機密費問題（昭和史発掘1）		昭39(64).7.6～8.10	週刊文春
	625	陸行水行（別冊黒い画集）	7	昭38(63).11.25～昭39(64).1.6	週刊文春
	626	理由		昭36(61).11.20	週刊新潮
	627	劉生晩期（エッセイより）	34	昭40(65).2～4	芸術新潮
	628	両像・森鴎外	64	昭60(85).5～12	文藝春秋
る	629	留守宅の事件	56	昭46(71).5	小説現代
	630	流人騒ぎ（無宿人別帳）	24	昭33(58).3	オール読物
れ	631	礼遇の資格	56	昭47(72).2	小説新潮
	632	連環	12	昭36(61).1	日本
	633	恋情	35	昭30(55).1	小説公園
ろ	634	老公（草の径）	66	平2(90).12、平3(91).1	文藝春秋
	635	老十九年の推歩	66	昭59(84).10、11、昭60(85).1	文藝春秋
	636	老春	38	昭36(61).11	新潮
		六月の北海道　→「すずらん」			
	637	六畳の生涯（黒の図説）	10	昭45(70).4.3～7.10	週刊朝日
	638	倫敦《ろんどん》犯罪古書		昭52(77).2	オール読物
わ	639	倭人伝「其他旁国」参上		昭52(77).5	芸術新潮
	640	倭人伝「一大率」の新考		昭50(75).2.13、14	朝日新聞
	641	渡された場面	40	昭51(76).1.1～7.15	週刊新潮
	642	私の中の日本人	65	昭50(75).2	波
	643	私の万葉発掘		昭48(73).5	文藝春秋臨時増刊
	644	わるいやつら	14	昭35(60).1.11～昭36(61).6	週刊新潮

あとがき

先年、清張さんの作品案内のような小著をまとめた時に、清張山脈を一応縦走して、なんとか遭難せずに下山した、というような感想を述べた。なんとか縦走できた、壮大な清張山脈が、じっさいにはどのようなものであったか、再度、先年のような猪突猛進ではなく、冷静に正確に把握したいという感情が、その時からあった。これも比喩的に言えば、たとえば空中から航空写真として全貌を把握するとか、国土地理院の二万分の一の地図で正確に確認するとか、客観的な形で把握したい願望である。

こういう作業を、月並みな言葉で言うと、「研究」というものになる。小説は、読者に迎えられる意図で書かれると、娯楽とか通俗とか言われるような要素を帯びるが、研究の場合は逆である。批評とか評論であれば、自分がこう思う、こう感じたということを素直に述べれば良いが、研究は、相手に納得して貰うことが目的なので、理解を得られるように、しっかり根拠となる資料を示さなければならない。当たり前のことであるが、本書の記述を進めながら、半世紀近くも前の大学生の頃、卒業論文という課題に苦闘させられた記憶を思い出した。

私の卒業論文は、はるかに一〇〇〇年ほども前の作品についてのものであって、清張さんにもその小説にも、縁もゆかりもないものである。それが、今頃になってなぜということは、前著でも触れたことでもあるし、ここでは省略する。とにかく、これまでの専門とはまったく違う分野で、清張さんとその小説を、研究結果として示すという課題に挑戦することになって、作家と作品に向かう態度は、このようなもので良いのであろうか、こんなものが果たして世に出す価値があるのだろうか、不安を感じることが多かった。二度目に卒業論文を書いている気分になった。大学在学中の近代担当の教授は、故吉田精一先生である。とっくに泉下に赴いておられるので、はなはだ厚顔な所為と思ったが、同窓の大先輩である平岡敏夫先生が清張研究会の会長をなさっていたので、強引に押し掛けゼミ生になって、ご教導を賜った。恐縮と強引の謝意を、あらためて表させていただきたい。

作家あるいは作品研究のスタイルは、さまざまな形があると思うが、私の思慮した方法は、清張作品をその総体の中で分析し把握するという内容のものである。こんな形しか、私の頭に浮かばなかった。清張作品の全体を俯瞰して理解しようとした時に、膨大な清張の性格の把握が、まず問題になった。清張小説は、社会派推理小説としてあまねく認識されている。しかし清張さんは、かならずしも推理小説家の意識で、作家生活に入った訳でもないし、初期の清張小説が歴史を背景にした評伝小説であるのは、誰の目にも明らかである。推理小説・評伝小説は良いとして、それ以外の〝普通の小説〟は、どう表現すれば良いか、最も初歩的な問題が最初の問題となった。苦慮した末に、小説は何を描くか、何によって支えられているかを指標として、風俗小説と分類した。より妥当な呼称があれば、お教えいただきたい。さらに、第8章の「小説意識」も苦慮した。内容は、清張さんがつねに推理小説にしてしまう意識が、小説の文学性を損なわせる結果になっていると思われる場合を残念として指摘したものである。この意識を最初、〝強迫観念〟と表現したが、平岡先生には難色を示され、結局「小説意識」といった用語になってしまった。これも、より適切な用語があれば、お教えいただければと思う。

などと言いながらも、ようやく一書として示せるかなと思える段階になった。その時にも、私のしたようなことは誰でもが出来ることで、より丁寧で几帳面な人がすれば、より的確に報告できるようなものだから、このようなものを世に出すことは、近代文学研究としてピントの外れた時代遅れの所産で、資源をただ無駄使いして世に迷惑をかけるだけのものではないかといった意識も、次第に強くも感じてきた。そこでまた、勝手に強引に決めたゼミ教授に、恐る恐るお伺いをたてたところ、清張研究の始発的（本当は初歩的の意味かも知れない）文献として、公刊の形にするようにというお言葉をいただいた。結局、以前から助力をいただいている和泉書院社主廣橋研三氏のご好意を得て、このような形で刊行の運びとなった。深く謝意を表する次第である。清張山脈のいくつかの峯についての意見は、同時に別の形で公にできたので、今後は、実際に山小屋で泊り込んで、山道や池やら、分かれ道の地蔵やら珍しい高山植物やら、じっくり観察して報告するようなことをしたい。残された時間の僅少も顧慮せず、そのようなことを頻りに念願している。

平成二十年春、湖岸の茅屋にて記す。

■著者略歴

加納重文（かのう　しげふみ）

昭和15年、広島県福山市生。昭和42年、東京教育大学文学部国語学国文学専攻、卒業。秋田大学、古代学協会平安博物館を経て、昭和53年、京都女子大学助教授、昭和60年、教授。平成18年、退職。同大学名誉教授。
著書は、『源氏物語の研究』（望稜舍、昭61）、『平安女流作家の心象』（和泉書院、昭62）、『歴史物語の思想』（京都女子大学、平４）、『明月片雲無し　公家日記の世界』（風間書房、平14）、『香椎からプロヴァンスへ　松本清張の文学』（新典社、平18）、『清張文学の世界　砂漠の海』（和泉書院、平20）、『平安文学の環境—後宮・俗信・地理—』（和泉書院、平20）、その他。

近代文学研究叢刊40

松本清張作品研究　付・参考資料

二〇〇八年六月一〇日初版第一刷発行
（検印省略）

著者　加納重文
発行者　廣橋研三
印刷所　太洋社
製本所　大光製本所
発行所　有限会社和泉書院
大阪市天王寺区上汐五－三－八
〒五四三－〇〇〇二
電話　〇六－六七七一－一四六七
振替　〇〇九七〇－八－一五〇四三

装訂　森本良成　ISBN978-4-7576-0464-3　C3395

近代文学研究叢刊